民國文化與文學 研究文叢

十四編

李 怡 主編

第 5 冊

巴蜀作家與中國現代文學的發生

彭 超 著

國家圖書館出版品預行編目資料

巴蜀作家與中國現代文學的發生／彭超 著 -- 初版 -- 新北市：
花木蘭文化事業有限公司，2021〔民110〕
序 4+ 目 4+286 面；19×26 公分
（民國文化與文學研究文叢 十四編；第 5 冊）
ISBN 978-986-518-516-9（精裝）
1. 中國當代文學 2. 文學評論 3. 重慶市 4. 四川省
820.9   110011208

特邀編委（以姓氏筆畫為序）：

丁　帆	王德威	宋如珊
岩佐昌暲	奚　密	張中良
張堂錡	張福貴	須文蔚
馮　鐵	劉秀美	

民國文化與文學研究文叢
十四編　第五冊　　　　　　　ISBN：978-986-518-516-9

巴蜀作家與中國現代文學的發生

作　　者　彭超
主　　編　李怡
企　　劃　四川大學中國詩歌研究院
總 編 輯　杜潔祥
副總編輯　楊嘉樂
編　　輯　許郁翎、張雅淋、潘玟靜　美術編輯　陳逸婷
出　　版　花木蘭文化事業有限公司
發 行 人　高小娟
聯絡地址　235 新北市中和區中安街七二號十三樓
　　　　　電話：02-2923-1455／傳真：02-2923-1452
網　　址　http://www.huamulan.tw 信箱 service@huamulans.com
印　　刷　普羅文化出版廣告事業
初　　版　2021 年 9 月
全書字數　245229 字
定　　價　十四編 26 冊（精裝）台幣 70,000 元　　版權所有 · 請勿翻印

巴蜀作家與中國現代文學的發生

彭超 著

作者簡介

彭超，西南民族大學教授，專注中國現當代文化與文學研究。出版著作《巴蜀作家與中國現代文學的發生》，參編大型叢書《西南文獻》，先後主持和參研「當代藏羌彝文學中的國家認同意識研究」、「社會變革之中的身份意識——20世紀巴蜀文學研究」等國家省部廳級課題10項，在《文學評論》《民族文學研究》《當代文壇》和《西南民族大學學報》等刊物發表《沙汀文學的現實性、政治性和整體性》《區域‧族群‧國家認同——當代藏文學中的土司書寫》《中國現代文學發生期間的巴蜀詩人詩作》等數十篇學術文章。

提　　要

　　著作通過系統梳理中國現代文學發生期間的巴蜀作家創作及文學活動，考察兩者之關係，認為在中國現代文學文化與中國傳統文學文化激烈抗爭的歷史進程中，蔑視權威、反叛專制、富有創造性的巴蜀文化性格使巴蜀文人以先驅者身份意識參與到中國近現代歷史變革而群星璀璨，流光溢彩，巴蜀作家一直參與中國現代文學的發生，且發揮了開風氣之先的引領作用。楊銳、劉光第的熱血慷慨，鄒容、雷鐵崖對暴力革命的宣傳鼓動，廖平、吳虞對傳統觀念異曲同工的衝撞，皆顯示巴蜀文化在世紀之交思想解放中的巨大影響。文學革命發難前後，巴蜀作家群更是主動出擊，從康白情到郭沫若，從李劼人到吳芳吉，從《草堂》到《淺草》，從個體到社團，無論是有幸進入中心場域，還是被排斥於所謂主流之外，都自覺擔當歷史使命，不畏縮，不後退，不固步自封，為中國現代文學的發生做出自己的貢獻。

本專著獲西南民族大學中國文學博士一級學科培育 241003 經費資助。

本科研成果是西南民族大學四川省省屬高校科研創新團隊的中期成果之一，團隊名稱是「中國文論傳統的民族性與文論研究的範式轉型」，團隊編號為 13TD0059。

研治文學史的方法與心態──代序

李　怡

　　我曾經以「作為方法的民國」為題討論過中國現代文學研究的「方法」問題，最近幾年，「作為方法」的討論連同這樣的竹內好－溝口雄三式的表述都流行一時，這在客觀上容易讓我們誤解：莫非又是一種學術術語的時髦？屬於「各領風騷三五年」的概念遊戲？

　　但「方法」的確重要，儘管人們對它也可能誤解重重。

　　在漢語傳統中，「方」與「法」都是指行事的辦法和技術，《康熙字典》釋義：「術也，法也。《易‧繫辭》：方以類聚。《疏》：方謂法術性行。《左傳‧昭二十九年》：官修其方。《注》：方，法術。」「法」字在漢語中多用來表示「法律」「刑法」等義，它的含義古今變化不大。後來由「法律」義引申出「標準」「方法」等義。這與拉丁語系 method 或 way 的來源含義大同小異──據說古希臘文中有「沿著」和「道路」的意思，表示人們活動所選擇的正確途徑或道路。在我們後來熟悉的馬克思主義哲學中，「世界觀」與「方法論」的相互關係更得到了反覆的闡述：人們關於世界是什麼、怎麼樣的根本觀點是「世界觀」，而借助這種觀點作指導去認識世界和改造世界的具體理論表述，就是所謂的「方法論」。

　　在我們的傳統認知中，關於世界之「觀」是基礎，是指導，方法之「論」則是這一基本觀念的運用和落實。因而雖然它們緊密結合，但是究竟還是以「世界觀」為依託，所以在「改造世界觀」的社會主潮中，我們對於「世界觀」的闡述和強調遠遠多於對「方法」的討論，在新中國改革開放前的國家思想主流中，「方法」常常被擱置在一邊，滿眼皆是「世界觀」應當如何端正的問題。這到新時期之初，終於有了反彈，史稱「1985 方法論熱」，

一時間，文藝方法論迭出，西方文藝社會學、心理學、語言學、原型批評、接受美學、結構主義、解構主義、新批評、現象學、存在主義、解釋學、以及借鑒的自然科學方法（系統論、控制論、信息論、模糊數學、耗散結構、熵定律、測不準原理等等），這些令人眼花繚亂的「新方法」衝破了單一的庸俗社會學的「舊方法」，開闢了新的文學研究的空間。不過，在今天看來，卻又因為沒有進一步推動「世界觀」的深入變革而常常流於批評概念的僵硬引入，以致令有的理論家頗感遺憾：「僅僅強調『方法論革命』，這主要是針對『感悟式印象式批評』和過去的『庸俗社會學』而來的，主要是針對我們把握世界的『方式』而言的。『方法論革命』沒有也不能夠關注到『批評主體自身素質』的革命。」〔註1〕

平心而論，這也怪不得 1985，在那個剛剛「解凍」的年代，所有的探索都還在悄悄進行，關於世界和人的整體認知——更深的「觀念」——尚是禁區處處，一切的新論都還在小心翼翼中展開，就包括對「反映論」的質疑都還在躲躲閃閃、欲言又止中進行，遑論其他？〔註2〕

1960 年 1 月 25 日，日本的中國研究專家竹內好發表演講《作為方法的亞洲》。數十年後，他已經不在人世，但思想的影響卻日益擴大，2011 年 7 月，溝口雄三《作為方法的中國》在三聯書店出版。〔註3〕此前，中文譯本已經在臺灣推出，題為《做為「方法」的中國》。〔註4〕而有的中國學者（如孫歌、李冬木、汪暉、陳光興、葛兆光等）也早在 1990 年代就注意到了《方法としての中國》，並陸續加以介紹和評述。最近 10 年的中國思想文化與文學批評界，則可以說出現了一股「作為方法」的表述潮流，「作為方法的日本」、「作為方法的竹內好」、「亞洲」作為方法，以及「作為方法的 80 年代」等等都在我們學術話語中流行開來，從 1985 年至 1990 年直到 2011 年，「方法」再次引人注目，進入了學界的視野。

這裡的變化當然是顯著的。

雖然名為「方法」，但是竹內好、溝口雄三思考的起點卻是研究者的立場和研究對象的特殊性。中國何以值得成為日本學者的「方法」總結？歸

〔註1〕吳炫：《批評科學化與方法論崇拜》，《文藝理論研究》，1990 年 5 期。
〔註2〕參見夏中義：《反映論與「1985」方法論年》，《社會科學輯刊》，2015 年 3 期。
〔註3〕溝口雄三：《作為方法的中國》，孫軍悅譯，北京：三聯書店，2011 年。
〔註4〕林右崇譯，國立編譯館，1999 年。

根結底，是竹內好、溝口雄三這樣的日本學者在反思他們自己的學術立場，中國恰好可以充當這種反省的參照和借鏡。日本學人通過中國這樣一個「他者」的來參照進行自我的批判，實現從「西方」話語突圍，重新確立自己的主體性。竹內好所謂中國「迴心型」近現代化歷程，迥異於日本式的近代化「轉向型」，比較中被審判的是日本文化自己。溝口雄三批評那種「沒有中國的中國學」，其實也是通過這樣一個案例來反駁歐洲中心的觀念，尋找和包括日本在內的建立非歐洲區域的學術主體性，換句話說，無論是竹內好還是溝口雄三都試圖借助「中國」獨特性這一問題突破歐洲觀念中心的束縛，重建自身的思想主體性。如果套用我們多年來習慣的說法，那就是竹內好－溝口雄三的「方法之論」既是「方法論」，又是「世界觀」，是「世界觀」與「方法論」有機結合下的對世界與人的整體認知。

事實上，這也是「作為方法」之所以成為「思潮」的重要原因。在告別了1980年代浮躁的「方法熱」之後，在歷經了1990年代波詭雲譎的「現代—後現代」翻轉之後，中國學術也步入了一個反省自我、定義自我的時期，日本學人作為先行者的反省姿態當然格外引人注目。

如果我們承認中國當代學術需要重新釐定的立場和觀念實在很多，那麼「作為方法」的思潮就還會在一定時期內延續下去，並由「方法」的檢討深入到對一系列人與世界基本問題的探索。

在中國現當代文學的領域中，我堅持認為考察具體的國家社會形態是清理文學之根的必要，在這個意義上，「民國作為方法」或「共和國作為方法」比來自日本的「中國作為方法」更為切實和有效。同時，「民國作為方法」與「共和國作為方法」本身也不是一勞永逸的學術概念，它們都只是提醒我們一種尊重歷史事實的基本學術態度，至於在這樣一個態度的前提下我們究竟可以獲得哪些主要認知，又以何種角度進入文學史的闡述，則是一些需要具體處理、不斷回答的問題，比如具體國家體制下形成的文學機制問題，國家觀念與民族意識的互動與衝突，適應於民國與共和國語境的文學闡述方法，以及具體歷史環境中現代中國作家的文學選擇等等，嚴格說來，繼續沿用過去一些大而無當的概念已經不能令人滿意了，因為它沒有辦法抵近這些具體歷史真相，撫摸這些歷史的細節。

「民國作為方法」是對陳舊的庸俗社會學理論及時髦無根的西方批評理論的整體突破，而突破之後的我們則需要更自覺更主動地沉入歷史，進

入事實,在具體的事實解讀的基礎上發現更多的「方法」,完成連續不斷的觀念與技術的突破。如此一來,「民國作為方法」就是一個需要持續展開的未竟的工程。

對文學史「方法」的追問,能夠對自己近些年來的思考有所總結,這不是為了指導別人,而是為自我反省、自我提高。自我的總結,我首先想起的也是「方法」的問題,如上所述,方法並不只是操作的技術,它同樣是對世界的一種認知,是對我們精神世界的清理。在這一意義上,所有的關於方法的概括歸根到底又可以說是一種關於自我的追問,所以又可以稱作「自我作為方法」。

那麼,在今天的自我追問當中,什麼是繞不開的話題呢?我認為是虛無。

在心理學上,「虛無」在一種無法把捉的空洞狀態,在思想史上,「虛無」卻是豐富而複雜的存在,可能是為零,也可能是無限,可能是什麼也沒有,但也可能是人類認知的至高點。是一個複雜的概念。在今天,討論思想史意義的「虛無」可能有點奢侈,至少應該同時進入古希臘哲學與中國哲學的儒道兩家,東西方思想的比較才可能幫助我們稍微一窺前往的門徑。但是,作為心理狀態的空洞感卻可能如影隨形,揮之不去,成為我們無可迴避的現實。這裡的原因比較多樣,有個人理想與社會現實感的斷裂,有學術理念與學術環境的衝突,有人生的無奈與執著夢想的矛盾……當然,這種內與外的不和諧本來就是人生的常態,對於凡俗的人生而言,也就是一種生活的調節問題,並不值得誇大其詞,也無須糾纏不休。但對於一位以實現為志業的人來說,卻恐怕是另外一種情形。既然我們選擇了將思想作為人生的第一現實,那麼關乎思想的問題就不那麼輕而易舉就被生活的煙雲所蕩滌出去,它會執拗地拽住你,纏繞你,刺激你,逼迫你作出解釋,完成回答,更要命的是,我們自己一方面企圖「逃避痛苦」,規避選擇,另一方面,卻又情不自禁地為思想本身所吸引,不斷嘗試著挑戰虛無,圓滿自我。

這或許就是每一位真誠的思想者的宿命。

在魯迅眼中,虛無是一種無所不在的「真實」,「當我沉默著的時候,我覺得充實;我將開口,同時感到空虛」(《野草》題辭)「絕望之為虛妄,正與希望相同」(《希望》)「於浩歌狂熱之際中寒;於天上看見深淵。於一

切眼中看見無所有；於無所希望中得救。」(《墓碣文》) 所以，他實際上是穿透了虛無，抵達了絕望。對於魯迅而言，已經沒有必要與虛無相糾纏，他反抗的是更深刻的黑暗——絕望。

虛無與絕望還是有所不同的。在現實的世界上，盼望有所把捉又陡然失落，或自以為理所當然實際無可奈何，這才是虛無感，但虛無感的不斷浮現卻也說明在大多數的時候，我們還浸泡在現實的各自期待當中，較之於魯迅，我們都更加牢固地被焊接在這一張制度化生存的網絡上，以它為據，以它為食，以它為夢想，儘管它無情，它強硬，它狡黠。但是，只要我們還不能如魯迅一般自由撰稿，獨自謀生，那就，就注定了必須付出一生與之糾纏，與之往返。在這個時候，反抗虛無總比順從虛無更值得我們去追求。

於是，我也願意自己的每一本文集都是自己挑戰虛無、反抗虛無的一種總結和記錄。

在我的想像之中，每一個學術命題的提出就是一次祛除虛無的嘗試，而每一次探入思想荒原的嘗試都是生命的不屈的抗爭。

回首這些年來思想歷程，我發現，自己最願意分享的幾個主題包括：現代性、國與族、地方與文獻。

「現代性」是我們無法拒絕卻又並不心甘情願的現實。

「國與族」的認同與疏離可能會糾結我們一生。

「地方」是我們最可能遺忘又最不該遺忘的土地與空間。

「文獻」在事實上絕不像它看上去那麼僵硬和呆板，發現了文獻的靈性我們才真的有可能跳出「虛無」的魔障。

如果仔細勘察，以上的主題之中或許就包含著若干反抗虛無的「方法」。

2021 年 6 月於長灘一號

序

李怡

　　彭超的博士論文要出版了，作為這篇論文的所謂指導教師（其實是第一個讀者），我深感欣慰，由此也聯想到一些區域文化的研究問題，藉此在這裡說一說。

　　如同「進化論」是推動現代中國思想文化發展的重要動力一樣，中國現當代文學研究也一直在「不甘落後」「迎頭趕上」的焦慮中發展自己。能夠抓住「時代發展的需要」完善自己，曾經是文學史研究的主要著力點，這樣的學術框架可以被概括為一種對「時間意義」的挖掘。

　　文學史通常被我們置放在運動變化的邏輯上來加以梳理，這就是所謂「時間意義」，新時期以來人們對於中國現當代文學史的處理，都不斷在這一角度上來討論問題：「20世紀中國文學」概念的提出當然是為了反駁文學對於政治的依附，但問題的著眼點卻是「時間」，通過前移與後挪，政治關鍵點的價值就從文學視野中淡出了；海外（美國）漢學形成了對中國現代文學「五四起源觀」的挑戰，雙方爭議的焦點也集中於究竟「五四」還是「晚清」可以成為歷史的起點；嚴家炎先生最新的「20世紀中國文學史」論著，其亮點之一就是將現代文學的起點前移至黃季同發表的《黃衫客傳奇》；蘇州大學更有機會繼續前移，有納入晚明「現代」的設想。

　　除了「起點」之爭，經常需要我們回答的還有「分期」問題，所謂中國現代文學「三十年」的經典分期已經深入人心，當代文學分割出了「十七年」、「文革」、「新時期」、90年代與「新世紀」。

　　但是，僅僅是「時間」，似乎並不能揭示文學史研究今天面對的許多問題。

　　例如，近年來學界關於「民國文學史」的討論，這個概念的提出究竟可以為我們的研究貢獻什麼新的思路呢？有學者認為是辛亥革命至五四新文學運動「被人遺忘」的幾年，那麼，補充了這幾年，文學史的價值是否就完整了呢？當然，也有學者進一步懷疑文學史的時間起點是不是一定與政治一致？這幾年是否真的那麼重要？

　　在我看來，可能，根本的問題還不在時間上的糾纏和討論，重要的也不在遺忘或者補充幾個年頭。今天，應該特別重視文學史的另外一重意義──空間的意義。

　　強調文學史流變的時間意義，在於一重假設：文學史是隨著時代的變遷而不斷發生改變的，所謂「一時代有一個時代的文學」，顯然，這裡包含了某種比較簡單的「進化論」思想，這裡不是說文學與時代變遷無關，而是說真正的變化必須引入另外一個重要的視角──空間。20 世紀如愛因斯坦、霍金等人的宇宙觀恰恰給了我們更為豐富的「相對」性的啟示：沒有絕對的時間，也沒有絕對的空間，時間總是與空間聯繫在一起，不同的空間有不同的時間。

　　這樣表述並不是一種文字的遊戲，而是意味著一系列新的解釋文學發展的思維框架。

　　其一，什麼是中國文學的現代性。過去我們對「現代性」的認識是置放在整個世界文化與文學共同進程之中，辨析資本主義文化的東移，討論西方文化的「中國化」過程，這裡雖然包含了某種空間的意識，但整體的時間流動依然被看作是根本的動力。中國現代作家與外國文學（尤其是與西方文學）的關係被視作一系列新變的源頭；但是，如果引進空間為基礎的概念可能情況就大為不同，這就是今天國外學術界也逐步討論到的思維「世界現代性」或「多元現代性」，也就是說，所謂的現代經驗完全可能在不同的空間、不同的區域中發生。魯迅的日本體驗給了他新文學創作的重要啟示，但李劼人卻不是在留學法國以後才開始白話新文學創作的，時間甚至比魯迅還早，在成都這樣中國自己的近代都市也可能誕生自己的現代文化的形態和要求。在今天，考察李劼人的現代意識，肯定與魯迅等其他作家並不完全一致。就像鄧幺姑與祥林嫂，與繁漪根本不同一樣。

　　其二，只有抓住了空間，才從根本上把握住了文學發展的細節。民國文學討論中，曾經有學者擔憂，民國從北洋政府、國民政府到蘇維埃政府、

邊區政府等，如此不同，怎麼便於「整合」在一起呢？其實，這種整合不同區域、不同空間才能寫文學史的認識還是根本上忽略了文學存在的根本——空間，依然將共同的時間意義的尋找作為文學討論的目標。其實，中國現代文學之所以如此豐富多彩，恰恰就是因為民國社會的特殊的空間破碎性給文學發展不同的空間背景，北洋政府的文學空間場域與國民政府不同，延安文學與國統區文學根本不同，乃至重慶的大後方文學與昆明的大後方文學也大相徑庭，七月派存在的中心——重慶與中國新詩派存在的中心——昆明與上海各自的空間意義差異很大。

第三，空間意象往往是作家捕捉感受的基礎，也是我們藉以窺視作家精神世界的一把鑰匙。但現在的問題是，我們總是願意強調作家的「時代意識」，而忽略了支持這些「時代意識」的具體的空間意識，這樣一來，現代作家的獨創性很可能由此被掩蓋例如巴金的《家》一直被我們當作反叛封建家庭文化的表現，如若僅僅是這樣，家族文化就不只是巴金的感受和發現，甚至，也遠遠不及中國古典小說的巔峰之作《紅樓夢》。但是，問題在於，批判封建禮教、反思家族文化這些概念本身就是「時代的命題」，換句話說，也屬於中國現代文學研究「時間意義」的主題，並沒有完全揭示巴金的具體空間感受。回到巴金的空間意象，我們可以發現，這裡不是在抽象地議論家族禮教，而是講述成都「高公館」的生存問題，而公館，恰恰並不是簡單的農業時代的封建莊園，而是近代城市文明發展的產品，公館屹立於民國時期的城鎮，建築形態中西結合，生存方式亦新亦舊，高公館不是封建官宦的賈府，也不是才子佳人會聚的大觀園，而是特殊的中國式商業城鎮的市民空間，在這個空間，悲劇緣何產生，不是簡單的「封建」二字可以完全解釋的。當然，高公館也不同於李劼人的郝公館，這裡涉及一個作家如何權衡「空間意象」與「時間意象」的關係，事實上，我們可以發現，越是具有強烈的空間意象的捕捉能力的作家，其獨創性也越大。

總之，在經歷了漫長的時間焦慮之後，中國現代文學研究應該進一步強化自身的「空間意識」。如果說，我們曾經以對「時間意義」的敏感拉動了文學史研究的發展，那麼，對「空間意義」的關注則可能深化我們的歷史認識，在這個角度上說，文學史研究的「空間」階段已經到了，我們需要特別加以注意。

顯然，這就是目前我們從事區域文化與區域文學研究的重要意義，也

是彭超博士這一著作的意義。關於巴蜀文化之於現代四川文學的價值，曾經是我研究的方向之一，當初彭超決定選擇這一論題之時，我是極力支持的，這並不是因為我自己做得有多好，恰恰相反，我覺得 20 年前（1994～1995）的研究真的過於簡單和膚淺了，早應該有更為精深的著作問世，雖然呈現在讀者諸君面前的這本著作也不可能是盡善盡美的，但論者至少有了進一步推進的勇氣和願望，對於巴蜀這一宏富的文學空間而言，還需要有更多像彭超博士一般的有志之士，而文學研究的空間意識的加強，則會最終推動我們業已僵化的中國現代文學研究。

2013 年 11 月於勵耘居

目次

前　言

　　近代中國的政治格局發生千年未有之巨變。伴隨政治格局變化，中國文化與文學也發生裂變。中國現代文學的表現形態迥異於傳統文學。如何闡釋中國現代文學的發生？學界主要關注京滬兩地的文學創作及文學活動，圍繞「傳統與現代」、「東方與西方」、「啟蒙與革命」幾個主題展開研究。如何突破這種研究思維形成的研究範式，成為本書的主要研究動機。

　　圍繞中心場域展開的研究揭露了中國現代文學發生的一些重要文學史實，但也遮蔽了一種文化現象，即參與中國現代文學發生的作家們自身所具有的不同地域文化。不同的地域文化會賦予作家不同的氣質特徵，他們在參與現代文學發生過程中一定會有不同的表現，起到不盡相同的歷史作用。新文學的誕生需要破除舊勢力的重重圍裹，因而要求參與其中的作家不僅具有深厚的學識修養與才情，還需必備開拓創新的勇氣膽識，因而具有「敢為天下先」精神的巴蜀作家成為本文的研究對象，以此突破傳統研究模式，從區域文化視角考察中國現代文學的發生。

　　本書以發生學的研究方法進入歷史，探析巴蜀作家與中國現代文學發生之間的關係。筆者認為巴蜀作家與中國現代文學發生之間的互動關係體現為，巴蜀作家具有巴蜀文化敢為天下先的先鋒性創造性和開放包容的文化胸襟，晚清民國時期「破舊立新」「求新求變」的時代潮流激活了巴蜀作家的創造力，他們不僅參與且引領了中國現代文學的發生。

　　本書分為「山雨欲來風滿樓」、「百花園的芬芳」、「星光燦爛」三部分，從巴蜀新文化發生的前奏、巴蜀作家群創作及文學活動現象、有重要影響力的個體作家創作三個角度闡釋巴蜀作家是如何對中國現代文學發生起到引領

之歷史性價值。

　　第一編主要論述巴蜀人是怎樣站在時代浪潮的前端，把握時代脈搏。筆者以史料為依據首先論證現代報刊業的發達縮小了四川與外界的距離，留學熱潮促使川人走出夔門連通了四川與西方的橋樑，讓川人睜眼看世界。然後從川人對專制政治、專制思想的反抗揭示巴蜀文化的叛逆性。據此提出，川人視野的開闊與本身固有的叛逆特質是他們能夠引領中國現代文學發生的主要要素。

　　第二編呈現中國現代文學發生期間的巴蜀作家群像。戲劇以曾孝谷和蒲殿俊的戲劇活動與創作等為例，報刊雜誌主要考察《娛閒錄》和《少年中國》，文學社團著眼於《草堂》和《淺草》等，從戲劇、詩歌和小說三個文類闡明巴蜀作家引領中國現代文學發生。

　　第三編以巴蜀作家個體為單位，首先從中國第一部白話詩集的作者葉伯和談起，再到康白情、吳芳吉、郭沫若與李劼人，論證時代浪潮激活巴蜀作家創造力，與此同時，他們的文學創造性也對中國現代文學發生起到先鋒引領性。筆者認為五四巴蜀作家同氣相求的文學理論及創作，對中國現代文學發生起到了不可替代的歷史作用。

緒　論

　　中國現代文學受到西方文化影響產生，這是一個不爭的事實，相關論著也不勝枚舉。但是，西方文化並不是影響中國現代文學發生的唯一要素，除此之外，還有許多因素影響著現代文學的發生及其走向。諸如中華傳統文化、時代文化對發生期的現代文學有什麼影響？這也是學術界比較關注的問題，且出現了不少有影響的相關學術成果。隨著討論的深入，人們進而關注到有關區域文化與文學的關係。巴蜀作家與中國現代文學的發生，便屬於這樣一個研究領域的課題。

　　有關區域文化與文學之關係研究，伴隨 20 世紀 90 年代興起的文化研究熱而逐步展開。1990 年，楊義先生出版了《二十世紀中國小說與文化》。20 世紀 90 年代，嚴家炎先生主持編撰了一套《20 世紀中國文學與區域文化》大型叢書。與此同時，文學與宗教、文學與民俗、文學與傳播等文化研究領域不斷拓展，大有方興未艾之勢，極大地推動了中國現代文學研究的深入和認識的深化。

　　在《20 世紀中國文學與區域文化叢書總序》中，嚴家炎先生對有關區域文化與文學的關係、研究意義以及需要涉及的多學科領域等作了扼要而精闢的論述，從劉勰《文心雕龍》對楚辭詩經南北產地與風格差異的歸納，初步接觸到地域與文學之關係，到魏徵《隋書·文學傳序》中，對南北朝時期江左河朔南北詞人得失大致情況的有意比較，說明文學有地域性這一客觀事實，再到 19 世紀法國文學史家丹納《英國文學史》引言，明確地把地理環境與種族、時代看作是決定文學的三大因素。由此以文學品種風格與地域的聯繫，揭示了地域對文學產生影響這一文學發展的客觀真理。

在此基礎上，嚴家炎先生指出上述觀點的侷限，主要是對於地域的理解過於狹窄，似乎將注意力過分集中在山川、氣候、物產等自然條件，相對忽視構成人文環境的諸般因素。強調地域對文學的影響是一種綜合性的影響，除地形、氣候等自然條件外，還應該包括歷史形成的人文環境的種種因素，例如其特定的歷史沿革、民族關係、人口遷徙、教育狀況、風俗民情、語言鄉音等而且越到後來，人文因素所起的作用也越大。嚴家炎先生特別還指出「區域文化是中國傳統文化的重要組成部分——這裡所說的傳統文化，自然也包括近百年來對外開放過程中形成的新傳統文化在內。對於 20 世紀中國文學來說，區域文化產生了有時隱蔽、有時顯然而總體上卻非常深刻的影響，不僅影響了作家的性格氣質、審美情趣、藝術思維方式和作品的人生內容、藝術風格、表現手法，而且還孕育出了一些特定的文學流派和作家群體。20 世紀中國新文學是在西方近代文學的啟迪下興起的。但就具體作家而言，往往同時也接受著包括區域文化在內的中國傳統文化的影響——有時是潛移默化的濡染，有時則是相當自覺的追求。」〔註1〕

強調區域文化對文學影響，實則體現了一種多元共生的文學史觀，文學發生發展和演變十分複雜，不是單靠幾個大家的創作影響就能夠完成，而是受到多種因素多種文化生態影響，過去的文學史對此不同程度的有所忽略，進而導致對有重大影響的作家作品或文學現象的遮蔽。極為不利於對現代文學史客觀演變軌跡的認識和發展規律的把握。

在過去的現代巴蜀文學研究中，同樣長期存在著因地處西南而容易被忽視等許多問題。在現代文學史上，巴蜀地區作家數量和作品質量在全國各省都名列前茅。當代學者李怡先生曾據《中國現代作家大辭典》和閻純德《中國文學家辭典‧現代分冊》作過統計，四川作家數量均排位第三，僅位居江浙兩省之後，再以所謂的通行座次排名前六名的文學大家，魯郭茅巴老曹，四川與浙江各占兩位，並列第一。〔註2〕這雖不是絕對的，但卻在相當程度上反映現代巴蜀文學的成就，其地位和影響不容忽視。

但是，在實際研究中，巴蜀文學的成就並未能得到應有的評價，有關研

〔註 1〕嚴家炎《20 世紀中國文學與區域文化叢書總序》，《理論與創作》，1995 年 1 期。

〔註 2〕參見李怡《現代四川文學的巴蜀文化闡釋》，湖南教育出版社，1995 年，第 2 頁。

究狀況也很不平衡。除了郭沫若、巴金、沙汀、艾蕪等少數幾位大家常常被作為全國學術界普遍研究的重點之外，相當的作家研究較為或極為薄弱，許多曾取得突出成績、作出重要貢獻並在當時有較大影響者甚至完全被排除在文學史之外。

就中國現代文學的發生而言，巴蜀作家在思想、戲劇、詩歌、小說、文學理論乃至翻譯等領域取得了許多成績，作出了突出的貢獻。但目前國內數量眾多的現代文學史專著卻因各種原因較少或幾乎全無論及。這種情況較為普遍，如錢理群、溫儒敏、吳福輝著的《中國現代文學三十年》，作為教育部高等教育重點教材，該書條理清楚、重點突出，影響頗大。其第一編即第一個十年（1917～1927）的論述中，除了對郭沫若有專章論述外，有關四川作家在新文學幾大體裁方面的貢獻多被忽略。第一章文學思潮與運動中，僅僅提到了吳虞在新青年撰文反孔，揭露三綱五常對人性的扼殺。同時又提到淺草社的林如稷、陳煒謨、陳翔鶴三位四川作家。有關這個時期的小說共兩章，評介了問題小說、自傳小說甚至舊派小說作家數十人，四川作家同樣只有林如稷、陳煒謨、陳翔鶴三人小說的簡要論述。此時已創作發表小說近百篇，並被稱為現代白話小說創作早於魯迅的李劼人完全不見蹤影。詩歌方面，論述中提及的人名數量超過小說，但論及的四川詩人唯康白情一人，寥寥數語，也承認其《草兒》集與俞平伯的《冬夜》「是當時最有影響的新詩集。」〔註3〕而被郭沫若等人稱為「中國的泰戈爾」的四川詩人葉伯和在正文中未見隻言片語，〔註4〕在該章附錄的出版事件年表中對1920年5月葉伯和繼胡適《嘗試集》晚兩月之後出版的中國現代第二部新詩集，也未有絲毫記載。更有甚者，其有關敘事詩論述直接說道：「『五四』以來敘事詩僅有朱湘的《王嬌》、沈玄廬的《十五娘》、白采《贏疾者的愛》等可數的幾部。」〔註5〕如此一來，將1920年連續創作《婉容詞》《兩父女》《籠山曲》等著名敘事長詩，在當時影響很大，引起轟動並被選為中學教材的江津白屋詩人吳芳吉全面遮蔽，與五四後白話敘事詩發展實況不符，造成讀者的錯覺。戲劇方面，提到了兩位四川人，曾孝谷、蒲伯英。前者列於李叔同、歐陽予倩等春柳社成員名單中，

〔註3〕錢理群、溫儒敏、吳福輝《中國現代文學三十年》，北京大學出版社，1998年，第123頁。

〔註4〕參見張義奇《成都的「泰戈爾」》，載《成都日報》，2004年3月10日。

〔註5〕錢理群、溫儒敏、吳福輝《中國現代文學三十年》，北京大學出版社，1998年，第128頁。

敘述該社 1907 年據林紓翻譯小說改編公演了五幕劇《黑奴籲天錄》，卻不載曾孝谷為劇本改編者即該社創建人。該章記錄 1921 年蒲伯英與梁啟超等創辦北京戲劇學校，又對其創作的劇本《道義之交》予以簡評，其總體情況略詳於詩歌部分。第一編共涉及巴蜀作家八人，吳虞、郭沫若、康白情、林如稷、陳煒謨、陳翔鶴、曾孝谷、蒲伯英。而郭沫若之外對其他人多為零星片語，幾乎無一獨立段落。這種狀況在另一部通行教材，郭志剛、孫中田主編的《中國文學史》（上冊）中幾乎如出一轍。同樣的以第一編論述 1917～1927 年十年間的新文學，郭沫若專章之外，涉及的四川作家比前一部書還少了吳虞和曾孝谷。〔註6〕另增加了一位革命文學開拓者華漢（陽翰笙），此時白話新文學已經漸趨成熟，與本課題關係不是很大。若再從分體文學史考察，以同樣影響很大的謝冕、楊匡漢先生主編《中國現代詩歌簡介》為例。該書詳細介紹 1919 至 1949 這個階段有成就、有影響的詩人。從胡適到袁可嘉共 120 人，但同樣從中找不到新詩探索者吳芳吉的名字，由此可見該階段四川作家評價之一斑。

　　實際上這種狀況由來已久，有著複雜的淵源，與新文學初期的所謂正統觀念亦不無關聯。1935 年，上海良友圖書公司出版了一套影響甚大的《中國現代文學史資料叢書》共十冊，叢書由趙家璧主編，其前言說明編選宗旨，將「民六至民十六的第一個十年，關於新文學理論的發生，宣傳、爭執，以及小說、散文、詩、戲劇諸方面所嘗試得來的成績，替他整理、保存、評價。」〔註7〕同時也為後人留下系統研究資料，時限剛好為 1917～1927，按體裁分類編為十大冊。分別邀請了胡適、郭沫若、魯迅、周作人、鄭振鐸、郁達夫、洪深、朱自清等人編選並作導言。其中小說由魯迅、茅盾、鄭伯奇分別作導言，戲劇由洪深、現代詩歌由朱自清寫導論。散文由周作人、郁達夫編選。這些都是新文學發生階段的參加者，選編標準及評介自然代表了文學主流觀念。作為新詩領袖的郭沫若之外，康白情得到當時主流詩壇胡適等人的一致欣賞，因此在朱自清的詩歌導論中，四川入選並得到高度評價者僅康白情一人。洪深的戲劇導論中，高度評價曾孝谷對春柳社的貢獻說「其中傑出的人才，最先有曾孝谷、李哀，稍後加入的有歐陽予倩在日本演出過《黑奴籲天錄》《茶

〔註6〕參郭志剛、孫中田主編《中國文學史》，高等教育出版社，1989 年 33～268 頁。
〔註7〕趙家璧主編《中國新文學大系·建設理論集》，上海文藝出版社，影印本，2003 年，第 1 頁。

花女》等得到藝術上甚大的成功。」〔註8〕同時，洪深還對蒲伯英在戲劇方面的貢獻作了較為全面的評介，包括戲劇教育、戲劇理論和戲劇創作實踐，選錄了其《道義之交》，這在各類文學史中可能是介紹最詳的。至於淺草沉鐘諸人，曾得到魯迅先生高度評價已是眾所周知。如此，這個階段以上幾位四川作家得以進入主流文學史，此外很難再看到其他四川作家的名字。20世紀30年代所奠定的這種格局，歷經大半個世紀而無大的改變。

　　文學史書寫有其選錄標準，見仁見智，似無可厚非。而這種狀況還每每出現在一些以廣博著稱的文學家辭典之類的工具書，那就不能不說是突出的遺憾或者是重要的疏漏了。在此僅略舉兩例以見其一斑。閻純德主編《中國文學家辭典·現代分冊》凡例稱：「本辭典現代部分，起自五四，迄於當今。凡在現當代文學史上某一個時期有過影響的現代作家，……均在收錄之列。」〔註9〕但是，洋洋六大冊，共3796個作家條目不見吳芳吉、葉伯和的名字，以此推斷，曾得到郭沫若等高度評價的兩人在當時毫無聲息，似乎根本沒有存在，令人不敢相信。另一部堪稱權威的工具書為上海辭書出版社2000年出版的《中國文學大辭典》（分類修訂本），書中序言談到特點「包羅宏富，綱目齊備」，還收錄「看似極不起眼的作家」和「一般文學史也不會提及」的作家。〔註10〕但是，在兩巨冊450餘萬字的篇幅中，我們同樣沒有吳芳吉、葉伯和的任何痕跡。書後所附上下五千年的《中國文學大事記》也沒有有關作品發表出版的任何信息。當年吳芳吉創作「白屋體詩」，雖受到新舊兩派詩人的猛烈攻擊卻依然廣為傳唱。但這種封殺的效果同樣延續至今，不能不為之概歎。

　　近年來隨著重寫文學史的呼聲，出現了不少新的成果。在體例、斷限、觀念和評價標準等都有所突破。意圖盡力恢復和再現文學史創作成就的原貌。但是，文學史的編寫受到多方制約，篇幅也不能無限擴大，因此要真正深入瞭解文學史真相，還必須通過各種補充，而區域文化與文學之關係研究可以是一種非常重要的途徑。

〔註8〕趙家璧主編《中國新文學大系·戲劇集》，上海文藝出版社，影印本，2003年，第13頁。

〔註9〕閻純德主編《中國文學家辭典·現代分冊·凡例》，四川人民出版社，1979年，第1頁。

〔註10〕錢仲聯等主編《中國文學大辭典·序言》，上海辭書出版社，2000年出版（分類修訂本），第5頁。

　　文學史研究和書寫中有關四川作家尤其是發生階段的大致概況，與四川作家對於新文學的發生所作出的實際成績、貢獻和應有的地位極不相稱。通過巴蜀作家與中國現代文學發生這一專題研究，首先可以彌補這一缺憾。比較客觀地反映巴蜀作家在這階段的努力和貢獻，深化相關認識。在中國現代文學發生這樣一件具有劃時代意義的重大事件過程中。巴蜀作家扮演了什麼角色？巴蜀作家對中國現代文學發生有何意義與貢獻？這是巴蜀文化與文學研究不能迴避的問題。

　　在中國現代文學發生之際，巴蜀作家在思想理論與創作實踐各個領域都十分活躍，走在前列。所取得的成績對於中國現代文學走向產生了積極的推動和影響。從同盟會元老雷鐵崖等川籍留日學生自 1905 年開始，在日本創辦《鵑聲》雜誌並擔任主筆，揭露清廷賣國，「欲效啼鵑」，鼓動反清，倡導民主，到鄒容《革命軍》痛快淋漓宣傳革命，敢於反叛專制的巴蜀性格便直接對體制革命產生深刻影響。清末廖平的著作和觀點直接啟發康有為，為其撰寫倡導維新變法理論著作《孔子改制考》所接受，到吳虞大力反孔衝擊三綱五常封建倫理對胡適陳獨秀強力支持，顯示了巴蜀學人對清末民初思想革命的貢獻和作用。伴隨著 20 世紀初新文學醞釀和發難，尤其是五四時期，巴蜀作家積極探索，勇為人先，在戲劇、小說、詩歌及其理論、另外還有翻譯文學等多個領域許多創獲，以突出的創作實績，有力地展示和呼應了新文學的創作實力，在宣傳鼓動、社團組織等方面也發揮很大的影響。曾孝谷與春柳社的戲劇實踐和對戲劇人才的培養；蒲伯英的戲劇教育、戲劇理論與實踐以及主編《北京晨報》對於新文學的扶持；李劼人民國初年的現代小說創作；康白情不僅是北京大學第一個學生社團《新潮》雜誌新詩創作的主力，同時還與王光祈、周太玄等巴蜀作者一起為早期重要社團少年中國學會的發起人和《少年中國》主要撰稿人；白話新詩創作時間早於胡適而詩集出版時間卻晚兩月的中國第二部白話新詩集作者葉伯和及其《草堂》雜誌；吳芳吉在敘事詩、格律詩等新詩創造的多個第一及其新詩探索理論與譯作；翻譯文學方面如郭沫若所譯歌德、惠特曼作品及其整個創造社在此方面的貢獻，如此等等，都應該在中國現代文學發生演變史上佔有一席地位。

　　除了客觀評價其成績與貢獻之外，該課題的研究還有另一個目的和意義，這也是區域文化與文學的屬性所確定的。不僅僅限於作家創作的個案分析來說明其成績，更通過巴蜀作家群體風貌的彙集，提煉出帶有共性的特質。為

什麼地處西南的巴蜀作家，或同聲相應，同氣相求，或異曲同工，殊途同歸，不約而同地走到了前列，這與巴蜀地區的人文環境有何關係？巴蜀作家創作個性與審美情趣、作品主題與風格等如何受到並反映特定的歷史文化影響？這種影響如何與傳統文化、中西文化相結合併對發生期的中國現代文學產生積極的推動促進作用。這種總體的宏觀與微觀相結合的考察分析，不僅有助於瞭解影響中國現代文學發生的多種因素，更能夠以古鑒今，總結分析狂風驟雨般的文學革命之利害得失，為新世紀的中華文學發展提供理論與實踐的參考。

巴蜀作家與中國現代文學的發生這一選題，屬於有關巴蜀文化與中國現當代文學關係這一區域文化系列研究的學術推進。

如前所述，現當代巴蜀作家創作成就斐然，影響巨大，對整個中國文學做出突出的貢獻，但有關研究較為薄弱且極不平衡。長期以來，學界視野對四川現代文學研究關注點主要停留在郭沫若、巴金、沙汀、艾蕪等少數大家的研究，也取得相當可觀的研究成果。其中尤以郭沫若研究最為突出。這當然與郭沫若的特殊地位和影響有關。研究開展最早，若從 1920 時代，聞一多有關《女神》的兩篇論文開始至今，其研究就一直延續不斷。1987 年《郭沫若學刊》創刊以及後來的郭沫若研究中心的建立，更為相關研究的深入開展提供了堅實的平臺。並逐漸形成一支相當可觀的研究隊伍。與此同時，巴金、沙汀、艾蕪、何其芳以及李劼人 1930 年代的小說也開始受到較為廣泛的關注，成果較為豐碩，在全國也都有一批相對穩定的研究者。但是，除此之外的大量巴蜀現代作家研究相對比較沈寂甚至完全空白。許多作家的作品都很難見到，更談不上什麼研究。

20 世紀八十年代以後，情況有所好轉。四川人民出版社連續推出一系列巴蜀現代作家選集。另有許多各種原因而塵封已久的新文學史料也重新被整理發掘，為巴蜀現代作家研究提供了相應的基礎，尤其是整個時代思想觀念的變化，許多過去有創作成績和有影響而缺乏研究的巴蜀作家開始被納入學界視野，如曾被打成右派的康白情，長期被冷落的吳芳吉、葉伯和等，也都或多或少的開始有一些研究論文，多角度的分析考察，肯定其創作與貢獻。現代四川文學的廣度和深度都逐漸拓展。

正是在此基礎上，有關現代巴蜀作家與巴蜀文化關係的研究開始受到重視並逐步引向深入。此前學界對現代巴蜀作家研究角度應該說較為廣泛，有

的論述中也部分涉及到與巴蜀文化的關係，但相對於巴蜀文化其他研究領域，巴蜀現代文學與巴蜀文化的相關研究顯得尤為薄弱。從四川省社科院譚繼和的《巴蜀文化綜議》、林向的《近五十年來巴蜀文化與歷史的發現和展望》《巴蜀史研究的新篇章》、段渝的《巴蜀文化研究概述》等綜述性論文中，我們可以一瞰現代巴蜀文化研究的豐碩成果。巴蜀歷史、民族史、宗教、考古、地理沿革、山川自然、民風習俗等多個領域都有較為突出的成果。這當然主要是由於前者起步較早，一直持續不斷，而在 20 世紀 90 年代初，現代文學界有意識的將作家創作風格個性與巴蜀文化內涵相聯繫卻仍較為少見，1990 年四川大學出版社曾出版伍加倫《四川現代作家研究》，其關注重點仍不在地域文化方面。相關研究多為零星自發的論述，處於散兵遊勇狀態。

　　20 世紀九十年代，巴蜀文化與現代巴蜀文學的研究開始展開，稅海模、鄧經武、李怡幾位學者的介入使之漸成氣候並形成規模，出現了一系列有影響的研究論文。稅海模在《郭沫若學刊》1990 年 2 期、1991 年 04 期、1996 年 4 期和 1999 年 2 期分別發表《郭沫若、廖平與今文經學》《少年郭沫若與樂山鄉土文化》《郭沫若：植根鄉土的參天大樹》《峨眉山、樂山大佛、郭沫若隨想》等論文，又在《樂山師專學報》1997 年 3 期發表《郭沫若家族文化性格分析》。主要集中於有關郭沫若與巴蜀鄉土文化的相關研究，屬於個案考察。鄧經武則於 1993 年 4 期《社會科學研究》發表《論現代巴蜀作家的文化品格》、1993 年 4 期《文史雜誌》發表《地理環境對現代四川作家的影響》，1994 年 4 期《四川師範大學學報》發表《論李劼人創作的巴蜀文化因子》，1994 年 1 期《內江師範學院學報》發表《論何寡母形象與巴蜀文化意蘊》、以及《綿陽師專學報》1998 年第 2 期《巴金與巴蜀文化》等。開始注重巴蜀文化總體品格、環境與作家作品間的關係，具有啟發和探索意義。

　　此時在這個領域深入探討取得卓越成績並產生較大影響的是李怡先生。在現代巴蜀文學與巴蜀文化這一橫向性的區域文化研究領域中取得加大突破，較早將研究影響衝出夔門，走向省外。《東方叢刊》1994 年第 1 輯發表《「何其芳特徵」與東方色彩》可能是一個試探，稍後的研究如同噴泉爆發，連續不斷，不可遏制。在 1995 年第 2、3、4 期，和 1996 年第 1、2 期《寧德師專學報》上連續刊載「中國現代文學與巴蜀文化」系列研究論文，形成了一個相對完整的體系。以後又在各類刊物相繼發表《論現代巴蜀文學的生態背景》等十餘篇論文，對巴蜀文學產生的總體文化生態背景、多種鮮明意象

特徵等予以多角度多側面的闡述，揭示出彼此間的淵源和內在聯繫。論文各自獨立而又相互呼應，高屋建瓴，而又不乏深度個案解剖，構成較為全面系統的整體，對於瞭解現代巴蜀文學創作總體特色風貌及其原因不無啟迪和幫助。

特別需要指出的是，1995 年，李怡先生的《現代四川文學的巴蜀文化闡釋》一書，由湖南教育出版社出版。作為系統討論現代四川文學與巴蜀文化關係的著作，這是第一本，其重要價值和意義不言而喻。該書是嚴家炎先生主持的「二十世紀中國文學與區域文化」大型叢書之一，首批共推出五種，包括上海、江蘇、山西、東北和四川，其後又有劉洪濤《湖南鄉土文學與湘楚文化》等五種陸續推出。李怡先生從巴蜀地理環境經濟條件而形成的盆地與天府及內陸腹地三種特有文明形態、四川文學與巴蜀意象、文學追求的巴蜀區域精神、文學追求與巴蜀傳統的創化、以及外來入蜀者帶來的多重文化的衝撞和交融五個方面對現代四川文學與巴蜀文化的關係予以系統梳理，條分縷析，歸納提煉，頗多創獲。如有關「洄水沱」意象、反叛精神與先鋒意識、以及最後結語中的四川文學巴蜀派、農民派的討論和觀點，都極具開創性，並進而提出「農民文化以及建立在農民文化基礎之上的鄉鎮文化是現代四川作家最大的藝術依託」的論斷，強調在「巴蜀派」基本在四川一個區域形成而與北京、上海分別代表相對應的三個文化發展狀態和集中區域文化特色的獨特文化價值，都為學界所認可並作為現代四川文學研究所常引用。如有的評論者認為「這才是現代四川文學的文化定位，……《現代四川文學的巴蜀文化闡釋》的最大意義正在於它是一本讓我們自省我們的文化和文學的書。」〔註 11〕。

此外，鄧經武於 1999 年由電子科技大學出版社出版了《二十世紀巴蜀文學》。作為一部巴蜀區域百年文學史，卻緊緊扣住巴蜀文化之根，並注意區域文化與外來文化的交匯，因此也頗受到關注，被認為在「二十世紀巴蜀文學史的開拓，巴蜀文學『川味』、『蜀風』的體味……等方面，均開了撰寫巴蜀文學史的先河，值得學術界重視」〔註 12〕。

〔註 11〕周曉風《區域文化視野中的現代四川文學——讀李怡〈現代四川文學的巴蜀文化闡釋〉》，載《社會科學研究》，1999 年第 1 期。

〔註 12〕稅海模《評鄧經武著〈二十世紀巴蜀文學〉》，載《成都大學學報》，2001 年第 4 期。

　　李怡、鄧經武等幾位學者的相關論著都極大地推動了巴蜀文化與現代巴蜀文學的研究，對後來的相關研究也產生了較大的影響。1996 年，四川郭沫若學會還在樂山還專門召開了「郭沫若與鄉土文化」學術研討會，據會議綜述介紹「與會代表一致認為，鄉土文化應該作為郭研工作的一個新視點，加以重視」，〔註13〕宣示了在世紀末的一個階段性高潮。

　　21 世紀第一個十年裏，相關研究更加方興未艾。隨著地方文化建設意識的進一步加強，區域文學研究愈益深化。研究隊伍不斷擴展，同時還增加一些相應平臺。如巴蜀文化研究中心，蜀學研究中心、巴渝文化中心等。繼全國和四川郭沫若學會之後，又成立了國際性研究學會，另外還有李劼人研究學會、成渝兩地都建立了吳芳吉研究學會。又新創辦相關刊物。其中如四川大學文化遺產與文化互動研究基地和現代中國文化與文學研究中心主辦的《現代中國文化與文學》2003 年創刊。李怡、毛迅擔任常務主編，設立了「巴蜀文學重讀」專欄，連續發表相關文章，突出文學與巴蜀文化關係這一問題，形成較大聲勢和影響。此外如西華大學等單位主辦的《蜀學》《地方文化研究》等刊物，也有一些相關的研究。重慶成都等地還多次召開各類區域文化與現代巴蜀文學研討會。如此等等，都促使研究不斷發展。

　　這個階段論著數量不斷增加，探討的深度與廣度兼備，不少成果具有較高學術質量和一定影響。

　　論文方面如周曉風《重慶師範大學學報》2006 年 2 期上的《現代性、區域性與 20 世紀重慶文學》，鄧偉《樂山師範學院學報》2003 年 1 期發表《時空視野下的互動顯現——試論沙汀的巴蜀地域文化資源》宜賓學院學報 2002 年 3 期《中國現代文學地域文化研究的轉向思考》《現代中國文化與文學》第 4 輯《艾蕪與巴蜀地域文化略論》《文藝理論研究》2006 年 4 期《地域文化建構與民族國家認同——中國現代文學地域文化研究的另一思路》《韶關學院學報》2005 年 3 期《質疑：中國現代文學地域文化研究》以及曾紹義、鄧偉《李劼人歷史小說與巴蜀文化新說》，譚興國《悠悠故鄉情——巴金與成都》、賴武《巴金與成都正通順街》，童龍超《論巴金文學創作的反地域文化特徵》、馬芸《論現代鄉土小說的「巴蜀派」》等，李怡繼續發表有《論中國現代文學的重慶視野》等多篇論文，總體都顯示相關研究的深入。

　　專著方面如譚興國 2001 年由四川人民出版社出版《蜀中文章冠天下——

〔註13〕《郭沫若學刊》，1996 年 4 期。

巴蜀文學史稿》，鄧經武 2005 年電子科技大學出版社《大盆地生命的記憶——巴蜀文化與文學》，靳明全 2003 年中國社會科學出版社出版的《區域文化與文學》，李怡、段從學、肖偉勝 2002 年西南師範大學出版社推出《大西南文化與新時期詩歌》，李怡、肖偉勝等主編 2006 年巴蜀書社的《中國現代文學的巴蜀視野》，張建鋒 2007 年中國戲劇出版社《川味的凸現——現代巴蜀的文學風味》和周曉風主編重慶出版社 2009 年出版的《20 世紀重慶文學史》等都各有自己的特色。

　　這階段除了對相關論題進一步深化發掘外，還不乏富於啟發性的意見，如鄧偉等人在對巴蜀作家與巴蜀文化關係研究進行了的同時，又對相關研究提出一些質疑。認為在現代文學地域文化研究有所謂僵化的決定論思維模式，應該重視地域文化在共時性話語結構中的建構與指向，重視對地域文化與民族國家關係的探討。在有關現代四川作家有關地域和地域文化的論題中，試圖運用新的研究方法，建立新的研究框架，嘗試探索和推進這一研究對象與領域的發展空間。過去也有學者對此提出意見，如李怡先生在有關郭沫若與鄉土文化研究中就曾提到不能絕對化。但如鄧偉這種慎重撰文強調還不多，針對性也比較強，面對學術熱點，勇於進行較有深度的反思，對於區域文化研究健康發展有其積極意義。

　　譚興國、鄧經武的著作均為通史性質，結合巴蜀文化特色和內涵闡述文學創作與貢獻，有關現代四川文學部分篇幅不算多，但卻不無見地，多有補充，如中國早期白話新詩實踐者葉伯和與倍受爭議的吳芳吉，都進入其視角並予以高度肯定。張建鋒則注重從宏觀背景、文化品格人物形象、生活場景以及郭沫若、沙汀、艾蕪、羅淑等具有代表性的個案綜合剖析，縱橫探討。既有所承而又另有開掘。

　　需要進一步說明的是李怡等人的論著，分明顯示了一種自覺的學術推進。從兩部著作和《巴蜀學派與當代批評》《文學的區域特色如何成為可能——以巴金與巴蜀文化關係為例》等論文中，一方面看到其有意識在時間上將巴蜀文化的影響從現代四川文學向後延伸，空間上進一步拓展到對大西南文化以及巴蜀文化與整個中國現當代文學關係的探討。提出中國現代文學巴蜀視野，相互聯繫的兩個方面，即在巴蜀看整個中國現代文學，同時從中國現代文學看巴蜀地區文化。另一方面這種推進還表現為在學術發展上更上一層樓，力圖建立一個區域特徵鮮明的「巴蜀學派」。無論是主持相關的各類課題，主編

《現代中國文化》，在《紅岩》等刊物發起相關討論，以及指導碩士博士生的研究工作，都反映出這種努力並已逐漸顯現成效。

通過十餘年的努力，巴蜀文化對於現代四川作家以及巴蜀作家對於整個中國現代文學的關係都日漸明晰，其成就與貢獻已逐步得到承認。但是，對巴蜀作家與中國現代文學發生這一課題進行所進行的研究還相對薄弱，這也就給進一步深入系統地探討留下空間。

關於中國現代文學的發生，學界討論已經很多，包括各類文學史著作等，不勝枚舉，一些有關發生學理論的著述也不斷被引入，應該說不乏精闢之論。但正如前面所論，過去無論是文學史的相關部分還是其他專著，對有關西方影響、以及北京上海等都市文學概況關注較多，論述較透，如王錦厚的《五四新文學與外國文學》，而對於現代四川作家的許多創作成績卻相對受到忽略。巴蜀作家與中國現代文學的發生有何關係？或者說巴蜀作家在中國現代文學醞釀發生期作了些什麼？有什麼特殊的貢獻和影響？就缺乏全面系統和深入的研究。

近年的區域文化與文學研究中，對現代四川作家在 1919～1949 三十年中的貢獻多有程度不同的發掘和論述，但對於發生期的論述關注不多。其中有的研究論著對此對此有所涉獵。

從宏觀方面予以論述的如楊義《中國小說史》，劉納《嬗變——辛亥革命時期至五四時期的中國文學》，姜濤《「新詩集」與中國現代文學的發生》等，在討論發生期的中國文學時，都對巴蜀作家貢獻有新的發掘。如楊義先生著作中不僅專門設立「四川鄉土作家群」一章，指出「在我國現代文學大發展中，四川是除浙江之外，出現最多的文學巨匠和傑出作家的省份。」〔註 14〕是中國現代文學第二大省。還在接下來一節關於李劼人較詳細的評介中，將其定位為「白話小說的早行者」和「新文學作家中最早試做白話小說的一人。」〔註 15〕其學術眼光令人稱道。一再被忽略的吳芳吉則進入到劉納的關注視野，稱五四「那個時代卻也產生了在當時很有影響的《婉容詞》」〔註 16〕，雖然其有關吳芳吉倫理觀念陳舊的看法還可商榷，但對其作品超過當時一些時髦觀

〔註 14〕楊義《中國小說史》（中），人民出版社，1998 年，第 424 頁。
〔註 15〕楊義《中國小說史》（中），人民出版社，1998 年，第 434 頁。
〔註 16〕劉納《嬗變——辛亥革命時期至五四時期的中國文學》（修訂本），中國人民大學出版社，2010 年，第 38 頁。

念之作的真摯情感、動人的力量和影響所作的高度評價還是頗有見地。姜濤
著作中相關論述也多給人啟發。

　　李怡《來自巴蜀的反叛與先鋒》等多篇相關論著，郝明工《現代巴蜀作
家與二十世紀的中國區域文學》、陶德宗《巴蜀作家與中國現代文學》等多為
宏觀研究性質。徐志福《標新立異敢為先——五四文學革命中的蜀籍作家團
體述評》雖實際涉及作家不多，亦可為整體論述。

　　還有的論文則從個案分析闡述四川作家的貢獻，秦林芳的《淺草——沉
鐘社對中國現代文學的貢獻》、張宗福《〈松遊小唱〉：與岷江歷史文化的對
話》、周正《董湘琴〈松遊小唱〉的成因簡析》、羅藝華與易丹《「五四」前
後〈晨報〉總編蒲伯英的文學活動及其評價》、賈劍秋《現代白話小說第一
人辨》、陳鳳陽《論〈新詩底我見〉的理論系統性》、童龍超《中國現代詩學
綜合研究的開端——估康白情詩論〈新詩底我見〉》、龔奎林與黃梅《「體制
的革新和實驗」——論康白情的詩歌主張及其歷史地位》、張雲江的《弄潮
詩人康白情》、諸孝正與陳卓團的《論康白情在新詩史上的地位》、陳永《對
葉伯和的再認識》、黃侯興《郭沫若文藝思想論稿》與《郭沫若的文學道路》。
研究論文有首都師範大學黃雪敏 2007 年的博士論文《創造社詩歌研究》、山
東師範大學張勇 2006 年的博士論文《前期創造社期刊研究》、2002 年暨南
大學伍世昭的博士論文《比較詩學視野中的郭沫若早期心靈詩學》、2007 年
山東大學宮下正興的博士論文《以日本大正時代為背景的郭沫若論考》、許
敬 2004 年的碩士論文《艱難的新生——〈草堂〉及葉伯和考論》。此外，還
有白屋詩人吳芳吉研究課題組選編的《吳芳吉研究論文選》等等。

　　以上論著探討角度呈現出多樣性的特色，對於瞭解巴蜀作家與中國現代
文學發生間的關係不無裨益。但是，大多因為不是發生期的專題系統性研究，
或因不同的側重點，因此對於巴蜀作家與中國現代文學發生論題雖有所涉獵，
但要麼是從宏觀論述，對涉及到的典型例證只能是點到為止，未能作深入論
證；要麼是個案剖析，無暇整體觀照。因此，亟待作進一步的發掘與資源整
合，集中探討四川作家與中國現代文學的發生，對彼此間的複雜關係作多層
面的整體分析，對這個階段四川作家群的總體成績與概況系統梳理，包括思
想理論思潮之先聲，社團與群體之組織發動，有代表性的作家創作特色與影
響，以及不同流派人物辯爭與呼應之關係。尤其注意其理論與實踐的創新和
對於新文學建設意義的論述，注意當時有影響而長期被忽略者的挖掘。宏觀

與微觀兼備，以此盡力從整體上還原歷史現場，展現中國現代文學發生時段，巴蜀作家所處的地理座標和整體貢獻，進而作出較為全面客觀的評價，希望以此為促進中國現代文學與巴蜀文化、區域文化關係研究提供資料和借鑒。

目前學術界對於中國現代文學的概念有不少爭論，對於其起點、也有不少分歧，如 1917、1919 之類。還不斷有打破近、現、當代文學界限，開展更大歷史段文學史研究的建議，如黃子平、陳平原、錢理群先生提出建立「20世紀文學」研究構想，〔註17〕此外另有「19世紀以來文學」、「近百年中國文學」等等。〔註18〕這些問題無法統一，那什麼時間為中國現代文學的發生期？就不會也不可能有標準答案。事實上，無論是白話文、白話文學的寫作、創作，還是近代西方觀念的傳入，其歷史源頭都比較久遠。有關晚清時期的各類思潮的影響和接收是繞不過去的，因此中國現代文學的發生經歷了一個較為長期的醞釀和演變過程。在各個地域也不是齊頭並進，只能是相對推進。正因為如此，近年來各類相關研究成果分期或大同小異或五花八門也就不足為奇。如西南師範大學 2002 年出版的王曉初先生《中國現代文學發展演變史》，論述的起訖時間為 1898～1989，自有其獨特見解。高等教育出版社出版的嚴家炎先生主編的《二十世紀中國文學史》，將現代文學的起點定在十九世紀末八十年代初，向前推進了多年。在論述五四文學革命和新文學的誕生之前，足足用了四章論述甲午前夕的文學、別創詩界的黃遵憲、梁啟超的「詩界革命」與「文界革命」、還有小說界革命與南社柳亞子等。根據發生學原理，筆者認為中國現代文學的發生不是一個確定的時間點，而是一個時間段，有其發酵、孕育的過程，因而認為中國現代文學發生時間上限十九世紀末較為合理。

學界通常將 1917～1927 看作是新文學的第一個階段，也不過是為了敘述的方便而作的大致劃分。〔註19〕事實上，現代文學的發生如陳平原先生所述：「在我看來，一場成功的思想、文化、文學上的『革命』，既不可能一蹴而就，

〔註17〕關於這個問題，《文學評論》，1985 年 1 期，有黃子平、陳平原、錢理群三位先生的探討，另外還有黃子平、陳平原、錢理群《「20世紀中國文學」三人談》，人民文學出版社，1988 年。

〔註18〕參見錢理群、溫如敏、吳福輝《中國現代文學三十年》前言，北京大學出版社，1998 年，第 1 頁。

〔註19〕趙家璧主編《中國新文學大系·建設理論集》，上海文藝出版社，影印本，2003 年，第 1 頁。

也不會稍縱即逝，必然包括醞釀、突破、鞏固、定性。」〔註20〕也就是說發生並沒有一個具體精確的時間點，而是一個相對漫長的時間段，之所以界定時間範圍只是為了敘述的方便。另據有關資料顯示，1921 年到 1923 年，全國出現大小文學社團 40 餘個，出版文藝刊物 50 多種。1925 年，自 1925 年開始，新文學社團及相應刊物激增到 100 多個。「新文學社團的紛紛建立，標示著新文學運動已從初期少數先驅者側重破壞舊文學，而轉向大批文學生力軍致力建設新文學了。」〔註21〕可以說中國現代文學經過晚清到民初漫長的醞釀期，發難於 1917 左右，到 1923 年前後已基本奠定基礎，尤其是五四前後可謂高潮時期，巴蜀作家這段時間極為活躍的參與和成績自然最具鼓舞推動作用和特殊意義。此外，以川人為主的淺草社 1922 年成立，1923 年創辦會刊《淺草》。《淺草》出至三期，停滯一段時間後在 1925 年堅持出了第四期。雖然《淺草》第四期在 1925 年 2 月問世，但其中作品多創作於 1923 年。在此之後，四川作家繼續創造輝煌，與 1925 年後成立的沉鐘文學社一樣，面臨著新的時代和使命，與本文論題關係已經不太密切，這可算是本文將討論的下限定在 1924 年的理由吧！另外需要指出，本文的「四川」概念是包含重慶市在內的巴蜀文化區域，而非當下的「四川」行政地理區域。

〔註20〕陳平原《文學的周邊》，新世界出版社，2004 年，第 122 頁。
〔註21〕錢理群、溫儒敏、吳福輝《中國現代文學三十年》，北京大學出版社，1998 年，第 16 頁。

第一編　山雨欲來風滿樓
——巴蜀新文化發生的前奏

第一章　睜眼看世界・巴蜀文化的時代性

文學的流變有來自外部因素的刺激，也有內部的調整。中國傳統文學曾有過的幾次大變革主要是內部調整，即便有外來文化的影響，也很快被本土化，沒有質的衝擊。中國現代文學的發生與中國政治體制的改變一樣，是一場千年未有的大變革。中國現代文學發生有兩個關鍵詞，即，「新」與「舊」。在通常意義上，新文學的「新」主要是指文學的思想、內容、形式乃至於審美範疇對西方文化的借鑒。現代文學發生的思想理論資源大部分取之於西方文藝思潮，這是歷史事實。「舊」主要指晚清時期那種內容空泛、形式雕琢的文學。在揚「新」棄「舊」的過程中，西方文化是中國現代文學發生的主要資源。印度、俄羅斯、日本、英美等國家的文學與中國新文學關係密切。胡適思考文學革命的靈感來源於西方的文藝復興。他曾將中國的「文學革命」比喻為西方的文藝復興。文學史上，這場史無前例的文學革命與西方社會是如此緊密聯繫。因地理位置關係，沿海江浙一帶可以得風氣之先，巴蜀染西方文化之風則遲緩一些。但這並不意味著川人被囿於邊陲一隅，現代報刊媒介突破地理邊界，讓川人視野「走出夔門」。

第一節　發達的報刊業推動四川對外界的瞭解

中國近代興起的報刊行業促使社會進入一個紙質化信息的時代。較之於過去快速便捷的報刊信息交流使得各區域之間不再完全受制於空間阻隔，同

樣，也使得四川與世界的距離縮小。科舉制度的取締，使文人失去學而優則仕的直接階梯。他們轉而投身報刊雜誌行業。文人的加盟，使得這行業蓬蓬勃勃地發展壯大。

近代川人借助報刊業縮小與外界的距離。以辦報方式打開四川大門面向世界的是宋育仁。曾做過外交官的他創辦了四川近代的第一份報刊，誕生於1897年的《渝報》。報館設在重慶，它是四川睜眼看世界的第一雙眼睛，讓川人瞭解西方科學技術、文化知識。《渝報》在介紹外面的世界同時，也讓外面的世界瞭解四川，起到溝通川內外的橋樑作用。《渝報》的派報處範圍輻射全國。它在川外的派報處有26個城市地區，例如北京、天津、上海、南京、蘇州、山東、山西、江西、杭州、福建、武昌等等。「《渝報》館還『代發《官書局彙報》《時務報》《萬國公報》，並印發各種時務書或新譯外國書及刻近人新著』還寄售各種書籍，是在省內外皆有影響的一個刊物，發行量高達二千餘份。」〔註1〕《渝報》館縮小了世界，拉近了四川與外界的距離。《渝報》的主辦人宋育仁離開重慶到成都後，組織了「蜀學會」。並以「蜀學會」的名義創辦《蜀學報》。這份刊物的宗旨與渝報一樣是為增加人民的見聞，以達到開風氣之目的。《蜀學報》同樣是面向全國銷售，在省內設立20個，省外22個代派處。近兩千份的銷量依然是供不應求。這反映出《蜀學報》在社會上的影響力。

讓四川報紙走出國門的是被稱為成都報界開山祖師的傅樵村。他創辦的《啟蒙通俗報》是四川第一家連通海內外的報紙，也是是四川最早的白話報。《啟蒙通俗報》創辦於1901年，報館設在成都。《啟蒙通俗報》宣傳變法維新，廣泛介紹西方的科技文化，例如，開設各省記事、外國記事、世界拾奇、海外好奇談、西哲名言、西史等欄目。雖然其發行量約一千份，較《渝報》和《蜀學報》少，但是它的影響面已經輻射到海外。這份報紙對海外的影響力，一是通過教堂，當時的教堂常來買《啟蒙通俗報》；二是直接銷售到海外。〔註2〕1901年，傅樵村還創辦了「華洋書報流通處」，專門銷售北京上海的報紙。1915年傅樵村出任松潘縣知事，他讓陳岳安管理「華洋書報

〔註1〕王綠萍、程祺編著《四川報刊集覽》上冊，成都科技大學出版社，1993年，第2頁。

〔註2〕參見王綠萍、程祺編著《四川報刊集覽》上冊，成都科技大學出版社，1993年，第5頁。

流通處」。陳岳安接管之後進一步增強了「華洋書報流通處」的進步趨向，並將「華洋」更名為「華陽」。這個窗口大量銷售進步報刊書籍，例如《新青年》《每週評論》《星期評論》《湘江評論》《浙江潮》《新潮》等刊物在此能被找到。成都最先言新學的吳虞因為在華陽書報流通處」看到章士釗、陳獨秀在日本創辦的《甲寅》月刊而受到鼓舞，將其創作的《辛亥雜詩九十六首》寄到東京，在《甲寅》上發表。李劼人、巴金在回憶中也都曾分別談到來源於「華陽書報流通處」的新文化信息對他們的幫助激勵。傅樵村創辦於1909年的《通俗畫報》起到了開風氣之先的作用。其影響力之巨大，被譽為一紙相當於十萬軍。〔註3〕

為了增加信息流通渠道，川內的報刊還採用通過向外派駐記者獲取第一手資料，向川內民眾傳播發生在國內國際的時事新聞。例如，創刊於1915年的《四川群報》為了增加信息管道，聘請王光祈、周太玄、曾琦擔任駐北京、上海、日本的通訊記者。川報的影響力還來源於其辦報方式——與外地報刊聯合，相互呼應。例如成都的《星期日》便是呼應北京的少年中國學會而創辦。1919年7月13日創辦，孫少荊任經理，李劼人任主編。《星期日》宣傳「五四」新潮，有力地推動了新文化在四川的傳播。其受歡迎程度從五千份的銷量可見一斑。「它的版面類似當時北京的《每週評論》、上海的《星期評論》；內容也同樣是尖銳地批判舊制度，熱烈地傳播新思潮。」〔註4〕李劼人在創刊宣言中明確標示該刊的宗旨是要川人睜眼面向光明的未來：「我們為什麼要辦這個週報？因為貪污黑暗的老世界是過去了的。今後便是光明的世界，是要人人自覺的世界。可是這裡還有許多人困於眼前的拘束，一時擺脫不開，尚不能走到自覺的地步上。如其竟沒有幾個人來大聲呼喚一下，那是很不好的。因此我們才敢本著自家幾個少數少年人的精神，來略說一點很容易懂的道理。」〔註5〕

川報在信息方面是多維度的。報刊促進川人睜眼看世界不僅限制於政治經濟層面，還有文化層面。以宣傳變法維新為宗旨，以廣開民智、促進風氣改變為目的的報刊自1897年開始每年遞增。創辦於重慶的有《渝報》《廣益

〔註3〕參見王綠萍、程祺編著《四川報刊集覽》上冊，成都科技大學出版社，1993年，第22頁。
〔註4〕《李劼人選集》第五卷，四川文藝出版社，1986年，第9頁。
〔註5〕王綠萍、程祺編著《四川報刊集覽》上冊，成都科技大學出版社，1993年，第84頁。

叢報》《重慶日報》等。創辦於成都的有《蜀學報》《蜀報》《通俗畫報》《蜀報》等。巴蜀文化的開放性與包容性賦予川人開闊的胸襟，對西方文化與中國傳統文化採取兼容並蓄態度。創辦於 1903 年的《廣益叢報》刊載晚清流行的譴責、狹異、哀情小說之外，也刊載國外小說的譯作。刊載有英美小說《一紙書》《陶南雪》《井底骷髏》《奇情偵探》等。這份報刊上刊載的譯作數量不多，到創刊於 1914 年的《娛閒錄》時，譯作呈幾何數的翻倍增長。《娛閒錄》中僅僅李純生一人的譯作就多達幾十篇，另外還有毋我、覺奴等的翻譯。被翻譯的文學作品涉及英、美、法等國家，例如，第一冊的譯作是法國岳珂的《岩窟王》。第二冊上的譯作有印度神話《刺瑪王》。第四冊上的譯著有《刺瑪王》《亡指談》《崖窟王》《弭兵陰謀記》。對西方文學的吸收是促使中國現代文學發生的最強影響因子。報刊對西方文學的介紹為日後中國現代文學發生期間巴蜀作家群的異軍突起起了良好的鋪墊。（關於此，後面將有專章論證，在此不再詳細闡釋。）中西文化的融合在繪畫藝術上也有體現，以創辦於 1905 年（光緒 31 年）的《四川學報》為例說明。該學報開始的兩頁是黑白色的古建築畫。繪畫採用寫實手法，庭院樓閣，細緻到窗格的紋理，頗具有西洋油畫的寫實風格，但是畫面的古樸意境又是典型的中國畫風。兩幅建築畫面展現中國藝術與西洋藝術融匯的風格特徵，也展示中西文化的融合。在戲劇上也能體現出中西文化融合，例如《娛閒錄》上對日本新派劇的介紹。（這在後面將有專章論述）

第二節　報刊的興起與現代教育觀念之轉換

川人睜眼看世界還體現在教育界。西方辦學模式通過報刊得以被介紹到四川。如果說沿海地帶注重實業，如福建文化注重「書中自有黃金屋」，那麼內地巴蜀文化側重精神層面的追求，以「書中自有顏如玉」為理想境界。巴蜀人對形而上的追求表現在對教育的重視。以《四川學報》為例探析當時四川的教育情況。《四川學報》是一份官報，又名《四川教育官報》。由《四川學報》可以探出四川的教育並非死水一潭，而是融入有世界元素，川人在教育方面已經開始注重借鑒國外先進的教育模式。

四川當局非常重視教育。《四川學報》第二冊在遊學經費表欄裏，詳細列出教育費用的分擔負責制度，其中涉及到駐日楊公使所給及的教育經費。由

此可知四川對文化教育的重視。再如，《四川學報》第四冊（光緒三十一年三月）在管學大臣諮遵中，明確規定鼓勵辦學，且將辦學校的成績作為考核各州縣官員的依據之一。「視學堂之多寡定州縣之考成以免阻疑而示鼓勵」〔註6〕

　　川人辦教育具有國際視野。地處偏僻地帶的四川並非人們認為如「蜀犬吠日」的見識狹隘，而是放眼世界，將國內外的觀點做比較分析。《四川學報》談教育很少只言川人辦教育，多在橫向比較中談教育，將國內國外的教育模式與之比較。曾是我國附屬國的日本竟凌駕於我國之上，成為影響全球的強國。這在當時吸引了很多中國學子留學日本去一探究竟，所以《四川學報》比較多地提到日本。這也體現出巴蜀文化開放的特質。《四川學報》較多地介紹日本的辦學情況。第二冊在譯編欄裏，由永嘉王鴻年寫的《日本教育制度之沿革》。第七冊（1906年、光緒31年）華陽劉鏡譯「愛珠幼稚園沿革志卷上」介紹日本辦學情況。另外，刊載「京外各學堂微收學費章程」。此外，「視學提要第三編教育法上篇」用日本豐岡茂夫的講義。《四川學報》在第二冊談教育時，根據西方的辦學模式將學校教育分為故意（有一定之規則）、目的（有一定之宗旨）、秩序（有一定之先後秩序）、方案（入學年齡、畢業年限、學科課程、時間表等）。將普通教育分為德育、智育、體育。可以見出四川教育界對現代教育觀的探索。

　　教育的對象是「人」，任務是「塑人」。「塑人」的核心是倫理道德觀念的培育。《四川學報》在闡釋倫理道德時，也不再侷限於中國一家之演說，而是以日本、英國、德國等西方各國的觀念反觀中國的倫理道德觀。例如，第二冊在講義一欄的倫理學中，所載的便是日本中谷延治的作品。文章將中西文化對倫理的不同加以對比。文章提到盧梭關於人性的觀點，世間萬物天然具備人性，「盧梭之論人性曰凡物莫不由天然手而成，由人手而敗，與中國孟子之言性善同。其倡性惡之說者，中國有荀子，英國有培根，培根之言曰凡事須經驗始能與真理符合故性不可持其主義與荀子相同，盡謂人性須藉教育之力以克去私欲方不為其所陷」〔註7〕文章還將程朱諸儒、王陽明的觀點與西方社會觀念比較。文章還詳實列出倫理學之分流，為客觀的和主觀的。客觀的有分為實體說（神性論、物性論）和命令說（神意論、物意論）。主觀的分為認識說（經驗論、直覺論）和目的說（快樂論、道德論）。其中的快樂論又分

〔註6〕「遊學經費表欄」，載《四川學報》，1905年，第四冊。
〔註7〕《四川學報》，1905年，第二冊。

為利己、他利、功利。道德論又分為成己、形式。接著文章還列出主要倫理學五派，直覺說（又良心說）、快樂說、進化說、理性說、完全說。四川教育界力圖培養出具有國際思維的年青一代。例如，《四川學報》第四冊在講義一欄裏刊載華陽小學堂教習所用的《四川地理》。文章談到之所以要學習地理，是因為要具備世界眼光。「生乎今之世而株守一隅不能辨南轅北轍天下大勢者必不能生存於世界。然欲放世界之人類社會之發達列國之政治幅員之廣狹……本國本省之不知，焉能研究所謂自然地理、人事地理。故耶外國學校之講地理其始，知本校而推至本鄉本省本國以及於全球。此吾校所以先四川地理而後及各省各國。」〔註8〕此外，第十章《人類之欲望》以世界眼光將中國人與西方人做比較。

《四川學報》在四川教育制度改革方面起到了積極的推動作用。〔註9〕作為一份官方報紙，它的推行帶有強制性。政府規定辦學人士有義務購買。另外，所屬官署、各處學堂、各公局也必須閱讀。

由《四川學報》可以探出四川的教育並非死水一潭，而是融入了世界元素，川人在教育方面已經開始注重借鑒國外先進的教育模式。

第三節　留學熱潮開拓廣闊的視野

川人睜眼看世界不僅僅停留在借助報刊媒介，而是走出國門零距離接觸異域文化。留學生成為川人瞭解世界的橋樑。晚清的貧弱開啟了留學風潮。中國的有識之士紛紛走出國門，來到西方「取經」，期望能振興祖國。在這股浪潮中，巴蜀大地的學子們不甘示弱，也加入到留學的行列中。

中國的第一批留學生從1846年美國傳教士從澳門帶走三個小孩開始，到1877年的公費留歐，留學生潮並沒有掀起高潮。但是甲午戰爭的失敗促使自強的中國人開始睜眼看世界。留學熱潮逐年形成，在時代主潮流的驅使下，四川人以公費或其他方式也紛紛走出國門加入留學熱潮中。「在 1901 年～1907 年間，巴蜀青年留學日本的多達千人，1918 年～1921 年間，巴蜀赴法國留學者多達 429 人，占全國 1/3，為人數最多的省份。」〔註10〕四川留學生以

〔註 8〕《四川學報》，1905 年，第四冊。

〔註 9〕參見王綠萍、程祺編著《四川報刊集覽》上冊，成都科技大學出版社，1993 年，第 15 頁。

〔註10〕鄧經武《20 世紀巴蜀文學與西方文化》，載《社會科學研究》，2000 年第 4 期。

在外遊歷的廣闊視野為資源，為川內輸入國外各種信息，開闊了川人的視野。

　　留學國外的川籍學子具有「川人不出夔門便罷，一出夔門則為蛟龍的勇氣與闖勁」，在國外組辦報刊社團，具有較強的社會影響力。

　　日本由於地理位置的近距離以及日本由弱變強的變化吸引了較多的四川留學生。中國人對日本由弱到強的變化產生強烈的好奇心，想一探究竟。自1905 年開始，中國留日學生急劇增加。1906 年全國留日學生達到 8000 餘人，這是有史以來的最高數字。同年，四川省留日學生達到 800 人，占全國留日學生總數的 1/10。這批川籍留日學生對四川的政治、經濟和文化都有著深遠的影響。川人較早在日本創辦的一份刊物是《鵑聲》。這份雜誌於 1905 年由雷鐵崖在東京創辦。〔註 11〕1907 年。他與吳玉章等人主辦《四川雜誌》。這兩份刊物最具特色的地方體現在政治方面，即反清排滿，倡議政治體制改革。《四川》的代派所是日本東京各書肆、中國內地各書坊。《四川》與其他雜誌互相代派各報，有《雲南雜誌》《滇話報》《新女界》《農桑雜誌》。四川人在日本創辦的報刊還有創刊於 1908 的《自治叢錄》、創刊於 1910 年的《工商學報》。1917 年，由郭沫若、夏丏尊等在日本創辦《學藝》。這份報刊很好地推動了新文化的發展。吳虞的《消極革命之老莊》便在該刊第二期被刊登。

　　留學法國的四川留學生也通過創辦刊物的途徑影響了近代中國的政治與文化。國外的川籍留學生以其自身優良的素質，成為在法留學生團體的中心，成為溝通中西方文化的橋樑，這可以留學法國的川籍留學生周太玄為例。周太玄最初與李璜合作創建「巴黎通訊社」，後來與李劼人、何魯合辦。「巴黎通訊社」向國內大量發稿，《北京晨報》《國民公報》《上海時事新報》《中華新報》《民國日報》《神州報》皆採用他們的稿件，在國內造成很大的影響力。1919 年「巴黎和會」談判時，北洋政府企圖封鎖談判失敗的消息。但是中國代表在談判桌上的妥協被「巴黎通訊社」第一時間向國內披露，引起國民譁然，釀成「五四」運動的爆發，掀起新文化運動的高潮。周太玄於 1919 年底創辦《旅歐週刊》之後，又受華工工會委託創辦《華工週刊》。1921 年 3 月 27日，「少年中國學會」在巴黎成立分會，周太玄因其為人純樸堅韌，能團結人，深孚眾望，當選為分會書記。

〔註 11〕雷鐵崖回國後，通過辦學繼續他的影響力。1909 年，雷鐵崖回到上海，以中國新公學等校為依託，宣傳期政治思想。1920 年，他在上海創辦留學預備學校，繼續為他的政治理想服務。

　　不僅留日學生、留法學生在國外創刊，在其他國家的四川留學生也創辦刊物增強影響力。例如，1911 年，馬來西亞的四川留學生同盟會會員在吉隆坡創辦《四川週報》。

　　此外，留學生在海外創辦刊物不僅將四川人的影響帶出國門，還將將異域文化的影響帶回四川。留學生回國後帶領四川人一起睜眼看世界。反孔英雄吳虞掀起的思想界運動（因為有專章論述在此不再論證）。留學日本的葉伯和歸國後將其所受到的西洋文學影響帶回四川，教唱白話詩歌，創辦新文學社團及刊物。「草堂」文學研究會以及《草堂》刊物的發行，強有力地推廣了新文化在四川的影響力。葉伯和也成為國內最早嘗試白話新詩的先驅。

　　正因為川人睜眼看世界，不固步自封，不將自身侷限於一隅，才有了近代巴蜀文化的豐富多彩。在中國現代文學發生的這一重大文學事件中，巴蜀作家不是被動等待而是主動參與。在新文化萌芽、成長的過程中，「求新求變」成為時代浪潮的主要特點。這時代風潮也激活了巴蜀作家的創造力，進而引領時代風潮。

第二章　巴蜀文化的叛逆精神

巴蜀文化是一個立體感較強的多維度文化體系。它既熱烈奔放，也溫柔敦厚、細緻纏綿，還狂放不羈、桀驁不馴。巴蜀文化的豐富內涵賦予巴蜀人靈活多變的性格特徵，既有松樹的堅強，也有柳樹的靈活。在時代更迭的年代，巴蜀人往往佔據主動，把握時代大局的方向，成為歷史潮流的引領者。

第一節　對專制體制的反抗——以《鵑聲》、鄒容等為例

巴蜀文化孕育的子民，通常具有強烈的獨立性、反叛性。早有人將巴蜀文化的這種特徵概括為「天下未亂蜀先亂，天下已治蜀未治」。

一

巴蜀文化賦予川人熱愛自由、反抗權威的思想理念。他們在政治上不滿清朝政府的專橫統治，嚮往西方的民主、共和。戊戌六君子中便有兩人是川籍人士，他們是楊銳、劉光第。川人這種叛逆精神在早期創辦的報刊中可見一斑。

川內的報刊是如何體現巴蜀文化的叛逆特質的呢？

《渝報》以維新變法為主題。它為四川變法大造聲勢。《渝報》在四川受到熱烈歡迎，川內各個縣州市都設有派報處。光緒二十四年三月下旬，《渝報》出版第十六冊停刊。《渝報》的創辦者之後創辦了具有相同宗旨《蜀學報》，一樣反響熱烈。隨著戊戌變法失敗，維新人士遭受迫害，《蜀學報》因此被迫

停刊。雖然慈禧暴政使得維新運動遭遇重大挫折，維新變法的宣傳並沒有停止。1901 年創辦的《啟蒙通俗報》、1903 年創辦的《蜀報》和《廣益叢報》、1904 年創辦的《重慶日報》繼續以宣傳變法維新為主。《蜀報》在第一期《論本報宗旨》中說「今日而欲圖存，非自強不可；欲圖自強，非變法不可；欲圖變法，非開民智不可。報章者，民智之先導，而變法自強之起點也。」〔註1〕1904 年創辦的《重慶日報》以進行革命宣傳，提倡婦女天足、男女平權為主。其銷售量由開始的五百多份增加至三千多份，足見其受歡迎的程度。它刊載慈禧遊頤和園的消息時，使用《老妓頤和園之淫行》為題目。在清政府還沒有垮臺的當時，用「老妓」稱呼慈禧，這舉動引起社會轟動。由此也可以看見川人對權威的反抗精神。四川人不畏強權的反抗精神還可以從 1905 年創辦的《工會日刊》彈劾官員事件窺其一斑。1910 年，巡警道臺周肇祥在花會聚豐園大宴賓客。《蜀報》在第八期將此詳細登載。周肇祥擔心報導過多對自己的仕途造成不良影響，他利用權勢不許《工會日刊》報導。《工會日刊》不服，因而收集證據，請諮議局提出彈劾，周肇祥被迫離開四川。1916 年，袁世凱死亡。《四川群報》用紅紙出版，標題是《千夫所指，無病而死。袁世凱死矣！》。這份報紙印發好幾萬份，足見證川人對這位復辟專制帝王制度之人物死亡的歡欣鼓舞，說明川人對專制的痛恨之深。

走出國門的川籍學子將巴蜀文化的叛逆精神、愛國情懷融入報刊雜誌中，創辦出讓清王朝膽寒的《鵑聲》《四川》。

四川留日學生在日本創立革命團體鵑聲社，出版刊物《鵑聲》。《鵑聲》的辦報宗旨是存天理，伸公憤。它敢於揭露政府的醜惡，伸張正義。在這樣的辦報宗旨下，《鵑聲》「揭露帝國主義的侵略行徑，反對滿清政府和封建專制制度，宣傳西方資產階級的自由民主思想，對以康有為、梁啟超為首的保皇派也進行了激烈的抨擊，提出人權、自治的要求，熱情地介紹西方社會黨均貧富的主張，具有強烈的愛國思想。」〔註2〕《鵑聲》在出版第二期之後就沒再出版，雖然第三期目錄已經在第二期上看出。《四川》是在《鵑聲》的基礎上建立，由雷鐵崖與吳玉章共同創辦。《四川》因為社會反響之大，每期都

〔註1〕王綠萍、程祺編著《四川報刊集覽》上冊，成都科技大學出版社，1993 年，第 2 頁。

〔註2〕王綠萍、程祺編著《四川報刊集覽》上冊，成都科技大學出版社，1993 年，第 18 頁。

是一版再版。這引起清政府的恐慌與不滿，通過外交強制《四川》停版。1961
年 5 月 24 日，吳玉章在回憶《四川》雜誌的創辦過程時這樣說，「它對外反
對帝國主義；對內堅決反對清朝反動統治，主張革命。所以它一出世，即受
到人們熱烈的歡迎，銷路很廣，每期出版後不久都又再版發行。正因為這樣，
清朝政府把它看做眼中釘，加以迫害。1908 年秋，清朝政府的訪美專使唐紹
儀路過日本的時候，要求日本政府將《四川》雜誌和《民報》一起查禁。因
此，它只出了三期便被封閉了，而第四期也遭到沒收。」〔註3〕。川人不滿專
制的叛逆思想在歷史長河中隨處可以見證。

二

　　晚清末年，重慶巴縣出現了一位歷史上的風雲人物。雖然他生命短暫，
但卻釋放耀眼的光芒。生命如炫目煙花的這位人物就是鄒容。鄒容，字威丹，
於 1885 年出生於重慶巴縣一個商人家庭。

　　鄒容童年所處的時代，商人階層在社會中地位低下。鄒容的成長經歷雖
然衣食無憂，但階級的等級懸殊給他留下深刻烙印。這種家庭背景使得鄒
容很早就意識到中國資產階級地位的卑微，產生對社會等級制度的不滿，
這是激發其革命激情的一個早期因子。19 世紀末，日本的強大讓許多中國
年輕人為之仰慕，進而希望到日本學習。中國留日學生猛增，由 1896 年的
13 名到 1902 年的一萬多人。正是在這樣的背景之下，鄒容到日本留學。在
鄒容留學期間，民主革命思想在留日學生中蓬勃發展。當時，宣傳民主思想
的譯書在留學生中異常盛行，例如，盧梭的《民約論》、孟德斯鳩的《萬法
精理》、穆勒的《自由原論》等。在這種思潮影響之下，鄒容的革命思想急
劇成長。

　　巴蜀文化的熱烈奔放、狂放不羈、桀驁不馴與日本革命思潮的激進狂熱
相結合，催生了鄒容的《革命軍》。

　　《革命軍》以其大膽直率的筆觸揭示歷史真相。鄒容因為洞察到清王朝
實質是西方列強的走狗，因而書中滿溢著反對情緒。「世界只有少數人服從多
數人之理，愚頑人服從聰明人之理。使賊滿洲人而多數也，則僅五百萬人，
尚不及一州縣之眾。使賊滿洲人而聰明也，則有目不識丁之親王大臣，唱京
調二簧之將軍都統。三百年中，雖有一二聰明特達之人，要皆為吾教化所陶

〔註3〕《四川》第一期第一頁。這是吳玉章後來回憶時所寫，取名為「重印的話」。

熔。」〔註4〕

　　《革命軍》為中國人走向獨立富強指明方向——革命。《革命軍》率先喊出「革命」口號。鄒容倡議為了中國的獨立，為了能與西方列強並雄，以革命脫離滿洲人的統治是必需的途徑。革命的目的是為了讓人人享有平等幸福的權利。中國共產黨繼承了「革命」精神，率領中國勞苦大眾建立了社會主義中國。《革命軍》的影響不僅僅體現在反清排滿的革命性，還在於反思中國人的劣根性。《革命軍》中的第五章「革命必先去奴隸之根性」，從秦漢開始分析，得出我國二十四朝歷史只不過是一部奴隸的歷史。鄒容呼籲同胞們萬眾一心拔去奴隸的根性，成為中國的國民。鄒容與章太炎關係極好。魯迅作為章太炎的學生，自然也受到鄒容的影響。魯迅後來批判國民劣根性，揭示中國人深藏在骨髓的奴隸性，不能不說與鄒容無關。而魯迅的這一批判可以說在中國現代文學中影響深遠，佔據主流地位。也就是說巴人鄒容以魯迅為橋樑與中國現代文學之間存在一定的關係。鄒容的思想以魯迅為橋樑滲透進文學領域，並形成一種延續數十年的國民性的大討論。

　　《革命軍》的影響力難以評估。該書與章炳麟的《駁康有為書》成為當時宣傳革命的兩部重要書籍，一起將矛頭指向清王朝的統治。鄒容的《革命軍》被稱為中國人權宣言的代表作。在辛亥革命時期，《革命軍》發行量居革命書刊中的第一位，總印數達一百多萬冊。由此可以想見《革命軍》當時的影響力之深廣。《革命軍》第一版由上海大同書局印行後，很快被搶購一空。在《革命軍》翻印時，為了避免當局的搜查，數度改換書名。1903年在新加坡翻印時，以《圖存篇》的名義出版。同年，《革命軍》以《革命先鋒》之名在香港翻印；在上海翻印時改名為《救世真言》；在橫濱翻印時，將其與《駁康有為》合刊，取名為《章鄒合刊》。魯迅對《革命軍》曾這樣評價道「便是悲壯淋漓的詩文，也不過是紙片上的東西，於後來的武昌起義怕沒有什麼大關係。倘說影響，則別的千言萬語大概都抵不過淺近直接的革命軍馬前卒鄒容所做的《革命軍》」。〔註5〕

　　《革命軍》在社會上的影響力引起滿清王朝對鄒容的恐懼與憎恨。在20歲的美好年華，他在獄中被折磨致死。柳亞子、章太炎等紛紛寫詩以表達哀

〔註4〕周永林編《鄒容文集》，重慶出版社，1983年，第44、45頁。

〔註5〕《魯迅全集》第一卷，第318頁，轉引自周永林編《鄒容文集》，重慶出版社，1983年，第30頁。

悼之思。孫中山為了紀念鄒容，追封他為「大將軍」，特意將反清部隊將士取名為革命軍。

三

清朝末年，猶如暮氣沉沉的寒冬時節，表面是寒冰籠罩，內裏則暗潮洶湧。新舊事物處於將生未死的對峙交鋒狀態。巴蜀文化的浪漫精神與逍遙出世的道家文化都讓川人充滿對自由的渴望。但滿清王朝的專制統治壓抑著人們自由的呼吸。鄒容的《革命軍》吹響了打垮滿清王朝的哨聲。他對專制體制的反抗代表了四川人對民主政治的渴求。一大批四川人都參與到爭取民主體制的行動中來。

在思想界，川人以各種方式宣傳變法維新，企圖建立民主的政治體制。四川富順人宋育仁於 1891 年寫有《時務報》，系統闡釋變法主張。1894 年，宋育仁出任英、法、比、意四國公使參贊。他認真考察西方社會的文明與法制，將其所見所聞寫成四卷本的《采風記》著作。在著作裏，宋育仁提出中國要富強則必須效法西方社會的政治經濟體制。由於宋育仁素有變法維新的思想，加之他出使西方國家的經歷，使得他的愛國意識更集中體現在變法維新。宋育仁回國之後在北京參加了由康有為、梁啟超成立的以「變法維新」為宗旨的「強學會」。回到四川後的宋育仁創辦《渝報》《蜀學報》繼續宣傳變法維新思想。1898 年，四川富順人劉光弟和綿竹人楊銳，與北京的川籍愛國官員、商人一起，創辦「蜀學會」。蜀學會的宗旨是講新學、開風氣。在會人員定期聚會，商討使國家富強的良策。劉光弟他們為了培養精通西方文化的人才，成立了蜀學堂。後來，劉光第、楊銳等 14 位四川籍人士參加了康有為組織的保國會。在此基礎上，他們還成立了保川會，將保國與保鄉結合。在保家衛國的鬥爭中，巴蜀人從來都是身先士卒走在前列，不會落在隊伍後面。戊戌事變中，楊銳、劉光第以生命為代價呼喚中國的民主政治。雖然他們的肉體已經消失，但其變法維新的精神永垂不朽，激起更多人參與到鬥爭行列中來。

保路運動，使川人將變法維新的思想醞釀演化為實踐，吹響了打垮清朝專制統治的號角。1904 年，為了保護鐵路所有權，成都成立了川漢鐵路公司。1907 年，川漢鐵路公司改為商辦有限公司，自辦川漢鐵路。1911 年，清政府與西方帝國主義勾結，宣布鐵路幹線國有政策，公開出賣川漢、粵漢鐵路修

築權。這激起四川人民的極大憤慨，成立了四川保路同志會，提出破約保路宗旨。當時的川督趙爾豐誘捕了保路同志會和股東會首要人物蒲殿俊、羅綸、顏楷、張瀾、鄧孝可等人，並槍殺了請願的群眾。這激起了整個四川人民的反抗，整個巴蜀大地成一片燎原之勢。清政府緊急派遣端方率領鄂軍進入四川鎮壓人民的反抗，這樣使得武昌兵力呈空虛狀態，從而造成武昌起義成功。成都宣布獨立，成立大漢四川軍政府，結束了清王朝在四川的統治。如果沒有四川的保路運動，清政府的專制統治還會延續相當長的時間，辛亥革命不知會推遲多少年。所以，在中國呼喚民主的道路上，四川人立下不可磨滅的功勳。

第二節　對專制思想的反叛——以廖平、吳虞為例

在幾千年未遇的政治大變動之中，中國思想界浪潮洶湧。中國新文化運動的核心口號是「民主」、「科學」。追求人人平等的新文化與封建禮教的鬥爭，成為近代中國思想界的主題。

在「五四」運動之前，便有人去除封建帝王罩在孔經身上的神聖外衣，為我所用地闡釋孔經要義。他便是廖平，1852 年生於四川井研縣青陽鄉鹽井灣。廖平先後給自己取名四譯、五譯、六譯先生，以凸顯自己對孔經多次不同的闡釋。「帶著巴蜀人文性格特有的驕狂大膽和慣有的標新立異精神，廖平極端『放肆』地任意闡說『六經』為我所用，從強調孔子『感時憂國，改制救弊』的入世精神，去聯繫社會需要變革的社會現實。」〔註6〕在廖平對孔經闡釋的六次變化之中，第二次闡釋直接影響了康有為。1889 年，廖平到廣州拜見恩師張之洞時，帶新著《知聖篇》《闢劉篇》請老師指教。康有為因為讀廖平的《今古學考》而將其視為知己，聽說廖平在廣州即前去拜訪。此次相見，廖平將《知聖篇》《闢劉篇》介紹給康有為。康有為與廖平在羊城會面幾個月之後，他的《新學偽經考》和《孔子改制考》便問世。雖然康有為否認是受廖平所著影響，但是「否認」卻是欲蓋彌彰。甚至作為康有為學生的梁啟超也承認康有為所著淵源於廖平。他在《中國學術思想變遷之大勢》中說：「康先生之治《公羊》，治今文也。其淵源出自井研（即廖平），不可誣也」後來，他

〔註6〕鄧經武著《大盆地生命的記憶——巴蜀文化與文學》，電子科技大學出版社，2005 年，第 299、300 頁。

在《清代學術概論》裏指出：「有為早年，酷好《周禮》，嘗貫穴之《教學通義》。後見廖平所著書，乃盡棄其舊說……然有為之思想受其影響，不可誣也。」〔註7〕康有為宣傳孔子與諸子改制實際為變法維新尋找歷史依據，釀造氛圍。廖平思想解放，不拘泥一種思維模式，而是根據個人經歷與時代變遷不斷的修正思想。廖平曾因為其思想主張，事業受阻，兩次遭遇撤職。1903年，廖平在綏定府教授並兼任綏定中學堂監督，因為被人指控離經叛道而撤銷職務。1909年，他在成都任教，寫有《尊孔篇》。當時的四川提學使趙某指責廖平是穿鑿附會，將廖平解除教學職務。

雖然廖平根據時代變遷對儒學給予新的闡釋，但是他依然沒有逃離儒教的大包圍。他認為孔子是世界萬能的教主，能推算過去，預知未來。廖平認為佛、道、耶、回各教的本原是孔教。將來世界大同，全球統一之時，宗教也歸於統一，統一於孔教。真正對儒家發起進攻的是吳虞。吳虞曾是廖平的學生，但是吳虞在廖平思想解放的基礎上進一步地徹底推翻儒教思想。

吳虞，1872年出生於四川新繁。「五四」時期，在思想界，他與陳獨秀南北遙相呼應。他曾盛極一時，在全國頗具影響力。吳虞這位傳奇性的人物，被陳獨秀稱為「蜀中名宿」，被胡適評為「隻手打孔家店」的英雄，但又屢次被成都教育界驅除。時代的浪潮將他推向頂峰的同時又將他摔下谷底。他一度成為思想革命的標杆，又一度成為新文化的反面人物，處於四面楚歌的境地。他的一生與反儒排孔緊密相依。新文化運動成就他人生輝煌的一頁，也給予他落寞的一生。

吳虞是成都最早提倡新學的人。從1902年、1903年以來，吳虞與朋友一起在成都提倡新學，成績斐然。吳虞1905年到日本學習法律。他在日本的學習過程中，不僅廣泛涉獵歐美各國的法律，還瞭解到盧騷、斯賓塞爾、孟德斯鳩等西方哲學家的思想。在中西方文化的比較中，他滋生了反孔思想。他在1906年寫的詩歌《中夜不寐偶成八首》中，對孔子予以指責。「英雄欺世慣，聖賢誤人深。」、「孔尼空好禮，摩罕獨能兵。」〔註8〕他認為孔子思想只是空談禮儀，不僅誤人子弟，而且誤國。儒教思想主導的國家，在弱肉強食的世界，怎能抵擋強權的進攻。〔註9〕

〔註7〕黃開國著《廖平評傳》，第2版，百花洲文藝出版社，2010年，第191頁。
〔註8〕趙清、鄭城編《吳虞集》，四川人民出版社，1985年，第284頁。
〔註9〕參見1919年寫的《道家法家均反對舊道德說》「我們二千餘年都上了他的圈

1907 年，吳虞歸國回到四川。留學歸來的吳虞面對川內閉塞的局面，力圖讓大眾睜眼開世界。為了讓川人瞭解外面的世界，吳虞不僅和朋友王祚堂等辦書局報社，而且他還倡議籌公費派遣人出國留學。吳虞與朋友創設溥利公書局、《開智閱報》社。吳虞他們辦書局報社的行為，引起許多人的仿傚。不到幾年時間，書局報社遍布四川。川人通過報刊雜誌逐漸增加了對外面世界的瞭解。吳虞關於公費派遣留學生的建議，也得到響應。川中派遣到的日本留學生逐年增多。他曾這樣在《王祚堂》中描繪努力提倡新學的效果，「不逾十二年，而風氣大通，學校林立，比於古學之興，遲速懸絕，其於鄉邦教育文化，不可謂非原動力也。」〔註10〕

因為吳虞著文反對儒教家族制度，批評法律，四川學部趙啟霖奉北京學部張之洞之命，取消吳虞講師的資格。吳虞不僅在事業上遭遇挫折，而且人身自由也被限制。當時的四川總督王人文受到復古派的影響，認為吳虞非聖無法，非孝無親，淆亂國憲，在全國各省下達對吳虞的逮捕令。吳虞逃到鄉下舅舅家才躲過此劫。辛亥革命之後，逮捕令效力自行消逝。吳虞回到成都，在《醒群報》發表文章，堅持反儒排孔的思想。雖然清王朝已經垮臺了，倒是尊儒復古的逆流依然洶湧。《醒群報》被查封，直到袁世凱倒臺才啟封。吳虞在此期間險遭逮捕。當時四川政府保護吳虞，電告北京政府吳虞到日本去了。這才使得他又逃過一劫。後來，雖然袁世凱倒臺了，但是成都報刊都不敢再刊登吳虞的文章。吳虞被成都上流社會排斥，依然是「名教罪人」、「士林敗類」。吳虞在成都的處境，逼迫他將視角轉向川外。吳虞將文章寄往《進步》《新青年》。或許，正如古語「失之東隅，收之桑榆」所言。吳虞在成都的失敗，使得他在北京開拓了一份新天地。他的反孔排儒思想主要表現在以下幾方面。

吳虞肯定孔子在其自身所處的時代是一個偉人。但是，他接著指出一種思想在千年以後還被推崇信奉，則是一種停滯落後。因為時代在變遷，如果

套，還自誇是聲明文物禮樂之幫，把那專制時代陳腐的道德死守著，卻偏要盲從死動的阻遏那新學說、新道德輸入，並且以耳代目，那眼光就在牛市口以上盤旋，全不知道世界潮流、國家現象，近來是什麼情況。莫說孔、孟的靈魂，在山東眼睜睜看著日本來佔據他桑梓的地方，他的道德和十三經通通沒用，止有忍氣吞聲；就是活起來的孔教會、儒教會的人，又能把舊道德去抵抗日本嗎？」趙清、鄭城編《吳虞集》，四川人民出版社，1985 年，第 164 頁。

〔註10〕趙清、鄭城編《吳虞集》，四川人民出版社，1985 年，第 283 頁。

將千年以前的思想奉為當今的行為準則，便是開歷史的倒車。中國，這個昔日輝煌的泱泱大國，現在正處於貧弱、衰敗的境地。她就像一個邁不動步伐的老人，步履蹣跚，奄奄一息。吳虞在給陳獨秀的信中提及自己攻擊儒教的原因。「不佞常謂孔子自是當時之偉人，然欲堅執其學以籠罩天下後世，阻礙文化之發展，以揚專制之餘焰，則不得不攻之者，勢也。」〔註11〕吳虞指出上千年以來儒家思想壟斷中國，導致是非的泯滅。「明李卓吾曰：『二千年以來無議論；非無議論也，以孔夫子之議論為議論，此其所以無議論也。二千年以來無是非；非無是非也，以孔夫子之是非為是非，此其所以無是非也。』」〔註12〕

吳虞揭露儒家之所以會延續千年的原因在於被封建帝王所利用。因為歷代的帝王需要借講究等級秩序的儒教鞏固自己高高在上的霸權地位。「由此觀之，儒教不藉君主之力，則其道不行。故於信教自由之國家，而必爭孔教於憲法；君主不假儒教之力，則其位不固。」〔註13〕吳虞進而指出，現在社會上彌漫的復古尊孔思想，是盜跖之徒利用孔子的思想達到維護封建君主制的目的。吳虞反對儒家思想，從其核心批判，即，批判君臣、父子、夫婦關係。吳虞於1917年寫《康有為『君臣之倫不可廢』駁議》中，揭露儒家與君王相互利用的真實面目。他在文中這樣寫到，「霸主民賊，既利用經傳，盜竊聖知，以遂其私，而鉗制天下。而儒者亦利用霸主民賊之力，以擴張其勢而行其學。二者蓋交相為用。」〔註14〕吳虞指出，儒家制定的禮儀規範，不過是替君王製造聽話的順民，鞏固帝王的統治吧了。「是故福澤諭吉之論吾國曰：支那舊教，莫重於禮樂。禮者，使人柔順屈從者也；樂者，所以調和民間鬱勃不平之氣，使之恭順於民賊之下也。」〔註15〕正因為如此，在兩千年的禮樂薰陶之中，中國人被培養得奴性十足。吳虞於1915年寫的《家族制度為專制主義之根據論》是一篇非常有影響力的文章。他在文中指出，中國之所以還處於宗法社會中不能與世前進，根源在於家族制度。吳虞借莊子的口，指出所謂孝悌不過是世人用以保持祿位的工具而已，指出儒家思想對於國家民族的危害。「故余謂盜跖之為害在一時，盜丘之遺禍及萬世；鄉愿之誤事僅一隅，國愿

〔註11〕趙清、鄭城編《吳虞集》，成都，四川人民出版社，1985年，第385頁。
〔註12〕趙清、鄭城編《吳虞集》，成都，四川人民出版社，1985年，第65頁。
〔註13〕趙清、鄭城編《吳虞集》，成都，四川人民出版社，1985年，第146頁。
〔註14〕趙清、鄭城編《吳虞集》，成都，四川人民出版社，1985年，第146頁。
〔註15〕趙清、鄭城編《吳虞集》，成都，四川人民出版社，1985年，第135頁。

之流毒遍天下。」〔註16〕。1921 年，吳虞在《墨子的勞農主義》中批判儒家將朝廷專制與家庭專制捆綁在一起的陰謀。他認為儒家將君父並尊、忠孝連用，實質是將朝廷專制與家庭專制聯繫在一起。吳虞讚揚古時的仲子窺破君父並尊、忠孝連用的實質，是用家庭專制來輔助朝廷專制。仲子拋棄世家的富貴榮華，帶著妻子自食其力，找尋小家庭的生活。

吳虞對孔子思想的批判，為新文化倡導者掃清前進的荊棘提供了有力的武器。吳虞的政論性文章與魯迅的文學作品交相呼應，他們成為新文化陣營向舊文化陣營開戰的「兩名猛將」。吳虞在《吃人與禮教》具體論證了「吃人」與「禮教」兩者之間的密切關係。他以《韓非子》《漢書》《史記》和《唐書》等史書上的歷史實例論證了在溫情脈脈的面紗籠罩下，禮教吃人的殘酷事實。吳虞在文章末尾直接發出呼籲，「孔二先生的禮教講到極點，就非殺人吃人不成功，真是殘酷極了！……到了如今，我們應該覺悟：我們不是為君主而生的！不是為聖賢而生的！也不是為綱常禮教而生的！什麼『文節公』呀、『忠烈公』呀，都是那些吃人的人設的圈套來誑騙我們的！我們如今應該明白了！吃人的就是講禮教的，講禮教的就是吃人的呀！」〔註17〕在《說孝》中，吳虞將《孝經》中部分子女孝敬父母的行為進行批判。例如，為了取悅父母，將不合父母意的妻子趕出家門；為了供養父母，將生下的孩子弄死；為了治癒父母的病，割下自己的肉給父母吃。吳虞認為，諸如這樣的行為是愚孝，不值得讚揚的。他提出，子女具有獨立的人格，與父母都是平等的「人」，父母子女之間不應有卑尊觀念，而應是互相扶助之關係。吳虞的這種觀點在當時的中國可謂叛經逆道，具有石破天驚的影響力。

吳虞借助《新青年》將其反孔排儒的思想輻射到全國。在「五四」新文化運動中，吳虞扮演了先鋒激進號的作用。吳虞以罪人的身份離開成都，來到北京卻受到熱烈歡迎，被視為英雄。當時的社會名流，如胡適、周作人、沈伊默、馬寅初、錢玄同等都與吳虞有著頻繁的往來。四川旬刊社等組織還特意為吳虞組織歡迎會。1921 年，吳虞被北京大學聘為國文系教授。在北大任教時，選修他課的學生人數之多打破了北大的歷史記錄。他先後曾在北京師範大學、中國大學、北京學院任教。1921 年，他的《吳虞文錄》由上海亞東圖書館出版，胡適親自為之作序。胡適在該書的序言中稱吳虞為「隻手打孔

〔註16〕趙清、鄭城編《吳虞集》，成都，四川人民出版社，1985 年，第 65 頁。
〔註17〕趙清、鄭城編《吳虞集》，成都，四川人民出版社，1985 年，第 171 頁。

家店的老英雄」。

　　吳虞思想的影響力從國內輻射到海外。日本學者青木正兒將吳虞 1921 年寫的《墨子的勞農主義》譯為日文，發表於日本《支那學》2 卷 7 號。他也將吳虞於 1922 年寫的《荀子之政治論》譯為日文，題目定為《荀子政治思想》，發表於日本《支那學》三卷四號。青木正兒是將吳虞思想作為中國思想革命的一面鏡子介紹給日本。青木正兒認為，吳虞關於非儒之論比陳獨秀還要早。「像這麼樣，他對於非儒之論，比較陳氏還要先覺一二步呢？」〔註18〕青木正兒還認為只有吳虞才是最熱心於提倡反孔排儒，也只有吳虞才有想建立老莊思想之人。「現代中國底新人物，都是反對儒教底舊道德的多，但是，像吳氏那麼熱誠來呼號非儒論的，一個也沒有。現在想要破壞舊道德底人們，或奔走於社會主義而思想過激的，實在不少；或要提倡中國固有底墨家學說底人們也不少。這個中間，獨吳氏有欲立老莊之道底傾向。」〔註19〕范樸齋在介紹吳虞生平的文章《吳又陵先生事略》中，介紹了吳虞在德國的影響。德國圖書館收藏有吳虞的《吳虞文存》。吳虞的《李卓吾別傳》被柏林一所大學譯為教材。

　　巴蜀文化孕育出的思想家，廖平與吳虞，分別以自己的影響力在全國形成兩股不同的勢力——尊崇孔子的孔教會與打倒孔家店的新文化陣營。吳虞對於儒家思想的強烈反叛，表面看似與廖平思想不同，實質存在本質的相同——都體現出川人的叛逆精神。作為廖平學生的吳虞，對儒家學說的抨擊，主要是針對被封建帝王利用來為專制統治服務的那部分思想，對孔子本身是認可推重的。廖平對孔子的尊崇，不是原封不動的因襲，而是按照時代的需要給予全新的闡釋。兩人都體現出巴蜀文人「好做翻案文章」的特質（這特質在司馬相如、楊雄、李白、楊升庵、郭沫若身上都有所體現），對於二十世紀初的中國思想界產生了強烈的影響和衝擊。

〔註18〕趙清、鄭城編《吳虞集》，四川人民出版社，1985 年，第 479 頁。
〔註19〕趙清、鄭城編《吳虞集》，四川人民出版社，1985 年，第 482 頁。

第二編　百花園的芬芳——群體篇

第一章　巴蜀作家與戲劇的現代化進程

在中國現代文學發生之際，面對洶湧而至的西方文化，延續幾千年的中國戲劇不可避免地會受到影響。戲劇藝術的嬗變與中國近現代文學一樣，在西方文化洗禮之下，經過痛苦的蛻變，從傳統走向現代。20世紀初中國現代文學轉型過程中，巴蜀作家群體涉獵較早並發揮積極作用的是戲劇領域。

中國戲劇歷史悠久，已有三千多年的歷史。戲劇的誕生有一個較為漫長的過程。上古時期，歌舞盛行與巫是聯繫在一起的。但那時的歌舞並非戲曲。王國維考證「巫覡之興，雖在上皇之世，然俳優則遠在其後。」「由是觀之，則古之俳優，但以歌舞及戲謔為事。自漢以後，則間演故事；而合歌舞以演一事者，實始於北齊。顧其事至簡，與其謂之戲，不若謂之舞之為當也。然後世戲劇之源，實自此始。」〔註1〕在今天，「優伶」指演戲之人，而在上古時期並不是這樣的含義。根據徐慕雲考證，「優」最早始見於春秋之世，「優」最初是專門逗人玩樂之人，並不歌舞表演。這類人多是侏儒。而「伶」則在黃帝時代便已經出現。「伶」最早指調絲弄竹的樂工。經過歷史的慢慢演變，「優伶」才具有今天的意義。在沒有電視、網絡的時代，戲劇是休閒娛樂的主要藝術形式。中國戲劇是載歌載舞的視聽藝術，以娛樂消閒為主。幾千年的延續積澱，使得戲劇形式已經達到美輪美奐的境界。「美」是中國戲劇追求的核心。中國戲劇講究寫意的美。觀眾通過演員的姿體語言，想像其傳遞的內容、情感。為達到美妙傳神的效果，中國戲劇對歌舞有嚴格的要求。唱念必須有韻調，演員的身段、臺步、做派、打武必須有節奏，這樣才能悅耳娛目。劇本

〔註1〕王國維《宋元戲曲史》，鳳凰出版社，2010年，第5頁、9頁。

內容在元雜劇時期，文字簡潔流暢；到明清傳奇之時，文采斐然，多緋麗典正。戲劇因其形式的精緻華美，加之寬慰人的大團圓結局，使看戲的人在美的享受中得到情感的慰藉，不自覺間入迷成癖。上至達官貴人，下至市井百姓，對戲劇的熱愛在歷朝歷代都有史可證。唐朝的李隆基以皇帝之尊親自教授梨園子弟。歌舞之聲在大唐皇宮的上空縈繞不覺。清朝的乾隆、慈禧也是戲迷，其中尤以慈禧最甚。甚至，慈禧有時自己也會穿著戲衣，和李蓮英一起載歌載舞，體驗演出的快樂。所謂上行下效，皇宮大臣、市井百姓共同陶醉在戲樂之中。同種花養鳥一樣，這種「入迷成癖」很消磨人的鬥志激情，在民族存亡之際，勢必遭到有識之士的抨擊批判。

中國戲劇與小說詩歌一樣，由傳統走向現代有一個漸變的過程。詩歌在先秦時代，語言曉暢自然，質文並茂。到晚清民初之時，對形式的追求，導致詩歌過於形式化——辭藻的繁複，格律對仗的嚴整；對形式的過度追求，導致詩歌嚴重脫離社會現實，內容蒼白，不是追求風花雪月就是「掉書袋」的展示。「詩界革命」便是在這樣的背景之下展開。戲劇變革也有相同之處。自戲劇誕生之日到晚清以來，其主題主要以宣揚忠、孝、節、義為主，內容並沒有因為時代變革而發生相應的變化。戲劇演員分類嚴明，對生旦淨末丑有嚴格的區分，不同的角色有不同的化妝衣著，表演動作等都有嚴格區分。這樣導致技藝在延續中精湛極頂，但也形成格式化，使之凝滯不前，沒有與時代同步的生命力。這種「美」的藝術，雖然能夠供視聽之娛、耳目之美，但對改造社會、開通民智非但沒有促進作用，反而有阻礙之嫌。

伴隨著思想啟蒙的時代風潮，戲劇改良被提上歷史日程。思想啟蒙呼籲自由、民主，反對專制。如果說小說詩歌的啟蒙受教育程度不同的限制，那麼戲劇完全可以突破這堵圍牆，走向大眾。戲曲老少皆宜，且一字不識者也能瞭解戲曲宣揚的主題，還可以讓觀眾在娛樂享受中接受其教化。因此，近現代的有識之士充分利用戲劇這特點進行大眾的思想啟蒙，進而改造社會。中國戲劇由古典到現代的轉變，始自源於西方的現代話劇。「20世紀中國戲劇的最大變化，是文化性質從古代到現代的轉變。……宋元南戲與北雜劇、明清傳奇、清代地方戲與京劇，到現代中國話劇，構成了中國戲劇從古典到現代的一個完整的『鏈條』。」〔註2〕

〔註2〕董健《戲劇現代化與文化民族主義》，董建、榮廣潤主編《中國戲劇：從傳統到現代》，中華書局，2006年，第2頁。

　　中國現代文學的發生有幾個標誌性的事件，但若要說出一個絕對精確的
開端時間卻不容易，正如皮亞杰認為：「相反，從研究起源引出來的重要教訓
是：從來就沒有什麼絕對的開端。……所以，堅持需要一個發生學的探討，
並不意味著我們給予這個或那個被認為是絕對起點的階段以一種特權地位：
這倒不如說是注意到存在一個未經清楚界定的建構，並強調我們要瞭解這種
建構的原因和機制就必須瞭解它的所有的或至少是盡可能多的階段。」〔註3〕
中國文壇中「詩界革命」、「小說界革命」、「文學革命」都是中國現代文學發
生中的一個階段而已，現代白話小說、現代白話詩歌的發生有一個醞釀萌芽
發展的過程，戲劇藝術同樣如此，它也有一個由古典向現代轉型的過程。在
由傳統邁向現代的過程中，雖然不能有一個精確的開端時間，但是也有一些
標誌性的事件。本書多方位、全角度地剖析戲曲轉型，重點探索川人在這轉
換中扮演什麼樣的角色？是被動接受戲劇改變？亦或是主動引領戲劇走向現
代？

第一節　曾孝谷與春柳社、文明戲

　　在現代戲劇（也就是早期話劇）萌芽時期，川人積極踴躍地參與其中。

左為曾孝谷

〔註3〕〔瑞士〕皮亞杰著《發生認識論原理》，王憲鈿等譯，商務印書館，2009年，
　　　　第18頁。

　　傳統戲劇邁向現代的第一步，被人們稱「文明戲」或新戲，也就是早期
話劇。〔註4〕之所以命名為文明戲，是因為潛在的「東方視野」。野蠻的反義
詞即是文明。當時西方人視中國為野蠻人居住的地方，而彼時的國人在潛意
識裏接受了西方對自己的評價，由此，源於西方的話劇被稱為「文明戲」。在
當時積貧積弱的中國，一般人認為只要是國外舶來的事物一定就是好的、新
的，就是文明的，例如，當初西方人慣用的手杖，被稱為是文明杖。

　　1906年，在日本，由一群中國留日學生組織發起了一個社團——春柳社。
這個社團研究新舊戲曲，目的是為引起中國戲劇的改良。「演藝之事，關係於
文明至巨。故本社創辦伊始，特設專部，研究新舊戲曲。翼為吾國藝界改良
之先導。」〔註5〕

　　文明戲的起點應該從1907年算起。在這一年，中國人第一次組織現代版
的話劇演出，自己創作出第一個劇本。中國傳統戲劇也在這一年開始被稱為
傳統舊戲。1907年，在日本東京著名的本鄉座劇場，春柳社組織的《黑奴籲
天錄》演出大獲成功。這是中國人第一次組織演出的現代話劇。春柳社主要
發起人為曾孝谷、李叔同，後來又有歐陽予倩、陸鏡若等加入。其中四川作
家曾孝谷尤為發揮了十分重要的作用。

　　春柳社在中國早期話劇史上具有非常重要的影響。在中國戲曲界由傳統
邁向現代的過程，春柳社起著不可磨滅的先導作用。春柳社開啟了中國戲劇
史上的新紀元，春柳社不僅促使傳統戲劇改良，而且傳統戲曲的編劇方法與
表演形式在發生著改變。例如，梅蘭芳演出的京劇《鄧霞姑》《一縷麻》就
曾以新的形式演出。傳統戲曲因為春柳社掀起的這股潮流從此長期被稱為舊
戲。而且，春柳社引進國外話劇，誕生了中國的「文明戲」。《黑奴籲天錄》
巨大的影響力由日本傳回國內。1907年，春柳社社員王鐘聲在上海組織春

〔註4〕「文明戲是20世紀初葉由曾經留學日本的一些學生受當時的』新派』戲劇的
　　　影響，回國後以上海為中心興起的一種新型戲劇形式。」、「歐陽予倩的回憶
　　　錄裏沒有』早期話劇』這個詞，他用的是初期話劇。據我瞭解，早期話劇這
　　　個詞是文革結束以後才普及的。陳俊濤《中國早期話劇的歷史評價》(《文藝
　　　論叢》十一集，1980）是論文題目上用』早期話劇』的最早例子。」飯冢容
　　　著，趙暉譯《被搬上銀幕的文明戲》、瀨戶宏《試論文明戲歷史分期和它在中
　　　國戲劇史上的地位》，董建、榮廣潤主編《中國戲劇：從傳統到現代》，中華
　　　書局，2006年，第295頁、230頁。
〔註5〕歐陽予倩《回憶春柳》《中國話劇運動五十年史料集》第一輯，中國戲劇出版
　　　社，1958年，第14頁。

陽社，用分幕的方法，使用布景在劇場演出《黑奴籲天錄》。這是話劇第一次在國內的演出。它在國內掀起新劇團體的風起雲湧，形成「文明新戲」的熱潮。

　　春柳社造就了中國話劇的先驅人物。歐陽予倩因為觀看了春柳社的《茶花女》而將自己以後全部的人生貢獻給中國新戲劇運動。據歐陽予倩回憶，《茶花女》是他第一次看到的話劇，由此，引起歐陽予倩對話劇的興趣。進入春柳社後，開始了他的戲劇生涯。歐陽予倩後來擔任中央戲劇學院院長，培養了無數傑出的優秀人才。還有一個人，同樣將自己的一生投身戲劇事業，因為藝術事業而疲勞過度致死。他名叫陸鏡若，是日本東京帝國大學文科生，後來成為中國文明戲的中流砥柱。春柳社嚴肅認真對待藝術，堅持藝術至上與針砭時弊相結合的優良傳統被傳承下來。陸鏡若、歐陽予倩等回國後，繼續組織社團演出，延續春柳社對戲劇嚴肅認真的態度，遵循為藝術而藝術的宗旨。在文明戲因商業利潤墮落的世風之下，春柳社為藝術的堅持贏得同人的尊重。王鐘聲於 1907 年創辦的春陽社是在春柳社影響之下之下成立的。另如進化團的創辦人任天知，也是春柳社社員。他在日本觀看了春柳社的《黑奴籲天錄》激動不已，回國後也從事戲劇事業。1908 年他加盟王鐘聲創辦的通鑒學校。通鑒學校解散後，他於 1910 年創辦進化團。這是中國第一個新劇職業劇團。進化團在文明戲中是一個影響力較大的新劇劇團，甚至引起清朝政府的不安，下令逮捕任天知，由此可見其影響。

　　曾孝谷（1873～1937）是四川成都人，名延年，號存吳。他清末留學日本，專業學習美術。曾孝谷是最早接觸日本新派戲的中國人。1906 年，在日本新派戲影響之下，他與李叔同等在東京創辦藝術團體春柳社。曾孝谷與李叔同是春柳社主要組成人員。李叔同參與組織《茶花女》《黑奴籲天錄》之後，興趣轉向繪畫，而曾孝谷依然參與春柳社各項事務。曾孝谷參加了春柳社在 1907 到 1908 年期間的四次演出。這幾次公演中，無論編劇、演出還是舞臺布景，曾孝谷都起著主導作用。他是春柳社重要的組成人員。根據歐陽予倩的回憶，可以看出曾孝谷在日本時期的春柳社中是一個核心人物。「我輾轉託人介紹認識了曾孝谷，我才知道他們有一個同人組合名叫春柳社。」「我那次演的是曾孝谷編的獨幕戲，……可是因為我會吹簫所以就在臺上露一手，孝谷也不說什麼，我就自由發揮一番。……我尊、抗白都是戲迷，我們四個人常常碰頭，就想做些演出活動，鏡若、我尊去和孝谷商量，孝谷也還高興，答應

替我們寫劇本。」〔註6〕曾孝谷不僅是歐陽予倩的伯樂，也是陸鏡若的伯樂，這兩位中國現代戲劇的中流砥柱都是經曾孝谷而開始戲劇生涯。

1907年2月，春柳社首次表演法國小仲馬的《茶花女》片斷——第三幕。曾孝谷飾演阿芒的父親、李息霜扮演茶花女，唐肯飾演亞蒙。這次演出受到日本新派演員藤澤淺二郎的許多幫助。初次演出即獲得同人好評，其中曾孝谷的演出被大家公認為是所有演員中表現最好。同年，曾孝谷根據林譯小說（美國斯陀夫人的小說《湯姆叔叔的小屋》）改編了《黑奴籲天錄》。這是中國早期話劇的第一個劇本。《黑奴籲天錄》不僅思想內容極具時代色彩，而且劇本完整，且採用分幕寫法，主要表演手段是對話、動作，具備現代話劇版本的要素。劇本語言簡潔流暢，例如，第四幕「湯姆門前之月色」：

狂歌有醉漢，迷途有少女，夜色深矣。意里賽子身攜兒出逃，

便詣湯姆叔，訴以近事，湯姆夫婦大愕，亦相持哭之慟。〔註7〕

劇本以簡單的筆墨勾勒場景、敘述人事，一掃綺麗宛轉纏綿之態。曾孝谷不僅創作劇本，還親自參加演出。歐陽予倩也參加了這次演出，還有吳我尊、謝抗白、李濤痕也加入其中。《黑奴籲天錄》是一次全新的嘗試，不僅使劇本徹底走出了傳統戲劇的藩籬，在演出形式上也拋棄了中國戲劇傳統的生、旦、淨、末、丑角色制，放棄唱、白、做、念、打的套式，整個演出全用對白形式。更為可貴的是，《黑奴籲天錄》的主題堪稱時代的呼聲。當時在美國的中國華工所受虐待比黑人更慘烈，華人在外被任意欺辱，懦弱的中國外交官根本不敢為同胞講半句話，留學生中民主思想高漲。曾孝谷有感於此，選擇林琴南的譯本《黑奴籲天錄》改編公演，號召被壓迫民族站起來反抗強權。這部被改編為五幕劇的劇本，充滿正義和反抗精神，反對民族壓迫。曾孝谷改編的第五幕戲「雪崖之抗鬥」增加了一個原著中沒有的人物形象湯姆，讓湯姆與大家一起抗擊奴販子並獲得最後的勝利。通過這樣的改編，《黑奴籲天錄》相比原著更充滿「力」和「反抗」的精神。巴蜀文化的反抗精神在這裡也得以展現。這鼓舞人心的改編，在被壓迫的留日學生中反響強烈，引起共鳴。當時，中國公使館反對留學生宣揚革命精神的演出，但一些喜歡春柳社的使

〔註6〕田漢、歐陽予倩等編《中國話劇運動五十年史料集》第一輯，中國戲劇出版社，1958年，第13、23頁。

〔註7〕田漢、歐陽予倩等編《中國話劇運動五十年史料集》第一輯，中國戲劇出版社，1958年，第17頁。

館人員依然偷偷摸摸的出來觀看。由此可以見出《黑奴籲天錄》的深得人心。
《黑奴籲天錄》共演出兩場，時間是 1907 年 6 月 1 號和 2 號。此外，曾孝谷
還編獨幕戲《畫家與其妹》，出演人員有歐陽予倩。曾孝谷還與息霜共同出演
過獨幕戲。曾孝谷在戲中扮演父親。據歐陽予倩回憶這獨幕戲的名稱是《生
相憐》。

　　曾孝谷在中國戲劇由傳統向現代的轉型過程中，積極投身其中。他不僅
自編自演，也扶持年輕人。當歐陽予倩、我尊、陸鏡若、抗白想組織演出活動
時，曾孝谷很樂意地為他們寫劇本。歐陽予倩他們演出《熱血》《鳴不平》等
戲劇。他們雖然沒有使用春柳社的名義演出，但都是春柳社社員，且都尊重
春柳系統，實質依然屬於春柳社。由曾孝谷等人創辦的春柳社，因其對藝術
的嚴肅態度而獲得社會的尊重，所以其創辦風格在國內依然得以傳承。1912
年，當陸鏡若、歐陽予倩、馬絳士、我尊後來在上海組織新劇同志會，在演出
時依然使用「春柳劇場」的招牌。新劇同志會到各處跑碼頭時，因為會和當
地人合作，因而使用各種其他的名稱。但是，「不管組織名稱怎樣變動，同志
會的宗旨和作風並沒有絲毫的更改，我們一直自認為是春柳社的繼承人，所
以在上海演出的時候，就掛出春柳劇場的招牌，並引以為自豪。」〔註8〕1915
年，陸鏡若因病逝世，春柳劇團也宣布解散。曾孝谷雖然沒有參與後期春柳
社的演出，但是由他開創的嚴肅的藝術態度——堅持藝術至上，卻一直被傳
承下來。曾孝谷從日本回國經過上海時，曾加入到進化團。但進化團商業化
的演出讓秉持藝術至上觀點的曾孝谷難以接受。他待了兩週便離開上海回到
四川。在物慾橫流的上海，很多劇團都以賺錢為目的。唯春柳社堅持藝術至
上宗旨。春柳劇場堅持演出依據劇本，宣揚愛國、民主、自由的精神，具有啟
蒙的作用。春柳社的影響不僅僅是在上海，全國各地也都有其社員成立的劇
團，例如，河南孫宗文組織的兩河文明新戲社、福建有林天民組織的文藝劇
社，此外，廣東也有社員組織新劇劇團。

　　1914 年是文明戲最繁盛的一年，被稱為是「甲寅中興」。這次文明戲的興
盛主要體現在上海，以「職業化」與「商業化」為主要特色。一年之內，上海
一地即成立職業劇團數十個，職業演員在千人以上，演出劇目數百個。這一
年 4 月上海六大文明新戲劇團，新民社（主持人鄭正秋）、民鳴社（主持人張

〔註8〕田漢、歐陽予倩等編《中國話劇運動五十年史料集》第一輯，中國戲劇出版
　　　社，1958 年，第 34 頁。

石川等）、開明社、文明社、春柳社（陸鏡若負責）。文明戲由於其「職業化」、「商業化」特點，吸引大批觀眾，但也正因如此而走向墮落衰敗。春柳社解散後一年，上海的民鳴社因為追求商業利潤導致演出質量急速下滑到最後不能再維持下去，以宣布解散為結局。其他很多文明戲劇社團也因為相同原因而相繼倒閉。成立於 1913 年 10 月的啟明社在 1914 年 3 月正式演出。啟明社的宗旨是實行社會教育。這個社團維持約兩年多的時間便宣告解散。1912 年 5 月成立的開明社不僅在國內上海、四川演出，還出國到南洋、日本等地演出。但其維持時間也不長。文明戲的最後一個劇團是「笑舞臺」，其名稱是因為該劇團演出場地是上海廣西路笑舞臺。「笑舞臺」後來賣座不好，不能繳付足夠的租金。1923 年笑舞臺的房東便將劇場改為市房出租。文明戲在失掉了最後一個劇場後，一蹶不振，從此完全停滯。文明戲沒能得以很好地發展下去，是因為沒能堅持春柳社對待藝術嚴肅認真的態度。很多新劇劇團為商業利潤，在沒有劇本的情況下草草上場，在臺上胡亂演出，以將觀眾逗笑或逗哭為最大滿足。因此，文明戲到後來毫無藝術質量可言，最後被觀眾唾棄。

由古典邁向現代的進程中，戲劇的第一步是由春柳社掀起的文明戲。戲劇在經過文明戲階段後，一度陷入停滯狀態。「五四」新文化運動給再次給戲劇改革帶來生機。戲劇改革開始了第二步——「愛美」劇。「愛美」是英語 Amateurd 的音譯。胡適、傅斯年、歐陽予倩、洪深、田漢等是戲劇改革的積極倡導者。「愛美劇」的宗旨以非營業的性質，提倡藝術〔註9〕。「愛美劇」很多倡議都是針對文明戲的弊端而提出。文明戲之所以走入墮落，是因為陷入商業利潤的包圍圈，將演戲作為謀利的工具。商業利潤的誘惑與戲劇僅為悅人耳目的傳統使得文明戲一經駛往墮落的方向，完全喪失了春柳社提倡以演戲促進人類文明進步的宗旨。「愛美」劇倡議戲劇是業餘的、非營業性質的演出，就是預防再次被金錢利益包圍。文明戲的致命傷是不重視劇本，與此相對，「愛美」劇視劇本為話劇的靈魂。

由「愛美」劇的倡議可以看出，「愛美」劇與文明戲之間存在反駁與傳承的關係。「愛美」劇反駁的恰是春柳社所反對的，「愛美」劇傳承的則是春柳社所堅持的。春柳社的現實關懷精神和對藝術品質的追求，使之贏得社會的尊重和認可。在經過一個螺旋形的回升之後，春柳社堅持的藝術至上以及

〔註 9〕 參見錢理群、溫儒敏、吳福輝《中國現代文學三十年》，北京大學出版社，1998 年，第 170 頁。

干預現實生活原則被「愛美」劇傳承。因此，也可以這麼說，經過歷史河流的大浪淘沙，春柳社精神以另外一種形式「愛美劇」展現在世人面前。譬如，「五四」新文化運動中，胡適、傅斯年等對建設西洋式新劇的思考中，認為應該多以西洋文學名著做模範，改編西洋劇本以適合中國國情，這在春柳社中都已經一一得以實踐。根據歐陽予倩的《回憶春柳》，春柳劇團上演劇目約81個，其中較多來源於西洋文學。「純粹的翻譯劇本，基本上照原作演出的只有三個：《熱血》《茶花女》《鳴不平》。根據外國劇本改編成中國戲的，有《猛回頭》《社會鐘》《不如歸》《新不如舊》《真假娘舅》《老婆熱》《異母兄弟》《血蓑衣》等八九個。……根據外國小說改編的（多半是商務印書館出版的、林琴南譯的小說）約計八九個，如《迦茵小傳》《蘭因絮果》《奪嫡奇冤》《黑奴籲天錄》《鴛盟離合記》《火裏情人》《蛇女士》《愛欲海》等。」
〔註10〕

　　但是，由春柳社開啟的文明新戲為什麼會以失敗結束呢？失敗的原因與辛亥革命失敗相似，缺乏思想啟蒙的前奏。觀眾對西方的戲劇不能接受，還是以觀看傳統舊戲的眼光看待戲劇。而演員自身呢？春柳社受日本新派戲影響而成立，春柳社迥異於中國傳統舊戲的演出模式對觀眾具有「新鮮」的吸引力。模仿春柳社的新劇團在國內（特別以上海為突出現象）如雨後春筍湧現。但是這些所謂的新劇團只是學得最表層的形式，將春柳社以演戲促進社會文明的宗旨完全拋開，或者可以說對此毫無知曉。因為新戲在形式上不需要對唱功、身段、動作等嚴格要求，在內容上也沒有作為啟蒙者的引領意識，新戲演員還是將自身作為傳統娛人耳目的戲子一樣，只求博得觀眾喝彩，文明戲自然不可能有好的發展前途。

　　縱然如此，文明戲在中國戲劇從傳統向現代的轉型過程中具有不可替代是歷史性價值。在這其中，曾孝谷開創了中國話劇史的開幕式——《茶花女》，創造了中國第一個話劇劇本——《黑奴籲天錄》，創立了中國第一個現代話劇團——春柳社。雖然他人生道路沒有堅持走戲劇事業，其開創的文明戲也以失敗告終。但是，中國戲劇史因春柳社走向新紀元。在我國戲劇向現代邁出第一步之時，他以川人特有的膽略氣魄，率先走在前面，起到引領作用，在戲劇史上留下光輝的一筆。

〔註10〕田漢、歐陽予倩等編《中國話劇運動五十年史料集》第一輯，中國戲劇出版
　　　　社，1958年，第40頁.

第二節　蒲殿俊與「愛美」劇改革

在戲劇邁向現代的過程中，如果說川人曾孝谷帶領國人走出第一步，那麼在第一步邁出之後，戲劇發生了怎樣的轉換？川人在其中又起到什麼作用呢？

在中國現代話劇發生發展之際，還有一位四川人參與其中，做出不可磨滅的貢獻，這就是蒲殿俊。蒲殿俊（1875～1934），字伯英、四川廣安人，光緒年間進士，四川諮議局局長，辛亥革命後任四川大漢蜀軍政府首任都督，其後入京。又因反對袁世凱稱帝、張勳復辟，返川居渝，鬻字為生，常以止水、蒲伯英的名義發表文章。他在新文化初期的貢獻主要體現主編《北京晨報》與在戲劇改革兩方面，尤其是在戲劇改革方面，蒲殿俊具有不能抹去的歷史地位。中國現代文學發生期間，最有影響力的兩大劇團，上海民眾戲劇社與北京新中華戲劇協社，蒲殿俊都參與其中。他是民眾戲劇社幹事，是新中華戲劇協社主要發起人，中國第一所專業戲劇學校的創辦人。在當時的北京，他與陳大悲齊名。筆者從蒲殿俊戲劇理論的倡導、戲劇教育及戲劇創作三方面論述其對中國戲劇改革的貢獻意義。

蒲殿俊戲劇理論的提出一方面呼應了當時戲劇改革的時代潮流，另一方面反駁糾正了這股時代潮流中出現的一些缺陷弊端。

蒲殿俊戲劇理論主張適應時代潮流，促進了戲劇改革。在戲劇邁向現代的過程中，很多新文化倡導者抨擊對傳統戲劇，如胡適、周作人、傅斯年。蒲殿俊也同樣批判舊戲。在《戲劇》第一卷第四期，他發表的《戲劇要如何適應國情》中談到：「鑼鼓，唱工，臉譜……都是舊戲組成的要素，也就是一般人所承認舊戲最能適應國情底特質。拿近代戲劇的眼光來看，這些東西，不但找不出他真正適應國情底地方，並且恰恰對於國情是一劑毒藥，應該用克制的方法，而不該用助長的方法。舊戲（一切文武昆戲都在內），差不多全是助長病的狀態的。別種不良的社會制度，或者只有說：『鑼鼓、唱工、臉譜……雖然在戲劇上不合理，但總還可以當一種苦藥丸面上塗的糖。替怕吃苦藥的社會治病，拿平常他愛吃的糖（就是鑼鼓，唱功……）去誆他上道，不見得一定就是壞事。』這話自然有幾分手段上底理由；但也要經過一次大改革之後。僅僅借用舊戲的軀殼而把靈魂全換了還可以。現行的舊戲，總不配說這個話。況且鑼鼓，唱工，臉譜……的舊戲軀殼能不能容一種新的靈魂進去，還是一個大疑問。假如就做到了以舊軀殼貯新靈魂，也只能說這新靈魂能治社會病，

是適應國情的。至於那舊軀殼，不過是一個送藥的匙子，並不是他本身有治病功用。歸根結底，舊戲總不能借『適應國情』的招牌去做護身符。」〔註11〕對於一些阻擾戲劇改革的保守人士（例如京派舊戲的擁護者）企圖以「舊瓶裝新酒」的方法予以抵制。民眾戲劇社認為戲劇應該具有娛樂、能力、知識於一體，在娛樂中起到教化作用。蒲殿俊對這種觀點也持同意觀點。1921 年6 月，他在《戲劇》第一卷第二期發表《戲劇之近代意義》。他在文章中指出：「可見戈登格雷 Cordon Craig 說：『戲劇史是教化的娛樂』，是不會打錯的了。但是單用這幾個字，來說明戲劇底意義，還不能包括無遺；因為凡是有益的娛樂，都可以說是有教化的意味，並不是戲劇特有的質性。我們對於現代的戲劇，應該說他一面是『教化的娛樂』，一面是『為教化的藝術』……他們把這種教化叫做『再生的教化』，就是說他能使民眾精神常在自由創造的新境界裏活動，譬如輪迴再生一樣；不像別樣死教化，佔據在人腦海的，就不容易抽換。我們從此就可以認定了：再生的教化，是人類最高的教化；發展再生教化，是現代戲劇的職責；利用娛樂的機會，以藝術的功能來發展再生的教化，就是近代戲劇底完全意義。」〔註12〕所以他認為「歷史上的遺跡，只可做研究的材料，萬不能直接應用；因為環境隨時代而不同，適應環境的機能，也應該隨時代而不同，這種道理是淺而易見的。只看見歷史，不看見現代，這種人是自棄於現代，是自己犧牲未來的生命向死人堆裏去找同伴。」〔註13〕

　　蒲殿俊贊成戲劇改革，但是川人不隨波逐流的特點使得他不會人云亦云。他提出將戲劇作為高尚的職業。這種戲劇理論對「愛美劇」的」「非職業」主張是一種撥亂反正。

　　文明戲被觀眾唾棄而式微之後，戲劇借著「五四」運動的強大影響力開始邁向現代的第二步——「愛美劇」。陳大悲於 1921 年著《愛美的戲劇》一書，在社會上產生較大的影響力。陳大悲認為：「我們要使人知道戲劇是屬於民眾的，是由民眾所創造的，是為民眾而創造的.除了民眾，就沒有甚麼戲劇。」「我們所以不肯把戲劇當作遊戲，不得不鄭重其事底把他當作一種神聖事業因為我們相信戲劇底功用不至於遊戲……我們相信戲劇能做宗教，以及他項單純的藝術所做不到的奇蹟……中國社會由病的狀態到健全的狀態最短的一

〔註11〕蒲殿俊《戲劇要如何適應國情》，載《戲劇》，1921 年，第一卷第四期。
〔註12〕蒲殿俊《戲劇之近代意義》，載《戲劇》，1921 年，第一卷第二期。
〔註13〕蒲殿俊《戲劇之近代意義》，載《戲劇》，1921 年，第一卷第二期。

條路就是愛美的戲劇……愛美的戲劇家底唯一責任就是從戲劇藝術底一條路上引自己及民眾去實行個人魂靈底革命。」〔註14〕「愛美劇」倡議非營業性質的演出，反對將演戲作為混飯吃的職業。陳大悲這種倡議對促進戲劇的大眾化運動確實起到了推廣普及作用，同時，也迴避了商業戲劇的弊端，防止戲劇陷入商業利潤怪圈的主張，在促進藝術的純粹性方面確實起到一定的作用，但是又導致另一個缺陷。因為演員是非專業人員，所以演出隨時處於停演狀態，不能形成技術精湛的專業演出。同時，因為只是將演戲作為一種業餘愛好，演員不會用太多的精力、時間去研究演技，因而形成專業演員的稀缺。當「愛美」劇正當盛行之時，蒲殿俊已經洞察其存在的危機。他認為應該將演戲作為一種職業，而且是高尚的職業，唯有如此，戲劇才會有發展前途。蒲殿俊認為營業性質的劇院與職業戲劇存在區別，「營業性質的劇院，是園主把演員當豬仔，指著他身上賺錢；職業的戲劇，是演員以專精的藝術得生活上的報酬，即以生活上的報酬助長他藝術底專精；兩件事是截然不同的，無所謂根本衝突」「排斥職業的戲劇底主因，大概不外乎『不屑』和『不可』兩方面。不屑以戲劇為職業，是被顧虛面子的淺薄心裏，和無聊的階級觀念所束縛，決心改造社會的人，當然不該有這種見解。況且視戲劇為賤業的時代，已經過去了。就中國這樣貴賤分別最嚴的社會，也能容私場出身的梅蘭芳，公然在國內國外受藝術家底待遇；……可見戲劇家在社會上的地位並不算卑污。……中國現在的職業界，（除開教育界比較的乾淨，）那一界空氣是不污濁的？……要做乾淨人，除非完全和中國社會脫離關係不可，一切改造社會底運動，都可以根本打消，還說什麼創造戲劇改造戲劇。我們理想中的戲劇界，是要從頭建設一個有新空氣的，決不是勸人亂投營盤加入現在混飯騙人的這個社那個社。只要在建設之初，對於份子的選擇能夠十分注意，而又能相互維持一種道德的規約，我敢信決不至於有使人品性墮落底傾向，如其不然，不注意選擇分子，沒有道德的規約，無論做什麼職業，也一樣是要墮落的，沒有什麼戲劇不戲劇的區別。」〔註15〕最後，事實也證明「愛美」劇由於演技低劣的演員無法提供觀眾審美的藝術演出而被遺棄，走向式微。他為戲劇改革指明了方向。中國以後的戲劇發展確實也是沿著職業戲劇方向發展。

〔註14〕陳大悲編述《愛美的戲劇》，北京丞相胡同四號，明明印刷局印刷，晨報社發行，1922年03月第1版，第48、261頁～262頁。

〔註15〕蒲殿俊《我主張要提倡職業的戲劇》，載《戲劇》，1921年，第一卷第二期。

　　蒲殿俊在理論上獨豎一幟。關於戲劇的理論文章，他以蒲伯英的名字主
要發表在《戲劇》期刊上。《戲劇》是近代中國第一個專門論述戲劇的雜誌刊
物，創刊於 1921 年，由民眾戲劇社、新中華戲劇社編，是一個月刊，發行二
卷。蒲殿俊、陳大悲、歐陽予倩、沈雁冰、魯迅、汪仲賢為其主要撰稿人。蒲
殿俊在第一卷發表的文章是，第二期有《戲劇之近代意義》、第四期有《戲劇
要如何適應國情》、第五期有《我主張要提倡職業的戲劇》、第六期有《戲劇
為什麼不能寫實》。第二卷上是，第一期有《今年的戲劇》、第二期有《中國劇
天然改革的趨勢》、第三期有《南通西安兩處戲劇的教育的比較觀》。其中《中
國劇天然改革的趨勢》呼籲戲劇改革的方向是面向勞工，以民眾的精神為創
作原動力。這可以說再一次體現了川人的超前眼光。他的這種戲劇觀在中國
延續了幾十年——自 20 世紀 30 年代到 80 年代之間，在左翼文學影響下，戲
劇面向勞工，以民眾精神為原創力成為戲劇的發展方向。另外，他以止水的
名義在《戲劇》上還發表有《清華童子軍演的金銀島》《保秩序要改造環境》。

　　蒲殿俊不僅僅是在理論上倡議戲劇改革，而且以行動推進戲劇改革之路。
1922 年冬天，他出資創辦了中國第一所真正的戲劇藝術學校——人藝戲劇專
門學校。學校雲集了當時國內第一流的學者。他請陳大悲任校長，邀請魯迅、
周作人、孫伏園、梁啟超等擔任校董。這所學校最後由於經費、人事等原因
於 1924 年停辦。這所學校雖然時間短暫，但在戲劇歷史上的貢獻卻不能抹
殺。

　　人藝戲劇專門學校不以盈利為目的，秉承改造舊劇、創造新戲的宗旨，
為社會培養高尚的職業戲劇人才。學校不收學生的學費、膳宿費等，目的只
是想學生能不為生活所困擾，全身心地投入到學習上。人藝學校課程安排根
據社會需要而設定。文明戲失敗的致命傷是缺少劇本。因為沒有劇本，演員
在舞臺上胡亂發揮導致演戲像遊戲一樣，最終文明戲走向衰敗。為什麼會出
現劇本荒呢？為趕時間贏得商業利潤是一個因素，另一個重要因素是當時的
中國缺少編劇人才。人藝戲劇專門學校教育有的放矢，專門開設該門課程，
培養編劇人才。此外，由傳統戲劇轉向文明戲再到「愛美」劇，沒有受過專業
培訓的演員很多是根據自己的感悟來體驗新戲的技巧。「人藝」據此設立的另
一個目標便是培育專門的演劇人才。「人藝」戲劇專門學校確實為社會培養了
不少優秀的戲劇藝術家，諸如王泊生、吳瑞燕、萬籟天、徐公美、徐葆炎、芳
信……他們日後都成為中國戲劇改革的棟樑之才。徐公美日後根據人藝學校

課程編成的理論書《演劇術》在社會上頗受好評。蒲殿俊還出資在北京香廠路創辦現代化的劇場──「新明劇場」，為學員提供實習場地。學校先後舉行過 12 次公演，演出熊佛西的《新聞記者》，胡適的《終身大事》，陳大悲的《幽蘭女士》《良心》《英雄與美人》，蒲伯英的《道義之交》等劇。無論在當時還是以後的年代，人藝學校都具有相當的社會影響力。

蒲殿俊戲劇創作數量不多，但少產高質。阿英選編《中國新文學大系・史料索引》「戲劇」時，1919 至 1924 年期間入選其中的劇作家是熊佛西、田漢、侯曜、蒲殿俊四位。並且，阿英在蒲殿俊後面特別注明「新文學運動初期，關於戲劇運動，在北方最活躍的，有陳大悲與作者。《道義之交》與《闊人的孝道》公演的次數頗不少。」其中的作者即蒲殿俊〔註 16〕。下節再作討論。

在推進戲劇改革的潮流中，蒲殿俊站在風口浪尖的位置，他辦學校，組織新中華戲劇協社。「愛美」劇活躍的中心最初在上海，以 1921 年成立的民眾戲劇社為代表。後來中心轉移至北京，以新中華戲劇協社成立為標誌。1922年 1 月上海民眾戲劇社擴建為新中華戲劇協社。其社會影響力強大，擁有 48個集體社員，2000 多個個人社員。蒲殿俊與陳大悲共同建立「新中華戲劇協社」。協社在社會反響較大。「國內共有四十八個團體社員，合起來一共有兩千多人參加。勢力甚為浩大，維持了幾年以上的時間，並且舉行過還幾次公演。」〔註 17〕民眾戲劇社提倡非職業的「愛美」劇。剛開始，這種戲劇由於有廣泛的群眾基礎所以非常受歡迎，但很快弊端顯現。由於沒有專業的演員，演出質量與時間都不能保證。觀眾漸漸對質量低下的「愛美」劇有了抵制情緒。陳大悲也意識到這一點。陳大悲與提倡「職業」戲劇的蒲殿俊一起合作，在民眾戲劇社基礎上重新建立新中華戲劇社。民眾戲劇社宣布將戲劇當遊戲的時代已經過去，戲劇是一面巨大的鏡子，能夠找出社會的一切醜惡面目。新中華戲劇協社將戲劇的社會功能更推進一步，戲劇不只是照出社會醜惡面，還將通過改造人進而改造社會。民眾戲劇創辦的《戲劇》月刊也變為新中華戲劇社的機關刊物。《戲劇》雜誌在宗旨中宣布「新中華戲劇協社，聯合中華民國各地方愛美的劇團，愛美的劇人，以及真正愛戲劇者，共同研究與提倡

〔註 16〕趙家璧主編《中國新文學大系》，第十集，上海文藝出版社，影印本，2003 年，第 346 頁。

〔註 17〕徐慕雲《中國戲劇史》，上海古籍出版社，2008 年，第 132 頁。

現代的，教化的，藝術的新中華戲劇。新中華戲劇協社，相信戲劇是引導人類向光明路上去的一顆明星，是打破『舊中華』傳統的種種偶像底一種利器，……」〔註18〕《戲劇》雜誌在中國現代文學史上佔據非常重要地位。《戲劇》反映了當時中國戲劇界邁向現代時經歷的種種鬥爭。它上面刊載蒲殿俊、宋春舫、陳大悲、歐陽予倩、王統照、汪仲賢、徐半梅、周作人、鄭振鐸、魯迅等重量級人物的理論文章，對推動中國戲劇改革起到無可替代的作用。〔註19〕

在中國戲劇改革之路上，蒲殿俊無論作為一位理論家、創作者還是組織者，在不同的領域都有其傑出的貢獻。當曾孝谷借著一股熱情連通了中國戲劇與西方話劇藝術的橋樑之後，蒲殿俊則著力開拓中國戲劇改革之路。他為中國戲劇發展找到了正確的方向，為培育戲劇人才豎立了正確的典範。

第三節　巴蜀作家的戲劇文學創作——以蒲殿俊、陳翔鶴等為例

中國現代文學發生時期，戲劇文學與小說一樣，擔負著改造社會的歷史使命。將戲劇視為遊戲、消遣的時代已經過去。它不再僅僅供人遊戲消遣，而是一種教化的藝術。戲劇文學也因此而登上高雅的文學殿堂，成為中國新文化一道亮麗的風景。戲劇能夠在中國現代文學史上佔據醒目地位，原因之一在於戲劇與大眾零距離的貼近，戲劇有廣泛的市場，所以戲劇改革運動一波接一波，開展得蓬蓬勃勃充滿生機。原因之二在於劇本文學因為文人寫作的加入，文學色彩加強，不僅可用於舞臺演出，也適合案頭閱讀成為文學作品。

戲劇文學主題的多樣性真實生動再現「五四」風雲。在戲劇改革的歷史舞臺上，曾孝谷打開面向西方的大門，蒲殿俊找到戲劇改革的方向，川籍文

〔註18〕趙家璧主編《中國新文學大系》，第十集，上海文藝出版社，影印本，2003年，第134頁。

〔註19〕《新中國文學大系‧戲劇集》洪深在24頁導言中指出蒲殿俊是作為民眾戲劇社會外人員在《戲劇》上發表刊物。在《新中國文學大系‧戲史料》138頁「新中華戲劇協社簡章」中提到刊行《戲劇》月刊，通訊處分為上海、北京兩處。上海收信人是王仲賢，北京的收信人是蒲伯英、陳大悲。由此可見在民眾戲劇社改編為新中華戲劇協社後，蒲伯英便已經參與到《戲劇》月刊的創辦中。

人扮演著引領者的角色。當戲劇走向現代成為不可扭轉的歷史潮流，川籍作家同樣以創作引領、豐富了現代戲劇文庫。巴蜀文化的包容與開放，使得巴蜀作家戲劇文學創作主題具有豐富性，與新文學相互呼應。「五四」的熱情張揚、對弱小者的人道主義關懷、充滿憂傷的彷徨迷茫以及對現實的理性反思——在川籍作家筆下得以呈現。

「五四」是一個重新估定一切價值的時代。人們在打破傳統偶像、創造新價值觀念過程中，充滿昂揚亢奮的情緒。胡適的《終生大事》表達對自由愛情的嚮往，對當時的年輕人很具有影響力。但真正點燃年輕人心中反抗的火焰，掀起波濤駭浪的是郭沫若。「五四」狂飆突進的時代風在郭沫若詩劇裏得到完美呈現。郭沫若詩劇具有鮮明的時代主題，充滿對自由的渴望、對創造的禮讚以及個性的張揚。他創造的詩劇《女神之再生》《湘累》《棠棣之花》體現破壞、創造、自由之精神，是照亮時代的鏡子。郭沫若詩劇一掃幾千年以來帝王將相、才子佳人、誨淫誨盜的戲劇主題。創作於 1920 年 9 月的《棠棣之花》，發表在上海 1920 年 10 月 10 日的《時事新報‧學燈增刊》。《棠棣之花》批判戰爭，反對財產私有制，呼喚自由民主。創作於 1920 年 12 月的《湘累》，發表在上海 1921 年 4 月出版的《學藝》雜誌第二卷第十號。《湘累》以娥皇、女英的歌唱為背景，寫出屈原不願隨波逐流的高潔情操。詩劇高揚自由創造的個性，屈原是「五四」精神的寫照。《女神之再生》最初被發表在上海 1921 年 2 月 25 日出版的《民鐸》雜誌第二卷第五號上面。詩劇嘲諷中國人幾千年以來對鬼神的敬畏。那被供奉在壁龕裏的神像原來不過是一群爭權奪利之徒的殘骸。真正的神早已走出狹小的壁龕，為人類創造光明世界。同時，詩劇也顛覆幾千年以來的男權神話。道貌岸然的帝王將相們是一群相互殘殺、破壞和諧宇宙的小人；創造新太陽的和平使者是一群走出壁龕的女性。視權力地位為浮塵的女神，以她們的無私映照出那群男子的卑劣陰暗。

「五四」文學宣揚人道主義精神，表達對弱小者的關懷，例如胡適的《人力車夫》。在現代戲劇中，傳統的帝王將相、才子佳人讓位於地位卑下的弱小者。受苦受難的貧民百姓成為現代戲劇關注的焦點。陳竹影發表在《淺草》第一卷第一期上的《潯陽江》和陳翔鶴發表在《淺草》第二卷第一期上的《聖誕節夜》、第二期上的《落花》都是鞭撻強權，對弱小者給予深深的同情。這些戲劇中的主人公不是卑下的藝人，就是在生活邊緣的掙扎者。在中國傳統

社會，傳統優伶供人調笑，沒有人格尊嚴，任人踐踏。《潯陽江》是根據白居易的《琵琶行》改編，表達對優伶的悲慘境遇的同情。當年名滿京華、門庭若市的名妓秋娘，隨著年華流逝，容顏老去，只能嫁作商人婦。當秋娘正值豆蔻年華、千嬌百媚之時，笑容被金錢強迫地推在臉上，眼淚只能背著人灑；當她年老色衰嫁作商人婦時，只能寂寞地獨守，讓生命如流水消逝。但秋娘沒有沉溺於一己的悲傷，而是懷著高尚的同情之心與博大的胸懷，欲解救天下不得自由的姐妹。《潯陽江》鞭撻陷民眾於水深火熱的達官顯貴，批判萬惡的戰爭，頌揚人類高尚的同情之心，表達對自由的嚮往。《落花》通過不畏強權的賣唱女的控訴，揭示戰爭是老百姓苦難的根源。同時，劇本通過對弱小者生存的關懷，宣揚對強權的反抗精神。《聖誕節夜》宣揚國際友愛精神，關注掙扎在生死邊緣的國際友人。俄羅斯難民不僅無錢醫治生病的小孩；而且因為無錢，父母只能眼睜睜看著生病的小孩餓死在聖誕節之夜。

「五四」文壇彌漫著濃濃的感傷情緒。當追求夢想的年輕人找不到前進的方向、遭遇挫折時，恰如沉睡在黑屋子裏的年輕人被喚醒後找不到走出去的門——靈魂備受煎熬。這種心靈折磨在「五四」文學中表現為張揚叛逆後的憂傷感懷。川籍作家的戲劇文學創作似多棱鏡折射出時代不同的光影色彩。陳翔鶴創作的獨幕劇《雪宵》描寫一群年輕人在風雪之夜的談話。這是一群追求光明而不得的年輕人——窮愁、困苦。在黑暗的時代，教師只是惡草的培育者，因而教師的職業被他們唾棄。反抗時代的藝術家，無力留住真、善、美，曾經沸騰的心變得冰冷。他們來回在頹廢與熱情之間，在黑暗中找尋光明。現實讓他們消沉，憧憬讓他們滿懷希望，他們煎熬在這矛盾的情感世界裏。如果這是一群雖然頹廢卻依然懷有夢想的青年，那麼陳翔鶴《狂飆之夜》中的狂病青年纖雲已經完全放棄了夢想，任自己漂浮在塵世等待死亡的降臨。纖雲置身在鬼哭狼嚎的魔鬼世界，感受不到親情的溫暖，只覺心靈在油鍋中煎熬。纖雲的真情流露被視為瘋子、狂人，恰如魯迅的《狂人日記》。纖雲在寂寞的世界四處流浪，追求理想的熱情早已消失殆盡。黑暗的世界拽著人往深淵裏沉。如果說纖雲以放逐自己拒絕與現實同流合污，那麼陳翔鶴《沾泥飛絮》中的主人公曼霞則是讓自己沉醉在現實的感官刺激中，以縱情聲色來逃避人生的荒涼、灰頹。真實的愛情被遊戲放逐，嬌豔的青春被金錢玷污，生命讓悲劇延續，這是時代的一個側面。沉淪成為失望之後的選擇，沉淪中的不甘讓感傷情緒四溢。在破舊立新的時代，張揚激進與傷感沉淪總是相伴

相隨，此消彼長。這是時代真實的聲音。這光影斑斕中可以見證新文學發生的艱難與不易。

川籍作家不避諱新文化發生期間的各種問題，創作寫實的社會劇。「五四」宣揚科學、民主，強調理性思維。幾千年以來，中國人迷信帝王將相、鬼怪神仙，唯獨沒有人的自覺精神，缺少理性思維。蒲殿俊認為現在中國人的毛病是「一般人沒有『人的自覺』。萬事都受著習慣和傳說的支配」「第二種大病就是『理性』不發展」凡是模模糊糊看過去，缺少懷疑精神。這導致中國人依賴皇帝、英雄、偉人、天，迷信鬼神命運，不相信科學人力。「中國戲劇就是這『病的社會』底一種產物，同時就是『社會病菌』底一種強有力的滋養物。」因而蒲殿俊提倡問題劇。他認為西方象徵劇、神話劇不適合迷信的中國，因為中國人沒有經過科學萬能的洗禮。中國老百姓還以為西方人也相信算命、鬼神。最適合中國國情的戲劇是「寫實的社會劇，其內容以各種社會問題為主腦，而略帶適可的教訓的意味。」〔註20〕

蒲殿俊 1924 年創作的《闊人的孝道》和六幕白話劇《道義之交》揭示孝道、道義的虛偽。《闊人的孝道》以辛辣的筆揭露一個暴發戶以孝道之名義，行卑鄙、貪婪之行徑。劇本結構巧妙，人物形象鮮明，語言生動。六幕白話劇《道義之交》抨擊中國傳統的「道義」。戲劇描寫一群道義之交的朋友如何圖謀好友的財產，諷刺道貌岸然者在「道義」外衣下面的爾虞我詐以及被害者自欺欺人的脆弱之心。其思想性與藝術性較高，被洪深認為是「五四」以來優秀劇本之一。

四川作家也與蒲殿俊在戲劇文學創作方面遙相呼應。《草堂》從第二期開始連載的四幕劇《家長》。這部話劇與胡適的《終生大事》比較，已經拋棄那種廉價的樂觀，寫出現實的複雜性。《家長》描寫年輕人為爭取自由而戰，但是不諳世故的年輕人在鬥爭中失敗，揭示新生力量在舊勢力面前的軟弱。中國新文學中，愛情是一個鼓舞人心的主題。為愛情拋棄親情者有之，為愛情殉情者有之。轟轟烈烈的追求自由戀愛成為個性解放的標杆旗幟。但是自由戀愛的兩個人牽手是否意味著人生終極目標的實現？是否意味著從此有了幸福人生？愛情故事往往落幕在走向紅地毯的那一刻。《淺草》第一期上刊載羅青留的《新婚者》。該劇反思自由戀愛與幸福人生之間的聯繫，反思愛情與金錢的較量。新青年黃元吉娶回了理想中的新女性石媛英。豈料這建築於戀愛

〔註20〕蒲殿俊《戲劇要如何適應國情》，載《戲劇 1921 年》，第一卷第四期。

之上的家庭是灰色的深淵，充滿黑暗、痛苦。這一切的根源是作為新女性的妻子整日留戀於跳舞會、音樂會、劇場、電影院，導致經濟陷於困境。自小受貴族教育長大的石媛英，雖擁有學識，卻是丈夫的寄生蟲，衣食住行全仰仗丈夫。短短三個月的新婚時間卻使二十七歲的黃元吉心力憔悴，未老先衰。《傷逝》的愛情由於沒有物質基礎而坍塌。《新婚者》中，缺少金錢的愛情同樣也遭遇夭折。新女性的「新」僅是懂得享受嗎？婚姻不只是花前月下卿卿我我，幸福之花需要雙方共同培育才能綻放。自由戀愛是人實現自我的一種體現方式。但婚姻若是被傳統的價值觀支配，女性淪為依附物，自由戀愛也就失去其時代價值。《新婚者》透過熱鬧的自由戀愛現象，思考愛情與現實生活的碰撞，具有清醒的理性思維。以上戲劇文學，無論是對傳統價值觀的揭露，還是對現代現象的反思，都是對社會問題的思考，都呼應了蒲殿俊倡議的寫實的社會劇。

綜上所述，以蒲殿俊為代表的巴蜀作家們，為中國戲劇由傳統向現代的轉變作出了不可忽視的歷史貢獻。

第二章　巴蜀與中國現代文學的發生
——以《娛閒錄》《少年中國》等報刊為例

　　在近代中國，文學經歷了一個戲劇性的轉變——由被很多人不屑到受萬眾矚目。文學從被鄙視到佔據歷史中心舞臺，它經歷了「遊戲消遣」到「啟蒙」的轉變。這種轉變在「文學研究會叢書緣起」中也有這樣的表述：「我們中國雖自命為文學國，我們的文學作品，能在世界文學水平線上占一個地位的，卻是極少，數千年來，文學的運動，寂寞而且無力，許多人——詩人與文士與史學家——對於文學，不是輕視，就是誤解。他們以文學為貢媚之物，進身之階，或是遊戲消遣之品。永遠沒有人把他當做最高精神的表現的，也永遠沒有人以全個心靈沉浸在他的作品中，以他的微笑，他的淚花，來照耀，來滋潤他的詩歌與小說與戲劇的。所以我們中國人的作品，多膚淺而不足感人，豔華雕飾而非人生的表現。」「我們覺得文學是絕不容輕視的。他的偉大影響，是沒有什麼東西更夠與之相併的。他是人生的鏡子，能夠以慈祥和藹的光明，把人間的一切階級，一切國種界，一切人我界，都融合在裏面，用深沉的人道的心靈，輕輕的把一切隔閡掃除掉。惟有他，能夠立在混亂屠殺的現世界中，呼喚出人類一體的福音，使得壓迫人的階級，也能深深的同情於被壓迫的階級。他是人們的最高精神與情緒的流通的介紹者。」〔註1〕

〔註1〕趙家璧主編《中國新文學大系·史料索引》，上海文藝出版社，影印本，2003年，第72、73頁。

　　文學被視為使人消沉或玩物喪志的消遣遊戲。這從《新民從報》創辦之初對文學的態度可見其一端，文學被作為增加趣味、茶前酒後休閒娛樂之用：「本報之雜俎小說文苑等門皆趣味濃厚，怡魂悅目。茶前酒後調水園爐能使讀者生氣盎然。」〔註2〕再從中國近代留學生出國所選學專業分析，其所選專業百分之八十以上都是非文學。其後文學功能被倚重，源於啟蒙之故。中國經歷器物改革、制度變革的失敗後，國人意識到振興中華不是幾個精英能一蹴而就的事業，由此啟蒙的重要性被提上歷史日程。文學具有欣賞娛樂性，易於為大眾接受。中國的精英們將文學作為實現社會理想的工具，認為通過文學讓社會大眾的思想境界提高是有效途徑，藉此達到促進社會進步的宏願。文學的消遣娛樂性被救亡圖存的民族大義取代後，文學開始成為人們實現政治訴求的媒介。文學的作用從街談巷議被提高到歷史中心的舞臺——可以改變民智，進而改變國家。梁啟超在倡議「小說界革命」時談及小說之功效，便是這樣的例證。「欲改良群治，必自小說界革命始；欲新民，必自新小說始。」〔註3〕中國現代文學在這樣的背景之下開始了醞釀發生的過程。

　　中國現代文學發生經過一段較長時間的醞釀。文學史界通常以1898年為其發軔期。戊戌變法失敗使人們意識到單純依靠制度變革使中國富強的夢想不可實現，轉而尋求文學啟蒙。正是因為一群知識分子企圖用文學做工具進行思想啟蒙，讓大眾走出愚昧無知的封閉世界。文學不再僅僅是休閒娛樂的產物，而是被賦予救國救民的歷史使命。文學啟蒙的深層動機還是中國士大夫根深蒂固的家國情懷。當科舉之路被斷絕，政治與知識分子隔離，知識分子轉而以文學為工具實現著「治國平天下」的理想。以「啟蒙」為目的的中國現代文學發生便是知識分子嘗試以文學為橋樑實現政治理想的一場運動。這場運動先後經歷了「詩界革命」、「文界革命」、「小說界革命」「文學革命」幾個階段，最後實現了中國現代文學的發生。

　　報刊雜誌是中國現代文學發生的陣地，孕育了一大批現代作家。筆者考察川人創辦的報刊雜誌，鉤沉史料，以實證的研究方式作巴蜀作家與中國現代文學發生之間的關係研究。

〔註2〕《新民從報》，1902年，第一號。
〔註3〕梁啟超《論小說與群治之關係》，載《新小說》，1902年，第1號。

第一節　中國現代文學醞釀與早期巴蜀報刊——
以《娛閒錄》等為例

在中國現代文學發生的醞釀期間，「新小說」是中國現代白話小說形成的前奏；「舊瓶裝新酒」是中國現代白話詩歌產生的第一步。這些文學事件被報刊雜誌記載。

一、舊詩中的新詩萌芽

中國是詩歌的國度，詩歌的成熟讓現代白話詩的誕生面臨較多束縛。傳統詩歌精美的藝術形式似堅硬的城牆，讓現代白話詩歌難以超越。「詩界革命」在社會上產生的影響力沒有「小說革命」強勁。一則是提倡政治改革的啟蒙者們，因為小說能更好的承載其政治理想，所以對新小說的提倡及身體力行的創作都充滿熱情。二則由於詩歌更多的還是被用於感悟抒情，即所謂「新意境」與「舊格局」的結合。這使得詩歌突破傳統範式走向現代的歷程須經歷更多的慢慢長夜。

川人在海外創辦的報刊說明詩歌改革的艱難。例如留日學生創辦的《四川》，其思想力主革新，清政府恐慌於它強盛的影響力而強制其關閉。但即使這樣的報刊在詩歌改革方面也並不具備鮮明的自覺意識。《四川》沒有提出鮮明的詩歌理論主張，但每期的文苑一欄都會刊載詩詞賦。這些詩歌充滿愛國愛民的憂患意識與思鄉情節。在傳統詩歌形式的裝載中，真情實感的抒寫讓這些詩歌充滿時代性。其中有表達對家鄉思念之情的詩歌，例如第一號刊載的「劍閣夔門自古雄，那堪原野嘯西風。錦江花落春歸早，玉壘雲橫夕照空。」還有表達對民族國家的憂患意識的詩歌，如第一號的《聞各國倡瓜分說有感》。詩歌抒發對歐洲列強企圖瓜分中國的感慨「誰報歐雲捲亞東，驚鴻飛墮夕陽空。一聲杜宇家山月……」戊戌六君子中的劉光第在第三號上發表的《春感》。雖然劉光第在政治上力主改革，但詩歌創作依然採用古體形式創作。這些說明此時詩歌未能突破傳統形式的藩籬。《四川》上刊載的詩歌已經拋棄那種無病呻吟的情感，也不再尋求以用典這種掉書袋的方式來炫耀學問，而是以真情實感感動人。如果說格律詩歌因其講求格律的工整會束縛情感的抒發，那麼採用古體詩的歌行體則是四川詩人此時的策略。例如，第二號上刊載的《招蜀魂》：「魂兮魂兮望西蜀，水夔門兮山劍閣。天荆地棘行路難，青海龍蛇起大陸。望帝一去不復歸，杜鵑啼血山花落……二十世紀新霸圖，英佛日俄定

協約。武裝平和不平和，蠶食我邦陰謀蓄……魂兮魂兮胡不歸，此其時兮速速速」。這首詩歌以「二十世紀」「英佛日俄定協約」「武裝」等具有時代特色的詞彙入詩，將西方列強企圖瓜分我國的狼子野心昭然於世。詩歌呼喚同胞們警醒並反抗列強的侵略。這首詩歌初具備「詩界革命」舊瓶新裝的特色。但舊詩體還是以壓倒一切的強勢姿態展現，《四川》距離中國現代白話詩歌還有一段距離。

時間流逝到 1914 年、1915 年，詩歌改革的步伐依然步履維艱。筆者以川人在川內創辦的報刊說明現代白話詩歌難以逾越舊體詩的圍牆而彷徨於原地。《娛閒錄》創辦於 1914 年 7 月，至 1915 年 7 月停刊，是《四川公報》增刊。這是一個文藝刊物，當時四川許多文化界名人在上面撰稿，例如，老瀬（李劼人）、毋我、覺奴（劉光第之子）、愛智（吳虞）、曾蘭、畏塵、壯悔（李思純）、香宋（趙熙）等。在新文化方面，由於《娛閒錄》秉承不拒新也不拒舊的方針，所以對各種社會思潮海納百川，迎新納舊。因而它很好地展示了當時四川文化現象。

《娛閒錄》上舊詩詞佔據大半壁江山，以香豔詩為例說明。在古老的中國，延續上千年的戲劇擁有許多追捧者。優伶們美豔的造型讓觀者產生憐香惜玉的遐想，為之含情帶怨的詩詞也應運而生。以悠閒著稱的成都，捧戲子成為達官貴人或文人雅士的愛好。《娛閒錄》上刊載很多關於戲子的香豔舊體詩。在「五四」新文化運動中表現激進的吳虞，以愛智的名字在《娛閒錄》上發表很多詩歌，其中大部分詩歌屬於香豔詩。例如，他發表在第一冊上觀戲劇偶賦六首中的一首「登場一笑已千金，嫵媚尤堪宛轉吟。我試品題應首肯，才人丰韻美人心」〔註4〕儘管此時的他已經表現出鮮明的反孔排儒思想，但詩歌創作卻沒有創造出新格局。第八冊開闢「梨園業錄」欄，專門刊載為捧名伶詩詞。在第二十四冊上有南公寫的贈陳碧秀和愛智四首。第二十四冊上俠生寫有次愛智君贈陳碧秀韻四首，其中兩首是，「宮樣新妝巧樣梳，多情含笑倚門初。相思幾度愁風雨，莫使樽前領略疏。」「人生行樂及芳時，一笑登場感遇遲。試問梨園諸子弟，阿誰比面辨聲詩。」〔註5〕這些香豔詩是舊體詩的代表。另外一類型的詩歌是「詩界革命的產物。」一些具有維新思想的人士，其詩歌創作上依然是屬於舊瓶裝新酒，例如香宋發表在第一冊上的《西湖荷

〔註4〕愛智「觀戲劇偶賦六首」，載《娛閒錄》，1914 年，第一冊。
〔註5〕南公「贈陳碧秀和愛智四首」，載《娛閒錄》，1915 年，第二十四冊。

花詞客秋心樓作》。這首詩歌取源於民歌。語言文白相雜，通俗流暢。這說明此階段現代白話詩歌好似還沒有露出嫩芽的種子潛伏在地表下。

　　再以愛智的詩歌為例說明現代白話詩歌誕生的漫長。站在他所屬時代看，他的詩歌創作卻是時代潮流的代表。早在 1906 年，他留學日本時創作「中夜不寐偶成八首」充滿對現實關懷。其中有一首被梁啟超收入《飲冰室詩話》。「萬物為芻狗，無知憫眾生。孔尼空好禮，摩罕獨能兵。遘禍庸奴少，違時處士輕。最憐平等義，耶佛墨同情。」〔註6〕吳虞詩歌對現實的關懷被梁啟超譽為杜甫現實主義風格的最好繼承。梁啟超認為在學習杜甫詩歌創作的眾多人中，能得其精髓者非常罕有。但他認為吳虞這首詩歌頗具杜甫風格。「《飲冰室詩話》『天下幾人學杜甫，誰得其皮與骨。』此詩近之矣，愛不忍釋，錄入《詩話》。梁啟超」〔註7〕吳虞感時傷事的詩歌創作書寫歷史感慨，頗具慷慨悲歌之勢。愛智發表在《娛閒錄》第二十四冊上的「甲午節事八首」抒發愛國情懷。但「舊格局」的束縛使得「新意境」也充滿「古味」，例如，其中一首「天畔登樓強醉歌，關心民困竟如何，朱門絲管春秋豔，白眼河山涕淚多。欲策治安無賈誼，問誰將帥比廉頗。漢廷自有匡時略，出塞琵琶誰肯和。」〔註8〕柳亞子在《民國日報》中多次表達對吳虞的無比景仰：「詩界革命，清人中當推龔定庵，以其頗有新思想也。近人如馬君武，亦有此資格，勝梁啟超遠甚。新見蜀人吳又陵詩集，風格學盛唐，而學術則宗盧（梭）、孟（德斯鳩），亦一健者。詩界革命軍我當屬此人。」「詩人之詩，溫柔敦厚，麗而有則，華而不縟，我終以吳又陵為首屈一指。蜀中吳又陵詩，近時歎為觀止。吾曹若以共和國詩人自命，自當奉章太炎，楊滄白、汪精衛、蘇曼殊、馬君武、吳又陵諸公為準則。」〔註9〕雖然，吳虞如此被柳亞子推重，但是他真正創作白話詩歌的時間往後推延至 1922 年。像如此激進的吳虞面對詩歌改革尚且如此，就不用說其他思想保守人士。

　　《娛閒錄》上詩歌創作反映出的問題，具有一定的代表性。此時此刻的中國，現代白話詩歌還處於孕育發酵階段，以刊物為代表的現代白話詩歌創作群體還沒有出現。

〔註6〕趙清、鄭城編《吳虞集》，四川人民出版社，1985 年，第 284 頁。
〔註7〕趙清、鄭城編《吳虞集》，四川人民出版社，1985 年，第 284 頁。
〔註8〕愛智「甲午節事八首」，載《娛閒錄》，1915 年，第二十四冊。
〔註9〕鄧星盈、黃開國、唐永進、李知恕著《吳虞思想研究》，四川教育出版社，1996
　　　年，第 45、46 頁。

二、戲劇改革在四川報刊中的反映

在中國，傳統戲劇有深厚的群眾基礎，根扎得很深。按照抽樣調查的方式，以一個地區切入瞭解整個全局的策略，這從《娛閒錄》上大量存在為戲子而創作的詩歌可以見證。人們對戲劇的熱愛，以至於對戲劇改革的探討相對較少。例如，重慶於 1903 年創辦的《廣益叢報》關於戲劇探討的文章非常少。現在可以查證的，只有在 1905 年，《廣益叢報》連續轉載了山東濟南報館的《學究劇新談》。以小窺大，我們可以知道當時在社會上沒有掀起戲劇改革的熱潮。中國戲劇真正與西方接軌是在 1907 年，以成都人曾孝谷為主的春柳社將西方戲劇引入中國。中國戲劇在外來因素影響下開始變革，文明戲開始誕生。文明戲是中國傳統戲劇邁向現代話劇的第一步。文明戲以各種戲劇社團的形式出現，報刊雜誌上的「劇談」能反映出社會對文明戲的評價。筆者以《娛閒錄》為例說明戲劇改革在四川報刊中的反映。

從數量上比較，傳統戲劇多於新戲。《娛閒錄》上連載的戲劇有四部，其中三部是傳統戲劇，一部為現代文明戲。《墜樓記》《情中正》和《珠幃粲影》是傳統戲劇。《墜樓記》的作者署名晨鐘。該戲劇語言濃麗，充滿了類似「花柳春濃金谷暖」「香溫玉暖」「嬌」「萬紫千紅」「滿庭芳」等詞語〔註 10〕。戲劇文本中介紹旦的唱與舉止，注重傳統的唱念打。曾蘭著的《情中正》，雖然標明是新劇，但從角色分配——採用傳統生旦淨末丑形式，表演形式——講究唱念打，表現對象——才子佳人，宣揚的主題——金榜題名時洞房花燭夜，語言形式——濃麗的文言，幾方面綜合分析，這屬於傳統戲劇。《珠幃粲影》也是採用傳統戲劇形式。其中只有《經國美談》（刊物標明為曾蘭「著」，筆者認為實際上應是「譯」）是純粹的現代話劇，語言白話，劇情在人物對話中展開，採用了現代分幕法與幕表，角色去除了傳統的生旦淨末丑的分類。傳統戲劇的寫意美在此劇中變為寫實。可以看出此時傳統戲劇佔領的市場大於文明戲，與西方戲劇接軌後產生的文明戲屬於新生力量，影響力相對較弱。

從戲劇評價標準看，剛誕生的文明新戲從內容到演出形式受到社會的較多責難，評價標準完全按照傳統戲劇的標準，如唱念打外在形式的評判。這從「劇談」欄目的點評中可以見證。第三冊「劇談」中《新劇罪言》中對昌華新劇團的新劇《河東吼》評述：「舉步便是錯……開口便是錯……不辨主客……

〔註 10〕晨鐘《墜樓記》載《娛閒錄》，1914 年，第一冊。

趣味乾燥……何謂滑稽表情……背景……表情……各角之妄評及忠告」。在批判女主角時這樣寫道：「女主人默然獨坐尚不失婦人像，而言語音調真是一板拙男子。動作太少，表情亦與劇情不合格。」〔註 11〕這期的「劇談」欄目是《哀新劇》（作者署名蛙見）。這篇文章對新劇以批判為主。例如認為「王鐘聲是冒春柳社社員之名在天津演刺馬適」「觀吾國新劇之始庚戌……盛名鼎鼎之新舞臺以民國藝人劉藝舟、潘月樵輩排演波蘭亡國恨，竭誠而往，數至捧腹未及三幕而逃歸矣，……哀哉，吾國人士好虛榮而無耳目，以潘劉之不足與言藝術，而猶欲附之以博浮名，其知識何異於下等婦孺耶。（潘本舊俳優表情惡劣，留則漢上流氓，大言欺人，其無恥與王鐘聲等）」〔註 12〕。由對當時文明戲的幾位演員的批評，可以見出當時文明戲在社會上反響之惡劣。題目定為「哀新劇」很能反映當時社會上對新劇的期待與失望。傳統戲劇已經在人們心中烙下揮之不去的痕跡，其形成的審美標準也成為評價新劇的尺度，如第七冊中的《悅來茶園新劇談》。文章認為演員初次演出曲文不很熟悉，情節稍欠揣摩。提出幾點要求「戲文宜略為增潤也，張華英偵訪……腳色宜另為支配也……做作宜更加注意也……服裝宜更齊整也……」〔註 13〕文明戲屬於舶來品，社會對西方戲劇沒有較深的瞭解，不能形成一套完整的評判價值體系。文明戲受困於「東方」與「西方」審美差異的夾縫中，是其受到社會責難的原因之一。

儘管文明戲在社會受到如此之多的責難，但西方文化的強勢進入已如洪水之勢不可阻擋，這可以從刊物上刊載的照片見出。第八冊上有日本新劇家竹女、雪女合影，緊挨著的便是川劇花旦陳碧秀、李鳳卿，名旦陳燕卿照片，然後是文明戲的進化社花旦照片。第九冊同時刊登日本新派演劇《無名氏》、舊派演劇《袈裟與盛遠》照片；川劇花旦與進化社花旦照片並置。文明戲的誕生主要受到日本新派戲的影響。其照片的刊載現象便已經說明人們並不完全排斥戲劇改革。社會之所以責難文明戲一方面出於對傳統戲劇的熱愛，另一方面說明潛意識裏也是希望文明戲能改善提升。例如，《娛閒錄》第二十四冊上的「藝壇片影」便有對京劇的未來表示擔憂。在成都各報刊中，專門談論戲劇，影響較大的是《娛閒錄》的「劇談」，此外，「品香」也有相當的影響

〔註 11〕《新劇罪言》，載《娛閒錄》，1914 年，第三冊。
〔註 12〕蛙見《哀新劇》，載《娛閒錄》，1914 年，第四冊。
〔註 13〕《悅來茶園新劇談》，載《娛閒錄》，1914 年，第七冊。

力。《娛閒錄》從第二冊開始到第十一冊每期設「劇談」評論戲曲，「劇談」在第十二冊變為「藝壇片影」。雖然題目發生變化，不再是「劇談」，但內容還是一樣，即，對於戲劇的感受，和頌揚名伶的詩詞賦。無暇在其所著的《悅來之京劇》中對迎來滿堂喝彩的演員表示憂慮。作者認京劇不遠千里來到四川演出，並非蜀人認為的交通便利之緣故，而是生計窘迫的緣故。他認為花旦月月仙唱功欠佳：「月月仙之閨惜嬌，身段甚矮，說白行腔喉音乾啞，既無餘韻，字亦多錯訛。月月仙小眉細眼、手足輕盈，確是京派。惜喉已破裂，有欲盡其長而不可能之慨。」〔註14〕另一位飾配角的女演員雖然讓觀眾喝彩聲如雷。作者無暇認為這喝彩是因為演員扮相秀色可餐，「小客串扮劇迷之女，面若潤玉，俯首弄姿，意殊羞怯，宛然美好女郎。客座觀次喝彩，如雷不殊。」「以色相示人，如遊龍首尾不能畢見，故莫能知其究竟。設令彼竟習女角，恐復索然寡味。……」〔註15〕京劇因為在京城受到皇宮貴族的喜愛，上行下效，官員百姓都熱捧京劇。在這樣背景之下，京劇藝術愈發精湛，漸漸成為中國戲劇的代表。京劇在今日的式微，說明傳統戲劇的式微。

通過社會對文明戲以及傳統戲劇的評鑒，說明中國戲劇在邁向現代的過程中所遭遇的焦慮困惑，也說明中國戲劇走向現代是不可阻擋的歷史潮流。

三、小說革命初見成效

中國現代文學發生期，「小說界革命」影響力最強。中國現代小說形成的最初階段被稱為「新小說」。〔註16〕「自 1902 年梁啟超於日本橫濱創辦《新小說》雜誌起，『新小說』成了概括在小說界革命中產生的這一批小說作品的專有名詞」「《新小說》的取名，直接借用了日本 1889 年和 1896 年兩次創辦的同名雜誌」。新小說大多採用章回體的敘事法，語言以文言為主。新小說借鑒西方小說的主題、敘事技巧等，與傳統章回體小說相容生成過渡時期的一種文體。新小說在社會上的傳播依靠報刊雜誌。

（一）

晚清，使新小說產生較大影響力的幾家刊物有 1902 年創辦的《新小說》、

〔註14〕無暇《悅來之京劇》，載《娛閒錄》，1914 年，第十二冊。

〔註15〕無暇《悅來之京劇》，載《娛閒錄》，1914 年，第十二冊。

〔註16〕陳平原《中國現代小說的起點：清末民初小說研究》第 2 版，北京大學出版社，2010 年，第 8 頁。

1903 年創辦的《繡像小說》、1904 年創辦的《新新小說》。在四川重慶的《廣益從報》創辦於 1903 年。《廣益從報》積極參與新小說的發展，刊載的新小說有政治、偵探、豔情、科幻等類型，幾乎涵蓋了所有新小說類型。創辦第一年的第三號便開始連載有梁啟超的政治小說《新羅馬傳奇》《新中國未來記》《越裳亡國史》。另外，科幻小說有《獨腳會》《電世界》等；諷刺小說有《孔子升為大祀記》《立憲萬歲》等；傳奇類有《兒女英雄傳略》《火刀先生傳》等；豔情小說有《櫻花恨》《霜鐘怨》等。四川重慶另一家刊物《重慶商會公報》，創辦於 1905 年，也是新小說的重要陣地之一。這家刊物上的新小說有《戈布登軼事》《二十年目睹之怪現狀》《市聲》《秦良玉》《算命先生》《大發財》《運動家》《一錢之功用》《大盜》《地方官》《花麗春》《金生》《新嫁娘》《吃乳官》《鬼報恩》《揮麈談》《玉蟾蜍》等作品。留日學生創辦於日本的刊物《鵑聲》《四川》雖然以議論時事為主，但也刊載詩歌小說。創辦於 1905 年的《鵑聲》刊載小說有《清國西太后之密使》《俄探》等。創辦於 1907 年的《四川》刊載小說有《痛》《成都血》。《痛》採用章回體、文言形式。短篇小說《成都血》有話本小說的遺痕，但語言趨向白話。小說素材選用當下的時代題材。作為政治小說的《成都血》揭露清朝官吏為陞官發財草菅人命：官吏利用留學生的天真爛漫採用引蛇出洞的方法，他找人在留學生面前說反對時局的話引誘留學生發表對時局的反對意見，以此作為證據抓捕留學生作為陞官的階梯。「休怪我陷害你，到此我也不能自由了。總是你千不該萬不該做留學生，千萬不該遇著我。只照陞官發財的慣例行去吧」〔註17〕

　　綜上所述，「新小說」對西方小說的借鑒體現在以下幾方面：主題上反映出對西方民主自由的嚮往，對專制的反抗，在一定程度上，有對傳統道德的嘲諷；在敘事技巧方面，更多借鑒能造成懸疑效果的倒敘；敘事角度更多地採用第一人稱。西方小說與傳統章回體小說相互作用下的「新小說」，慢慢向現代白話小說轉變。這可以四川成都的《娛閒錄》等為例說明。被楊義稱為「中國白話小說的早行者」李劼人，他的《遊園會》於 1912 年發表在成都的《晨鐘報》。其《兒時影》於 1915 年連載《娛閒錄》第二卷第一、二、三期。楊義認為「可以說，《兒時影》作為受話本小說和林譯小說雙重影響的作品，代表著我國傳統小說向『五四』時期新小說過渡的中間形態，在這個新舊文

〔註17〕　《成都血》，載《四川》，1908 年，第三號。

學的嬗變期中，李劼人是佔有特殊的早行者的歷史地位的。」〔註18〕關於李
劼人白話小說創作與中國現代文學的發生另有專章論述，本章節便不再詳細
論證。

　　《娛閒錄》與《新青年》從題目上可以見出兩本刊物的區別。「娛」、「閒」
是娛樂閒適之意，這說明《娛閒錄》不是以啟蒙為宗旨。從題目「新青年」可
以見出刊物是為「新青年」而設立。《新青年》因為高揚啟蒙的旗幟，將視野
放在時代前沿，提出許多富有感召力的標語口號。陳獨秀在《新青年》第一
期《敬告青年》中提出「自主的而非奴隸的、進步的而非保守的、進取的而非
退隱的、世界的而非鎖國的、實力的而非虛文的、科學的而非想像的」〔註19〕
的宣告而受社會矚目。《娛閒錄》沒有高揚啟蒙的標杆，也沒有將自身推向風
口浪尖的打算，因而在社會上沒有捲入新舊兩派鬥爭的漩渦中。也正因為如
此，《娛閒錄》以平和的心態真實詳盡地記錄那個時代（1914 年～1915 年）
的影子。新舊兩派文人皆在《娛閒錄》中留下自己的痕跡。《娛閒錄》記錄了
中國現代文學誕生過程中新舊雜陳的文學文化現象，顯示了文學變革的歷史
性掙扎與困惑。

（二）

　　中國現代文學誕生經歷的掙扎與困惑從文學主題與文體可窺其一斑。

　　民主、自由和科學是新文學的主題。對「人」的發現是表達民主自由的
主要方式，其中，女性解放是實現「人」的解放的最主要表現方式。爭取女性
解放的呼聲是五四文壇的主調。具有反抗特質的巴蜀文化，是如何面對「人
的解放」的議題呢？在「五四」之前的《娛閒錄》記載了對女性解放的探討，
寫出時代的真實聲音。筆者將《娛閒錄》小說中女性人物分為新思潮中誕生
的新女性與舊勢力陰影籠罩下的悲劇女性兩類。以此探析四川文壇與中國新
文化發展之間的關係。

　　當「新女性」與「滑稽」並置，說明文化空間的停滯與可能的敞開。四川
作家筆下有這樣一群在新思潮中孕育而生的新女性，她們是受過教育的知識
女性，分別在社會政治、愛情婚姻中佔據主動權。《娛閒錄》第一冊，利群的
小說《女界進化小史》的女主角是一位進洋學堂的時尚女學生。她批判腐敗

〔註18〕楊義《中國現代小說史》中，人民出版社，1998 年，第 435 頁。
〔註19〕陳獨秀《敬告青年》，載《新青年》，1915 年，第一期。

無能的清政府，關心時局變化。該小說拋棄女子無才便是德的觀念，讚揚受西方文化影響的新女性見識廣博，能干預社會朝政大事，獨立有主見。另外，以愛情婚姻中男女關係的轉換說明時代的變遷。新女性在婚姻中也不再任由命運擺佈，而是掌握人生方向的主動權。中國傳統的男子在納妾時總冠冕堂皇地宣稱為了延續子嗣，作為妻子非但不能反對，還需以笑顏相迎以示賢惠。但是覺奴的小說《夫人之審判》則完全顛倒傳統模式。男子納妾是不被容許的可恥事件。小說將昔日卑下的妻子扶上高高的審判席位，作為被審判者的丈夫跪在地上接受妻子的審訊。這篇小說刊登在《娛閒錄》第一期。小說對婚姻的定義不再是無後為大，而是兩情相悅的愛情。平等的愛情不能有第三者插足，納妾是不被容許的。曾蘭的《鐵血宰相俾士麥夫人傳》發表在第二冊上。該小說的女主人公主動選擇自己的婚姻，婚後主宰丈夫的事業，備受眾人的崇敬。儘管《娛閒錄》將《夫人之審判》定義為滑稽小說，但實際反映出人們婚姻觀念的轉變——儒家的「夫婦」關係即將被時代浪潮拋棄。《娛閒錄》雜誌上關於人的解放，對國民性的反思等小說，往往都被歸入滑稽小說一欄，可能是刊物創辦者不想因其思想的激進遭遇當權者的查封而使用的一個策略吧。

　　巴蜀作家描寫「新女性」在傳統文化場域中遭遇的悲劇人生。《娛閒錄》中舊勢力陰影籠罩下的悲劇女性以曾蘭小說《孽緣》中的女主人公魯惠為代表。《孽緣》發表於《娛閒錄》第九冊，同時也發表在上海的《小說月報》第六卷第十號。魯惠天生麗姿，聰慧過人，但不能自主的婚姻使她的人生變得黯淡。小說指出魯惠的悲劇在於沒能接受系統的教育，不能獨立謀生、自主命運，導致人生的淒涼。但是接受了教育，是否意味著女性便擁有了光明燦爛的人生？毌我創作的小說《吻聲》發表在《娛閒錄》第二十四冊。這部小說從幾位進城的鄉下人視角切入，寫出大眾對新思潮的解讀。小說開始是關於辮子的討論。在幾位鄉下人的思維裏，剪掉辮子便標誌著維新。當看見西式打扮的女學生沒有剪掉辮子時大為不屑，認為城里人還沒有鄉下人思想現代，跟得上時代步伐，但最後由一位「見過點世面」的鄉下人道出那是城裏女學生最時髦的打扮。小說以幽默的筆調寫出這群鄉下人的無知，然後以看似鬧劇的手法寫出整個社會的愚昧。小說場景轉換，一位歐式打扮的女子到動物園遊玩，會引來一群人的跟隨圍觀。當這位歐式打扮的女學生以西方禮儀（吻）與未婚夫見面後，那位道學家的未婚夫在眾人的圍觀之下恨不得找個

地縫藏起來。女學生西式的問候很快震驚全城。女生的家長最後不得不將女兒當瘋子一樣關押起來。這部小說的創作時間距離魯迅先生的《狂人日記》還有三年時間。女孩對西式禮儀的倣仿帶來的是被視為瘋子的命運，因為這與周圍的文化氛圍太不協調。《狂人日記》中的狂人停止清醒的歷史審判思維後，才會被常態的社會接受，否則被視為瘋子、狂人。《吻聲》中女學生悲劇命運是因為行為舉止不符社會常態，而成為被關押在黑屋子裏的「瘋子」。走在時間前面的歷史超越者多是以悲劇結束。在揭示庸眾的愚昧、社會的停滯方面，《吻聲》還與魯迅小說《風波》也有異曲同工之妙。「辮子」可以被剪刀一下剪去，但是舊思想的盤踞不是剪辮子那樣瞬間便可以去除。小說具有超前的預見性，揭示新文化的啟蒙不是朝夕之間能完成的偉業。這篇小說發表時間是 1915 年 7 月，它被歸類為社會小說而不再是滑稽小說。這可以看出時代風潮的變遷——社會對於女性解放的探討已不再羞羞答答，而是坦然將之作為社會問題，小說說明個人的解放不能脫離社會的解放。關於「個人」與「社會」的關係探討顯示出四川作家敏銳的歷史洞察力。

「五四」新文學戀愛至上的主題在此時的《娛閒錄》中也還沒有成為重要的文學主題。狀悔（李思純）在神話小說《廣寒宮遊記》以調侃的筆調提及自由戀愛。小說諷刺威名赫赫的天蓬元帥朱五倫與霖雨蒼生的雨師因為暖飽思淫慾，實行「戀愛自由主義」，被弄得聲名俱裂，首領不保。調侃自由戀愛的話題還可以在「劇談」欄目裏評《河東吼》中可以見出。自由戀愛的戀人轉眼變成河東吼獅，丈夫被嚇得戰戰兢兢，毫無新婚的甜蜜幸福。「五四」新文學的戀愛至上是以「人」的解放為背景展開，是「女性」解放的重要載體。當「人」、「女人」的解放沒有成為《娛閒錄》焦點時，對自由戀愛調侃詼諧的態度也符合「娛、閒」的特點。雖然以調侃詼諧的語調議論「女性解放」、「自由戀愛」，但也能引起社會的關注思考，促成時風的轉變。

《娛閒錄》小說通過描寫人民生活陷入困頓，表達對社會時局的不滿，同時還有對於國民性的思考。小說以幽默調侃的形式思考國民性，揭示其陷入悲劇而不知悲劇根源的悲哀。因為此類小說表層是調笑愚昧淺薄的庸眾，深層次是對當權者的抨擊，所以很容易給當局查封報館找到口實。因而此類小說都被歸為滑稽或神話小說小說。

反思國民性的小說以丹君發表在第十三冊上的《表裏》為代表。小說敘述一位年過半百的老人如何失去其辛苦一生所得血汗錢的故事。老人血汗錢

被搶劫、榨取之後，還不知造成悲劇性命運的根源所在。這是看似喜劇的悲劇。小說通過老人的「兩次幸運」、「兩次傷心」展開故事。他首次的傷心是所有貨物在兵變中被搶劫一空時，面對空空的牆壁傷心哀思；但他感到幸運的是鋪面沒被搶走（這是搶不走的固定財產，倘若能夠帶走，亂兵們一定會毫不客氣。）老人不能意識到自己年老時遭遇的悲劇根源是戰亂，是那些為私利而置百姓於水火的軍閥。老人的第二次傷心與幸運是在賴以生存的二千四百八十元紙幣被貶值、被偷之際，他傷心欲絕；最後他憑藉自己的「精細」拿回了屬於自己的二千四百八十元時，小說以他笑盈盈地回家為結局。經歷兵變、貨幣匯率調整後，財產原本豐厚的他已經淪為貧民。但他想到自己一個小民的二千塊錢已經經不起貨幣貶值的折騰，還天真地為政府擔心——政府每年用一千幾百萬，三年之中不知要虧本多少。小說真正的悲劇在於悲劇者不知自己的悲劇，還為悲劇的施與者擔憂。能夠對抗的，也只是同為受苦受難的弱勢群體而已。真正得利益者、禍國殃民者還享受著人們的朝拜。這篇反思國民性的小說不僅僅在當時具有很高的社會現實價值，就是在今天也不失為一篇較高思想價值、藝術水準的現代白話小說。《表裏》這部白話短篇小說可以與文學史上一些被譽為經典的小說媲美，它在中國現代文學史上的被遮蔽被遺忘是一件憾事。

表達對社會時局不滿、展示知識分子困頓的小說以覺奴發表在第十冊上的滑稽小說《唉》為代表。小說調笑滿腹才學的文人沒有施展才華的舞臺，只能依靠妻子生存的窘境。「可憐再是飽學的先生，那空洞洞的文字、深高的學理，怎拉得進胃裏去受胃的摩擦作用呢。」〔註 20〕故事地點設在巴黎，以稿費為線索展開故事。文人本想賺點稿費，「夫婦天天跑去借那報來看都不見登出，必是泥牛下了大西洋。」豈料希望落空，結果是「來件似是秘密廣告，費須加倍，並請將費預付。」〔註 21〕稿費非但沒有，還被告知需要另外付費才能刊載文章，真是屋漏偏逢連雨天。文人夫婦只能無言語地發出「唉」的歎息。另外。書寫對理想社會的展望，以第十八冊上刊載天眉著《理想之改良社會》為代表。小說將四川幻想為一個理想天堂，這裡四季繁花似錦，絲竹管絃之聲不斷。縱比，唐虞比不上，更不用說三代了；橫比，美國不敢與之比富、德國不敢與之比強、巴黎不敢與之比繁榮。天帝

〔註20〕覺奴《唉》，載《娛閒錄》，1914 年，第十冊。
〔註21〕覺奴《唉》，載《娛閒錄》，1914 年，第十冊。

也羨慕不已，特派人前往一探究竟為何有這樣一個美好的社會。這是以對理想社會的展望反襯現實的黑暗。作者將對社會現狀的不滿以曲折的形式反映出來。

（三）

根據《娛閒錄》小說形態變化，可見其由傳統話本小說到新小說，再由新小說到現代白話小說的嬗變過程。

晚清小說最為盛行的是暴露官場黑暗、宣揚維新思想的社會政治小說。像梁啟超的《新中國未來記》、陳天華的《獅子吼》、張春帆的《宦海》、黃小配的《廿載繁華夢》等小說在當時產生較大的社會影響。但暴露官場黑暗的小說在慢慢傾向媚俗化的過程中演變為黑幕小說。在晚清小說中，有一些作品開啟了啟蒙運動的先河，例如《繡像小說》上發表的《掃帚迷》（壯者著）與《玉佛緣》（嘿生著），《新小說》刊載的《黃繡球》（頤瑣著）。這三部小說「都屬於啟蒙運動的小說範圍之內。書中提倡女子進校，反對纏足，主張婦女解放，並宣傳迷信必須破除。這對當時的中國社會，是一帖有益的藥劑。」〔註22〕晚清小說大致有科幻、俠邪、黑幕、言情幾類。《娛閒錄》上刊載的小說一般分為寄情、武技、記實、諷世、時事、滑稽、遊戲、社會幾類小說，翻譯的長、短篇小說也按此歸類。這種歸類法延續的是晚清小說的分類方式。

新舊雜陳，是《娛閒錄》小說的一個特點。但在這兼容並包的排列組合中，可以看到傳統章回體小說逐漸被新小說瓦解，新小說在時代風潮之下向現代白話小說的演變。

環環相扣、有頭有尾的章回體小說在《娛閒錄》中較少，大部分是以對話、敘述為主的短篇小說居多。《娛閒錄》上傳統章回體小說處於被瓦解的邊緣，這從章回體小說數量的減少，以及主題的變化——呼喚自由民主，反抗專制，兩方面可以看出。《娛閒錄》上刊載的中國本土作家創作的長篇傳統章回體小說較少。第一期開始連載利群的章回體小說《女界進化小史》。小說體例按照章回體，內容以新女性為表現對象，涉及立憲換代。這部小說是屬於舊格局、新主題的新小說。一些長篇小說的創作，內容以西方社會為表現對

〔註22〕阿英編《晚清文學叢鈔》小說一卷，上冊，第二版中華書局出版，1980年，第1頁

象,但在語言用詞方面還是中國化,例如第十二冊覺奴的長篇偵探言情小說《美人心》。小說採用全知視角,以西方社會為表現對象。語言以文言為主,「粉腮」「秋波」等傳統詞語在小說中頻頻出現。但覺奴在同一期發表的短篇小說以白話為主;小說形式消解故事情節,以對話為主。另外,還有李思純、毋我和覺奴等翻譯的域外長篇小說。這幾部長篇翻譯小說並沒有嚴格按照章回體形式,而是有變異。在翻譯的長篇小說中可以看出小說的演變。第五冊中的《白衣婦人》以「一、二、三、四……」分章節;《崖窟王》以「一章、二章、三章……」分章節。第九冊中的《爛柯小史》以「第一章、第二章……」分章節。雖然這幾部翻譯小說都以文言為主,但在同期刊載的短篇小說中不少以白話為主,表現對象從市井百姓到知識分子以及政治改革人物都有,反映眾生百態,極具時代氣息。這些短篇小說從不同角度涉及社會各個層面。儘管還保留話本小說的遺痕,但是新小說向現代白話小說過渡的痕跡非常明顯。

從小說外在形式角度分析,《娛閒錄》刊載的小說語言形式由文白雜陳到以白話為主,甚至通篇用白話。例如,第一冊上刊載覺奴的短篇小說《門》,語言形式採用白話;第二冊刊載的覺奴的《夫人血淚記》,語言則是文白雜陳;第五冊上的小說《四天半》《公飯》則是純白話形式。語言形式是思想的載體,語言形式的轉變可能意味著作者思想的轉變。例如,在第五冊刊載的白話小說《四天半》(疑兒著),以未出閣的姑娘想念情人的語調寫對《娛閒錄》的愛。小說雖然是以搞笑的形式,但折射出社會對男女戀愛的接受與包容度。其二,從敘事藝術轉變剖析,短篇小說多以對話為主揭示主題,橫切面的採用開始侵入短篇小說之中。例如,《娛閒錄》第十三冊《哀饑記》。這篇小說以文白相雜的語言,採用第一人稱,揭示人民賣兒賣女也難以度日的社會慘狀。小說用兩個場面,隔牆竊聽與推門而入,展開故事。「我」隔牆竊聽得知貧困之家打算賣女度日。「我」出於同情之心推門而入幫她們解決了眼前的難關。中國傳統小說是「動」的小說。這裡所謂「動」是指故事情節的展開。因為話本小說要能吸引觀者,必須調動觀眾情緒,所以小說較少大篇幅的環境場面描寫。這篇小說開頭出現傳統小說難得的相對靜止的景物描寫。在草木凋零、落葉滿地的秋季,清疏寧靜的院落中,烏鴉棲息於樹木之上。寧靜中透出淒涼慘淡與敗落。如果說這篇小說雖然沒有完整曲折的故事情節,但尚有簡單的情節,那麼第二十四冊上的《不忍言》(壯

悔著）則非常淡化情節。小說文筆秀美，以兩位著日本和服的青年孤雲與夢沉的對話方式展開。孤雲是一位偽裝成日本人的朝鮮人。夢沉是一位來自古老國度的中國人。小說首先寫出一片美麗風光「不忍池上櫻花開得十分爛漫，猶如一片香海映著那池裏千頃碧波和那夕陽倒影斷霞，千樓紅得十分可憐。那池邊遊人如蟻。在那晚風拂拂的時候，衣香鬢影，非常繁麗。」〔註 23〕在這美麗的他鄉，夢沉迷失了自己。他豔羨日本的美女與沒有禮法束縛的自由，不願回到老大腐朽的祖國。孤雲以失去故園之痛告訴夢沉不要忘記自己的祖國，更不要忘記日本人曾給予中國的恥辱。這篇宣揚愛國情懷的小說，在敘事結構上，它的淡化情節已經走在了歷史的前端，是一篇散文化的小說。

《娛閒錄》上的新小說邁向現代白話小說的過渡痕跡折射出當時中國文壇的歷史走向。域外小說在敘述藝術與思想主題方面雙重影響著中國小說的現代化進程。傳統小說敘事模式慢慢被消解但並沒消失，而是與之並行存在，或顯或隱。

在四川，旨在研究文藝的報刊雜誌不止《娛閒錄》一份刊物。成都《晨鐘報》萌芽了中國第一篇現代早期白話小說《遊園會》。1919 年 3 月，成都一份旨在研究文藝的報刊《文藝報》出版，創辦者張振基、李詩曾、陳士錚等認為：「文藝為國家精華，智識乃人民要粹。我國革興以來，為日滋多，文藝智識蒸蒸日上，究其原因，雖半由於教育之普及，尤多得力於報紙之鼓吹。然而文藝尚未達優美之地，智識亦未企於文明之域。未必非教育之普及不同報章之鼓吹，不到有以致之也。」〔註 24〕。這份報紙上刊載文學作品也是屬於傳統文學邁向新文學的過渡形態。《娛閒錄》孕育巴蜀文壇現代白話小說的誕生，例如香祖、覺奴、李劼人等的創作。香祖的《孽緣》顯現出現代白話小說成熟的趨向，而李劼人的《兒時影》則是一篇純粹意義的現代白話小說。《娛閒錄》還催生了「五四」思想運動的「隻手打孔家店」英雄——吳虞。《娛閒錄》停刊的 1915 年，《新青年》創立。吳虞的陣地從《娛閒錄》轉向《新青年》，也將其影響帶出四川。《娛閒錄》等雜誌見證了中國現代小說發生期間巴蜀作家們的探索前行。

〔註 23〕壯悔《不忍言》《娛閒錄》，1915 年，第二十四冊。

〔註 24〕王綠萍、程祺編著《四川報刊集覽》上，成都科技大學出版社，1993 年，第 83 頁。

第二節　中國現代文學誕生與走出川外的巴蜀作家
　　　　——以北京《晨報》《少年中國》等為例

　　近代中國歷史發生了千百年來未有之大變化，文學也發生著千百年未有之大變化。在這樣的大變革中，激情澎湃的巴蜀文化被激發出前所未有的創造力。巴蜀作家無論在川內川外，國內國外都以飽滿的熱情參與到這歷史大變革中。四川人不出夔門則已，一出多為蛟龍，王光祈、周太玄、康白情、郭沫若等走出四川的巴蜀作家，為中國現代文學的發生做出有實效的貢獻。中國現代文學的發生以報刊雜誌為依託展開，筆者以走出川外的巴蜀作家與報刊雜誌的關係來探析巴蜀作家與中國現代文學發生之間的關係。

一、蒲殿俊與《晨報》

　　1905 年，蒲殿俊留學日本。他歸國回到四川曾辦報宣傳變法維新思想，在社會上極具影響力。他曾辦《蜀報》《白話報》《西顧》《啟智畫報》等。1919 年「五四」運動將全國的新文化運動推向高潮。這場融思想、政治、文化於一體的革命運動，是中國現代文學發生的一個催化劑。這場運動掀起的「變革」時代潮流，加速了中國現代文學的發生。蒲殿俊在這一年拒絕了北洋政府授予他的教育部部長之職，選擇到北京《晨報》擔任主編，成為新文化運動的一名主將。在 1919 到 1924 年期間，在他的領導下，北京《晨報》成為新文化運動的一個重要陣地。蒲殿俊在用人方面也體現出他對新文化運動的支持立場，例如，他邀請李大釗主編《晨報》第七版，任命孫伏園主持「副鐫」。

　　蒲殿俊將《晨報》作為宣傳西方思想的陣地，開設「新思潮」、「世界新潮」、「名人評傳」、「短篇譯述」、「婦女問題」、「歐劇談片」等欄目。《晨報》具有全球視野，信息量巨廣。「短篇譯述」欄目對歐美國家都有所涉及，對俄國關注較多，尤其是托爾斯泰。例如，《托爾斯泰的生死觀》《托爾斯泰的男女觀》等都被翻譯刊登。對當時剛剛開禁的中國而言，「婦女問題」欄目討論的問題是非常之開放，例如，《男女關係論》中對「雷區」的踏足。第一章《性慾》便從自由主義和禁慾主義、虛偽的羞恥、男女性交的神聖、男女教育的差異等在第五、七版連載。

　　蒲殿俊還開設「自由論壇」欄目，以達到百家爭鳴的效果。在新文化發生期間，關於語言的運用也是一個焦點。在「論壇」欄目裏，蒲殿俊與錢玄

同、胡適三人展開關於「底」與「的」用法的討論。1919 第七版上面刊載錢玄同著《我現在對於「的」字用法底意見》、胡適著《再論「的」字》、止水（蒲殿俊的筆名）著《答『適之君論』的字》三篇文章。「五四」的一個重要貢獻是突出對「人」的發現。關於「人」的討論無疑是「中國現代文學發生期間的一個重要話題。關於這方的話題,「論壇」也有討論,例如適夷的《人格問題與社會組織》。胡適在《晨報》上就人道主義問題展開討論。胡適見一位署名華士的作者刊載了文章《人道主義》。胡適便寫了一篇文章《「人道主義」的真面目》反駁華士那種硬要將悲劇寫成大團圓的庸俗,並附上在《新青年》第四卷第四號上的譯詩《老洛伯》以說明什麼才是真正的悲劇。

關於戲劇改革,蒲殿俊還讓新老舊派人士在「劇評」欄目展開自由的討論。一些人士認為新戲與舊戲並不矛盾衝突,可以並行不悖,例如涵廬主人的《現在改良戲劇的錯處》《我的戲劇革命觀》,非禪的《舊戲之結構》。主張新戲的陳大悲發表《十年來中國新劇之經過》總結了新劇的發展歷程。新老舊派人士對於戲劇改革問題也並非是水火不相容,而是有相互探討,例如繆子《戲劇新語》。他是一位傳統舊戲的愛好者,但是他認為「中國戲劇亦自其歷史上文學美術的價值。至其與現代文學美術的眼光,是否適合,此為別一問題。姑置不論。余以為中國舊戲之最大劣點,在刺激力太強。」「此實助長殘殺心理之演作,且其刺激力亦太強大,不合於群眾社會之觀念。余論戲雖偏袒舊戲,」〔註25〕繆子在文中還提到他與胡適探討戲劇改革,認為戲劇表現殘殺場面可以學習西方戲劇。文章指出舊戲可以學習如莎士比亞的《麥克白》,讓殘殺的場面在幕內完成,讓觀眾聽見聲音發揮想像,好似中國戲的「暗場」。從這可以得知,戲劇討論有助於戲劇改革。

蒲殿俊主編的北京《晨報》與《新青年》《新潮》同為新文化的陣營,是中國現代作家們的搖籃,例如,曾發表在《新青年》的《狂人日記》（魯迅著）與曾發表在《新潮雜誌》的《是愛情還是苦痛？》（羅家倫著）也被刊載於《晨報》中。魯迅的《阿Q正傳》是以巴人的筆名首先發表在《晨報》之上的。蒲殿俊還是冰心的伯樂。冰心的《兩個家庭》《斯人獨憔悴》《秋雨秋風愁煞人》連續被《晨報》連載。當時的冰心並非成名作家,還只是一位默默無名的文學青年。《晨報》能將如此眾多的篇幅讓與冰心,可以見出對冰心的重視。冰心這幾篇小說發表以後,有讀者反映其情感太過於悲觀。冰心因此寫《我

〔註25〕繆子《戲劇新語》,載北京《晨報》,1919年,第七版。

做小說‧何曾悲觀呢？》來作為回映。可見，《晨報》一方面扶持新文學作家，另一方面也採取寬容開放的政策廣泛聽取社會各方面的意見。

《晨報》辦報方針是兼容並包，堅持言論自由，所以這期間的北京《晨報》充滿濃厚的新文化氣息，成為新文化陣營一塊重要的陣地。

蒲殿俊不僅通過辦刊支持中國現代文學的發生，而且也親身創作成為新文學作家陣營中的一員。

在中國現代文學發生期間，蒲殿俊對新文學的貢獻不僅僅停留在主辦報刊雜誌，他身體力行的創作，豐富了中國早期白話小說文庫。他於1919年期間的創作多為現代白話小說，有《車的階級》《城裏的共和》《誰是義和團》《禁夢》《詩禮人家底月亮》和《二學生》。關於蒲殿俊在「五四」新文化期間對中國現代文學發生的貢獻，蒲耀瓊在《憶父親》裏談到：「父親這一段時期的文章是全部用白話文。那是正值五四運動，提倡白話。反對者認為主張用白話者因為他們沒讀多少古書不會寫文言。自從這位進士出來明鑼張鼓地大寫白話文，社會的觀念頓改。所以父親也是五四運動主張用白話的前鋒，對於當時的文藝復興運動，作有相當貢獻。」〔註26〕。在1919至1920年期間，中國現代早期白話小說創造者並不多。魯迅、冰心之外，熱衷白話小說創作者這不多，蒲殿俊的創作無疑對早期白話小說的創作具有重要推動作用。

> 以小說為例，他的作品也有思想性和藝術性俱佳的篇章，他在1919年的《晨報》上共發表小說6篇（發表在其他報刊上的小說則尚未統計），這是一個很了不起的數字，因為從1918年5月《狂人日記》的問世到1920年以前的新文學界，除了魯迅在進入到1919年以後的持續寫作以及冰心於1919年9月開始在《晨報副刊》上寫作外，其他白話小說寥寥無幾。也就是說，撇開小說的藝術性和思想性不談，蒲伯英的作品構成了初期白話小說的重要組成部分，這對於白話小說乃至於白話文學的發展具有重要的推動作用。〔註27〕

〔註26〕羅義華、易丹著《「五四」前後《晨報》總編蒲伯英的文學活動極其評價》，載李怡主編《現代中國文化與文學》第3輯，巴蜀書社，2006年，第206頁。
〔註27〕羅義華、易丹著《「五四」前後《晨報》總編蒲伯英的文學活動極其評價》，載李怡主編《現代中國文化與文學》第3輯，第206頁。

　　蒲殿俊小說表現的思想主題緊貼社會現實，具有相當的時效性。這幾篇小說的表現對象以下層人民與知識分子為主。《車的階級》《城裏的共和》以地位卑賤的人力車夫與茶館裏的下層民眾為敘事主體，表現依然停滯在專制年代的野蠻社會，和依然困頓窘迫的弱勢群體。《誰是義和團》脫稿於1919年6月，發表於9月。從時間上可以看出，蒲殿俊對「五四」運動的積極反映。小說通過兩位老年人的對話，寫出社會對「五四」在社會上激起的不同反響，揭示導致中國貧窮衰弱的根源為西方帝國侵略的外因與專制封建政治制度的內因。一位老年人認為「五四」運動只是學生的運動，只需將學生壓制下去就沒事了，作者以此寫出當時中國庸眾的狹隘眼光。小說結局是以這位老者急急忙忙趕去解救因參與學潮而被關押的兒子。作者以此暗示「五四」運動將席捲中國大地每一個角落，掀起一場呼喚「科學」、「民主」運動高潮。《禁夢》《詩禮人家底月亮》以知識分子為表現對象。《禁夢》以調侃幽默的筆調，寫悍婦欲控制丈夫的身心自由，甚至做夢的自由也要干涉。小說表面是寫夫妻之間控制與反控制的博弈，實則暗喻專制與民主之間的對立，反映「五四」呼喚「民主」的時代主題。《詩禮人家底月亮》調侃一位迂腐的老一代知識分子曲謹之老先生強不知以為知地曲解《易經》，強制在後一代身上灌輸迷信思想。但是兒子們並不吃這一套，只是敷衍他而已。在小說結尾，被視為神的月亮卻只能眼睜睜看著曲謹之等老一代文人沉溺於牌桌之上，忘記了對神的祭奠；年輕一代人在觀看梅蘭芳戲劇時，以娛樂化的方式消解了月亮的神性光輝。小說以此暗寓迷信鬼神的傳統文化的窮途末路。這篇小說呼應「五四」呼喚「科學」的主題。《二學生》則是通過描寫一位虛偽、貪婪的封建礦主，揭示社會上那股阻礙「科學」「民主」實現的惡勢力。

　　從敘事藝術角度分析，蒲殿俊早期白話小說完成了由傳統到現代的華麗轉身。一是蒲殿俊的短篇小說注重在對話中展示人物性格特徵、揭示主旨，打破傳統敘事環環相扣的完整性。傳統小說注重故事的完整性，即使是短篇也要有頭有尾，將前因後果敘述清楚。《誰是義和團》這篇小說以「我」在茶館的「聽」為主線，在兩位老者的對話中寫出社會對「五四」運動的認識，「五四」運動在社會上激起的反映。《車的階級》《城裏的共和》《禁夢》這幾篇小說也是以對話為主展開敘述。二是「以靜制動」的敘事方式。話本小說因為考慮到聽眾的感覺，為調動聽眾興奮的神經，小說充滿「動」。這種「動」是指情節的流動。現代白話小說由下里巴人變為陽春白雪，其面對的已不再

僅僅是茶館的販夫走卒，還有知識分子群體，故而不再追求「懸念迭出的故事性」。蒲殿俊小說對橫切面的採用，讓「靜」的場面描寫成為其小說的要素。《詩禮人家底月亮》是蒲殿俊小說邁向現代的華麗轉身。這篇小說開頭便展現一個熱鬧紛繁的場面，曲謹之老先生搖頭晃老地吟誦古詩、兒子們的打鬧、老夫人與僕人忙著準備中秋之夜的晚餐。小說然後描寫曲謹之老先生率領兒子們祭拜月神的場面，寫出他的愚昧無知。小說最後高空中孤獨的月亮的場景結束。結尾的環境描寫也頗幽默：「此時，一輪明月。貼在天空裏。真是空明如水。曲家院子裏，滿地都是樹影花影。穿插搖動。夾著些秋蟲的聲音。算是替這家主人。招待中秋佳節底月亮。那月亮卻眼睜睜看著這屋裏的老主人，開著門和客人開紙牌。小主人在新明大戲院聽梅蘭芳底嫦娥奔月。不住地叫好！好！好！」〔註28〕結束的場面描寫中，最開始的顯性敘述者悄悄位移到幕後成為隱性敘述者，月亮成為顯性敘述者。月亮的被拋棄，預示著將之奉為神的腐朽文化將被時代潮流淘汰拋棄。

　　蒲殿俊對中國現代文學發生的貢獻不僅僅停留在主編報刊、創作現代白話小說，他最重要的貢獻體現在戲劇上面。對於蒲殿俊在戲劇上面的貢獻將有專章論述，在此便不再論述。

二、巴蜀作家群與《新潮》《少年中國》

　　蒲殿俊為中國現代文學發生所做出的歷史性貢獻，是出蜀作家的代表之一。一批走出川外的巴蜀人以獨有的膽識與氣魄「以文建國」，為建設「少年中國」而寫文章辦刊物，帶領中國現代文學的發生。中國現代文學發生期間，新文化文學刊物都有巴蜀作家們活躍的身影。

　　創辦於 1915 年 9 月的《新青年》是中國現代文學發生的一個重要陣地。《新青年》以北大為依託，組成強而有力的陣營。巴蜀作家們也將自己文章發表在《新青年》上以示支持。川人吳虞通過《新青年》將反孔排儒的思想推向全國，成為一名新文化陣營中的猛將。他發表在《新青年》上的文章有《家族制度為專制主義之根據論》（第二卷第六期），《讀荀子書後》（第三卷第一期），《消極革命之老莊》（第三卷第二期），《禮論》（第三卷第三期），《儒家主張階級制度之害》（第三卷第四期），《吃人與禮教》（1919 年 11 月第六卷第六期），以及吳虞與陳獨秀一起署名發表的《儒家大同之義本於老子說補》。吳

〔註28〕蒲殿俊《詩禮人家底月亮》，載北京《晨報》，1919 年，第七版。

虞的《吃人與禮教》和魯迅發表於 1918 年 5 月的《狂人日記》一起構成了強
有力的衝擊封建禮教的武器,從此,「吃人的禮教」成為人們批判封建文化常
用的詞彙。另外,在《新青年》上發表文章的還有曾蘭(吳虞的妻子),她是
一位「五四」運動之前便已經顯露鋒芒的新女性,曾以吳曾蘭的名字在《新
青年》第三卷第四期上發表《女權平議》。此外,還有一位是「少年中國學會」
的創辦人之一王光祈,他在第六卷第四期上發表《工作與人生》。

　　另有年輕的巴蜀學子以中流砥柱之姿支撐新文化陣營另一個重要刊物
《新潮》。《新青年》主要以北大教授為支撐力量,但如果只有教授們的參與,
新文化運動不可能在全國形成燎原之勢。中國現代文學的發生主要還需要年
輕人的參與,有新生力量的融入才能強大新文化力量。北大幾位年輕學子共
同組建了新潮社,並創辦了《新潮》雜誌。這份雜誌在全國形成的影響力有
力地推動了中國現代文學的發生。《新潮》的幾位重要創辦人是傅斯年、羅家
倫、康白情。康白情不僅是主要創辦人,而且也是《新潮》重要撰稿人。《新
潮》上面刊載的新詩數量,康白情一個人的創作佔據三分之二。關於康白情
對中國現代新詩的貢獻有專章論述,在此便不再詳細論證。

　　被胡適認為最重要的三個白話文學刊物,北京《晨報》副刊、上海《民
國日報·覺悟》和《時事新報·學燈》,〔註29〕都有川人活躍的身影。蒲殿俊
與北京《晨報》副刊關係已有專節論述。因為宗白華的關係,郭沫若大部分
作品發在《學燈》上面。郭沫若與《時事新報·學燈》的關係能很好說明巴蜀
作家與中國現代文學發生之間的「共生」關係。郭沫若因為《學燈》而揚名文
壇;《學燈》則因為郭沫若作品而銷量猛增,一時之間「洛陽紙貴」成為中國
現代文學發生的聚焦點之一。

　　從刊物到社團,巴蜀作家們都以無比的熱情參與其中,為中國現代文學
發生出力,為實現「少年中國」的夢想而付出。中國現代文學發生期,文壇
上兩個重要社團創造社與文研會都有巴蜀作家的參與。郭沫若與創造社的關
係已為文學史界眾所周知,在此不再詳細展開論證。巴蜀作家雖然不是文研
會的主力,但也是其中的組成部分。文學研究會編的純詩刊物《詩》,創刊
於 1922 年,是中國新詩的搖籃。巴蜀作家葉伯和、張拾遺、王怡庵、羅青
留都曾在該刊物上發表詩作。他們發表的作品主要集中 1923 年第二卷第一
期。葉伯和的《心樂篇》因為在《詩》上發表而引起社會關注。巴蜀作家李

────────────

〔註29〕參見胡適撰《胡適說文學變遷》,上海古籍出版社,1999 年,第 153 頁。

劼人、葉伯和等在文研會會刊《小說月報》發表作品。葉伯和在《小說月報》
十五卷第七號上發表小說《一個農夫的話》。李劼人在《小說月報》法國文
學研究專號發表有兩篇翻譯小說，此外，他還在《小說月報》第十三卷第八
期發表《甘死》（譯作），第十六卷第五期和第七期上發表《離婚之後》（譯
作）、《湖中舊畫》，陸續還有其他作品也有發表在其上。李開先在《小說月
報》發表的作品有第十三卷第三期的《坟子上的一夜》，第十三卷第八期的
《雪後》等。與文研會對峙的創造社，其主要組織者郭沫若也曾在在《小說
月報》第十四卷第一期上發表《波斯詩人莪默伽亞謨》。這說明巴蜀作家在
促使中國現代文學發生時，並沒有抱著嚴格的門戶之見，而是以促使新文化
運動在全國的展開為宗旨。這既反映出巴蜀作家對新文化發生的積極參與，
也反映巴蜀文化的包容。

　　巴蜀作家或參與或創辦新文學刊物的文學活動，說明巴蜀作家對中國現
代文學發生的引領推動作用。

　　「五四」期間，中國大大小小存在很多的集會。在這些集會中，蔡元培
認為中國最有希望的是「少年中國」。「少年中國」孕育於 1918 年，正式成立
於 1919 年 7 月 1 日。七位創辦人中四川人有張尚齡（夢九）、曾琦（慕韓）、
王光祈（若愚）、周無（太玄）、陳淯（愚生）、雷寶菁（眉生）共六位，只有
李大釗是川外人士。雖然張夢九、雷寶菁原籍是山西，但都出生在四川，因
而屬於四川人士。從上面創辦者籍貫分析，可以看出「少年中國」實質上是
四川人的一個集會。巴蜀作家不僅創辦「少年中國」，而且也以自身的文學創
作支撐《少年中國》期刊。

這是「少年中國」七位創辦人照片

　　從數量上看，《少年中國》中的文學作品有二分之一都是巴蜀作家創作。第一卷第一期五位撰稿人中僅有川人魏嗣鑾一位，但到了第二期便增加了王光祈、康白情、周無（周太玄的筆名）三位，加上魏嗣鑾一共四位巴蜀作家。從第三、四、五期，巴蜀作家的作品愈來愈多，到第一卷第六期時，幾乎全是巴蜀作家的創作。第一卷第六期上面共有 8 位作家的作品，其中巴蜀作家佔據 6 位，他們是王光祈、魏嗣鑾、李思純、康白情、周無、李璜；一共十篇文章，巴蜀作家佔據八篇文章。第二卷第四期上面的作者中，華林、殷子變，這兩位不能查出具體籍貫之外，其餘創作者全是巴蜀作家，他們是李璜、周無、何魯之、李劼人、曾琦、李思純、胡助。第二卷第六期中五位創作者中巴蜀作家佔據四位，他們是李璜、張夢九、李思純、何魯之，另一位巴蜀籍外人士是田漢。期刊最後一期，第二卷第十二期，七位創作者中巴蜀作家佔據五位。

　　從質量上看，無論巴蜀作家的文學作品還是理論文章都帶領了時代潮流。這裡例舉周無的詩歌說明巴蜀作家的創作在當時中國文壇上的領先性。周無是周太玄的筆名，1895 年，周太玄出生在四川新都。周太玄發表在《少年中國》上的作品有以下：第一卷上第一期詩歌《過印度洋》、第六期《去年八月十五》、第八期理論文章《詩的將來》、第九期詩歌《黃蜂兒》、第十七理論文章《中國婦女問題》；第二卷上第四期理論文章《法蘭西近世文學的趨勢》與詩歌《夜雨》和《小歌》、第九期理論文章《純潔與內心生活》與譯詩。〔註 30〕周太玄作品被收入《中國新文學大系》的有《過印度洋》《黃蜂兒》《去年八月十五》。

　　《過印度洋》創作於周太玄離開上海前往巴黎經過印度洋時，面對茫茫的大海心有所感而寫下。

〔註 30〕以上這些作品中有一個存在疑點。根據《中國新文學大系·史料·索引》，《夜雨》《小歌》應該是發表在《少年中國》第二卷第四期，時間是 1920 年。但是陳應鸞、周孟璞、周仲壁編著的《周太玄詩詞選集》中標注這兩首詩歌發表於《少年中國》第二卷第五期，時間是 1921 年。但事實上，《少年中國》第二卷第五期的時間是 1920 年 11 月，所以筆者認為此書可能存在筆誤。因而依據《中國新文學大系》，認為這兩首詩歌發表在第二卷第四期，時間是 1920 年 10 月。

這是周太玄 1921 年在巴黎的照片

圓天蓋著大海，黑水托著孤舟。

也看不見山，那天邊只有雲頭。

也看不見樹，那水上只有海鷗。

那裡是非洲？那裡是歐洲？

我美麗親愛的故鄉卻在腦後。

怕回頭，只回頭，

一陣大風，雪浪上船頭。

颶颶，吹散一片雲霧一片愁。〔註31〕

　　這首詩歌押韻自然，語言明麗曉暢，富有詩歌的意境，在當時具有很廣的影響力。1922 年，這首詩歌被趙元任譜曲而廣為傳唱。胡適 1919 年 10 月發表的《談新詩》認為早期的新體詩大多是從舊體詩、詞、曲裏脫胎出來的，周太玄的《過印度洋》便是典型的代表作。「我所知道的『新詩人』，除了會稽周氏兄弟之外，大都是從舊式詩，詞，曲裏脫胎出來的。」「這首詩很可表示一半詞一半曲的過渡時代了」〔註32〕但筆者認為這首詩歌便是真正的白話新詩，無所謂過渡與否。詩歌以通俗淺顯的白話為載體，表達登船遠去時在眺望與回首之間的傷感，具有濃鬱的詩意美。真正代表周太玄詩歌風格的是《夜雨》。這首詩歌將憂傷的情思寫得婉轉低回。「我」在夜雨中，因思念輾轉難眠：

〔註31〕陳應鸞、周孟璞、周仲璧編著《周太玄詩詞選集》，四川文藝出版社，2004 年，第 89 頁。

〔註32〕趙家璧主編《中國新文學大系・建設理論集》，上海文藝出版社，影印本，2003 年，第 300、302 頁。

　　　　　無情的夜，昏沉沉的壓著下來，

　　　　　壓著我轉側在空洞洞的床上。

　　　　　可怕的靜，填滿了空中，閉塞著我的兩耳。

　　　　　衝破了靜

　　　　　無邊淅瀝瀝的聲音

　　　　　是悲哽的風；夾著那失意的雨。

　　　　　……

　　　　　風吹著他們，三點兩點亂打在我窗上。

　　　　　丁……丁……如何隔離得著？一一的到了我的心。

　　　　　……

　　　　　無情的夜他依然是恩惠

　　　　　不言不語隱默的戴著悲哽

　　　　　可憐的雨有時也不能成聲，

　　　　　溫柔是睡眠卻遠遠還在那裡。〔註33〕

　　這首詩歌將情、景、人完美地融合在一起，描繪夜雨中的思念。無情的夜在悲哽，悲哽的風夾著失意的雨。詩人在昏沉沉的夜裏，聽雨打窗戶的點滴聲。憂傷的情緒混雜在夜色裏、風裏、雨裏。情感的起伏形成詩歌內在的旋律。參差長短的語句似流動的河流載著孤獨、思念緩緩流動。在當時的中國新詩壇，無甚詩意的說理詩較為流行，像周太玄這樣的詩歌當屬為數不多的佼佼者。

　　周無（周太玄）的《去年八月十五》描寫在中秋之夜，一對戀人在河邊散步。「忽來一陣風，吹了她些髮到臉上，我想替她掠到頭鬢上……」〔註34〕「我」想替愛人整理吹亂的髮絲，但動作停止在心裏，手卻未敢伸出去。戀情像那朦朧的月色尚未挑明，「我」不知如何表達。詩歌將戀愛中男子的靦腆寫得詩意且趣味濃厚。康白情認為這首詩歌很有濃的情趣。《黃蜂兒》描寫一個跌在水裏的黃蜂兒的掙扎。詩人由岸邊、水、掙扎的黃蜂兒三者之間的關係想到生命的掙扎，將思考上升到哲理層面。在生命的旅途，很多人為生活

〔註33〕陳應鶯、周孟璞、周仲璧編著《周太玄詩詞選集》，四川文藝出版社，2004 年，
　　　　　第 93、94、95 頁。
〔註34〕陳應鶯、周孟璞、周仲璧編著《周太玄詩詞選集》，四川文藝出版社，2004 年，
　　　　　第 91 頁。

奔波勞累，幾經命運沉浮，遺忘了初心。李思純認為《黃蜂兒》是他見過的新詩中最好的詩歌。李思純（哲生）在 1920 年 6 月給宗白華的信中說：「我最愛讀的，是太玄、白情和郭沫若君的（詩），太玄是深思的人，他的詩洗淨了從前舊詩的精神面貌，他用細密的觀察，自然的詩筆，去寫出『自然』與『象徵』的詩，最近我往巴黎會見他，看見他的近作《一件小事》，描寫的是鬧市中的一條狗，和月刊第九期登出的《黃蜂兒》都是 Sy bolism 的作品，我覺得要算我看見的新詩中最好的了。」〔註35〕

綜上可知，從巴蜀作家創做到刊物再到社團，從個體到群體，巴蜀作家與中國現代文學的發生不僅僅是共生關係，而是以其先鋒性、創造性起到引領時代潮流的歷史性價值。

〔註35〕《少年中國》1920 年，第二卷第三期轉引自陳應鶯、周孟璞、周仲璧編著《周太玄詩詞選集》，第 93 頁。

第三章　巴蜀早期新文學刊物
——以《草堂》等為例

　　近代中國，一場以「文學」為載體的啟蒙運動，幾乎席捲了中國當時所有的知識分子。中國現代文學的發生在眾多有識之士的參與下，湧現出許多新文學團體。在中國文學史上，這種現象並不多見。這種繁榮的局面與先秦時期的百家爭鳴類似。但先秦時期的諸子百家不是以文學為主，更多是在政治思想層面的各抒己見。儒家的「窮則獨善其身，達則兼濟天下」；墨家的「兼愛」、法家的「法制」；陰陽家的「陰陽、五行」，等等。在經過漫長的醞釀發酵以及披荊斬棘的鬥爭後，新文化已經取得社會的認可，由「立」轉向「如何立」。在「破」與「立」，以及如何「立」的探索中，以現代文學理念為旗幟形成了大大小小幾十個文學社團。很多文學社團都創辦文藝報刊作為自己的陣地和標幟。「據統計，1921 年到 1923 年，全國出現大小文學社團 40 餘個，出版文藝刊物 50 多種。而到 1925 年，文學社團和相應刊物激增到 100 多個。新文學社團的紛紛建立，標示著新文學運動已從初期少數先驅者側重破壞舊文學，而轉向大批文學生力軍致力建設新文學了。」〔註1〕在這批新文學社團中，對中國現代文學發生影響較大的是文學研究會和創造社。1921 年 1 月，文學研究會在北京成立，旨在創造新文學，其刊物有《小說月報》《文學旬刊》《詩》《戲劇》等。1921 年 6 月，創造社在日本東京成立，旨在自我的表現，也關注現實社會人生。其刊物有《創造》季刊、《創造週報》《創造日》《創造

〔註 1〕錢理群、溫儒敏、吳福輝《中國現代文學三十年》，北京大學出版社，1998 年，第 16 頁。

月刊》等。中國現代文學的發生當然不會只是「文研會」、「創造社」兩個社團便能撐起。在歷史轉折時期,「敢為天下先」的巴蜀作家們以極具先鋒前沿性的文學創作與活動參與到這場歷史變革之中。

第一節 《草堂》的誕生

　　四川與作為全國文化中心的京滬兩地在地理空間距離上較為遙遠,但並不影響彼此在文學上的呼應。

　　在四川有幾家較早致力於新文化的刊物,如《星期日》《直覺》《半月》《平民》等。在新文化推廣方面,它們做出了較為突出的貢獻,既促進了四川新文化新文學的產生,也與京滬兩地相呼應,一起催促著中國現代文學的發生。

　　從刊物刊載的詩歌內容分析,《星期日》與《直覺》上刊載的詩歌較為注重內心情緒的表達,抒情色彩濃厚。《半月》與《平民》的階級色彩要濃厚一些,強調革命的文學,提倡為下層階級服務,發出平民的聲音。

　　《星期日》因為旨在建立一個嶄新的少年中國而使刊物內容激情四溢。《直覺》較為關注「人」的主題,所刊載作品更多表達本著內心要求追求自由幸福的人生,充滿對人生的嚮往。這兩種期刊因其憧憬與嚮往而情感色彩濃厚,所刊載的詩歌多「主情」,富有浪漫色彩。《星期日》創刊於 1919 年 7 月 13 日,創辦動機是為呼應北京的「少年中國」。創辦人都屬於新文化陣營,主編李劼人,經理孫少荊。李劼人到法國留學後,由孫少荊、穆濟波擔任編輯。1920 年孫少荊赴德國留學後,吸收吳虞參加,後來擔任常任編輯,陳育安為經理。1920 年《星期日》停刊以後,《直覺》繼續《星期日》對新詩的推廣。

　　1920 年下半年,《直覺》由成都高師、附中、覺群女校等學校組織的「人生活學會」出版。《直覺》在社會上的影響力比不上《星期日》,但主要撰稿者劉先亮、陳竹影、王怡庵、馬靜沉等的文學創作延續了新詩在巴蜀的影響力。《直覺》較為注重自由戀愛問題,呼應「五四」以戀愛做為反叛封建禮教壁壘的抗爭方式。《直覺》在社會上的影響力主要體現為文學創作,主要撰稿人劉先亮、陳竹影、王怡庵、馬靜沉等的文學創作延續了新詩在巴蜀的影響力。《直覺》較為注重自由戀愛問題,呼應「五四」以戀愛反叛封建禮教壁壘的

抗爭方式。《直覺》在當時促成了好幾對自由戀愛的年輕人，在社會上具有較大的影響力。正因如此，《直覺》上的詩歌較少說理詩的乾癟無味，而是充盈著情感的想像，例如，嚼辛的《慰落花》。「我清晨起來，斜倚在小欄杆上；／那霧霧的細雨，已淋了我滿衣；／好似我的啼痕兒？／但我猶然不忍去；／我只呆呆第望著她。／你看她：香魂欲斷，嬌軟無語；／碎成片片的芳心，也擲在這鄒著眉／頭底池子裏；……」〔註2〕

　　《半月》和《平民之聲》的創辦宗旨決定了它們刊載的文學作品要為弱小者鳴不平，刊物顯示出一定的革命性。這兩種刊物的激昂之情，是「五四」狂飆之風的吹刮，是時代叛逆者的聲音。《半月》由張拾遺、來希宋等人發起，1920年8月1日創刊，地址在成都悅來商場樓上。巴金在《半月》創辦到第十四號時參加半月報社，並在1921年6月被選進編輯部。該刊呼應「五四」新文化提出的「自由」、「民主」，旨在傳播新文化以改良還出於夢寐狀態的黑暗社會。1922年1月創刊於成都的《平民之聲》，將通訊地點設在成都雲南會館街巴金寓所。《平民之聲》宣傳無政府主義，宣揚平民文學。「讓我們追悼他倆最後底微笑吧？／讓我們繼續他倆最後底微笑吧？／而且我們；而且我們『人』；／自由地詛咒吧？／自由地狂歌吧？／自由地破壞吧？／自由第創造吧？／青年嚇！／流你們潮樣底血嚇！／一滴、兩滴地流／……／勝利終屬我們吧？／先驅者呵！／你暫時底安息吧！」〔註3〕詩歌為自由而歌，宣揚盡情地破壞、大膽地創造，充滿戰鬥者的激情。這是這兩種刊物詩歌的情感代表。

　　上述幾家報刊在推廣新文化方面起到了不可忽視的奠基作用，它們並非純文藝刊物，但培養了一批致力於中國現代文學的巴蜀作家，在川內川外都能找到他們活動的痕跡，例如張拾遺、雷承道、陳竹影等。雷承道在《孤吟》《草堂》上發表作品。張拾遺不僅在《孤吟》《草堂》，還在文研會創辦的《詩》上發表作品。陳竹影在《直覺》和《淺草》中發表作品。

　　四川還有一些旨在推廣白話文學的團體，如小露文學團體。該社團出版的文藝刊物《小露》，創辦於1922年9月15日。《小露》刊載的文學作品都採用白話體形式，力求達到易知易解。文學創作倡議為藝術而藝術，反對無病呻吟或矯揉造作。雖然《小露》的白話文學在文學藝術主張上具有時代性，

〔註2〕UJ《孤吟以前的作風的輪廓》，載《孤吟》，1923年，第二期。
〔註3〕《先驅者——為悼黃龐二君作》，載《平民之聲》，1922年，第二期。

旨在開民智，但還沒有鮮明自覺的新文化建設意識。四川新文化新文學的發生在經過一段時間的孕育之後，明確以推廣新文化新文學為宗旨的文藝刊物是《草堂》《孤吟》等，其中尤以《草堂》在社會上的影響力最大。

　　成都草堂文學研究會於 1922 年 11 月 30 日創刊《草堂》。《草堂》的特點主要是是以「純精神」為紐帶形成新文學創作群；其二是具有開放包容性，不囿於區域意識，面向海內外徵集作品，顯示出開闊的世界性視野。

　　《草堂》的主要發起人葉伯和，有著良好的家世背景，文學與音樂是他的最愛。1907 年，18 歲的他隨同父親、弟弟留學日本。在日本學習音樂的同時，他受西洋文化的影響，開始嘗試白話詩歌創作。1912 年，葉伯和與父親、二弟歸國。歸國後的他，於 1920 年將自己前前後後創作的詩歌匯成《詩歌集》，由上海華東印刷所印刷出版，在全國發行。由於 1920 年 5 月的初版《詩歌集》銷量較好，所以 1922 年 5 月再版發行。這激發了葉伯和在四川推廣新文學的念頭（葉伯和在後面將有專章論述，在此對他個人不再詳細闡釋）。1920 年的四川，新文學還沒有完全佔據文壇，舊文學還擁有大量的讀者群。單靠一己之力推廣新文學的力度太過微弱，而以團體的力量推廣新文化卻是可資借鑒的選擇。在這樣的背景之下，草堂文學研究會成立，會刊《草堂》相繼誕生。巴蜀中人往往是性情中人，與人交往多以性情而論，即使成立社團也是如此。草堂文學研究會成立沒有固定的章程和會所，只是葉伯和與幾個喜歡文藝的朋友在精神上的組合。「在精神上的組合」是巴蜀作家組織社團的主要方式，像《淺草》《沉鐘》便是如此。巴蜀作家郭沫若在組織「創造社」時也同樣如此。陳翔鶴在《關於「沉鐘社」的過去現在及將來》中談到「淺草」「沉鐘」以友情為紐帶的集合：「但是，若果要一追溯起淵源來，與其說『淺草』曾經給與我們以方便，倒不如說從林如稷兄的身上，我們曾經得到過一種相識的機緣，要較為正確一些。……由於大家的想要聯合在一起，好作出較生活更為有意義一點的工作的共同需求，所以『沉鐘週刊』的產生，也就於這時決定。」〔註4〕入會沒有什麼繁瑣的手續，只要是喜歡文學的朋友以投稿的形式給予精神上的支持，就可以算是入會了。草堂文學研究會創辦《草堂》刊物，絕非為了功利目的，所以在刊物出版週期沒有固定，研究會抱著寧缺毋濫的原則，一定要有足夠保質的稿件才會出版。

〔註 4〕陳翔鶴《關於「沉鐘社」的過去現在及將來》，趙家璧主編《中國新文學大系·
　　　　史料索引》，上海文藝出版社，影印本，2003 年，第 195 頁。

　　《草堂》雖然地處西南邊陲，但是刊物並不受盆地意識束縛，其所載文藝作品不侷限於川內的稿件。例如，第二期採用來自北京平大的寄蘋的詩歌。第三期不僅採用來自上海南方大學的且如的詩歌，而且也採用了北京平大的道村的詩歌。巴蜀文化的開放性與包容性，決定了《草堂》開闊的世界性視野，不侷限於地方，也不困於國界，而是敞開大門面向海內外開放。因為新文學愛好者的積極投稿，《草堂》稿源豐富。《草堂》的稿件來源面向海內外。例如，在《草堂》第三期編輯餘談中，對此便有所涉及。「本雜誌出版以來，承海內外統治，通函賜教者多日，原函摘要登入通訊欄中，但同人都兼任他項工作，很少空閒，未能一一答覆，尚請原諒。」〔註5〕《草堂》放眼國際，力圖引進西方文學，每期都有翻譯作品。採用的譯作不僅有現實主義，還有充滿世紀末情緒的現代主義。現實主義作品有秋潭翻譯的《菲菲小姐》（原作者是法國的莫泊桑）、佩竿（巴金）翻譯的《旗號》（原作者是俄國的迦爾洵）。現代主義作品有波特萊爾的《惡之花》，由秋潭翻譯。對不同風格譯作的採用，也說明《草堂》風格的包容性。《草堂》的包容性也體現巴蜀文化的開放胸襟。

　　《草堂》的號召力可以從其撰稿者數量的增加看出。《草堂》從第二期開始，創作者明顯增多。第一期詩歌欄的作者是五位，第二期詩歌欄的作者便增多到十五位，第三期詩歌欄的作者是十六位。從《草堂》刊載文類分析，可以見出中國現代文學發生期間「新詩運動」見效更為顯著。《草堂》的來稿中，詩歌較多。為此，《草堂》在第二期編輯餘談中，給投稿者們建議多投小說、戲劇。第一期有三篇創作小說，一篇翻譯小說。第二期有三篇創作小說，一篇翻譯小說，一篇戲劇。第三期有兩篇創作小說，一篇連載第二期的戲劇，另外還有譯詩。由前三期可以看出《草堂》以詩歌為主，小說數量相對較少。對於《草堂》詩歌創作數量多於小說、戲劇，一則可溯源中國傳統文學以詩歌為正宗的影響力延續，再則便是參與中國現代文學發生的多為年輕人，青春是一個充滿夢想和激情的生命時段，而詩歌往往屬於青春文學。

　　雖然地處西南邊陲，但《草堂》刊物的銷售點遍布海內外。國內的銷售點在北京、上海、廣州、湖南、雲南、重慶和華陽等。國外的銷售點在南洋和法國等。遠在日本的郭沫若讀了《草堂》後非常激動，特意給《草堂》編輯們寫一封信以資鼓勵。這說明《草堂》在海外的影響力，否則郭沫若不可能讀到《草堂》。國內的周作人也為《草堂》的成立深感欣慰，認為這才真正是見

〔註5〕記者《編輯餘談》，載《草堂》，1923年，第三期。

證了中國現代文學的發生。

中國現代文學發生的時代潮流促使《草堂》的誕生,《草堂》也成為建構中國現代文學發生的有機組成部分。

草堂文學研究會純粹是一個私人的民間組織,創辦基礎是朋友之間的志同道合,是一個同人社團。從倚靠的實力看,它背後沒像《新青年》那樣有北大為強有力的支撐;從組成人員看,文學研究會的發起人是社會知名人士,自身身份就是一張很好的宣傳名片,例如,周作人、鄭振鐸、沈雁冰、王統照、許地山、朱希祖、蔣百里、耿濟之、瞿世英、郭紹虞、孫伏園和葉平紹等。在看後來 1923 年在北京成立的文學社團新月社,發起人多是英美留學生,歸國後具有較好的學院背景,例如,徐志摩、林徽因、胡適、陳源、梁實秋和聞一多。再看草堂文學研究會的組成人員,他們主要是川內幾位文學青年,在社會沒有廣泛的社會影響度,有葉伯和、陳虞裳、沈若仙、雷承道、何友涵、張拾遺和秋潭等。在這些人中,葉伯和因為其《詩歌集》和《中國音樂史》出版,在全國具有一定的影響力,其餘人等大多默默無聞。另外,投稿人大多採用筆名,因為《草堂》留下的有限資料,也無從考證其真正姓名。現在知道的一位文學大家是巴金,在《草堂》投稿使用筆名佩竿。因而可以說《草堂》是培養作家巴金的搖籃。從時間上看,此時段的新文學還處於側重破壞舊文學階段,因而,草堂文學研究會應該是中國新文學發生期的開拓者之一。拓荒的過程總是充滿荊棘坎坷,這從《草堂》的稿件酬謝便可以略窺一斑。草堂文學研究會的刊物《草堂》面向全國徵求稿源。由於經費困難,只能贈以《草堂》刊物或者葉伯和的《中國音樂史》與《詩歌集》作為酬謝。儘管如此困難,《草堂》還是堅持到1923 年 11 月,共出了四期。創辦《草堂》的資金來源在今天已經無從考證。難怪有研究者者將《草堂》的誕生稱其為「艱難的新生」〔註6〕。儘管如此,《草堂》還是獲得社會認可,出現供不應求的局面。作為四川第一家純新文學刊物,《草堂》受歡迎的程度也出乎創辦者們的意料。第一期出版後不到十五天的時間便銷售殆盡。第二期出版時開始加印。為了滿足讀者對《草堂》的需求,第一期被再版。這充分說明《草堂》的成功。這也折射出當時新文化的深入人心,《草堂》才會具有較大的讀者群。在《草堂》第二期編輯餘談中對此有涉及「(三)我們很希望海內文學批評家,

---

〔註 6〕如西南大學研究生許敬的碩士論文題目便是《艱難的新生——〈草堂〉及葉伯和考論》。

嚴肅地指導我們！（四）我們第一期出版後，承受讀諸君的贊助，不旬日便銷盡。現省外各書店來函取者尚多。第二期已加印，俟第二期出版後，當繼續再版第一期。」〔註7〕

葉伯和率先開啟了中國現代白話詩歌的創作，由他為主導成立的草堂文學研究會繼續沿著這條道路探索前進，《草堂》便是他們馳騁的陣地。《草堂》創辦於四川，但其影響力卻已經走出夔門，以自己的創作實績呼應著中國現代文學的發生。《草堂》代表著巴蜀文化與中國現代文學發生之間的互動關係。周作人談地域文學與中國現代文學發生的關係時，談到：

> 中國的新文學，我相信現在已經過了辯論時代，正在創造時代了。……近來見到成都出版的草堂，更使我對於新文學前途增加一層希望。向來從事於文學運動的人，雖然各地方的人都有，但是大抵住在上海或北京，各種文藝的定期刊也在兩處發行。這原是很自然的事情，藝術中心當然在都會，然而地方的文藝活動卻是更為必要：其理由不但是因為中國地域廣大，須有分散而又聯絡的機關，機能靈活的運轉，實在是為地方色彩的文學也有很大的價值，為造成偉大的國民文學的原素，所以極為重要。我們想像的中國文學，是有人類共同的性情而又完具民族與地方性的國民生活的表現，不是住在空中沒有靈魂的陰影的寫照。我又相信人地的關係很是密切，對於四川的文藝的未來更有無限的嚮往。〔註8〕

成都雖沒有佔據京滬兩地得天獨厚的地理優勢，但四川「詩歌故鄉」的文化傳統以及川人「敢為天下先」的開創精神，使得成都《草堂》為中國現代文學的發生篳路藍縷，共繪中國現代文學發生圖景。

第二節　青春的旋律──《草堂》的詩歌

「天府之國」的富庶讓巴蜀文化具有樂觀自信且浪漫的特質，也因而產生了楊雄和司馬相如為代表的磅礴之勢的賦、李白狂放不羈的詩、蘇軾豪放大氣的詞，巴蜀也被譽為「詩歌的故鄉」。陣子昂的「前不見古人，後不見來者。念天地之悠悠，獨愴然而涕下。」李白的「安能摧眉折腰事權貴，使我不

〔註7〕記者《編輯餘談》，載《草堂》，1923年，第二期。
〔註8〕周作人《讀草堂》，載《草堂》，1923年，第三期。

得開心顏。」蘇軾的「大江東去，浪淘盡，千古風流人物。」等流傳千古的好詩佳句，成為中國文學經典。時光荏苒到現代，《草堂》的現代詩歌創作與京滬等其他地域的創作一起構成中國現代文學的發生，續寫中國文學史。

民國時期的巴蜀大地不同於歷史上的富饒天府之國。但民國時期的巴蜀大地，軍禍使昔日的富饒天府之國變為人間煉獄。巴蜀大地遭受軍閥混戰的災害，恰如曹操《蒿裏行》「白骨露於野，千里無雞鳴」描寫的圖景一樣民不聊生。江津詩人吳芳吉視槍炮聲為蠶豆爆炒，成都詩人葉伯和將槍炮聲比為爆竹聲響。在這無奈的幽默嘲諷中，足以見證軍閥混戰的頻繁。

軍閥與封建勢力結合，阻礙新思想在巴蜀大地的進入，讓新青年在追求自由民主路上生出幻滅悲哀。《草堂》詩歌是時代的鏡象，繪製巴蜀青年的精神圖景。《草堂》詩歌帶著濃烈的感傷，這份感傷的情調有戀愛中的相思之苦，也有對宇宙時空無限與生命短暫的幻滅，還有品味人間冷暖的孤獨。《草堂》詩歌在感傷憂愁之外，也表達對自由的歌頌嚮往，以及面對人生苦難的豁達開朗和哲理性思索。這些聲音匯成一曲青春的旋律。

《草堂》以「愛的戀歌」唱響青春的旋律，與「五四」新文壇形成情感的共鳴。「五四」是一個青春的年代，激情與憂愁如影相隨，成為「五四」文學的兩個極端情感體驗。中國現代文學發生，必然面臨新舊思潮的鬥爭。在此消彼長的鬥爭中，年輕人特有的熱情、勇氣會遭遇冰雪的襲擊，感傷、孤獨便如影而至。為逃避感傷孤獨，以愛情為慰藉便成為一種選擇。在「人的解放」思潮之下，追求「愛情」不僅是慰藉，更是一種「勇敢反抗」的途徑。「五四」文學中，對愛情的追求成為人們表達主體性的一種方式，各種戒律被打破，愛情便成為青春的主旋律。

再從地理文化角度分析，巴蜀大地有高山、盆地、丘陵，有長江大河與淙淙溪流。大自然不同的風貌賦予巴蜀人或熱情勇敢、豪放不羈，或溫柔纏綿的多重性格特徵。浪漫迤邐的巴蜀文化賦予巴蜀人細膩的情感，投射到文學作品中便是充滿綿綿的情思。《草堂》的創作者們吟詠愛情的詩篇在整個詩歌創作數量中佔據首位。《草堂》上的白話新詩，語言曉暢，充滿真情實感，對愛情的追求成為巴蜀作家追求人的自由的一種表達。巴蜀詩人們情感的真摯濃烈彌補了早期白話詩歌子在技巧上的不成熟。

雖然，巴蜀人浪漫的精神特質使他們在失戀中具有樂觀豁達的一面，例如沈若仙的《慰失戀者》。他認為既然失去就說明那不是真正的愛情，沒有必

要痛惜留念。這種坦率直接的愛情表述與先秦時期中北方詩歌具有相似之處。但這種灑脫的愛情觀只是極個別現象，《草堂》中對愛情的吟詠充滿綿綿的情思——既有甜蜜的相思，也有愛而不得的惆悵。

何又涵在《草堂》第一期發表組詩悼念死去的妻子，其情深意重感人心肺。這份真摯濃烈的情感使淺顯平易的白話詩歌充溢著無限詩意。《秋水》中「我倆也有超越時間的相思，我倆也有超越空間的相思，……」但這份真情隨著伊人的離去，讓詩人不堪回首。「我不忍再到溪邊來了，你那綠色的微波中，至今還浮著使我悲傷的伊底影子，我點點的熱淚，拋在你的面上了！」〔註9〕。詩人感時傷物，觸景生情，秋水、殘荷都要讓他想到伊人的離去。「當盛夏的時候，你是何等的美啊！……而今呢？只剩些破碎不完的枯黃殘葉！好像被那『秋之神』將你的魂靈奪去了！秋之神呵！你為甚要伊的靈魂奪去了？」〔註10〕失去愛情會讓人心神俱傷，但這並不妨礙人們對愛情的渴望。叔農在《玫瑰之花》，借玫瑰表達自己願意以心血澆灌愛情之花，讓它常開不敗。「玫瑰花呵！美麗的玫瑰花呵！我願你尖銳的刺，刺我心中的鮮血，刺我眼中的清淚，好把血淚來澆灌你，好把你獻與我的情人。」〔註11〕。葉伯和在《你便是我》中更表達了為愛天崩地裂的激情：

> 是魚呵？當比目；是鳥呵？當比翼
>
> 是花呵？當並頭；是草呵？當並蒂；
>
> 是樹呵？當交柯；……
>
> 愛人喲！你若是不幸而離開了我，
>
> 那麼！世界上一切底魚—鳥—花—草……
>
> 都應即時破裂！〔註12〕

詩歌愛情主題的表達延續傳統「天地決‧乃敢與君絕」情感濃烈，但愛情中男主的形象卻發生了逆變，由頂天立地的大丈夫退回到童年時代，需要在女性的懷裏找尋愛的安慰。駒甫在詩歌中這樣描寫愛情體驗：「我把頭貼在伊的懷裏，浮遊於我的心坎／中不斷的回思，都為伊息息的呼吸一縷縷／的抽斷了！」〔註13〕對愛人的思念長縈繞心頭，是戀愛季節人們的情緒。「彷彿

〔註 9〕何又涵《秋水》，載《草堂》，1922年，第一期。

〔註10〕何又涵《殘荷》，載《草堂》，1922年，第一期。

〔註11〕叔農《玫瑰之花》，載《草堂》，1923年，第二期。

〔註12〕葉伯和《你便是我》，載《草堂》，1923年，第二期。

〔註13〕駒甫《小詩》，載《草堂》，1923年，第三期。

聽著她的聲音,彷彿見著她的影子,是滿心歡喜的時節!在月色濛濛的夜裏!」〔註14〕當相愛的人牽手走到一起時,詩人由衷為純潔的愛之花綻放而欣喜,「清露凝在花心裏,花心正是凝露的呵!」〔註15〕但甜蜜的日子總是飛逝而去,人們總是擔心愛情是否可以長存。例如,靜宙在詩中發住這樣的追問,「月亮底下的花園裏,/……/愛神呵:/伊與我甜蜜而且純潔的愛,/仍永續長在的嗎?」〔註16〕天荒地老的愛情是戀人的渴望。甜蜜是愛的滋味。但愛情真能常駐嗎?這是世人皆懂但都不願觸及的一個話題,因為它的殘忍讓人們總是避而不提。或許留在人們心頭並訴諸筆端的總是甜蜜的回憶,愛的傷痕被有意或無意地淡忘。但葉伯和拋開廉價的樂觀,寫出愛情河流的奔湧與枯竭,「天堂是理想的,愛河是終歸要涸的,……」「我說:愛人!只要你我的愛交互地常存在/我倆的心靈裏,/春光便永久不會離開我們的金屋子了!……月復一月,歲復一歲;……她對人們的愛愈多,人們對她的愛愈少。/她的身體因愛而枯,她的顏色因愛而老。/終竟被愛河裏一頁的扁舟,/不知將她載往何處去了!」〔註17〕雖然愛人在愛情的時間河流裏會容顏老去,但是愛情依然是年輕人心底最美好的嚮往。如果沒有愛情的澆灌,青春只會枯萎。「被愛情忘情的二十五年呵!/我今後的心;/更要怎樣安放呢?/默默地想著,/更脈脈地想著;/無奈何!/我且自由地詛咒說:/『青春之花呵;/萎了吧!』」〔註18〕

在「五四」這個青春的時代,愛的戀歌被奏響。湖畔詩人們對愛情的歌唱風靡「五四」文壇。儘管很多描寫愛情的詩歌遭受非議,例如,汪靜之的《過伊家門外》「我冒犯了人們的指謫,一步一回頭地瞟我意中人,我怎樣欣慰而膽寒呵!」雖然如此,但依然擋不住年輕人對愛情的嚮往。年輕的心在鬥爭的年代,尤其需要愛的滋養撫慰。《草堂》以自己獨具的風格為這曲愛的戀歌譜寫別樣的音符,構成時代的大合唱。在一箇舊事物尚盤踞著較大勢力地盤,新事物力量單薄的時代中,自由的愛情注定要遭受阻攔。《草堂》戀歌感傷大於快樂,憂鬱徘徊的色彩蓋過明快歡欣,在情感上與新文壇彌漫的感傷情緒相呼應。

〔註14〕沈若仙《愛的殘痕》,載《草堂》,1923年,第三期。

〔註15〕赤話《清露凝在花心裏》,載《草堂》,1923年,第三期。

〔註16〕靜宙《小詩》,載《草堂》,1923年,第三期。

〔註17〕葉伯和《她的愛》,載《草堂》,1923年,第三期。

〔註18〕張拾遺《詛咒》,載《草堂》,1923年,第三期。

　　《草堂》的撰稿者雖然面向海內外，但其主體還是四川詩人。面對生於斯，長於斯的巴蜀大地，處於戀愛季節的詩人們並沒有沉醉愛河。時代的聲音與腳踏土地的苦難，讓年輕的人們感受最多的是孤獨無助。在這份孤獨中思索宇宙時空的無限與生命的短暫，對生命自由的渴望。

　　1922 年，「五四」浪潮早已席捲全國，但是盤踞著的封建勢力試圖阻擋自由民主的進程。雷承道在《割草人》詩中，將割草人喻為限制自由的劊子手，但青草頑強的生命力卻無法被遏制住，正所謂「野火燒不盡，春風吹又生。」青草的根深扎在土裏，總是在割草人離去之後再度萌芽成長，青青綠草布滿漫山遍野。詩人藉此表達對自由的嚮往。面對盛開在僻靜山裏的野刺花，雷承道沒有「念橋邊紅藥，年年知為誰生」的惆悵。他將繁華的城市喻為積土，美麗的花園喻為無自由的監獄。他認為生長在城市花園裏的美麗花朵如同成長在垃圾似的監獄裏，那份美麗無人懂得。雷承道以此表達對庸俗名利的鄙視，對自由的嚮往。對自由的呼喚是一代新青年的心聲，但是自由總不能如期而遇。經過一段時間的掙扎鬥爭，不乏有許多的自由放棄者，在自我麻痺中滿足於現實生活。詩人叔農在《答八哥兒的話》中將這樣的一群人比喻為八哥兒。被關在籠子裏的八哥兒，先是奮力地掙扎，當碰死碰活也無法自由飛翔後，它漸漸忘記了自由與束縛的區別。當它忘記自由時，被關在籠子裏的它也能放聲歌唱──為關押它的人而歌唱。

　　魯迅筆下「孤獨的戰士」是「五四」退潮後的文化現象之一，《草堂》詩歌對此也有書寫。為自由而奮戰的勇士們，身邊的同伴越來越少。面對寂寞的戰場，孤獨、絕望成為他們心頭縈繞不絕的陰影。雷承道在《我的悲哀》書寫孤獨憂傷。「我最不容易哭泣，今番也流下眼淚了！／我滿懷心事去向何人告訴呢？／我的心事只有我個人知道！／我傷心只有我個人哭泣！／唉！我現在才知道人生是孤獨的！／好吧！讓我儘量的哭泣吧！」〔註 19〕青春過早地憔悴：「宇宙是寂寂地；缺人的；／人間是冷冷地；缺愛的；／我哦！／──沒來由的憔悴人的青春啊！」〔註 20〕在這樣的一個孤獨的世界，弱者無法找尋安慰，甚至哭泣的勇氣都消失殆盡。化名佩竿的巴金在《哭》中這樣寫道：「可是我連哭泣的勇氣都沒有了！哭是弱者唯一的安慰啊！」〔註 21〕在世

〔註 19〕雷承道《我的悲哀》，載《草堂》，1922 年，第一期。

〔註 20〕張拾遺《我的悲哀》，載《草堂》，1923 年，第三期。

〔註 21〕佩竿《哭》，載《草堂》，1923 年，第二期，第 3 頁。

間彷徨許久，還是孤單一人「這個月夜與數年前的有什麼分別呢？但如今卻只有我一個人徘徊了。」〔註22〕中國現代文學發生之際，狂飆突進的熱情之後總是伴隨著幻滅的悲哀。悲哀之後便是對生的厭倦。「我呻吟。在歷史的黑暗當中，／從許多的呻吟裏面，／我，——一個厭倦的青年；／繼續呻吟了。」〔註23〕。正因為青年們感受著太多的孤獨寂寞，所以彷徨於人間的苦難：「自然以冷酷而迫切的旨意，騙著一切趕上衰老的路途。耐不住的，先已枯萎了；戀不住的，先已零落了。最不幸的惟有不枯萎、不零落而彷徨於衰老的路途上的無力的人們啊！」〔註24〕

　　富庶的天府之國曾給予這方土地的子民以豪邁開闊的胸襟，也傳承了花間詞派濃麗纏綿的情思，道家文化又帶領他們登上浪漫的高山之巔。巴蜀文化賦予詩人們敏感細膩的心靈，用詩意的方式感觸世界。但近代巴蜀文人裸露於風雨的襲擊，站亂讓他們的神經更加纖細脆弱，浪漫濃麗的情感漸漸消散，青春旋律更多哀婉悲傷。《草堂》為中國現代文學發生之際的感傷情調塗上濃墨重彩的一筆。

　　《草堂》對新詩的探尋摸索，不僅培育出一批現代詩人，更促進新文化在巴蜀的推廣。作為地域色彩較濃的刊物，《草堂》並非獨立於中國現代文學這母系統，而是與上海北京的新文學刊物同聲共氣遙相呼應，一起共同促進中國現代文學的發生。北京、上海、成都三地之間互通往來，例如《草堂》與《詩》的互動，《草堂》第一期便為《詩》宣傳，稱其為海內第一家真正致力於新詩的刊物。

　　五四時期，小詩盛行於文壇。小詩盛行的外來因素主要有以下兩個。新舊事物交戰之際，中國青年苦悶彷徨。印度詩人泰戈爾那清新具有哲思的詩歌，對青年而言是精神上的一種安慰，好似行走於荒漠時見到清澈的溪流。當時的中國掀起一股泰戈爾風，出現一股模仿泰戈爾詩歌創作的潮流。小詩流行的另一因素是日本文化影響。中國留學生中留日學生佔據多數，日本的短歌、俳句對與留日學生影響較深，留日學生將這種影響帶回中國文壇。當然，這種模仿不是簡單的抄襲，而是一種創造性的轉化生成。「小詩」對內心細膩的觸摸，牽惹詩人最柔軟的情懷，具有中國傳統詞或小曲的意境。雖然

〔註22〕佩竽《小詩》，載《草堂》，1923 年，第三期，第 11 頁。
〔註23〕張拾遺《我的呻吟》，《草堂》，1922 年，第 1 期。
〔註24〕駒甫《彷徨》，《草堂》，1923 年，第 2 期。

「小詩」的形式是泊來品，但其精神內核與意境還是屬於中國式的，表達的是當時青年的苦悶彷徨、憂思求索，是時代在前進途中的點滴情緒的反映。小詩適用於記載一瞬間發生的情感。創作小詩的代表性詩人是冰心、宗白華。他們以近乎宗教般的信仰提倡以「愛」與「美」來改變這冰冷的世界。他們以簡短的詩行描繪優美雋永的意境。

　　《草堂》與新文壇一起探索詩體形式的變革，這可以小詩為例說明。《草堂》上也有較多的小詩，這些小詩多是生活的點滴感悟，但並非全以「愛」、「美」為主題。例如，張拾遺的《自失》：「我和你都是漂泊者；／引人入夢底思想喲！／鳴著地小鳥；／開著地小花；／你們的生命浪漫呵！」〔註25〕。有成都泰戈爾之美譽的葉伯和有一組小詩：「天空已經是很暖和的了，／雲呵！／你何事為它鋪上許多輕絮？／鮮花已經是很美麗的了，／露呵！你何事為她結上許多真珠？」〔註26〕《草堂》創作小詩還有一位詩人駒甫非常優秀，例如：「凝立於淡淡的夕陽鋪著的空漠的廣場／心中便長此留下些淡淡的、空漠的印象」「聽輕微滴滴的夜雨飄落在鳴鳴的寒風裏；況在魂夢飄搖的長夜啊！」〔註27〕一句話便構成一首小詩，表達詩人或站立於廣場、或是聽夜雨的感覺。

　　在風雨飄搖的年代，短詩更貼近詩人內心深處。那一瞬即逝的感覺沒有任何教條理論，完全是情感的記錄。短詩創作符合巴蜀文化的任情而行的特點，巴蜀文化的浪漫特質點燃了現代巴蜀詩人的激情。他們以自己一首首情感充沛的詩歌彌補了早期白話新詩的貧乏，與「五四」青春文學形成一種契合。

　　此時新文化的寧馨兒——現代白話詩歌已經誕生。詩歌語言已經不再存在文言、白話之爭，而是探尋如何讓白話詩歌充滿詩意。在去除用典、對仗等藝術手法後，現代白話詩歌好似去除層層包裝的裸體美人，一覽無遺，難以挑動觀者遐想的情思。此階段的詩歌，唯有真情實感才能打動人心。攪動文壇的郭沫若正是憑藉內心充盈的激情寫出一首首經典的新詩，帶領新詩走向一個新紀元。即使被認為是現實主義詩人的聞一多在此階段的詩歌創作也是裸露著赤心，以真摯的情感感人，例如他發表於 1922 年 4 月 4 日《清華週

〔註25〕張拾遺《自失》，載《草堂》，1923 年，第 3 期。
〔註26〕葉伯和《小詩》，《草堂》，1923 年，第 3 期。
〔註27〕駒甫《小詩》，《草堂》，1923 年，第 3 期。

刊·雙四節特刊》上的《死》。「讓我淹死在你眼睛底汪波裏！／讓我燒死在你心房底熔爐裏！／讓我醉死在你音樂底瓊醪裏！／讓我悶死在你呼吸底馥郁裏！／……／你若賞給我快樂，／我就快樂死了；／你若賜給我痛苦，／我也痛苦死了；……」〔註28〕葉伯和、張拾遺、何又涵、雷承道、沈若仙和陳虞裳這些巴蜀詩人以一顆顆真摯滾燙的心感染讀者。讀者閱讀詩歌，好似走進那他們年輕的心靈世界，感受到他們的悲歡離合，引起情感共鳴。

第三節　苦難大地上的人們──《草堂》的小說

　　中國現代小說發生之際，小說與現實的距離是如此貼近。由梁啟超倡議開始，小說擔負起新國民、新道德、新宗教、新風俗、新人心、新人格等任務。新文學在批判傳統文學的文以載道同時，繼續著「載道」文學的發展。「……小說的地位提高了，可對小說功能的理解並沒有突破。思考的出發點是深刻的民族危機，內在的思路是傳統的文以載道，……」〔註29〕新的「道」便是啟蒙，及其蘊含的家國期待。現代文學發生期間最具影響力的創造社與文研會，它們雖然提出不同的口號，前者「為人生」，後者「為藝術」，但實質上都圍繞一個主題──文學與啟蒙。啟蒙大眾，提升思想覺悟，進而振興貧瘠落後的古老中國。即便是創造社成員「向內」的文學書寫，也是展示弱國子民因為祖國母親的落後而遭受的凌辱，進而喚起民眾麻痺的心靈。

　　《草堂》旨在啟蒙，其小說同樣關注社會，在呼應「五四」時代主旋律的同時，也有自己的個性。小說作品拋棄廉價的樂觀──認為啟蒙者可以帶領民眾走向新生，小說進入自省層面──思考人們難以根除的傳統文化負荷，揭示新文化運動的不徹底性。

　　《草堂》小說情感基調是灰濛濛、暗沉沉，較少光亮的顏色，寫出拂曉之前的暗影重重。這種小說格調也符合巴蜀文化的特性，不順波逐流，有自己的見解主張。這以巴蜀作家李劼人早期現代白話小說創作為例，既有對現實的鞭撻──揭示官場的人性卑劣，抨擊傳統教育模式摧殘兒童身心的流弊，也有對民族性的反思──展示文化的沉滯性。

〔註28〕聞一多《死》，《聞一多全集》第 1 卷，湖北人民出版社，1994 年，第 53、54
　　　　頁。
〔註29〕陳平原《陳平原小說史論集》（下），河北人民出版社，1997 年，第 1247 頁。

悲劇是對歷史的否定。《草堂》第一期發表了張拾遺的短篇小說《中國人的悲哀》，這篇小說講述兩個故事。第一個故事揭示吃人禮教對年輕人身心的戕害。故事是以倒敘的方式，由一首詩歌引起兒時的回憶。姐姐按照詩禮門庭之家的禮儀規範，為未婚夫守節，最終抑鬱發瘋。故事以兒童視角，寫出成人社會的野蠻無理，披露吃人的禮教。姐姐曾有的唯一愛情在小說中以若隱若現的詩歌暗示。小說以這樣的敘事藝術暗示姐姐的愛情與詩歌一樣不見天日，在黑暗沉默，在沉默中死亡。

悲劇既有「淨化」功能，也有「解構」「批判」性，《草堂》小說通過描繪傳統與當下文化場域中人的悲劇故事，從而解構傳統文化，改造國民性。《草堂》第一期發表了張拾遺的短篇小說《中國人的悲哀》，其中第二個故事以對院一對吸鴉片的母子為描寫對象表現「人倫喪失」。這對母子可以因為吸食鴉片反目，口出穢言，甚至大打出手。此外通過「墮落的人性」表現「異化的母愛」。一個毫無生存能力，只知道偷家裏東西賣錢買鴉片的人，為娶媳婦使用一切欺騙的手段──定親的手鐲是借的，官職是糊弄女方的，這一切欺騙的幕後操手是那位被兒子打罵的母親。小說沒有寫出娶親之後的故事，但可以想像這將是一幕怎樣的悲劇上演。幫助導演這場悲劇的除這對母子之外，還有知道內情的鄰居。小說刻繪「麻木的大眾」，左右鄰舍對此已經見怪不驚，可以做到視若無睹。這個故事的悲劇性在於所有的人物都是悲劇性人物，但身處悲劇而不知。周圍的鄰居既有看客的麻木不仁，也是悲劇製造者的幫兇。母子之情已經被鴉片異化。母親不再是傳統文化中定義的慈母形象，而是一位鴉片吸食者、欺騙者。兒子在這樣一位母親的縱容之下，頹廢墮落為社會垃圾。小說將畸形的母子關係、麻木的看客置於日常性悲劇之中，從而起到文化批判的文學功能。

中國土地上類似的悲劇還在不斷的重複，由年老一代演繹到年輕一代人身上，其中震撼人心的悲劇是「異化」，即，受傷害的弱者演變為惡者的幫兇。陳虞裳的《名譽》是一部具有強烈悲劇色彩的小說。悲劇的第一層是含苞待放的花蕾遭遇摧殘。一個十八九歲的姑娘到好朋友家裏玩，意想不斷的悲劇序幕開始拉開。好朋友一再挽留她留下來，並以酒熱情款待。當姑娘酒醒之後，發現自己被好友的姐夫姦污了。姑娘羞憤之中只能不斷地哭泣。姑娘在好友以及好友姐姐的勸慰之下，為了顧全名譽對此事不聲張，選擇忍辱偷生。但故事悲劇絕非僅停留於此層面。悲劇第二層是應該被憐憫的弱者成為面目

猙獰的幫兇。導致姑娘遭受侮辱的那位好朋友，原來也是悲劇的受害者。她被姐夫姦污之後，為顧全名譽，聽姐姐的話將此事隱瞞。但這位受害者不僅沒有反抗意識，還親手締造了又一起悲劇的發生，讓自己的好朋友再遭毒手。悲劇的第三層面是整個悲劇的幫兇是同為弱者的女性相互傷害。姐姐不敢聲張丈夫強暴妹妹的事情，動機為了維護妹妹的名譽。殊不知，這助長了丈夫為非作歹的囂張氣焰，使得妹妹長期處於丈夫的淫威之下。妹妹又親手將無辜的好友送到不知廉恥的姐夫手上，造成另一位姑娘的悲劇人生。這三位女性共同屬於悲劇的受害者，共同成為「名譽」的受害者。「名譽」讓悲劇一次次上演，受害者無意識中一次次成為行兇者的幫兇。小說以「名譽」為名稱，嘲諷封建禮教的虛偽，對人性的戕害。那位兇惡的男子將封建貞操觀作為自己禽獸行為的擋箭牌，對女性任意凌辱。小說揭示女性解放不是「五四」一聲怒吼便能完成的事業，女性自身因襲的封建基因根除才是女性解放的前提。

《草堂》小說創作的主要特點是具有犀利的洞察力，覺察到新文化運動的失敗。新文化主張婚姻自主，藉此實現人的「自由」，但一些所謂的新女性在自主選擇婚姻時不是追求兩情相悅的愛情，而是遵循夫貴妻榮的傳統，自願將人生賭注壓在男性身上，甘當附屬物。

《兩封回信》通過一位女學生前後不同內容的兩封回信，揭示了女性婚姻觀依然籠罩著男權社會的陰影。受過教育、接受新文化思想薰陶的女學生，定義人生未來不是依據自己才學在社會上有多大的作為，而是依據未來丈夫的社會地位高低。女生之間相互攀比未來夫婿的前途，至於學業則成為可有可無的點綴。女性被男權社會馴服，男尊女卑思想成為潛意識。雖然一些所謂的新女性口頭天天喊著男女平等，但在選擇伴侶時，依然找尋需要被仰視的偉丈夫。女性主動將自我縮小為一個小小的我，依附在男人偉岸的肩上。《兩封回信》反映的是文化悲劇是新文化的失敗。

《草堂》小說創作表現出客觀冷靜的理性判斷，顛覆子孝母慈的傳統，拋去罩在慈母身上的神聖光環，揭示人性「惡」的存在。

何友涵的《長夜》塑造一位惡母形象。兒子的幸福不是讓母親安慰，而是讓母親憤怒生氣。中國傳統文化中母親都是慈祥、寬厚的代言詞，而這篇小說中的母親狹隘、自私。她是一位妒者，嫉妒兒子兒媳的幸福婚姻。母親不能容忍兒子與媳婦的親密，不能接受兒子愛自己之外的女人，哪怕這位女人是兒子合情合法的妻子。婆婆對媳婦由怨而產生的恨深入骨髓，甚至不能

容忍兒子思念死去的妻子。當媳婦生命垂危之際，兒子照顧妻子也會被母親詛咒：「他們倆口兒那麼舒服！下了課回來；就鎖進牢洞去陪著！你這忤逆不孝、順妻威母的東西。雷不打你！只恐天火都不容你咧！」當媳婦逝世後，婆婆的怨恨之心不減，面對淚眼婆婆，在思念中度日的兒子，罵道：「難道你要瘋了嗎？你是不是又想起那死鬼嗎？唉！未必那種人死了就找不出嗎？……」〔註30〕兒子以淚洗面地過日子，無奈之中只能期望這萬惡的社會早日被推倒。這種描寫母子對立，展示母親「惡」的小說，在中國文學史上相對較少。巴蜀文化自古受中原儒家文化影響較弱，儒家、道家、佛家文化相互交織滲透其中。形成巴蜀文化獨有的文化特色，以「人」為本位，敢於透過虛偽的禮教外衣，揭穿其人性的本真面目。漢代的司馬相如與卓文君的故事，在家鄉四川被視為美談，而故事中居於家長地位的岳父大人被視為勢利小人。具有相似主題的小說創作還有李劼人的《捧的故事》，小說描寫婆婆由嫉生恨，趁兒子不在將媳婦活活打死的人間慘劇，刻繪虛偽兇惡的婆婆形象。巴蜀文人筆下，儒家文化中神聖不可侵犯的家長形象被顛覆，這說明地理邊緣性導致的文化異端，在「五四」新文化中轉化為「中心」，也預示地方文化會是促使中國文化現代化的路徑之一。

　　《草堂》小說揭示文化悲劇、人性悲劇的同時，也表現社會悲劇。小說描寫戰亂帶來的滿目瘡痍的巴蜀。小說《長夜》表現人性悲劇，《中國人的悲哀》是文化悲劇，《半截觀音》與《舶來的爆竹》則是社會悲劇。

　　《半截觀音》以一名私娼為描寫對象，這名私娼是一位秀才之女，曾受過教育的知識女性。她重情重義，對父親「割臂療親」是一位孝女，對丈夫則是一位賢妻，在婆婆面前是一位孝媳。就是這樣一位具備一切美德的女子，因為貧窮淪為一名私娼──被評為無情無義，眼裏只有金錢的私娼。縱然賣淫生涯有一個冠冕堂皇的理由──贍養年老的婆婆，也不能免去賣淫對主體人格的踐踏。面對嫖客（兒時的同窗好友），她羞愧痛哭。但貧窮已無法讓她保持尊嚴。看見同窗好友遞過來的金戒指時，她接受戒指的動作是敏捷的。小說通過這敏捷的動作描寫表現出她的貧賤與不堪。她繼而「害羞」地挽留兒時同窗，這裡的「害羞」已不是單純的羞澀，而是含有技術成分──妓女蠱惑買主的手段。小說揭示貧窮摧毀人的尊嚴，讓人淪落為只知滿足口舌之欲的動物。在戰亂年代，知識文化百無一用。擁有知識文化的女子若要獨立

〔註30〕何友涵《長夜》，載《草堂》，1923 年，第三期。

生存也只能墮落為私娼。反映戰亂與戕害主題的小說，還有刊載於《娛閒錄》小說《唉》，只是故事地點發生轉移而已，一個是在苦難的四川，一個是浪漫之都巴黎。

《草堂》小說表現出強烈的現實性關懷與社會批判，披露兵禍戰亂讓百姓生活苦不堪言，以至於家破人亡成為常態性。《舶來的爆竹》描述成都一場突如其來的戰爭給平民百姓生活帶來的災難。小說以幽默的筆調將炮聲喻為爆竹響。這無奈的幽默出反映戰爭的頻繁。老百姓生活沒有安全的保障，因為所謂地方保護者的軍閥們，其實毫無守護一方老百姓的思想。為了讓敵對方不獲利，省長故意讓士兵出來縱火，全然不顧老百姓的死活。部隊軍官不給士兵發軍餉，讓士兵出來騷擾平民百姓。有這樣的部隊存在，即使紳士家庭也難免遇難，何況普通百姓家庭，整個社會處於水深火熱之中。許多家庭因戰亂而家破人亡的，百姓們有的因買不到藥而病死，有的被駭死，有母親因為孩子離去而氣死，……

或許因為巴蜀大地遭受的苦難太多，身處這方土地的人們對於反映弱小者的外國文學較為有共鳴。《草堂》登載的兩篇外國小說《菲菲小姐》《旗號》，以社會底層小人物為主人公，描繪出一幅世界末日景象。《草堂》選刊的外國詩歌是書寫世紀末情緒波特萊爾《惡之花》，或許因為其中的厭世情緒容易觸動《草堂》同仁的情感。

中國文化以儒道釋為主體並置同行，巴蜀文化中道文化較他地更為突出，顯示出「逍遙」「自由」，關注生命本體。《草堂》小說既有基於現實性關懷的批判意識，也有對生命美好的追求，當灰色現實人生太過於壓抑沉重，對純真戀情的描寫則為灰色塗抹上些許的亮色，這也是一劑調節巴蜀文人心靈的良方。

第一期刊載的小說《病中》講述一位少女的戀愛故事。在少女緩緩如流水的思緒中，小說情節如一幅水墨畫徐徐展開。少女在寧靜的鄉村養病，等待戀人的到來。戀人遲遲未到，在少女心中激起無數漣漪。少女想到周圍幾對分分合合的戀情，擔憂自己的戀情起波瀾。她希望自己的愛情能像孔德、泰戈爾所認為的那樣莊嚴——愛情是生活的本源，是最自由的。少女看到書案上枯萎的薔薇，為似水流年而悵惘。但是戀人的到來，讓少女的心甜蜜寧靜。臉龐的紅暈顏色，顯示出她病情的不治而愈。這是一個純淨的愛情故事，似清澈流水洗滌著黑暗的濁流，讓讀者感到清涼靜謐。這淡淡的戀情寫真，

彷彿看到沈從文那寧靜質樸的湘西世界。第二期刊載的小說《我的小弟弟》講述弟弟與日本女孩朦朧美好的戀情。他們用歌聲、琴聲傳遞彼此的愛慕。少男少女的純真沖淡了亂世的淒涼蕭瑟。故事期待世界大愛的到來，寄託對和平的嚮往。

通過上面分析，可以見出《草堂》小說與中國現代文學的關係主要表現為一下兩點。

一是文學宗旨的同一性，巴蜀作家在《草堂》小說創作顯示巴蜀作家與新文學運動一樣「將文學視為嚴肅的事業」。小說創作通過揭示人們的苦難生活，促使人們警醒，進而反抗。巴蜀文化是感性的，理性的沉澱常常讓位於情感的飛揚，但現代巴蜀大地的苦難現實無法讓情感飛揚。巴蜀作家在苦難中咀嚼心靈的痛，寫出含著「血」和「淚」的現實悲劇，小說在不自覺間充當了刺向惡勢力的匕首。

小說與詩歌一樣，充滿感傷的情緒。新文化沒有給巴蜀人民帶來較大的轉變，這裡依然黑暗、混亂，人們生活在水深火熱之中。民國年間的生活甚至比清朝時期還要混亂黑暗。這是一個無秩序的時代。走馬燈似的軍閥來來去去，帶給人民的只有騷擾、破壞。老百姓面對輪番的搶劫，無能為力，無處告訴。中國新青年企圖通過新文化運動開創一個全新的中國，但是封建勢力與軍閥勢力的聯合讓新文化勢弱。這些有志青年好似魯迅先生所說的，被喚醒時發現自己躺在黑屋子裏，嚮往光明卻無路可逃，痛苦比以往憑添好幾倍。《草堂》小說故事以悲劇為主，其內涵並不止於巴蜀大地而是具有時代性。

中國現代文學發生之際，小說承載的復興中華之使命讓其顯示出鮮明的現實性、政治性。《草堂》同樣如此，不偽飾太平，直面「血」與「淚」，寫出新舊交替時代的無數人生悲劇。

二是巴蜀作家在《草堂》上的小說創作借鑒西方敘事藝術，形成現代小說形態。

小說外在形態發生轉變，例如結構、敘事角度等。《名譽》拋棄中國傳統小說習慣採用的線性結構，放棄有始有終的故事敘述方式，採用截取橫斷面的敘事方式。小說採用集中的時間、地點，讓人物先後粉墨登場，整部小說有點像一部現代話劇。《名譽》採用三個橫斷面，第一個場景是姐妹倆在往廂房的路上，第二個場景是在廂房內，第三個場面是姐妹倆送受傷害的姑娘上轎。第一個場景以姐妹倆的對話為主，以受傷害姑娘的哭泣為背景。第二個

場面所有人物上場，受傷害的姑娘、那位糟蹋女子的四十歲左右男人、姐妹倆。第三個場面則是姑娘無言地坐上轎子回家。小說以「名譽」為核心串聯起三個場景，以保全了名譽為小說結尾的「喜劇」性結尾。小說的敘述者是作者，作者作為看客將故事完整展示給讀者。但小說還設計了另外一位看客，即，「天」。「天」作為一名看客，慢慢睜開眼睛注視整個事件的發展，小說由單一視角變為雙重視角。所謂天理難容，但此時的「天」雖然睜開了雙眼卻無能為力地看著悲劇的發生，這就構成了一種諷刺。這裡的「天」可以理解為代表中國傳統道德，但傳統道德已無法束縛男子的醜惡行徑，卻成為女子沉重的十字架。傳統道德成為男子滿足獸欲的保護傘，迫使女子忍辱偷生，「天理」已不存在。小說以此批判傳統道德的虛偽，同時也暗示女子只有走出傳統道德的陰影才能擺脫男子的淫威統治。《名譽》中雨打芭蕉、梧桐葉的傳統意境也成為一種象徵，象徵被傷害者內心的悲鳴。再如，《第二期》中《我的小弟弟》對倒敘的採用，對月色中弟弟彈琴和清晨與女孩相遇兩個場面的描寫。還有第三期中《長夜》在結構上對插敘的採用，採用的三個場面描寫——對新婚的甜蜜回憶，對病榻中妻子的緬懷，對現實社會的不滿詛咒與無力。

三是小說現代性的凸顯表現為《草堂》小說人物塑造「向內」的挖掘，講述具有中國經驗的中國故事，現出「東方式的現代性」。

《草堂》小說中最具現代主義色彩的小說是第二期刊載的何友涵小說《三笑》。這篇小說拋棄傳統線性敘事結構，採用截取橫斷面的敘事模式。小說主人公是一位愛好美術文學的青年，妻子的離去讓他感覺整個世界都是枯燥無生趣。但是作為具有鮮活生命的「人」，他不可能毫無欲念地生活著。小說以三次「笑」的場面寫出主人公「情」與「欲」糾結博弈。第一次「笑」是主人公去看朋友時遇見一位嫵媚非女子給他媚人的一笑。這嬌媚的微笑震動他的心靈。第二次「笑」是他回憶與妻子在一起的幸福時光，那是他們共同擁有的甜蜜微笑。第三次「笑」是他在書店為一位女子心動。女子的體香誘惑著他，乃至於當他發現那女子的微笑是對書店老闆而不是自己時，感到異常的嫉妒、憤怒。主人公每次為「笑」心動時，他都會以這是對妻子懷念的表現為為理由，掩蓋對「欲」的渴求。小說主人公「本我」、「自我」和「超我」之間掙扎。小說以主人公的情感變化、思緒流動為小說結構，在意識流動中渲染出個體在廣袤社會中的孤獨感。「五四」青年向封建大家庭宣戰的同時，由於

脫離了家庭庇護，孤獨體驗成為一種集體感受。西方工業社會對人的擠壓也造成人在社會中不能體現自我價值的孤苦感受。西方現代主義的「孤獨」與中國式的「孤獨」兩者之間雖然根源不同，但在社會中的無助感是相通的，小說採用夢幻似的意識流最能傳遞這種情感體驗，同時也使小說充分獲得現代派詭秘、頹唐的色彩，顯出「東方式的現代性」。

《草堂》小說從敘事藝術與情感描寫，表現出的中國式現代性是中國現代文學發生的普遍特徵，是中國文學吸收西方文化時共具有的一種中國式的批判吸收、創造性轉化。

第四節　四川早期詩刊──《孤吟》

《草堂》不僅僅培養了一批現代作家，更在巴蜀掀起新文學運動的高潮，人們競相閱讀《草堂》，並開始新文學創作，專注新文化運動的刊物也相繼誕生。1923 年，僅在成都創刊的新文化刊物就有《小說四週刊》《蜀評》《小靈》《孤吟》，另外，瀘縣還創刊文藝刊物《星星》。此時的四川已經顯示出新文學運動全面展開的趨勢，筆者以《孤吟》為例論證之。

中國第一份純詩刊物《詩》，由文學研究會創辦於 1922 年。中國現代文壇專門研究詩刊的第二本刊物是《詩學》半月刊，創刊於 1923 年 3 月 28 日。該刊物由詩學研究會出版、北京京報館發行。四川早期詩刊是《孤吟》，屬於成都孤吟社的刊物，創刊於 1923 年 5 月 15 日，距離《詩》一年的時間，與《詩學》半月刊相隔約兩個月的時間。

中國現代文學發生由「文學革命」轉向「革命文學」之際，《孤吟》作為四川地域性的刊物與《草堂》一起推進四川新文化運動的展開。

《孤吟》刊物特點一是視野的開闊性，它不僅僅呼應《草堂》，還與川外、乃至於國外的文學創作遙相呼應。第三期宣傳北大日刊的附刊「歌謠」。第六期宣傳四川的《草堂》。二是展開詩學討論。《孤吟》不僅刊登詩歌作品，刊載詩學研究文章，在古今中外的縱橫比較中展開詩歌討論，探索現代白話詩歌的發展。在《孤吟》上刊載的文章可以見出對文壇的最新信息的反饋。第一期上張拾遺著《「蕙的風」的我見》。這篇文章對新詩創作提出自己的觀點。第三期「短論」欄中署名 G.L.的《新詩與新詩話》探討新詩的發展。成仿吾的《詩之防禦戰》、康白情《新詩底我見》在第六期「短論」欄中作者署名為

KT 的「說哲理詩」中得到響應。《孤吟》每期刊載譯詩。第一期蜀民譯《茵夢湖》中詩一首；第二期徐蓀陔譯《白晝將去了》（The dav is gone.John Keats）；第三期上 K.T.譯，法國 Ravachol 作《祖勝父之歌》；第四期上徐蓀陔譯的《疲勞底呻吟》（Sing Heighho! cyarles kingsley 作）；第五期上 LLT 譯《收葡萄的三天》（法國：Alpnonse Dontet 作）；第六期上 S.M.譯《可憐的靈魂》（德國：維伯爾作）。《孤吟》通過刊載譯詩介紹西方文學、推動新詩發展的同時，也反思舊文學。第三、四、五、六期的「讀書錄」欄目連續刊載思綺的《談舊詩》。另外張拾遺在第五期撰文《毛詩序給我們的惡影響》。這篇文章批判毛詩序是如何誤導後人，造成的惡劣結果。三是關注兒童啟蒙，它還在第四、五、六期開設「兒童創作」欄目。注重在兒童中推廣新文化，這被當時很多新文學刊物忽略。這可以說是《孤吟》的一個特色也是貢獻。新文學延續需要更為年輕一代的加入，兒童代表著未來。署名 KT 的作者還專門在第三期撰文《我們出兒童詩歌號的旨趣》指出發展兒童文學的必要。最後，《孤吟》與《草堂》共同培育中國新文學大師巴金，巴金曾以佩竿的筆名在第二期上面發表小詩。

與《草堂》相比較，《孤吟》有了更為自覺的詩歌使命感，是一個純詩刊物。楊鑒瑩在第一期《我們底使命》中明確指出《孤吟》創刊的三個原因：首先，詩歌不再是無聊的書生事業，而是肩負著時代使命；其次，詩歌有助於發洩青年們時代的煩悶；最後，在革命文學的時代，讓被壓迫階級發出自己的呼聲。《孤吟》的創辦宗旨決定了其刊載的詩歌既書寫纏綿的愛情，也表現年輕人遭遇挫折時的孤獨和幻滅感，以及對弱小者的同情和對自由的渴望。

巴蜀作家細膩纏綿的情感蕩漾在詩句行間，對不公正世界的反抗跳蕩在一行行的詩句中。在情感上，《孤吟》與《草堂》一起傾聽時代浪潮的聲音，成為中國現代文學發生期的一盞弱小卻散發光和熱的蠟燭。

愛情是青春詩歌一個永恆的話題，難以遺忘的情思不時牽惹思緒。「沉了，忘了，／偏時時依舊引起。」〔註31〕以《孤吟》》以第五期的詩歌說明愛情與青年是當時新詩一個重要的主題。立人女士的《無非是一個愛》愛情無論是甜蜜、酸澀或真誠、虛偽，對於一顆即將枯萎的心靈而言，能容載的也只有愛情。周無斁的《留著的甚麼》寫出充滿相思之苦的愛情。不忍見面，相見之後便是思念，戀愛的日子只有相思。歷史轉折時期，年輕人面對未來充

〔註31〕張望雲《標拂之心》，載《孤吟》，1923 年，第六期。

滿彷徨迷惑。「我想把心放在光裏，／光卻閃動著黑暗的寂寥。／我想把心放在歌裏，／歌卻奏起了迷惘的音律。／我想把心放在愛裏，／愛卻顯出不同的面目。／……更有那裡安放呢？／且任我悵惘地哭喇！」〔註32〕這首詩歌寫出年輕人在追求途中遭遇挫折，那無處安放的青春充滿寂寥、迷惘，只能悵惘第哭泣。對惡魔橫行的世界，被壓迫者發出抗爭的聲音。「我們還是『人』呵！／我們有『人』的熱血呵！／如果我們『人』的熱血還沒盡冷，／……／我們絕對不能讓惡魔安穩地生存著，／一切有良心的朋友們：／我們記著我們兄弟的血，／預備著我們自己的血；／來與惡魔決一死戰吧，／殺兄弟的仇是必須要報復的呵！」〔註33〕1923年距離「五四」運動已四年，舊勢力對新青年的圍困依然讓新青年們依感受到壓迫，他們發出抗爭的聲音。但抗爭有時會遭遇失敗，這是新青年們產生挫敗感，哭泣成為發洩時代煩悶的通道。「不可期的寬慰，／只是一些悲哀的句子麼？／從心裏流出的淚痕喇！」〔註34〕懷疑、哭泣成為前進途中的伴侶時，年輕人想尋求安慰。

但這廣漠的世界，誰能給我心之安慰呵？〔註35〕

中國現代文學發生期間，一些曾經站在時代潮流的弄潮者，有的退隱不再抗爭，有的甚至站在反新文化陣營阻礙新文化的發生發展。巴金以佩竿的筆名在《孤吟》發表詩歌，抨擊這歷史倒退現象。

籠中的鳥也曾高飛天空呵！

可是現在他在嘲笑在空中彷徨的烏鴉了。〔註36〕

《孤吟》的命名以及刊載詩歌的情感書寫，都真實反映了中國新文化運動不可能畢其功於一役，中國現代文學發生也需經歷篳路藍縷的歷史歷程。

《孤吟》與《草堂》在詩歌藝術方面同屬於中國早期白話詩的探尋摸索階段。《孤吟》第六期上刊載花嘯的《春感》為例。「又是一年，／又是一年春光陰。／記得去年的秋風，／把葉兒吹紅，／把花兒吹落，／哦！這竟是不堪回首，／哦！這便是光陰的摧殘，／光陰呀！／我何能虛度了你呀！」。從這首詩歌與《草堂》上刊載的詩歌可以見出早期白話詩歌在慢慢成長，試圖擺脫「話怎麼說便怎麼做」的創作範式，而邁向尋求詩意的表達。浪漫的巴

〔註32〕張拾遺《彷徨》，載《孤吟》，1923年，第一期。
〔註33〕張拾遺《自賞》，載《孤吟》，1923年，第一期。
〔註34〕唐葦杭《心淚》，載《孤吟》，1923年，第一期。
〔註35〕立人女士《心之安慰者》，載《孤吟》，1923年，第二期。
〔註36〕佩竿《小詩》，載《孤吟》，1923年，第二期。

蜀文化賦予巴蜀詩人的純粹詩心,「甚麼是好,甚麼壞?/我只知道一個真。」「遍地荊棘,/怎能阻我滑車似的心呵?」〔註37〕。這首小詩同時也反映出巴蜀詩人對當時新詩壇小詩形式的呼應。再如,巴金在《孤吟》第二期上的一組小詩,唐葦航與 P.K 分別在第三期上發表的小詩,孟剛與勤伯分別在第五、六期上發表的小詩等。「沒有母親保護的小孩,是野外任人蹂躪的荒草呵!」〔註38〕具有代表性地表達了巴蜀詩人的生命感受——孤獨無助。在理想價值混亂的時代,現代知識分子彷徨在十字路口。「母親」可以理解為傳統文化,「離開母親」即是離開傳統文化體系,詩歌表達在「將立未立」的文化轉折時期新青年的迷茫感,與此同時也表達其找不到可安身立命庇護所的悽楚感。

綜上所述,在詩歌思想和藝術上《孤吟》與《草堂》具有較大的相似性,其差異性在於《孤吟》更傾向於表達青年的迷茫與反抗。《孤吟》與《草堂》一樣,為新文壇培養出一批得力的巴蜀作家,張拾遺、唐葦杭、張望雲、周無歡、楊鑒瑩、張繼柳、曉芸、竇勤伯、馬壁輝、畊野、雷承道和劉叔勳等。他們以自己的文學創作推動了中國現代文學的發生發展。《孤吟》《草堂》與其他文藝刊物一起,成為新文學陣營的有機組成部分,推動中國現代文學的發生。這種現象正如茅盾的評述:

> 這幾年的雜亂而且好像有點浪費的團體活動和小型刊物的出版,就好比是尼羅河的大泛濫,跟著來的是大群的有希望的青年作家,他們在那狂猛的文學大活動的洪水中已經練得一副好身手,他們的出現使得新文學史上第一個『十年』的後半期頓然有聲有色!
> 〔註39〕

〔註37〕徐蔗陔《小詩》,載《孤吟》,1923 年,第四期。

〔註38〕P.K《小詩》,載《孤吟》,1923 年,第三期。

〔註39〕趙家璧主編《中國新文學大系·導論集》,上海文藝出版社,影印本,2003 年,第 92 頁。

第四章　巴蜀作家與中國現代文學的
共同成長──以《淺草》為例

　　除卻《草堂》《孤吟》，在中國現代文學史上具有重要影響力的「創造社」的主要發起者、組織者是巴蜀作家郭沫若。郭沫若為創辦創造社放棄待遇優厚的醫生職業，只為實現文學夢想。中國現代文學發生取得的實效表現為如雨後春筍般湧現的文學社團。1921 年到 1924 年，全國大小文學社團 40 多個，而到 1925 年迅速增加到 100 多個。在這眾多文學社團中，有巴蜀作家積極踴躍的參與。「淺草」和「沉鐘」這兩個社團代表著走出四川的巴蜀作家對中國現代文學的貢獻，被魯迅譽為生命力最強勁的社團。

　　1924 年之前的文學社團是在一片空白地上憑空修建的舞臺。1924 年之後的文學社團這則為這舞臺增添亮色光彩。淺草社成立於 1922 年初，期刊《淺草》於 1923 年 3 月在上海創刊。《淺草》至 1925 年 2 月停刊，一共出了四期。《淺草》的五位創辦者中，馮至、楊晦兩位是非川籍人士；有三位林如稷、陳煒謨、陳翔鶴都是四川人。這三位也是《沉鐘》的主要創辦者。《淺草》與《沉鐘》由於創辦人的承接，所以這兩個社團在文學史上總是被視為一個整體，雖然它們的創辦者並不這樣認為。

　　《淺草》帶有濃厚的巴蜀色彩。從其刊登的文學作品看，撰稿作者大部分都是巴蜀人士，例如，《淺草》第一期的十多位撰稿者中大部分都是巴蜀作家，例如陳煒謨、林如稷（白星）、羅青留（石君）、陳翔鶴、馬靜沉、李開先、陳竹影、王怡庵等。只有黨家斌和趙景深等少量非巴蜀籍人士（有一名撰稿者章鐵民的籍貫不詳）。再從編輯來看，《淺草》的編輯都是巴蜀作家。

　　《淺草》第一期的編輯是林如稷。林如稷有一個十三歲的朋友叫胡興元，由他為《淺草》第一期封面題字。第二期的編輯是陳煒謨。第三期原定由陳煒謨編輯，因為他有事回四川，臨時改由林如稷編輯。第四期則由陳煒謨與馮至編輯。這自然導致《淺草》帶著濃厚的巴蜀文化色彩。《淺草》文學作品內容多傾述民國年間巴蜀大地上人們遭受的苦難。《淺草》撰稿者中有少量非巴蜀籍作家如顧隨、徐丹歌，他們的創作風格與巴蜀作家表現出相同性，說明巴蜀作家創作具有地方性之外，同時具有普遍性。

　　在中國早期新文學刊物中，《淺草》具有鮮明個性，即「包容性」。在幫派意識嚴重的現代文學發生初期，相互譴責的指責聲在文壇不絕入耳。《淺草》以海納百川的胸襟不發一句批評指責的言論，潛心致力於新文學的拓荒工作。《淺草》對於文學採取包容的態度，認為只要是出於對新文學的喜愛而創作，皆應該受到鼓勵，所以絕不刊載一篇批評性的文章。林如稷在第一期「編輯綴話」中明確提出《淺草》發刊的願望——也是《淺草》同人對新文學一致的態度：

　　　　我們不願受『文人相輕』的習俗薰染，把潔白的藝術的園地，
　　也弄成糞坑，去效那群蛆爭食。其實，在中國這樣幼稚——我們相
　　信我們——的文壇裏，也只能希望文壇上的各種主義，像雨後春筍
　　般的萌芽：統一的癡夢，我們不敢做而不願做的！文學的作者，已
　　受夠社會的踐視；雖然是應由一般文丐負責。——但我們以為只有
　　真誠的忠於藝術者，能夠瞭解真的文藝作品：我們只願相愛，相砥
　　礪！〔註1〕

　　《淺草》同人以發自內心的熱忱保護著中國新文學這塊剛剛開墾的土地。這正如《淺草》第一期「卷首語」中寫所言：

　　　　是誰撒播了幾粒種子，又生長得這般鮮茂？地氈般的鋪著；從
　　新萌的嫩綠中，灌溉這枯燥的人生。荒土裏的淺草啊：我們鄭重的
　　頌揚你；你們是幸福的，是慈祥的自然的驕兒！我們願做農人，雖
　　是力量太小了；願你不遭半點兒蹂躪，使你每一枝葉裏，都充滿——
　　充滿偉大的使命。〔註2〕

　　《淺草》的創辦者們珍惜新文學創作，願意象農人一樣扶持新文學的勃

〔註1〕林如稷《編輯綴話》，載《淺草》，1923年，第一期。
〔註2〕《卷首小語》，載《淺草》，1923年，第一期。

勃發展。《淺草》與《草堂》一樣多刊載純文學創作，較少文藝理論文章。

　　《淺草》同仁為了增加趣味的豐富性，在第二期《淺草》出版同日創刊了旬刊。旬刊定名為《文藝旬刊》，由上海民國日報發行（五日十五日二十五日代替覺悟）。旬刊在內容上注重「論文」、「譯述」、「介紹」、「創作」、「雜文」……等。《淺草》旬刊也遵循「不刊登批評性文字」的宗旨。

　　《淺草》同仁雖然不刊登批評性的文字，但卻熱烈歡迎文藝學界對《淺草》提出批評指正。這種開放包容的胸襟在川內刊物《草堂》也有體現。這種開放包容是開放包容的巴蜀文化的體現。在各種文藝理論競相登臺、文學幫派鬥爭此消彼長的背景之下，文壇上相互攻擊性的文章層出不窮。受巴蜀文化浸染的巴蜀作家能不隨波逐流，保有淡定、從容的心態。像《草堂》《淺草》這樣穩立不動，堅持海納百川的文學刊物少之又少。

　　《淺草》包容的胸襟體現創辦者對新文學的純粹心理。創辦文學刊物，純粹出於對文學的喜愛而非功利性，這與郭沫若創辦「創造社」、葉伯和創辦「草堂文學研究會」一樣體現了巴蜀文人任情而行的特點。道家文化的浪漫逍遙賦予巴蜀文人對功名利祿的淡泊。此外，從《淺草》到《沉鐘》的堅韌執著，不僅體現巴蜀文人的純粹文心，更體現其為實現理想而九死而不悔的精神品格。《淺草》見證巴蜀作家對中國現代文學發生的建構性。《淺草》是時代文化鏡象似的存在，照出新文學青年的心聲，銘記他們在時代車輪裏的呻吟，在年華流逝中的輾轉反側，在文學搖籃裏恣放夢境的鮮花。

第一節　狂奔在歧途的漂泊者——《淺草》小說的現代性

　　《淺草》較之《草堂》更具有現代性。這種現代性突出體現在其小說創作中。《淺草》小說的現代性主要表現為對西方象徵主義、表現主義的借鑒。小說採用顛倒錯亂的意識流等方法，探尋幽深的意識，觸摸細微的感官體驗。小說創作大多以情緒流動為線索組織材料，消解傳統環環相扣的線性敘事模式。讀者被主人公的情緒吸引，進入其內心世界。故事情節常顛倒時空，模糊虛與實，穿梭心靈與現實兩個世界，具有怪誕神秘的夢幻色彩。這些「去故事情節」化的敘事模式在「五四」詩化小說中具有典型性。《淺草》小說創作注重人物感受、聯想、夢境、幻覺乃至潛意識，形成「詩化」、「心理化」傾

向，是其現代性的重要表徵之一。〔註3〕

一

　　《淺草》小說特徵之一以景物描表達主題，以「靜」的環境描寫代替傳統「流動」的故事情節，體現現代小說「內傾性」書寫特點。

　　在故事情節展開上，景物描寫起著重要的起、承、轉的作用，這在中國傳統小說中是罕見的。景物描寫分擔著故事情節，例如陳煒謨的《烽火嘹唳》。小說一開始描寫一幅夜幕即將降臨的景色。細雨霏霏，微風是飄蕩柔和，鳴叫的小鳥告訴人們夜幕就要來臨。隨著主人公雨京出現，天空開始變得幽怨，犬叫聲是幽咽而淒哽。再隨著主人公臨近村莊，戰亂的世界即將展現眼前時，以景物寫出亂世的悲涼。景色更加的淒迷，雨在哭，風在施展淫威。槐樹經不住風的淫威簌簌地響個不停。天空開始變得慘淡，風帶著樹葉的聲音，好似軍隊的喇叭在幽咽。當雨京從夢中醒來，周圍的景象像張開的巨口將他吞噬。景物描寫既真實，又具有多層次含義，與情節並重，這種寫法迥異於傳統小說。小說將現實變形，突出幻想和象徵性，具有表現主義特徵。

　　中國傳統小說也有景物描寫，但是較少靜態冗長的描寫。在中國傳統小說中，景物描寫通常是點綴性。傳統小說中，即使有為渲染氛圍的景物描寫，往往也是幾筆勾勒的水墨畫。《三國演義》第六十三回「諸葛亮痛哭龐統·張翼德義釋嚴顏」中的景物描寫：「卻說泠苞見當夜風雨大作，引了五千軍，徑循江邊而進，安排決江。……卻說龐統迤邐前進，抬頭見兩山逼窄，樹木叢雜；又值夏末初秋，枝葉茂盛。」〔註4〕「風雨大作」四個字就將軍隊作戰時的環境勾勒。龐統戰死，與所處地環境有相當大的關係，但小說也只是以白描的手法如實寫出環境的季節特徵。環境描寫無須承載主人公的情感，只是為故事情節展開的需要服務。《紅樓夢》中環境描寫依據寫實主義原則，按照東西南北、上下左右的空間順序，讓讀者有清晰的視覺體驗。環境描寫只是介紹人物置身的環境。例如第三回「託內兄如海薦西賓·接外孫賈母惜孤女」中，黛玉初進賈府所見：「黛玉扶著婆子的手進了垂花門：兩邊是超手遊廊，正中是穿堂，當地放著一個紫檀架子大理石屏風。轉過屏風，小小三間廳房，

〔註3〕參見陳平原著《中國小說敘事模式的轉變》，上海人民出版社，1988 年，第296 頁。

〔註4〕羅貫中著《三國演義》下，人民文學出版社，1979 年，第 541、543 頁。

廳後便是正房大院。正面五間上房，皆是雕樑畫棟，兩邊穿山遊廊廂房，掛著各色鸚鵡畫眉等雀鳥。」〔註5〕西方小說中景物描寫往往佔據較重的分量，分擔著小說主人公的喜怒哀愁。像達夫妮·杜穆里埃的《蝴蝶夢》開篇第一章幾乎全是對曼陀麗莊園的景物描寫。故事在既美麗優雅又具陰森詭秘色彩的莊園中慢慢展開回憶。

受西方心理分析的影響，中國現代小說注重向內的開掘，在大段景色描繪中融入小說主人公的情感體驗。小說景物描寫無論帶著晦暗、陰沉或燦爛的色彩都是主人公情感的載體，具有象徵意蘊。

陳煒謨的《輕霧》一開始便是大段景物描寫。在昏沉沉的天空之下，一切物體都是那樣了無生機。懶惰的飄雪、動也不動的枯草、不歌唱的小鳥、木偶式站著的槐樹，構成一幅寂寥得讓人發慌的世界。景物描寫讓讀者一進入小說文本，第一感覺便是鋪天蓋地的孤寂。小說主人公素雲在這樣的氛圍中登場。在這靜止的、沒有生機的環境中，小說展示一個病態的人物形象。年輕的生命已經沒有生機活力。素雲是位在憂患中老去、在哭泣中尋求答案的青年。他面孔青黃，眼窩深陷。皺紋過早地爬上他的額頭。在喧囂的人群中，素雲是一個獨立的個體——寂寞、孤獨。被輕霧籠罩的世界，人與人之間的距離模糊遙遠。輕霧象徵人與人之間的隔膜，心靈的互不通。林如稷的《狂奔》講述一位無法把握命運，只能狂奔在歧途的怯弱者。蕭寂的景象，使得這位怯弱者無病呻吟。他只會悔怨，而不知反抗。環境的寂靜象徵生命的孤獨。過於靜寂的環境，電話鈴響都能使得他的心顫慄，暗示早衰的年輕生命不能承受生命之重。林如稷的《嬰孩》講述一個似真似幻的故事。失去親人的孤兒逃離收養他的叔叔家，走進一座陌生的城市。他在這座死亡都市裏，感受到的是恐怖。整個世界被黑暗包圍。黑暗、恐怖的夜色象徵主人公被拋棄的人生，沒有光明未來的命運。小說一開始就渲染一幅讓人窒息的畫面。

> 灰色罩滿的Ｐ城，沙漠般似的邱墓，荒沈的冬季裏，晦暗的中晚的狹巷，只能略辨出慘綠閃淡的星點，是幾盞潛伏在死之都市的路燈。一波一波的狂風，由遠而近，由近而遠的起伏著。沙浪也隨著步湊潮湧。暗濃蓄著恐怖的天海，帶著一幅愁慘的悲像；淚珠般的星群，也不住的顫躍！不用說是寒氣若何，只是一陣的冽風，迎

〔註5〕曹雪芹、高鶚著《紅樓夢》第一部，人民文學出版社，1974年，第27頁。

著人面刮過，立刻感覺到是冰天石像的悲哀。〔註6〕

林如稷的另外一片小說《流霰》一開始也是渲染秋雨黃昏的悲哀、慘淡，小鳥的彷徨、淒惻、狂奔。雖然主人公亦維不滿民族劣根性——人們之間彼此傾軋、互相殘害。他拒絕與同學交往，導致性情益發怪癖、身體更加衰弱。但神經質衰弱的他不能主宰自己的命運。小說在景色描寫中融入對人生的狂怨、悲怨。在他眼裏，繁華的城市是一個狐鼠棲息的沙漠、垃墟。

《淺草》中偶而也有一兩篇小說離開蕭殺、隱晦的人生主題，寫出春光明媚的景象，像白星（林如稷）的《童心》。這是一篇充滿溫馨情感的小說。人類回到童年，回到天真無邪的時代。情感的單純美好使得世界也美好亮麗起來。香甜的空氣、隨風舞動的小花、笑彎了腰的淺草、光彩奪目的雲海，一切都是那麼美好。福哥和芸兒這對一起長大的玩伴在經常拌嘴與和好之間來來回回。美好的戀情在懵懂中悄悄滋長。這樣的書寫不過是黑暗中的微弱星光。《淺草》小說中的自然界總體而言表現為精神性的世界，以醜惡的形象反映青年們在變革時代的危機意識，懷疑一切、否定一切的悲觀情緒，孤獨、失落是總體情緒。

二

《淺草》中小說創作多受西方精神分析派影響，以意識流組織小說材料，以內視語言表達幽深、敏感的深層次意識，以夢境為欲望載體。「拉康認為，無意識具有語言的結構，……無意識是隱藏在意識層背後的東西，只有潛藏在人類心靈深處的無意識，才具有一種內視語言的意識結構。事實上，弗洛伊德早已發現這種內視語言的結構，他是通過『夢』、『玩笑』中所說是『凝縮』（condensation）和『易位』（displacement），就可以用『隱喻』（metaphor）和『換喻』（mentonymy）的轉移來描述。」〔註7〕《淺草》小說創作本著內心感覺出發，真實再現那個時代中一群年青人漂泊無依、奔波在歧途的悲涼、彷徨。這種創作原則受西方頹廢派影響。法國的波德萊爾是西方現代文學的代表。波特萊爾認為：「主張藝術須脫離自然，放棄對自然的複製，而純從『人』的地位和藝術家所『獨有』的觀點，運用想像，以抒發個性，尤其是憂鬱、悔

〔註6〕林如稷《嬰孩》，載《淺草》，1922年，第一期。

〔註7〕胡經之主編《西方文藝理論名著教程》下卷，第二版，北京大學出版社，2003年，第157頁。

恨的心情，從而進入『美』的境界。其次，藝術中的美和美的形式，因此必然具有極高度的特性，它決定於每個藝術家的官能和特殊的感情。藝術家在此前提下，通過想像，才能在作品中表現這種美。……最後，波特萊爾認為必須強調個人的感覺、官能、憂鬱情緒並使想像絕對化，才能符合『現代』的要求，因而又說現代藝術是以這種想像為中心的浪漫主義的藝術。」〔註8〕就此而言，「淺草」可謂是中國現代文學發生期最具現代性的社團。

　　《淺草》小說創作手法多採用意識流手法，打破傳統小說敘事範式，讓故事隨著人的意識活動，通過自由聯想來組織故事。故事安排和情節銜接，表現為時間空間的跳躍多變，前後兩個場景之間缺乏邏輯聯繫，不同時空交叉重疊，例如《淺草》第四期顧隨的小說《失蹤》。小說講述一位男子因愛情重生，又因重生而毀滅。小說採取插敘的方式，追憶男主人公心態變異的緣由，以四個不直接相連的時空構成故事時間表，具有虛幻性，與此同時由通過細節描寫讓故事具有真實性，故而造成虛幻相間的效果。《失蹤》以一個場面描寫為開始——嬌媚的交際花與懦弱的男子共處一室。T城有名的交際花劉渡航總是最後一個上班，最早一個下班。這是一位好打扮，很具誘惑力的女性。男主人公心生愛慕，但不敢表白。他將劉渡航女士用過的茶杯斟滿水，然後一口喝下去，以移情的方式滿足對她的欲望。他只能趁著無人時偷吻劉渡航女士喝過的茶杯，把臉放在劉渡航女士用過的肩巾裏深深呼吸遺留的氣味。他以書寫先秦時期詩歌「窈窕淑女，君子好逑。求之不得，寤寐思服，優哉游哉！輾轉反側！」表達對劉渡航女士的渴望。他內心焦渴，卻不敢有所作為。他只能反覆將 lady 這個詞敲打十多遍，以消解內心那份饑渴的欲望。劉渡航女士對他的嬌羞一笑，使得他惆悵惘然。小說以這極具有諷刺、戲劇性的場面，寫出男主人公分裂的人格。這是一位二十七歲的青年，卻已經彎腰屈背，滿臉皺紋。第二個場面描寫，時間跳躍到十年前。那時的他與初戀女孩在一起。他的初戀女孩是一位年僅十八歲，卻抽著鴉片的女孩。這位女孩不能忍受分別的寂寞，與其他男子相好。此事弄得滿城風雨，人人皆知。這是主人公與初戀女友之間既愛又恨的場面。第三個場面已是初戀女友生下小孩後躺在床上哭泣。或許女孩曾經的背叛已在他心中形成羞辱的烙印。當成為父親時，孩子的哭聲對他而言如割人的刀片。產後重病的那位母親如一朵零落開敗的薔薇，讓他心生厭惡。他四處在外游蕩，卻總是被家人強拉到

〔註8〕伍蠡甫等編《西方文論選》下卷，上海譯文出版社，1979 年，第 223、224 頁。

產後妻子面前。容顏憔悴的她無法獲得他的憐憫。她委屈的哭泣只能增添他的厭惡與憎恨。在他眼裏,妻子的眼淚並非明珠而是蒺藜。他暗地裏給下毒藥毒死了剛生下嬰兒的她。當妻子死後,他大病三個月。之後,他對生活的一切都失去感覺。他機械似的生活在世界上。女兒在他視若無睹的狀態下長到七八歲。劉航渡女士喚醒了他沉睡的愛情。他因愛重生了。但隨著愛情的重生,刻意遺忘的記憶被喚回。毒死妻子的陰霾將他打入地獄底層。當他站在講臺上,幾十雙純潔無邪的眼睛將他骯髒的靈魂徹底映照出來。他打了一個寒噤,從講臺上倒栽下來。三天之後,他從人們的視線中徹底消失。人們完全忘卻了他。幾年之後,人們聽說他在一個茶園唱小丑,但又看見他好似在澡堂幫人搓背,變得既瞎又聾。為了逃避人們的窺視,他徹底從人們的視線消失。小說描寫一顆已經異化的心靈。戀人的背叛讓他心生怨恨,毒死妻子的罪惡感在心裏盤結縈繞,充溢心頭的愛戀讓他身心分裂,自我的再度審視使他不堪重負。他崩潰坍塌了。《失蹤》時空跳躍在幾個具體可見的場景中,為讀者展示一顆扭曲變態的心靈。這篇小說的現代性一方面體現在對靈魂向內的深挖掘,呈現荒蕪暗沉的內心世界;另一方面,小說的現代性則是體現在敘事藝術方面,小說的時空自由穿梭,具有電影蒙太奇效果。這種手法在《淺草》小說常被採用,具有一種「五四」青春文學特有美學效果。「五四作家的真正貢獻在於,倒裝敘述不再著眼於故事,而是著眼於情緒。過去的故事之所以進入現在的故事,不在於故事自身的因果聯繫,而在於人物的情緒與作家所要創造的氛圍——借助於過去的故事與現在的故事之間的張力獲得某種特殊的美學效果。」〔註9〕

三

　　受西方文化影響,《淺草》小說創作中性愛描寫較為突出,其現代性表現為以性愛表達人的生存狀態——生命的焦慮。

　　林如稷的《將過去》講述一個青年被欲望之網罩住,又想逃離的掙扎。小說弱化故事情節,以主人公的情緒流動為線索展開,進入主人公幽深的心靈世界,多為心靈絮語,小說情感具有明顯的「內傾性」。小說主人公若水從上海來到北京,好似從荒島來到沙漠,昏昏度日,沒有目標,任由命運之舟沉浮顛簸。小說以「畫」、「夢」投射若水的欲望——生存中唯一的欲望。

〔註9〕陳平原《中國小說敘事模式的轉變》,上海人民出版社,1988年,第57頁。

能讓若水灰的臉上顯現笑意的是一幅「春浴圖」。畫上是一位只披了一件淺青草色絨浴衣的姑娘。這位如出水芙蓉的姑娘嬌慵無力。「似乎這一種春意溶溶的濃意，蘭湯馥郁的芬芳，已把若水向 H 君借榻的房間也撒滿和融散得有幾分春意；還似乎那種特有的肌肉泌液香汗，已點點滴滴滴到若水的頭上。他這樣的吃力凝望之後，灰的臉也露出七分滿的微笑，被蓋蓋掩著的身部，也很緩和而漸漸也嬌無力起來。」〔註10〕。小說以畫為欲望載體，寫出主人公若水內心的騷動渴望。他對性的渴望被整日刻板的生活壓抑著。他每天機械似的吃飯、睡覺，沒有奮鬥目標，看不到希望與未來，是頹廢青年的典型代表。夢境通常是人潛意識的真實表現，小說以夢境寫若水生理欲望。他在夢中與紅衣女郎接吻擁抱，享受性愛的快樂。小說描述夢境時，採用囈語的方式表達含混、錯亂的感覺。「——吻，吻著，吻那像西藏產的紅花似的髮……——吸，吸著，吸那如馬來群島上的人嚼檳榔流出來的唾……——掙扎，掙扎……——顫……顫……」〔註11〕小說在描寫主人公性愛夢境時，採用含混性囈語，也就是拉康所謂的內視語言。這樣的語言形式在我國傳統白話小說中幾乎找不到。我國傳統小說無論具有浪漫色彩的神鬼故事還是現實主義的寫實小說，語言都力圖逼真描繪出事物的形態或人物的動作，即使揭示心理活動的語言也是明朗清晰。中國傳統文人在小說創作時有意無意之間都會將讀者設想為聽眾，在創作時自然會考慮如何使故事更生動有趣以吸引聽眾。中國傳統小說的流通渠道多是以說書人為媒介。這樣就導致中國傳統小說不能太過於晦澀。近現代以來，文學與報刊雜誌的關係日趨緊密，文學作品的流通不再通過說書人。文人創作小說時不用考慮臆想的聽眾，可以更多的直面內心。因為中國現代小說面向的讀者群是知識分子，其中大部分是在校大學生，因而追求立意的深刻，注重敘事藝術的現代。《將過去》以囈語的方式呈現主人公混亂心理，使得小說具有夢幻色彩。西方的弗洛伊德理論對中國現代小說創作具有一定的衝擊。中國現代作家表現人的欲望時不再羞羞答答，而是大膽剖析內心的糾纏，寫出人性的最真實面。小說主人公若水在一家酒店與一位低級妓女一起時：「——唇快相接了……顫……抵……強烈的火焰……抵禦……骨頭骨節都煥熔得要化煙了……——吮吸……舔……吸……顫……抵禦……強烈的電波……掙扎……骨髓骨沙都

〔註10〕林如稷的《將過去》，載《淺草》，1925 年，第 4 期。
〔註11〕林如稷的《將過去》，載《淺草》，1925 年，第 4 期。

快寫出來了……」〔註12〕小說採用囈語方式展現人物的顫動與掙扎,「理」被欲望之海消融。這種以性愛傳遞的生存體驗,寫出在社會現實圍困下個體尋求超越而不能的焦灼。這篇小說以頹廢的生存形式暗示理想的跌落。其實,中國古典文學中並不缺乏情色文學,像《肉蒲團》和《金瓶梅》等多著眼於感官體驗描繪魚水之歡,表現物性的生命本體。「五四」新文學中的性體驗則傾向於生存體驗的表達,在生命本體之外更具社會性。例如,郁達夫的性愛描寫承載一位弱國子民愛而不得,又愛欲難捨的生命感受。

《淺草》中小說世界裏的主人公多是被命運隨意擺弄的一葉孤舟,感受著漂泊人生的苦澀無依。其性愛描寫具有內在性,傳遞生存的焦慮狀態,既有弗洛伊德的泛性化特徵,也有尼采存在主義、柏格森生命哲學的影子,是一種現代人生的現代性書寫。

四

《淺草》為現代文壇的人物畫廊提供了一批困頓在歧途的狂奔者。與現代文壇的零餘者、多餘者相比較,這群狂奔者不甘命運擺佈而向命運挑戰,但因找不到方向而讓生命耗盡在歧途的狂奔中。「狂奔」是一個人不能主宰自己命運時,在人生歧路上讓生命無謂地消耗。力量渺小的個人如同一葉小舟在狂風大浪中顛簸,無法掌握自己命運之帆的船,隨波沉浮。「新思潮喚醒了廣大青年,但多數人覺醒之後又一時找不到出路,在十字街頭彷徨;現代意識促使他們追求人生價值和美好的理想,而黑暗現實的壓迫又往往使他們感到苦悶與失望。」〔註13〕「狂奔」傳遞的感傷情緒不僅籠罩《淺草》,而且代表了當時文壇相當一部分的氛圍——被新文化喚醒的新青年在新舊勢力交戰中的疲憊,以及看不到方向的迷惑。《淺草》小說傳遞的情緒充滿陰霾暗沉,主題多表現人生的無意義。小說色調如此暗淡的原因在於,主人公因對未來沒有方向而迷茫。這是一代年輕人在社會變革之際共有的一種情緒。這種情緒與當時西方的世界末日情緒撞擊產生一種共鳴。社會變革必然伴隨各種社會矛盾,《淺草》將各種社會矛盾具體化為人性書寫,以具象的方式表現時代,也因此讓其小說的現代性特徵尤為突出。

〔註12〕林如稷的《將過去》,載《淺草》,1925 年,第 4 期。
〔註13〕錢理群、溫儒敏、吳福輝《中國現代文學三十年》,大學出版社,1998 年,第 26、27 頁。

　　林如稷是《淺草》得力的主將之一，「狂奔」是他在小說詩歌裏常用到的一個意象。這個意象具有畫面感，在遙遠無盡頭、縱橫交錯的無數條道路上，一個人沒有方向沒有目標地狂奔，在狂奔途中，這個人耗盡生命的青春、激情，只剩下疲憊、孤寂圍繞他四圍。他小說《狂奔》的主人公從故鄉來到陌生的 P 城考大學，落榜的他受到同鄉的冷遇，身邊沒有一個可以傾述的朋友，孤冷得可憐，在失眠的夜裏，只能夠以詩傾述哀傷。他是一個只知道悔恨埋怨不知反抗的怯弱者，無法支配命運，只能夠任由命運支配而狂奔，狂奔在充滿陷阱的歧路上。他另一篇小說《止水》寫出蝸居在城市的知識青年 L 那灰色的人生。空幻的人生觀奪去他對生命的鍾愛。在 L 空幻的人生觀裏，世上的善惡美劣都是空幻的。

　　　　「他常常以為人生是空幻的，世界的善惡也不過是空幻的變
　　　　態；至於愛好美劣，也只是空幻中空而又空的。總之；他的人生觀，
　　　　是空幻而已。那些人為工作而生活，為愛，為 X 而生活的論調，他
　　　　都以為這是一般騙人的哲學家或盲目的文學家從空幻中造出來
　　　　的。」〔註14〕

　　因為如此，在他流浪的生活裏，他拒絕和人交往，是那樣孤獨無依。因為文萱毫無城府，有一顆單純如孩子的心，所以 L 只同文萱一人關係不錯。L 在一次無聊孤寂的等待中，將好友文萱珍愛的水仙花一瓣一瓣撕碎扔在火爐裏炙烤。水仙花對文萱而言是愛情的象徵。看著嬌豔的水仙花在火種炙烤，L 冷酷的心竟能從中獲得滿足。L 對水仙花的冷酷，讓他失去唯一的好友文萱。失去好友的他不僅孤獨，還感覺到了恐怖。林如稷的《止水》寫出人生的空幻，《嬰孩》寫出被命運拋棄的人生。「狂奔」的意象不僅林如稷常用，其他作者在小說中也有相似的表達。陳翔鶴的《茫然》寫出視人生如遊戲的虛無。《茫然》的主人公 C 君經濟窘迫，常受人當面侮辱。但他對於自己遭遇的一切喜怒哀樂全然不放在心上，因為他對一切都視為遊戲而已。在茫然的人生之途，他讚美一切能使他麻木興奮的事物，無論美醜善惡。他放縱自己的靈魂與肉體，甚至於崇拜蕩女、娼妓。

　　《淺草》中有太多「狂奔」的意象。知識青年的灰色人生彌漫著茫然虛無。正如林如稷的詩歌《狂奔》中所寫：

　　　　淒淒的淫雨，朔朔的暴風，

〔註14〕林如稷《止水》，載《淺草》，1923 年，第 1 期。

　　——這叫狂叫的鳥兒，

　　——走向何處去呢？

　　……

　　狂奔的小鳥，彷徨迷途的小鳥？

　　可惜你的力太薄了！

　　宇宙未有歸宿的生命啊，

　　終不能衝出這深灰色的墳墓！〔註15〕

　　詩中彷徨迷途的小鳥代表了當時青年知識分子在「五四」落潮時期的彷徨迷茫。「舊的尚未破除，新的尚未建立」的歷史轉折時段，被西方文化喚醒的青年知識分子追求夢想，遭遇各種舊勢力的阻撓，而感到茫然、疲憊。「在自私而無同情的世界裏——／一個庸弱的我有誰堪憐呢？」〔註16〕在疲憊茫然之中，他們感到人生的虛無。這反映為文學作品充滿感傷情緒，和晦澀暗淡的情感基調。

　　「天朝帝國」的大門被西方槍炮轟炸開，西方的政治經濟文化以強勢的姿態影響著衰敗落後的中國。這也是中國現代文學發生的政治背景。不管人們願意以否，西方文化曾被視為拯救陷落中的華夏文化之靈丹妙藥。西方各種文藝思如潮水潮湧入文壇。「在一系列『對話』的過程中，外來小說形式的積極移植與傳統文學形式的創造性轉化，共同促成了中國小說敘事模式的轉變：現代中國小說採用連貫敘述、倒裝、敘述、交錯敘述等多種敘事時間；全知敘事、限制敘事（第一人稱、第三人稱）、純客觀敘事等多種敘事角度；以情節為中心、以性格為中心、以背景為中心等多種敘事結構。」〔註17〕就「現代性」而言，《淺草》小說創作無疑具有先鋒性，但很遺憾的是這一點並未被中國主流現代文學史定位。《淺草》小說從主題到藝術手法都受到西方文化影響，但描述的卻是具有中國經驗的中國故事，這也是中國現代文學發生之際文壇的一個縮影。

第二節　苦難書寫——《淺草》小說的現實主義

　　民國時期的中國政權沒有實現真正意義上的統一，各地軍閥混戰，社會

〔註15〕林如稷《狂奔》，載《淺草》，1923 年，第 1 期。

〔註16〕羅青留《恥辱》，載《淺草》，1923 年，第 1 期。

〔註17〕陳平原《中國小說敘事模式的轉變》，人民出版社，1988 年版，第 4～5 頁。

亂象不止。富有正義感的知識分子具有憂患意識，關注現實，寫出戰爭的
「惡」。戰爭之「惡」與人性「惡」結合。雙重的「惡」讓滿懷憧憬的青年充
滿厭世的悲觀，甚至歌頌死亡，文學世界呈陰暗晦澀的美學特徵。《淺草》作
品一方面受西方文藝思潮影響展現出頹廢、夢幻的現代主義色彩，另一方面
繼承現實主義傳統，寫出中華大地的滿目瘡痍。《淺草》的苦難書寫具有強烈
的現實主義特色，描繪人們在民國亂世中遭受的苦難，以及與苦難中的人性
異化。

　　戰禍，是《淺草》文學的主要主題。高世華的小說《沉自己的船》，是一
部具有悲壯色彩的小說。小說中船主非但不能做正常的貨運，還被逃亡的軍
閥逼得妻離子散，在進退無門的絕境中，船主與水手們決意與軍閥同歸於盡。
當他們在高歌中將船撞碎，只有那無情的明月照著這人間慘劇。戰爭的「惡」
不單是體現在對人民生命財產的侵害上，主要是對人民心靈的戕害。陳煒謨
的小說《狼筅將軍》便是這樣一部小說。小說通過人們早衰的外貌揭示出戰
爭帶來的苦難。知識分子白棣年紀尚輕，但面部表情卻沒有陽光與朝氣而是
呆板凝滯陰鬱慘淡；農夫的眉毛好似壓著一百斤重擔不能舒展，晦澀的眼珠
黯淡無光。世間最悲傷的事情莫過於白髮人送黑髮人。天下父母都希望自己
的子女能健康長大，幸福走完一生。但亂世卻讓擔心女兒受辱的父母不得不
祈禱她早日離開這個世界。小說中，一位叫趙惕甫的舉人，女兒被軍士劫走。
他只能在女兒生日這天焚香禱告女兒能死亡以離開這悲慘恐怖的世界。

> 　　……你還活著？——這園裏滿目的碎瓦頹垣，我不願你這樣！
> 死了，爹，還可以過年過節給你化袱，……活著，像海濱的沙粒般
> 活著，只有給人們侮辱，只有作人們的玩具！……菱兒，不是爹咒
> 你，……養你出來，辛苦的養你出來，還得我來盡這樣的一個義務
> ——願你及早死滅！〔註18〕

　　他三十一歲的長子被匪徒捉去，挖出心肝，屍骨被狗吃掉。因為家庭遭
遇太多的災難，他心態變異，自封為狼筅將軍。家中十八歲的次子被他封為
陸軍少將，十二歲的季子是參議，十六歲的次女是諮議，八歲的幼女是秘書。
狼筅將軍常在家裏設公堂，動不動就升堂問罪，導致家裏的婢女是經常全身
指甲傷，就是才八歲的小女兒也經常受夏楚之刑。一個普通家庭無力抗爭萬
惡的社會，因而期待自己成為惡勢力。戰爭的悲劇不僅在於一個家庭被異化，

〔註18〕陳煒謨《狼筅將軍》，載《淺草》，1925 年，第 4 期。

更在於這種異化的方式居然能得到人們的首肯。人們稱狼筅將軍的家庭為模範之家，值得讚美、崇拜。戰爭異化人們的價值觀念，他們相信：

> 世界遠止有南北兩極。你不墨污人家的妻女，人就要鳩占你的老婆。你不養成齧心齧肺的習慣，就乾脆把心肝割下來奉獻給別人……〔註19〕

戰爭對人心靈的異化，在《沉自己的船》中也有。船長與兒子臨別時，囑咐兒子長大後去當匪，以避免兵禍。陳煒謨的小說《烽火嘹喨》寫出戰亂中青年對人生的厭倦。世界是那樣的蕭殺、幽悶、淒涼，即使細雨也是淒切而幽咽，風也是那樣的冷酷無情，連小鳥也覺著淒慘，拖長聲音的喊叫一聲聲打到遠行旅客的心弦裏。這樣的世界無法給人以生的喜悅：

> ——其實死也算不了什麼，在或一觀察點看來，死是解除煩惱的最好方法，是脫離這空幻的人生的夢境，而入於開滿薔薇的，沒有戰爭，傾軋，欺騙的極樂世國的唯一通道；……〔註20〕

小說還揭露人們渴望投身槍林彈雨的目的是希望能青雲直上，討得九九八十一個女人。小說通過夢境展現部隊荒淫無恥的生活。部隊軍士每天做的事情是下操、搶劫百姓財產、到處找女人睡覺。軍士在外面遇見年輕女性，不管是十七八歲的閨女還是二三十歲的婦人，或者是女學生，光天化日之下就在菜畦上、森木內行那姦污之事。

如果說「戰爭之惡」是外部物質環境所給予的，那麼「人性惡」則是對生命內源的拷問。《淺草》第四期刊載徐丹歌的小說《慈母》，描寫「愛」遭遇「惡」時，「愛」的毀滅。小說中描寫一群充當看客的大眾，顯示其內心的冷酷、自私。小說中患瘋病的齊芳被母親用鐵鍊鎖在家裏，無人照顧，因長期沒換洗而長蛆。齊芳娘迫於生計只能在有錢的伯父家裏做傭人，強顏歡笑地伺候伯父一家和諧快樂的生活。小說對比兩個完全不同的世界，地獄（齊芳的世界）與天堂（伯父家）。小說通過齊芳被看客圍觀的場面，揭示「人性惡」。大眾的看客心理讓齊芳任人踐踏、任大火燒死。齊芳被一個小孩捉弄哄騙著生吃黃蟻。當齊芳將拉屎用的小桶當帽子扣在自己頭上時，周圍的看客響起如雷般的笑聲。當齊芳的馬桶在不經意間將一個小販賣粥的碗砸碎，一位看客拉住齊芳娘要她賠償小販。小販乘機勒索齊芳娘。看客們在齊芳娘的哭求

〔註19〕陳煒謨《狼筅將軍》，載《淺草》，1925年，第4期。
〔註20〕陳煒謨《烽火嘹喨》，載《淺草》，1923年，第2期。

中不情願地借出錢。每一個看客在掏出錢時都要提醒齊芳娘一定記得歸還。
借錢也是在看猴戲也要給錢的心態之下方才借出。人與人之間的冷漠無情在
看客這裡表現無疑。故事的高潮是在齊芳家裏著火時刻，眾人縱然熱烈地喊
著救人，但只有一個少年見義勇為。齊芳在眾人的圍觀中慢慢被大火燒死。
眾人的冷漠、自私不僅殺死被鐵鍊鎖住的齊芳，還殺死了那位可憐的母親。
齊芳娘抱著被鐵鍊鎖住的兒子一起被火燒死。鐵鍊是有形的，眾人的冷漠自
私是無形的。齊芳娘倆死於無形的力量，死於眾人的冷漠自私。《慈母》通過
看客的冷酷自私展示的人性惡驚心動魄。從批判國民性角度看，魯迅小說較
為冷靜犀利，《慈母》這篇小說情感較為濃烈，對人性惡的書寫讓人怵目驚心，
齊芳被大火燒死的場面描寫可以說已經超越國民性批判，拷問人性本身。林
如稷的《葵菫》（《淺草》第三期）也是對人性惡的披露。這部小說描寫落難少
年季懷被好心的伯父收留。在伯父家怡園裏，季懷住了兩年。伯父的女兒曼
秀聰明美麗，吸引了季懷。在第一次辛亥革命時期，兩人結為夫妻。第二次
革命開始，季懷帶著變賣岳父生前所置田地的錢財去投靠以前在日本的朋友
（掌握 T 省軍事權利的黃將軍）。但是這位革命青年就像昔日赴京趕考的秀才
一樣，金榜題名之際，也是拋妻另娶時。苦苦等待的曼秀等不到丈夫的信息。
她帶著幾歲的女兒去找尋已經作了司令的丈夫季懷。喪失人性的季懷竟然設
計欲置結髮妻於死地。金錢、權利的欲望已經壓制了愛情、親情。曼秀在悲
憤中奄奄一息躺在醫院裏。那才幾歲的女兒與年老的母親失散在茫茫世界。
路見不平拔刀相助的正義青年謙文也不堪社會與家庭的壓力而跳樓身亡。「邪
不壓正」的民間諺語反映了人民的願望，但《淺草》文學世界裏，正義得不到
伸張，善良被黑暗吞噬。人與人之間關係冷漠至斯，小說顯示出「他人即地
獄」的存在主義命題，這也是西方現代派文學的主題之一。《淺草》文學的現
代性顯示在社會變革之際，人們遭遇的危機意識跨越國界，具有世界性普遍
性。

　　《淺草》「人性惡」的文學主題一方面表現人的「異化」現象，另一方面
表現人之人之間無法溝通的孤獨。懷著憧憬與理想的青年在現實中看到的是
將快樂建立在別人痛苦之上的醜惡人類，體驗到人類之間的相互傾軋。在這
樣的人際關係中，人與人之間存在不能溝通的隔膜，彼此之間看不清對方的
真心。陳煒謨的小說《輕霧》表達的就是這樣的主題。主人公素雲在孤獨寂
寞中渴望愛、呼喚愛，但冷漠的人群固執地堅守著那份隔膜。唯有柳樹枯枝

知道素雲的心聲，因此更渲染出素雲的那份渴望的不可得。「輕霧」看似指籠罩在世間萬物的霧氣，實質指人與人之間那道不可逾越的鴻溝，不可消除的隔膜。林如稷小說對死亡的讚美，也是源於青年對冷寂、恐怖人生的厭倦。陳翔鶴的《茫然》中那位遊戲人生的 C 君，對愛與憎都抱著無所謂的態度，人生對他也是冷漠、拋棄的態度。小說通過夢境表現表現 C 君無航向的人生。夢中的他被白霧包圍，看不到前途，也看不到歸路，被無情圍困在荊棘蒼茫的原野，四圍只有悲泣的聲音。他感覺生命太漫長、拖沓，盼望早日結束這無聊的人生。對生命的厭倦，即使在沒有戰亂的日子也無從感受「生」的喜悅，例如，胡絮若的小說《青春的殘蹤》。歲月的痕跡帶給人們的不是收穫，沒有智慧的積澱，只是增添粗俗市井氣息。一個溫婉美妙的少女，在歲月的洗刷之下，變為一個無所顧忌、恣意談笑的市俗婦人。小說充滿似水流年的感傷。厭世情緒，是現代派文學的主要特點之一，折射出歷史轉型時期的危機意識。

民國的亂世景象表現為政治格局分裂，思想文化混亂，經濟瀕臨崩潰。人們在各系軍閥的混戰之下哀泣呻吟，如牛馬般煎熬著短暫而漫長的人生。四川地處祖國內地，西方的勢力侵入相對較少。在這方土地上，人們的苦難主要來自軍閥。此外，沒有走出夔門的大眾見識短淺，導致愚昧、狹隘、自私。這種人性的劣根性在黑暗勢力包圍下更加的「發揚光大」。《淺草》中反映的「惡」便是這種背景之下的產物。雙重的「惡」使得人間如同地獄。追求光明理想的青年彷徨在歧路——不知來路與歸途，青春消耗在這沒有目的的狂奔之中。《淺草》文學場域中的這一群狂奔在歧途的漂泊者，既是地方性書寫也具有時代普遍性。

「五四」青春文學特有的感傷情調使當時新文壇創作具有濃厚抒情色彩，這與主情的巴蜀文化是一個契合。巴蜀文化主情，所以巴蜀較少出哲學家，更多出文學家。《淺草》中小說創作分為兩大類，一類深入人物心靈世界，現代性較強；另一類書寫巴蜀戰亂，在寫實中注入濃烈情感。第一類運用現代主義創作手法，寫出知識青年狂奔在歧途的灰色人生。第二類創作運用現實主義創作手法，在反映人民受難的同時，也反映「人性惡」。這兩類創作代表了當時文壇兩種「為藝術」與「為人生」的文學。《淺草》文學創作描繪巴蜀風貌，因為苦難的沉重，巴蜀文化故有的浪漫飄逸演繹為消沉頹廢，作品主人公多是沒有目的地狂奔在歧途。巴蜀文化是主情的文化，在反映血與淚的

苦難現實時，作品也沒有教條似的說教，而是深入主人公的內心世界，向讀者敞開一扇扇心靈的大門。走進這扇大門，這是一個蕭殺淒涼的世界。作品色彩基調是灰色，情感是幻滅傷感。在中國現代文學發生之際，當浪漫遭遇苦難時，沉重的心靈枷鎖使得飛翔墜落，成為腳踏土地的狂奔。《淺草》巴蜀作家筆下在異鄉流浪知識青年群體形象是當時中國青年的肖像刻繪，表現在歷史轉折時期一群有理想有信仰的青年離鄉尋夢的生命體驗——「於歧途的狂奔者」。

　　《淺草》是「五四」新文化的產物，它的出現也興盛繁榮了「五四」新文學。中國現代文學也因為有無數個「《淺草》」才得以真正意義的發生。《淺草》見證了巴蜀作家為中國現代文學發生所作出的努力與貢獻，也證明了地方、群體、整體之間的命運共同體和文化共同體。

第三編　星光燦爛——個體篇

第一章　葉伯和與中國早期白話詩歌

　　中國幾千年的燦爛文化，延續到清末明初的時候，已經成熟得有點像邁不動步伐的老人。這主要是指詩歌藝術。它精緻到極致。後人的創作似乎擺脫不掉前人的束縛，掉進書口袋裏。最明顯的特徵就是詩歌過多的追求格律嚴謹以及典故的運用，陷入格律、典故的沼澤地。詩歌創作呈現「辭藻繁麗，興寄都絕」的景象。這片沼澤地表面布滿鮮花，然而大多是一些沒有根的漂浮的鮮花，缺乏生命力。再加之，在近代，我國在世界上的屈辱地位，使得國人認為政治經濟衰弱的根源是文化的孱弱。所以，文學革命便在一浪高過一浪的呼聲中誕生。而這其中首當其衝的便是詩界革命。中國現代文學的發生幾乎就是伴著白話詩歌的誕生而產生。由於中國的時代環境，中國文壇需要一位能夠提出詩歌改革理論主張的時代性人物，起到一呼百應的效應。在這樣的背景之下，胡適、周作人的出現恰恰適應了時代要求。他們提出「白話文學」、「人的文學」順應了時代潮流，因而他們能夠成為該時代的文化英雄人物。後來的文學史書寫，更是大寫了胡適等在史上的地位。然而，中國現代文學的發生真的只是如此嗎？只是幾個理論、幾首藝術水準一般的詩歌就能裝點偌大的中國文壇嗎？答案是否定的。正如美麗的夜空從來都是繁星滿天，只有兩三顆星的夜空絕不會璀璨奪目，中國現代文學的發生卻不會只是胡適、周作人、陳獨秀等幾位歷史人物能夠完成的。

　　所謂一枝獨秀不是春，萬紫千紅才是春。許多人參與才能醞釀一種氣勢，足以改變一個時代的文風。中國現代文學的發生，必定有著許多人的參與才能聚沙成塔。如果我們在論及中國現代文學發生時，目光只是鎖定在京滬兩地，那麼我們論證的就不是中國的歷史，而是京滬的歷史。同樣，論及中國

現代文學的發生只是聚焦於胡適的《嘗試集》與幾個口號，論證則顯得蒼白。文體變革，胡適的白話詩可以作為一種顯性的標誌，但不能是唯一。

中國文學史上發生幾次大的文風變革，幾乎都有標誌性文學作品誕生。中國楚辭的風行，便有以屈原為代表的創作推動文學變革。漢賦的誕生，則是有司馬相如、楊雄的賦為代表。接著陳子昂古樸蒼勁的詩風扭轉旖旎的宮廷風格創作，開啟大氣磅礴的唐詩風範。蘇軾那充滿大丈夫的陽剛之氣創作改變了詞狹小的體裁內容，拓展了詞的創作題材，也確立了詞在文學史上的地位。歷數幾次文化變革，巴蜀詩人在其中佔據顯赫的地位。那麼，近代中國現代文學的發生，巴蜀文化在其中的作用是什麼？筆者以四川詩人葉伯和為例，回到當時的歷史現場，企圖以一斑窺全貌，感受中國現代文學的發生。筆者通過論述成都詩人葉伯和，認為中國早期白話詩歌並非是一快貧瘠的土地。葉伯和創作白話詩歌早於胡適，是一位實踐的先行者。他不僅個體從事白話詩歌創作，而且創辦新純文學刊物推廣新文化，扶持文學青年。葉伯和白話詩與歌相連，與情相依，具有濃鬱的詩情，是早期新詩中的佼佼者。

第一節　葉伯和生平及著述考略

葉伯和 1989 年 6 月 27 日生於四川成都，原名葉式昌，又名式和，字伯和。祖父葉祖城，曾捐資創辦成都葉氏崇實學堂，父親葉大豐，早年曾就讀於四川尊經書院，後留學日本，回國任四川高等檢查廳檢查長，後為律師。

1907 年，葉伯和與父親、二弟同赴日本留學。他先學法律，再專攻音樂。葉伯和 1912 年回國。他先後在大漢軍政府、成都中學、益州女學、省立第一中學等任職。1914 年應聘四川高等師範學校（今四川大學）籌建手工圖畫兼樂歌體操專修科。葉伯和主持音樂教育，開設音樂專業系統完整的課程，也開了我國高等院校音樂教育之先河。1922 年，他出版《中國音樂史》（上卷）。1924 年，葉伯和辭去高師教授職務，應聘於成都通俗教育館音樂部主任，三年後辭去。1928 年，葉伯和倡導成立成都音樂協會。1931 年，他又擔任成都第一個西洋樂社——海燈樂社顧問。他多次舉行各種賑災、抗日募捐義演活動，還參加紀念王光祈逝世，魯迅逝世二週年，以及歡送川軍抗戰出發等音樂會。1939 年，舉家疏散至城郊鄉居。其間家庭屢遭親人去世，手稿失散等變故，1945 年 11 月，葉伯和投井自盡，享年五十六歲。

　　葉伯和主要工作是音樂教育，但在文學上也有著突出的成就。由於家學淵源，從小熟讀古詩，《古詩源》《詩選》、古歌謠、以及陶、李、杜、白等集子皆為其喜愛。1907 年赴東京留學，乘船沿岷江、經峨嵋、巫峽、揚子江、太平洋，打開了眼界。「實在是把『詩興』藏不住了，也就情不自禁的，大著膽子，寫了好些出來，」〔註 1〕從此便開始了詩歌創作。到東京後，接觸到西洋的詩，產生了翻譯的願望，同時，也生發了「不用文言，白話可不可以拿來做詩呢」的疑問。〔註 2〕1914 年入成都高等師範教音樂時，便開始做了一些白描的歌。這些詩均為白話創作，在學生廣泛傳唱。其中有 8 首後來收入 1920年 5 月出版的《詩歌集》。得知胡適倡導白話詩，葉伯和更加積極創作。最初詩稿積聚而未想發表。1920 年，葉伯和在成都高等師範校報上發表其幾首詩稿。他也在《星期日》週報第三十六號發表數首詩歌。同年 5 月，《詩歌集》由上海華東印刷所印刷出版，全國發行。《詩歌集》分為一、二、三期，自序中說到其寫詩經歷。該集距胡適《嘗試集》出版僅兩個月，實際上是中國第二本新詩集。近年還有人認為康白情的《草兒》是「中國新詩壇上繼《嘗試集》《女神》之後的第 3 本詩集，」〔註 3〕實際上，郭沫若的《女神》出版於1921 年 8 月，比葉伯和《詩歌集》晚出版一年多，只能位居第三，出版於 1922年 3 月的康白情《草兒》則退居其後，與同時出版的俞平伯的《冬夜》並列第四了。此外在郭沫若《女神》之前，還有另一本詩集出版，這就是胡懷琛的《大江集》，國家圖書館 1921 年 3 月出版。但因其觀點與大多數新詩人不同，不新不舊，而被排斥在新詩壇之外。〔註 4〕但無論如何，葉伯和《詩歌集》是中國第二部個人新詩集是確定無疑的。1922 年，《詩歌集》再版。這年，葉伯和在成都還創辦了當時四川第一個新文學雜誌《草堂》，共出版四期，其中第三期發表了巴金的第一篇譯作──俄國短篇小說《旗號》。《草堂》月刊後為《中國新文學大系》之《史料索引》雜誌總目類所收錄。1924 年，成都迪毅書店出版發行《葉伯和著述叢稿》包括小說詩歌及郭沫若、康白情、葉聖陶等人對其詩的評論。在此前後，《伯和詩草》也在成都出版發行。後來作為詩

〔註 1〕葉伯和《詩歌集》第一期，華東印刷所，1922 年，第 4 頁。
〔註 2〕葉伯和著《詩歌集》第一期，華東印刷所，1922 年，第 5 頁。
〔註 3〕王小巧《談康白情詩歌〈草兒〉歷史地位的確定》，《西南農業大學學報》（社會科學版），2006 年 2 期。
〔註 4〕參見姜濤《「新詩集」與中國新詩的發生》，北京大學出版社，2005 年，第 80～83 頁。

歌別集也為《中國新文學大系》之《史料索引》創作總目類所收錄。

葉伯和對中國現代音樂文化啟蒙教育、文學創作作出了積極的重要貢獻，在當時具有較大的影響，但學術界長期缺乏研究。近年來開始有人在音樂成就方面進行初探，如四川音樂學院朱舟先生《葉伯和中國音樂史》述評，〔註5〕顧鴻喬在 1989 年第 4 期的《音樂研究》上發表的《葉伯和和他的中國音樂史—紀念葉伯和誕辰一百週年》，以及梅雪林《葉伯和〈中國音樂史〉下卷述評》〔註6〕。但這些均未涉及其文學創作。《音樂藝術》2007 年 4 期發表了陳永《對葉伯和的再認識》，根據有關資料，對葉伯和進行綜合考察，關注到其樂歌創作、文學創作的情況，十分可貴，而其重點依舊為音樂貢獻。文中提出了在中國近代音樂史研究中的「邊緣文化」理論構想，也適用於對其文學創作價值和意義的研究。〔註7〕

此外，臺灣貫雅文化有限公司於 1993 年（民國 82 年）整理出版了顧鴻喬編、葉伯和著的《中國音樂史》附詩文選。因為葉伯和的《中國音樂史》自 1922 年由成都昌福公司印刷出版時只有上卷，數量不多。除當年在北京《益世報》連載外，從未再版。歷經大半個世紀，十分稀見。當時出版時一直只有上卷。顧鴻喬從 1929 年出版的《新四川日刊副刊》合訂本發現了葉伯和《中國音樂史》下卷，整理編輯後於上卷一同出版，使我國第一部《中國音樂史》終於合成全璧，因而意義十分重大。書後還附有編者的文章《葉伯和和他的中國音樂史——紀念葉伯和誕辰一百週年》，另有《葉伯和編年事輯》，亦頗具參考價值。

關於顧鴻喬《葉伯和編年事輯》的補正。

相對而言，葉伯和研究還較為薄弱，資料也較為缺乏。顧鴻喬《葉伯和編年事輯》對葉伯和音樂和文學著述作了梳理，但也有失之疏漏之處。如其中對於 1924 年出版的《葉伯和著述從稿》和《伯和詩草》的介紹就有不確的地方，下面是略作比較更正。

先看其原文有關介紹：

> 1924 年，「十月十日，《葉伯和著述叢稿》由成都迪毅書店出版
> 發行，其中小說四篇，詩歌《心樂篇》二十四首、《小笙》十六首、

〔註5〕朱舟《葉伯和中國音樂史》述評》，載《音樂探索》，1988 年第 1 期。
〔註6〕梅雪林《葉伯和〈中國音樂史〉下卷述評》，載《音樂探索》，1995 年第 1 期。
〔註7〕參見陳永《對葉伯和的再認識》，載《音樂藝術》，2007 年第 4 期。

《扁舟集》十七首，並附郭沫若、康白情、葉紹鈞、王怡庵等人的評述和葉伯和授業門人撰寫的《葉伯和先生傳略》。在此前後，《伯和詩草》也在成都出版發行，內容同上。」〔註8〕

這段介紹對於瞭解葉伯和詩文出版和當時的影響情況有所幫助，但是其中有多處疏誤，歸納起來有三點。

一是關於《葉伯和著述叢稿》選詩文的數量。小說四篇、詩歌《小笙》十六首、《扁舟集》十七首均無誤，《心樂篇》非二十四首，而是二十六首，二十五、二十六分別有題注：熱烈、冷靜。其總數則應當為五十七首。

二是諸位友人的評論，在《心樂篇》之前，節錄郭沫若致朱仲英函、康白情致伯和函、（葉）聖陶致伯和函，內容為有關對《心樂篇》諸詩的評論，而無王怡庵等人的評述。

三是《伯和詩草》與《葉伯和著述叢稿》相比較，並非「內容同上」，而是有相當的差異。首先是《葉伯和著述從稿》為小說詩歌選集，而《伯和詩草》純為詩歌集，沒有一篇小說。其次是收錄詩歌篇目有出入。《伯和詩草》之《心樂篇》中收錄二十四首，較《葉伯和著述叢稿》之《心樂篇》少兩首，具體作品為《葉伯和著述叢稿》中順序第二十三、二十四兩首，原文分別如下：

她未飲青春之酒以先，常燦爛著許多的白蓮，在她的華池中間。她發出一種清芬之氣，從她蜜甜的口裏，時時流露於宇寰。但她既飲青春之酒以後，花兒便漸次地萎謝了！〔註9〕（第二十三首）

「她未食戀愛之果以先，常從血海中湧出一股溫泉，直澆入我的心田裏。心田裏初發的紅嫩的花蓓，感受她這種熱烈的灌溉，都蓬勃地璀璨於全身細胞之間。但她既食戀愛之果以後，溫泉便漸次地枯涸了。」〔註10〕（第二十四首）

兩首詩意境優美，情感熱烈，僅見於《叢稿》，而為《伯和詩草》未錄，不知何故。筆者所見《伯和詩草》無具體出版時間，由此二詩的採錄情況，似

〔註8〕顧鴻喬編《葉伯和編年事輯》，載葉伯和著，顧鴻喬編《中國音樂史》，臺灣貫雅文化事業有限公司，1992年，第152頁。

〔註9〕葉伯和著《葉伯和著述叢稿》之《心樂篇》，成都迪毅書店出版發行，1924年，第10頁。

〔註10〕葉伯和著《葉伯和著述叢稿》之《心樂篇》，成都迪毅書店出版發行，1924年，第10頁。

乎《叢稿》出版在後，故得以收錄。

《伯和詩草》收錄的《小笙》第一首詩歌題目為《三十年前做孩子的事情》，而在《葉伯和著述叢稿》之《小笙》中，該詩內容未變，而題目改為《我和你》。從葉伯和《詩歌集》第一期自序可知，《三十年前做孩子的事情》是因對胡適白話詩主張表示「極端贊成」而作的，則此應為最初的詩題，改為《我和你》則應為此後的事，由此似也可說明《伯和詩草》出版應在 1924 年十月十日《葉伯和著述叢稿》出版之前。

反過來，《伯和詩草》之《扁舟集》結尾又比《葉伯和著述叢稿》多出兩首作品，分別為《錦江州次送留日同學李君東下》和《健兒歌》。原文如下：

> 瀛洲客舍記前遊，木落何堪再調頭。觀海曼誇三島國，送君依舊一孤舟。明燈濁酒深深語，皓月空江澹澹愁。彈指行程驚歲晚，嘉陽七日即渝州。〔註11〕

> 健兒作客寧知愁，一去他鄉秋復秋。彎弓掛劍登高樓，快飲千杯出郭遊。射殺猛虎誓勿留，長鯨斬盡東海頭，轟政抉眼要離羞。悲歌易水難與儔，高名一振傳九州。健兒出處何休休，短衣長帶騎紫騮。翱翔八極天地悠。〔註12〕

《伯和詩草》與《葉伯和著述叢稿》差異之三在於評論者數量方面。如前所述，《葉伯和著述叢稿》所錄評論者為三人，即郭沫若、康白情、（葉）聖陶，而《伯和詩草》除此之外，另增加三位評論者，即葉茂林、王怡庵、穆世清。

此外還有一些細微差異就不再一一列舉，由於多種原因導致顧鴻喬先生此類疏誤，但這並不影響其對葉伯和資料整理和研究所做出的重要貢獻。

第二節　白話新詩實踐的先行者

葉伯和是一位現代新詩實踐的先行者。他思考及創作白話文學是自覺的思考，沒有明確提出白話文學的口號。從時間上看，葉伯和創作白話詩歌早於胡適。1914 年以前，還在日本留學期間，他就已經在思考白話詩歌的創作。

〔註11〕葉伯和著《伯和詩草・扁舟集》，成都出版發行，1924 年 10 月 10 日前後，第 6 頁。

〔註12〕葉伯和著《伯和詩草・扁舟集》，成都出版發行，1924 年 10 月 10 日前後，第 7 頁。

這正如他在《詩歌集》第一期自序裏講的一樣：「後來因為學唱歌，多讀了點西洋詩，越想創造一種詩體，好翻譯他。但是自己總還有點疑問：『不用文言，白話可不可以拿來作詩呢』」〔註13〕1909年，葉伯和20歲那年，他創作了《二十自敘》，該詩歌後來被收入《詩歌集》。這首詩歌語言通俗易懂的同時，具有旋律美。詩歌介於文言與白話之間，趨向於白話。例如，「皎皎明月光，……俗人喜新聲，／三詩是以忘，／欲擔正樂責，／前途敢怠荒。／聲音通於政，／此理久茫茫！／寄語二三事，／努力勿彷徨！」〔註14〕在1915年，他已將自己創作的白話詩歌譜曲教授給學生傳唱，在成都已經頗具有影響力。這些詩歌與前期相比，語言更加白話。例如，《念經的木魚》「剁——剁——剁剁——剁，／人家講道，你也講道；／人家說佛，你也說佛。／為什麼自己不說，要讓人家替你說？／……」〔註15〕根據胡適在《嘗試集》中的「自序」中記載：「民國四年八月，我作一文論『如何可使吾國文言易於教授』。文中列舉方法幾條，還不曾主張用白話代文言。」〔註16〕1915年，胡適還不曾主張用白話代文言。而葉伯和在這之前已經在思考這個問題，並身體力行付諸實踐，起到一定的影響力。他創作的白話詩借助音樂的力量，在校園、民間悄悄流傳開去。而且，由於音樂的關係，這些白描的詩歌已經被傳入北京上海。葉伯和這位實踐的先行者，創作的白話詩歌是新文學發生時期較好的範例。例如《杜鵑》「杜鵑開，杜鵑啼。／花也此名，鳥也有此名。／花開我心喜，鳥啼我心悲。／兩種物一樣名，／一樣感觸，兩樣情。」〔註17〕這首詩歌語言白話，能自由表達作者的思想感情。葉伯和的創作與錢玄同關於「新文學」的定義不謀而合。正如錢玄同為胡適的《嘗試集》作序中講到：「所以我們現在作白話的文學，應該自由使用現代的白話，——要是再使用『遮莫』『顛不刺』『兀不的……也麼哥』之類，就和用《詩經》裏的『載』字、『言』字、『式』字一樣的不對，——自由發表我們的思想和情感。這才是現代的白

〔註13〕第一期「自序」，葉伯和《詩歌集・自序》，上海華東印刷所，1922年，1920年5月出版，「自序」中第5頁。

〔註14〕顧鴻喬編，葉伯和著《中國音樂史附詩文選》，臺灣臺北市，貫雅文化事業有限公司出版，初版複印本，中華民國82年，第95頁、96頁。

〔註15〕葉伯和著，顧鴻喬編《中國音樂史附詩文選》，臺灣臺北市，貫雅文化事業有限公司出版，初版複印本，中華民國82年，第110頁。

〔註16〕胡適著《嘗試集》附《去國集》，安徽教育出版社，2006年，第13頁。

〔註17〕顧鴻喬編，葉伯和著《中國音樂史附詩文選》，臺灣臺北市，貫雅文化事業有限公司出版，初版複印本，中華民國82年，第117頁。

話文學——才是我們所要提倡的『新文學』。」〔註18〕胡適的《嘗試集》開始創作於 1916 年。由於傳播媒介的關係，葉伯和的創作並不曾被當時留學海外的胡適知曉。所以，當胡適開始創作詩歌的時候，還以為自己是中國第一人。這種觀點在他的《嘗試集》「自序」中也有記載。胡適的《嘗試集》開始創作於民國五年七月，到民國六年九月時，已成一小冊子了。胡適自以為在這一年中，白話詩的實驗室裏只有他一人而已，其實同年郭沫若在日本也開始了他的新詩創作。1916 年春夏之交，郭沫若與安娜戀愛促使他詩情爆發開始新詩創作，只是問世時間推延至 1919 年而已。〔註19〕事實是，在 1916 年以前葉伯和已經創作白話詩歌。例如，他的《丹楓和白菊》，用丹楓的淺薄與白菊的高潔相比較，嘲笑那些隨波逐流之徒。當丹楓諷刺白菊遭人們的輕視，自誇自己能追隨潮流。「看你這樣的冷淡樸素，人們都輕待你；我本來也是青枝綠葉的，卻跟著時令變成錦一樣的紅。人們都重視我。」「秋風過了！霜雪來了！什麼花都謝了！白菊偏偏變了鮮紅的顏色；在風雪之中，更覺美麗些！那楓樹的葉子，那楓樹的葉子卻落得滿山都是了。」〔註20〕但到了百花凋零的清秋，菊花卻獨自綻放美麗。詩人以詩表明自己特立獨行的個性，不為時局左右。詩歌語言是純粹的白話，採用對話的形式，含蓄地表達哲理性的思考，是早期白話詩中的優秀之作。所以說葉伯和是實踐的先行者。

我們通常在文學史上看到中國第一部新詩集是胡適的《嘗試集》，但是較少提到中國的第二部新詩集。《嘗試集》是 1920 年 3 月出版，《新詩集》是 1920 年 5 月出版。但是第二部新詩集中的一些詩歌創作時間比第一部新詩集要早。這第二部新詩集是誰創作的，為何被歷史遺漏，它的藝術價值是什麼？這些問題沒人回答。葉伯和的《詩歌集》就像埋藏在沙漠中的古城，等待被發掘。如前所述，葉伯和的《詩歌集》於 1920 年 5 月 4 日由上海華東印刷所印刷出版，全國發行。可能由於發行量較好，《詩歌集》於 1922 年 5 月 1 日再版，仍由上海華東印刷所印刷出版，全國發行。由此可見，葉伯和在當時的中國並非後來文學史上那樣默默無名。倘若與周氏兄弟的《域外小說集》出版 10 年僅銷售 21 冊相比較，可以知道葉伯和在當時應該具有一定的影響力。葉伯和的詩歌被公開發表後，前來向他請教作詩的文學愛好者絡繹不絕，

〔註18〕胡適著《嘗試集》附《去國集》，安徽教育出版社，2006 年，第 7 頁。
〔註19〕參見沈衛威《新時期胡適文學研究述評》，載《文學評論》，1991 年第 1 期。
〔註20〕葉伯和《葉伯和著述叢稿》，成都迪毅書店，1924 年，第二卷中，第 12 頁。

人數不下上百人。當然，由於地理位置以及自身社會背景諸多原因，葉伯和的實際影響力可能沒有胡適深遠，胡適的《嘗試集》銷售量達到萬冊。但作為一名詩人的葉伯和，在中國現代文壇上的貢獻不可以抹殺。正如他在《詩歌集》第二期再序裏對自己的評價一樣：

> 無論何人，在那一件事上，找著好方法去做，他就是社會進步的貢獻者，人類的明星，有時也引導人做一種活動，他就得稱為『創造人』……。〔註21〕

葉伯和的詩歌經常在《星期日週報》《人聲報》《直覺》等刊物上發表。這些刊物在「五四」時期頗具有影響力，葉伯和的詩歌創作引起社會關注，例如，當他的《心樂篇》問世後，葉聖陶、康白情、王怡庵等對此給予了高度評價。

葉伯和於 1922 年在成都創辦了當時四川第一個新文學雜誌《草堂》。這是葉伯和個人出資創辦的純文學刊物。這種創辦刊物的方式在中國新文學歷史上都是少有的。《草堂》的創辦，其影響力不僅僅在巴蜀。刊物在國內發行地有北京、上海、廣州、南京、長沙、雲南和杭州等地，甚至法國也有其銷售點。遠在北京的周作人、日本的郭沫若都對其相當的關注，且寫信加以勉勵。但是，目前對它的研究也是寥若晨星。對其的研究，碩士論文只有一篇，即，重慶西南大學許敬的《艱難的新生──〈草堂〉及葉伯和考論》。

中國現代文學的發生如果只是將目光侷限於京滬兩地，這樣的視角是不健全的，是一種殘缺的歷史。正如周作人所言：

> 我們想像的中國文學，是有人類共同的性情而又完具民族與地方性的國民生活的表現，不是住在空中沒有靈魂的陰影的寫照。〔註22〕

多一個視角展現歷史，以區域文化角度切入中國現代文學的發生，發掘被歷史遺漏的巴蜀作家，有助於更好把握歷史真實。

第三節　葉伯和詩歌藝術特點及意義

葉伯和身處偏遠之地──巴蜀。但他的新文學創作並不因為所居地的

〔註21〕顧鴻喬編，葉伯和著《中國音樂史附詩文選》，臺灣臺北市，貫雅文化事業有限公司出版，初版複印本，中華民國 82 年，第 82 頁。
〔註22〕周作人《讀草堂》，載《草堂》第三期，第 2 頁。

偏遠而顯得蒼白。相反正因為地域的關係,他遠離喧囂浮躁的京滬兩地,使之能更潛心於詩歌藝術的創作,為詩壇奉獻出一首首好篇佳作。他的詩歌創作因其較高的藝術水準而確定他在中國現代文學史上具有不可抹殺的地位。

葉伯和這位巴蜀籍的詩人傾注畢生之力於詩歌、音樂事業。葉伯和的新詩創作構想早於胡適。他在日本留學期間接觸大量西洋詩,心中湧動無數詩意,欲創造一種詩體,但是對於白話詩歌他還是沒有一定的確定性。1913年,他回國在成都高等師範校教書。由於教學的需要,葉伯和開始用白話創作一些白描的歌。這些白描的歌是他白話詩歌創作的嘗試,但是他沒有改變文壇創作風氣的意識,沒有提出明確的理論,所以在當時社會上沒有引起廣泛的注意。但也正因為這樣,他後來的創作才沒有當時白話詩歌創作中普遍具有的那種教條、呆板,而是充滿靈性的閃動,浸滿纏綿悱惻的細膩情思。葉伯和的「詩」與「歌」相連,與「情」相依,這成為其創作的獨特個性。他沒有高深的理論,是一位純粹的詩人,以生命來寫作。從藝術性角度論證,葉伯和的白話詩歌在新文壇應當算做一流的創作。

葉伯和詩歌創作中,「詩」與「歌」相連的體現便是,外在形式瀟灑自如,遵循一定的格律,具有音樂美。內在旋律如涓涓流水動人心扉。他的《中秋無月》,「……感今數載干戈起/數載中秋月無輪/月本行星寧有知/人間天上豈同時/畫閣誰家三弄笛/離人何處不相思/昨夜梧桐初落葉/今朝西園飛黃蝶/人生百年一夢耳/何不早,歸南山種豆莢」〔註23〕既具有白話詩歌的通俗,又具有古典的詩意,還遵循一定的格律要求,使得詩歌讀之朗朗上口。例如,《小妹妹》則是內在旋律與外在形式高度的和諧統一。「她是被不識者掠奪了」一句在第一節與第三節反覆出現,強調小妹婚姻愛情的悲劇。小妹未曾體會愛情的滋味便為人母。葉伯和在簡短的詩行裏,浸透著他對小妹無限的愛戀與惋惜,揭示了女子的愛情婚姻悲劇。這種悲劇延續千年,被視為理所當然。在這一任白描的敘述中,葉伯和將內心悲憤化為一行行舒緩的詩行。這舒緩的節奏又以反覆的形式被收緊,使得情感亦張亦弛,有音樂的旋律美。葉伯和白話詩歌中許多本身就是以歌的形式呈現。例如他的《種稻歌》「灼灼者花,青青者草。食稻者多,種稻者少。將軍酒肉如林沼,小民

〔註23〕葉伯和著《葉伯和著述叢稿》,成都迪毅書店,1924年,第三卷,第4頁。

終日難一飽。」〔註24〕這便是「詩」與「歌」的典型代表。詩歌的起源本身以「歌」的形式出現。從葉伯和的詩歌創作，我們可以窺視中國現代文學發生的一角。中國現代文學並不是以切斷傳統文化為代價的，而是有所選擇的揚棄。正如胡適在談及白話文學時，他毫不避諱地談到中國白話文學史古已有之，自己只不過是將其凸現。葉伯和的詩歌創作中，這種「詩」與「歌」的相連更是對傳統文化的發揚，拋棄的只是詩歌發展到後來的繁瑣雕砌。

葉伯和詩歌創作「詩」與「情」相依。其體現便是每一首詩歌都是他心靈的歌唱。正如他在《心樂篇》（序）中說的一樣，「tagare 說：『只有樂曲，是美的語言。』其實詩歌中音調好的，也能使人產生同樣的美感——因此，我便聯想到中國一句古語，鄭樵說的『詩者，人心之樂也』。和近代文學家說的『詩是心琴上彈出來的諧唱。』實在是詞異理同。我借著他這句話，把我表現心靈和音節好點的詩，寫在一起，名為『心樂篇』。」〔註25〕中國白話詩歌的倡導者胡適提出白話詩歌的具體做法是兩種，一種是白描，一種是比喻和象徵。但是早期白話詩歌情感的貧乏是眾所皆知。當時文壇上，白話詩歌創作很多都還是蹣跚學步，要麼是平鋪直敘缺乏藝術性，要麼便是重說理而缺乏情感。例如，胡適的《鴿子》

> 雲淡天高，好一片晚秋天氣！
> 有一群鴿子，在空中游戲。
> 看他們三三兩兩，
> 迴環來往，
> 夷猶如意，——
> 忽地裏，翻身映日，白羽襯青天，十分鮮麗！

這首詩歌典型地帶著稚童學詩的痕跡，沒什麼藝術性可言。再如他的《人力車夫》《一顆星兒》和《權威》等，帶著強烈的說理味，且毫無詩意。胡適對於白話詩歌是提倡有力，創作無力。中國現代文學的發生，真正的推動手是致力於新文學的創作者。中國現代文學的發生是由無數像葉伯和這樣的創作者共同完成。

〔註24〕顧鴻喬編，葉伯和著《中國音樂史附詩文選》，臺灣臺北市，貫雅文化事業有限公司出版，初版複印本，中華民國82年，第117頁。

〔註25〕顧鴻喬編，葉伯和著《中國音樂史附詩文選》，臺灣臺北市，貫雅文化事業有限公司出版，初版複印本，中華民國82年，第83頁。

　　葉伯和的《心樂篇》是一首愛情的心靈歌唱，處處彌漫作者濃濃的情意。詩人對於愛情的歌詠不是流於貧乏的吶喊，而是可感可視，情感融於生動活潑的具體形象，具有形象美。詩中愛人形象是美麗高潔的女神，「你新浴後，站在靜寂的海岸上。／／你散髮；赤著腳。裸著你的半體；／你頸上掛著一串紅珠，射著你櫻桃似的嘴唇；／你雙手握著幾朵白蓮，映著你柔雪似的皮膚。」〔註26〕當時詩壇上描寫愛情的詩多是空泛的感歎。而葉伯和的愛情描寫不僅可視，而且可感。再如，

　　　　我聽不出你唱的是什麼調子？

　　　　但是我的心，卻跟著你細細地低吟。

　　　　晚風傳播玫瑰的芳香，沁入我全身的細胞裏：

　　　　我便沉沉地，同著落花睡去了！〔註27〕

　　詩人願為愛情焚燒自我，例如：「倘若我肘下能生兩翼，／我將飛入熊熊的火山裏。／把我腐朽的軀殼完全焚毀。／只留著我的赤心，／像透明無暇的紅珠一樣。／那時你摘取這顆明珠，／——用美麗的瓔珞裝飾後——／貼緊地掛在你的胸前，／使它的影光，恰恰映在你的心上。」〔註28〕

　　葉伯和情感豐富細膩，「詩」與「情」相連。這裡的「情」不僅有盪氣迴腸、甜蜜纏綿的愛情，還有血濃於水的親情，以及朋友之情，對下層百姓苦難生活的關愛之情。閱讀這些詩歌，讀者能感受到詩人心靈的脈動，感受到他的敏感善良。詩歌《二弟》在娓娓講述中溢出對二弟無限的懷戀。《小妹妹》表達當妹妹被不識者掠奪去，而自己無能為力的悲傷。《鄉村的婦人》道出鄉村農婦獨自支撐家庭的悲苦。《送別》穿透生死離別，記載了一段永恆的友情。《薛濤井》《草堂懷杜甫》充滿對古人的憑弔，歷史的追思。《戰後之少城公園》則是將目光投注到戰亂中蕭條的現實。

　　如果說胡適是中國新文學有力的提倡者，那麼葉伯和則是一位創作的健將。如果說周作人《小河》是早期白話詩歌中的優秀之作，那麼葉伯和詩歌則更多傑作。葉伯和詩歌為中國現代文學發生時期上乘之作，填補了這段文學史的蒼白。他的詩歌猶如荒漠裏淙淙的溪流，除去沙漠的乾燥荒涼，帶來

〔註26〕葉伯和著《葉伯和著述叢稿》，成都迪毅書店，1924年，第一卷，3頁。

〔註27〕葉伯和著《葉伯和著述叢稿》，成都迪毅書店，1924年，第一卷，第4頁。

〔註28〕葉伯和著《葉伯和著述叢稿》，成都迪毅書店，1924年，第一卷，第10、11頁。

清涼幾許。這是一位純粹的詩人，情感是其詩歌的源泉，音樂是其詩歌的旋律，白話為其詩歌的載體。他的詩歌貫穿古今，溝通東西方文化，形成自己獨有的詩歌風格。他詩歌風格熱例奔放而又含蓄蘊藉，情感細膩而又超凡脫俗，看穿生死兩界而又敏感多情。被郭沫若稱為中國泰戈爾的葉伯和與中國現代新詩發生具有緊密的聯繫。〔註29〕

〔註29〕張義奇《成都的泰戈爾》，載《成都日報》，2004 年 3 月 10 日。

第二章　康白情詩歌

論及五四前後中國詩壇新詩創作真正具有成就和影響的四川作家，康白情絕對是一個不能忽略和忘懷的名字。

第一節　康白情盛衰及生平雜考

就其創作成就而言，康白情在《新潮》《少年中國》和《星期評論》等刊物上發表許多白話詩。1920 年 1 月出版的中國白話詩人第一本專集《新詩集》（第一編）選錄康白情詩，同時收入劉半農、劉大白、俞平伯等人的詩，康白情詩被稱其為「佼佼者」〔註1〕。1922 年上海亞東圖書館發行由北社編的《新詩年選（一九一九年）》被稱為中國「最早的一本新詩年選」，〔註2〕康白情新詩也選入其中，同時還收入了沈尹默《公園裏的二月藍》、周作人《小河》、胡適《江上》、郭沫若《三個泛神論者》等名家名篇 82 首。1922 年 3 月，康白情將此前創作的新詩編輯成詩集《草兒》由亞東圖書館出版，此為繼胡適〈嘗試集〉（葉伯和〈詩歌集〉和郭沫若的〈女神〉之後的中國詩壇第四部個人詩歌專集。1923年，又先後出版《草兒在前》及《河上集》等詩集，這在當時是為數不多的。

就其成就和影響而言，康白情當年更是蜚聲詩壇，好評如潮。他的老師胡適直接說他是「新詩創造最多、影響最大」「解放的成績最大」；〔註3〕，郭

〔註 1〕徐志福《康白情和他的白話詩》，載《文史雜誌》，2008 年，第 5 期。
〔註 2〕劉福春《第一本新詩年選》，載《詩刊》，1999 年，第 2 期。
〔註 3〕胡適《康白情的〈草兒〉》，《胡適文存》二集，上海書店，民國 13 年版，第270 頁。

沫若自述中也談到自己是因為看了康白情發表在《時事新報・學燈》的白話
新詩《送許德珩赴歐洲》，受到鼓舞將自己的作品也寄到《時事新報・學燈》
發表，進而開始了白話詩歌的創作高潮。〔註4〕，茅盾認為《草兒在前》中的
新詩「當時最能脫離了傳統」。〔註5〕友人俞平伯為康白情在為《草兒》所做
序中更是不吝贊詞，說他「已創造出許多作品，為詩國開許多新疆土。真是
可愛的努力。」他特別讚揚貫穿其詩中的開拓精神，指出：「白情做詩底精神，
還有一點可以介紹給讀者的，就是創造。」「很敢冒險放開手做去，……我最
佩服他敢於用勇往的精神，一洗數千年來詩人底頭巾氣、脂粉氣。」「他不怕
別人說他神秘，也不怕別人罵他荒謬可憐，他依然興高采烈地直直地去。『少
陵自有連城璧，爭奈微之識珷玞！』我深怕這本集子出世，在社會上專流行
一種新時髦，而沒有一種新精神灌注在裏面，那就冤枉了白情，冤枉了他底
詩。」「我把這本集子鄭重介紹給讀者諸君，……是在著者可敬愛的精神態
度。」〔註6〕直到1935年，朱自清在《現代詩歌導論》中還這樣總結道：「五
四之後，剛在開始一個解放的時代，（胡適）《談新詩》切實指出解放後的路
子，……同調的卻只有康白情氏一人」，「康白情氏解放算徹底的，他能找出
我們語言的一些好音節。」〔註7〕，朱自清甚至還認為在當時詩壇上，「似乎
只有康白情先生是個比較純粹的詩人。」〔註8〕，1922年，胡適去故宮見到
溥儀，看見他也將康白情的詩備於案頭，曾予以鼓勵。後來溥儀學著康白情
風格寫了幾首新詩。由此，康白情在五四初期詩壇的地位和影響由此可見一
斑。

由於特殊的原因，康白情詩歌影響和研究在相當長的一段時間中都歸於
沈寂，直到20世紀後期，人們又才重新提起這位新詩人的貢獻。康白情最後
工作過的地方是廣州的華南師院。1990年，花城出版社出版了由諸孝正、陳
卓團編的《康白情新詩全編》。1997年，浙江文藝出版社將《草兒》列入《中
國新詩經典》予以再版。隨著詩集的整理，有關康白情研究也開始活躍，先

〔註4〕郭沫若《我的作詩的經過》，彭放編《郭沫若談創作》，黑龍江人民出版社，
　　　1982年，第36～37頁。
〔註5〕茅盾《論初期白話詩》，載《文學》，1937年，第8卷第1期。
〔註6〕俞平伯《俞序》，康白情著《中國新詩經典・草兒》，浙江文藝出版社，1997
　　　年，第3～7頁。
〔註7〕趙家璧主編《中國新文學大系・導論集》，上海文藝出版社，影印本，2003年，
　　　第350頁。
〔註8〕《詩與哲理》，見《新詩雜話》，作家書屋，1949年版，第33頁。

後出現不少文章予以探討。其中如張雲江《弄潮詩人康白情》〔註9〕；王小巧《談康白情詩歌〈草兒〉歷史地位的確定》〔註10〕；徐志福《康白情和他的白話詩》〔註11〕；管林、管華《關於康白情生平及經歷研究的若干問題》〔註12〕等，對這位五四時期的詩人在文學史上的地位和得失等逐漸取得共識。但還是有許多問題有待進一步探討。筆者認為一方面既有一些生平基本問題，更重要的是其新詩創作的具體思想與藝術價值的評價及與新文學發生之間的關係，故擬從這兩方面入手予以簡析。

康白情的一生是複雜的一生，因此有關其生平也十分令人關注，好奇。許多人對此有所討論，如諸孝正、陳卓團編《康白情新詩全編》附錄瘂弦《芙蓉癖的怪客——康白情其人其事》，范奎山《康白情生平辨誤》〔註13〕，趙毅衡《留學而斷送前程的康白情》〔註14〕，管林、管華《關於康白情生平及經歷研究的若干問題》〔註15〕都不無見地，但卻有不少分歧。

首先是其生卒年問題，有著許多不同的記載。管林、管華《關於康白情生平及經歷研究的若干問題》列舉其生年曾有 1895、1896、1898 三種說法。但未舉出來源，筆者見錢仲聯等先生主編《中國文學大辭典》（分類修訂本）稱康白情生於 1898 年。〔註16〕據康白情「於 1950 年 6 月 11 日填的《南方大學思想總結登記表》中明確說他於 1896 年「農曆二月廿七日生」（二月廿七日即公曆 4 月 9 日）」，這一結論為大多數學者所認可。

關於其卒年，至少也有三種記載，即 1945，1958，1959。管林、管華文章同樣根據查閱「華南師大檔案室存《幹部職務變動登記表》載：「康於 1958.8 退休，去重慶途中（湖北巴東港）病死。」證據可信，康白情解放後一直在廣東任教，1958 年春被打成右派，同年返鄉途中病故。第一種說法即 1945 年錯誤明顯，但卻影響很大，為許多書籍廣為採用。管林、管華曾列舉文鵬、姜凌主編《中國現代名詩三百詩》、唐金海、陳子善、張曉雲主編的《新文學里程

〔註 9〕《文史天地》，2006 年，第 9 期。
〔註 10〕《西南農業大學學報》（社會科學版），2006 年 6 月。
〔註 11〕《文史雜誌》，2008 年第 5 期。
〔註 12〕《華南師範大學學報》，2010 年第 1 期。
〔註 13〕《內江師範學院學報》，2001 年第 3 期。
〔註 14〕趙毅衡《對岸的誘惑——中西文化交流記》增編本，上海人民出版社，2007 年版，第 67 頁。
〔註 15〕《華南師範大學學報》，2010 年 1 期。
〔註 16〕上海辭書出版社，2007 年版，第 1687 頁。

碑（詩歌卷）》、李玉昆、李濱選評的《中國新詩百首賞析》等一類康白情詩作選本的作者簡介。實際遠不僅如此，浙江文藝出版社 1997 年出版的《中國新詩經典・草兒》是按最初版本原貌而重排，詩人小傳中亦謂康白情「1945 年去世」。該書前言自稱增加詩人小傳是根據讀者要求，「以便對詩集情況有更加深入的瞭解」，但卻出現了如此明顯訛誤。比其影響更大的可能還是 1985 年四川文藝出版社出版的《中國文學家辭典》相關辭條條目為：「康白情（1896～1945）」辭條內容中又說「抗日戰爭末逝世」，作為一部工具書尚且如此訛誤，恐怕許多未及考證的著述皆據此引用以訛傳訛也就不足為怪了。

管林先生為華南師大文學院教師，其考證依據為康白情檔案資料，可靠程度較高。這裡引用的《幹部職務變動登記表》不僅證明了其卒年問題，同時還附帶解決了一個晚年離開華南師大到底是「退職」還是「退休」的問題。因為許多文章都說到晚年戴上右派帽子後「退職返鄉」。〔註17〕趙毅衡《留學而斷送前程的康白情》一文中也說他「1958 年成為右派份子，退職返鄉」。〔註18〕管林先生對此似亦有所忽略，後文中又稱康白情「1953 年秋，任華南師範學院中文系教授直至退職離校。」但根據上述檔案表記載，「康於 1958.8 退休」，一字之差，性質和待遇殊異，「退職」者，一次性發放退職金即打發走人，與原單位關係完全脫離，生死無關，退休則另當別論。康白情去世 21 年後，華南師院中文系和校黨委各級組織還為其《被錯劃為右派分子的改正結論呈批表》作審查審批意見，改正錯劃右派，恢復政治名譽。而且康白情離校時已 63 歲，超過正常退休年齡，應無退職之理，似乎亦可證其當為「退休」。但無論如何，其離職返鄉出於無奈和被迫卻是無疑的。

另一個有意思的分歧是有關其別名「洪章」的內涵問題，原名梓綱，曾用名樹嘉、叔良。「白情」是後來改的字，以字行。1922 年在美國加州大學研究院讀書時，曾改名洪章。康白情在美國期間，開展政治活動及與朋友通信多喜用此名。1922 年葉伯和《伯和詩草》中就專門引了「康洪章致著者函」有關詩評。過去很多人解釋說這是其崇拜李鴻章，如張雲江《弄潮詩人康白情》謂：「康又勸說孟壽椿、康紀鴻等人聯合創立一個新黨，取名『新中國黨』，由康白情擔任黨魁，並用『康洪章』的名字展開活動。『洪章』者，『鴻章』

〔註17〕遠怡《康白情：一棵新鮮的「草兒」》，載《四川日報》，2002 年 12 月 27 日。
〔註18〕趙毅衡《對岸的誘惑——中西文化交流記》增編本，上海人民出版社，2007 年版，第 67 頁。

也，康白情顯然是在利用李鴻章在國際上的殘餘聲譽為自己作秀。」〔註19〕
管林先生其認為「其真實用意，是他於 1953 年 4 月 27 日在海南師專填的《履歷表》中所說的：『1922 年在美國加州大學研究院讀書，因學晚近社會改造學說搞不通，又受美帝種族歧視之刺激，一時有洪門土匪思想而改此名。其後兩名並用，至 1933 年棄土匪活動乃廢止不用。』」〔註20〕 這自然糾正了有關臆測。康白情到舊金山後不久，就展開政治活動，曾加入美國洪門重要組織「致公堂」，後來組建「新中國黨」的經費也多出自「致公堂」。若再索其淵源，早在兒時，就已經在四川操袍哥，參加幫會組織洪門哥老會並擔任「吉」字義安公社社長，由此可見其自述當是可信的。

第二節　康白情詩歌豐富的內容

　　康白情詩歌在當年取得極大影響，自然與他作為北京大學學生領袖的身份有關，這個身份是它能夠得到胡適等人的大力推薦和宣揚，但更主要的還是他自身的創作成績。他與同學傅斯年、羅家倫等發起成立了北大第一個學生社團「新潮社」，並創辦《新潮》雜誌，擔任幹事，據傅斯年《新潮之回顧與前瞻》在得到陳獨秀的支持，「最先和羅志希康白情兩位研究辦法，其後有十多位同學加入」〔註21〕，打出「反對舊文化，提倡新文化」的大旗，所發表作品全用白話寫作，而康白情主要以白話詩的形式相號召，與《新青年》遙相呼應，使其成為全國風起雲湧的學生刊物之首。1918 年 7 月 1 日，「少年中國學會」成立。作為中堅骨幹的他，應李大釗之約，還一起創辦《少年中國》月刊。李大釗擔任編輯部主任，康白情任副主任，使其成為新文化尤其是新詩運動的重要陣地之一。康白情在《少年中國》等刊物發表大量詩歌作品，產生了巨大的影響。

　　除了詩歌數量可觀之外，更重要的因素還是其本身引人注目的創造性成就，可以說是有點讓人耳目一新，顯示了新文學的新風貌，也給許多青年人以鼓舞和信心。有學者認為「康白情是蜀籍作家中最早投入五四新詩運動，

〔註19〕張雲江《弄潮詩人康白情》，載《文史天地》，2006 年第 9 期。
〔註20〕管林、管華《關於康白情生平及經歷研究的若干問題》，載《華南師範大學學報》，2010 年 1 期。
〔註21〕傅斯年《新潮之回顧與前瞻》，趙家璧主編《中國新文學大系・史料索引》，上海文藝出版社，影印本，2003 年，第 61 頁。

並在創作實踐、理論建構上堪與胡適等前輩比肩的青年詩人。」〔註22〕。如果從創作時間而言，還有葉伯和在此之前，但綜合理論實踐和影響等，此話卻是不無道理。具體來說，主要有以下幾方面突出特點。

第一自然是與當時提倡白話文學的領袖一樣，以新鮮的白話表現和反映新世紀的生活，尤其是下層貧民的生活。康白情最早響應白話詩創作的作品應該是作於1918年夏的《廬山紀遊三十七首》。尚為學生的康白情於暑假期間前往廬山，出手不凡，創造了一種新形式，融敘述、描寫、抒情、議論與一爐。詩歌將攀登廬山的全過程作了詳盡的展現。行程從外湖開始，歷經新壩、妙智鋪、蓮花洞、筋竹嶺而抵達藝術化的牯嶺，寄宿大觀樓，再登南山，於含鄱口遠眺鄱陽湖，路迷五老峰，月宮院，佇立團山澗賞三疊泉，借宿土橋街，再遊海會寺，白鹿洞，抵達南康城，接下來還有錢家湖、落星島，還有漢陽峰、雙劍峰、香爐峰，以及秀峰寺、黃岩寺、中禪寺、華嚴瀧難為瀑布等景觀，最後由馬回嶺返回九江，整個遊程歷歷在目。其中又穿插山上的風土人情和見聞感慨，包括拜訪友人，有關宗教哲學與藝術人生的討論等。除了每句排成層次不齊的詩行外，洋洋灑灑、達數百行，像散文，又像日記，內涵十分豐富。不同於一般純粹的遊記，僅有自然風物的描繪，而融入了社會生活的考察，如滿身淌汗的挑擔人，牯嶺上形形色色的小販，對對往來的遊客，基督教青年會消夏的學生，詫生客的山家姑娘與少婦，當過兵的住持和尚，帶髮修行的齋婆，土街飯鋪的老闆娘，當然，還有那位慕名拜訪並交談討論的耶穌信徒蔡蘇娟。或寥寥數語簡筆勾勒，給人以速寫般的印象；或濃墨重彩盡力鋪敘，展示其深刻的人生宗教哲學觀點。通過記遊，展示了雄奇秀美的河山，也間接反映了廣闊的時代生活和對社會各階層的普遍關注。

如下面這一段：

> 隔座一個挑擔子的，
>
> 蒲扇不住地扇著，
>
> 茶不住地喝著，
>
> 周身的汗不住地流著，
>
> ……
>
> 我就問他：
>
> 「朋友，好汗呵！

〔註22〕徐志福《康白情和他的白話詩》，載《文史雜誌》，2008年第5期。

幾顆汗換一個錢呢？」

他望著我笑了一笑，

卻不曾想出什麼話來答我。〔註23〕

　　注意身邊的點滴小事，簡單的白描中，勞動者的艱辛勤苦與質樸憨厚的特點躍然而出，表現出作者的深切同情。

　　在康白情的作品中，類似於此表現底層普通勞動者生活的作品佔有相當的數量，比如《雪後》《先生和聽差》，以及寫種完小麥走親戚的農家夫妻恩愛素描的《婦人》，反映隨著工業社會剛剛誕生不久上海女工群體生活片段的《女工之歌》，寫早春農人辛勤勞作的《車行郊外》等。詩歌不同於一般士大夫的閒情逸致，獨抒性靈，而是新青年關注社會底層的自然流露。在《棒子麵》詩中，詩人借物寄懷，表達對社會分配貧富不均現象的不滿，「擔犁的耕牛，不曾嘗了一顆粗米飯。」在《鴨綠江以東》中，他看到東北的朝鮮族農民與故鄉父老一樣的辛勞：「去年的稻椿還在田裏，／頂著甕兒底婦人正去井邊汲水，／裏躬著的莊稼漢兒正把鋤頭兒薅草。哎！我可愛的老百姓們，這幾年底收成好麼？／上了田租，剩下的怎麼樣了？」〔註24〕而在《和平的春裏》一詩裏，詩人寫道：

遍江北野色都綠了。

柳也綠了。

麥子也綠了。

水也綠了。

鴨尾巴也綠了。

窮人底餓眼兒也綠了。〔註25〕

　　詩歌巧妙地將文人慣喜吟詠的春天和春天的綠作了一個顛覆，鋪敘引申，滿目美麗自然的綠與窮人餓眼的綠構成極大的反差，讓人從浪漫回到青黃不接的現實悲慘世界，在充滿詩意的題目下卻傳達出深沉的現實批判精神。此詩作於1920年4月，可見作為五四積極參與者熱情未減，其傷時之心實為五四精神的延續和發揚。

〔註23〕《廬山紀遊三十七首》其二，康白情著《中國新詩經典‧草兒》，浙江文藝出版社，1997年版，第97頁。本文所錄康白情新詩皆據此本。

〔註24〕康白情著《中國新詩經典‧草兒》，浙江文藝出版社，1997年，第61頁。

〔註25〕康白情著《中國新詩經典‧草兒》，浙江文藝出版社，1997年版，第56頁。

　　更能夠引起民眾和讀者共鳴的是作者那些表現勇於承擔使命，憂國憂民的篇章。更集中地體現五四愛國民主科學時代精神與文化啟蒙特徵。這在他的經典型代表作《草兒》中得到藝術的寓示：讓我們再一同回味吧！

　　　　　　草兒在前，

　　　　　　鞭兒在後。

　　　　　　那喘吁吁的耕牛，

　　　　　　正擔著犁鳶，

　　　　　　鼓著白眼，

　　　　　　帶水拖泥，

　　　　　　在那裡「一冬二冬」地走著……

　　　　　　「呼——呼……」

　　　　　　「牛吔，你不要歎氣，

　　　　　　快犁快犁。

　　　　　　我把草兒給你。」

　　　　　　「呼——呼……」

　　　　　　「牛吔，快犁快犁。

　　　　　　你還要歎氣，

　　　　　　我把鞭兒抽你。」

　　　　　　牛呵！

　　　　　　人呵！

　　　　　　草兒在前，

　　　　　　鞭兒在後。〔註26〕

　　這一副司空見慣的故鄉山水田園圖畫，如今經過藝術的提煉，包含著十分豐富的內涵。白描地勾勒出一幅耕牛圖：耕田人用草兒哄著牛，以鞭兒催迫著牛，而牛卻艱難地一步一步地在水中走著，一幅充滿生活情趣的水墨畫，包含著對故鄉的眷戀和對人生處境的思考。在此詩逐漸成為經典化的過程中，不知有多少人對其進行過解讀。草兒，鞭兒，牛，農人幾種意象可以有多重角度的象徵意義，彼此構成多種複雜的關係。辛勤勞作的牛，像牛一樣勤奮的人，草兒是維持生命最基本的養料，也是最美好的理想，鞭兒是沉重的苦

_____

〔註26〕康白情著《中國新詩經典·草兒》，浙江文藝出版社，1997年版，第1頁。

痛，也是不能推卸的歷史責任。作者自身幾次修訂題目，從《牛》到《草兒》再到《草兒在前》，其寓意也在不斷深化，不僅有對社會不公的諷喻，更有對自身的激勵，需要不斷鞭策，勇於擔當，富有豐厚的人生哲理。

這種對國家民族、社會人生的思考在另一首《卅日踏青會》詩中表達的更加直截，詩中寫道：

> 我們算很樂了。牆外還有許多焦頭爛額的兄弟姊妹們呢！
>
> 我們刻刻不敢偷安，刻刻不敢忘疾苦。我們想借這點工夫，商量三個問題：我們的人生應該怎麼樣？我們的社會會要怎麼樣？處在這個社會裏，我們的道兒應該怎麼樣？〔註27〕

這是 1920 年春詩人路過上海參加青年踏青會時所作。與會者來自各界，不乏時代之精英，王光祈、張國燾、方維夏、張聞天、宗白華，王獨清等共七十一人，大家攀談交流，聆聽或發表講演。雖然後來人生道路各有不同，但此時皆為熱血青年。眾人聚集一起，探索改造國家和社會之路的熱情和迷茫。康白情的詩則反映了這種時代的呼聲和責任。

正由於這種使命和責任，二十三歲的康白情作為學生領袖在五四運動中衝鋒陷陣，不畏強暴。面對北洋政府的監獄，他寫下了著名的《慰孟壽椿》，給並肩作戰的同鄉好友孟壽椿送去了無限的精神慰藉和激勵：

> 哪一朵好花不受風折？
>
> 哪一年底好莊稼不經大雪？
>
> 哪一個好人不遇些盤根錯節？
>
> 我們不入獄，誰入獄？
>
> 壽椿，我揩乾眼淚笑了，
>
> 你也笑罷！
>
> 這正是你！
>
> 這正是你底人生價值！〔註28〕

孟壽椿為北大學生會幹部。1919 年 6 月與江紹原等 20 餘人因反對北洋政府委派胡仁源接替被迫辭職的蔡元培而被捕入獄。關押兩月後，他在開庭審訊時被當庭宣布無罪釋放。此時康白情與張國燾、許德珩等正作為北京學生代表在上海宣傳和組織聲援後動。康白情後來寫下這首以詩代信並言志的

〔註27〕康白情著《中國新詩經典・草兒》，浙江文藝出版社，1997 年版，第 49 頁。
〔註28〕康白情著《中國新詩經典・草兒》，浙江文藝出版社，1997 年版，第 22 頁。

短篇，充滿了勝利的豪情。《送許德珩楊樹浦》在回顧五四戰鬥歷程時同樣滿懷激情：

> 「打呀！罷呀！」
> 呼聲還在耳裏。
> 但事還沒做完
> 你又要去了。
> 但世界上哪裏不應該打？
> 哪裏不應該罷？
> 又何必一處？
> 暴徒是破壞的娘；
> 進化是破壞的兒。
> 要得生兒，
> 除非自己做娘去！
> 奮鬥喲！
> 努力，加工，永久！
> 「有征服，無妥協，」
> 我們不常說麼？
> 犧牲的精神；
> 創造的生命。
> 哦！你不要跟著；
> 你但領著；
> 他們終歸會順著！
> 奮鬥喲！
> 努力，加工，永久！〔註29〕
> ……

全詩洋溢著自信和鬥爭犧牲精神，正是當時學生領袖使命和心態的真實寫照。這類詩作與當時破壞舊秩序。創造新世界的狂熱革命風潮相契合。「真真正正是白話，是分行寫出的白話，」倡導暴力、破壞，呼喚進化和革命，難怪讓包括郭沫若在內的時代青年感到震驚，我們可以感受到郭沫若「一切政

〔註29〕康白情《中國新詩經典・草兒》，浙江文藝出版社，1997年，第38頁。

治革命的匪徒呀！／萬歲！萬歲！萬歲！」〔註30〕，「我崇拜炸彈，崇拜悲哀，崇拜破壞；／我崇拜偶像破壞者，崇拜我！」〔註31〕「啊啊！不斷的毀壞，不斷的創造，不斷的努力喲！／啊啊！力喲！力喲！」〔註32〕等詩句的相似的衝擊力，同樣都有著對激情澎湃的偏愛，破壞創造也就是鳳凰涅槃，是聞一多所稱時代精神的象徵。對當時的新思想文化啟蒙和新詩創作都起到積極的推動作用。

這種時代精神還體現在視野的宏大與開闊，不僅僅停留於身邊的事情，而是關注著整個世界，追求光明與正義，批判黑暗與罪惡。他的朋友遍布東洋、西洋、和南洋，於是，我們讀到他在送友人的詩中殷殷的希望：「但我覺得這世界還是黑沉沉的，慕韓，我願你多帶些光明回來。」〔註33〕讀到他對滿含深意的翹盼：「誰遮這落日？莫是崑崙山底雲麼？破喲！破喲！莫斯科的曉破了，莫要遮了我要看的莫斯科喲！（自注：日落，西歐破曉）」〔註34〕

詩人在筆下還對當時中國青年景慕的學習西方成功的典範日本大和民族發出忠告和反思，如《歸來大和魂》：「哦，大和魂，／只可惜你自己沒有柁兒，／你把道兒走錯了！／你為什麼可貴？／不失為人間而可貴麼？／人間不用神性，／不用獸行。」〔註35〕

此詩內涵十分複雜，對日本的美麗、先進以及英雄史蹟滿懷敬意，但對其強大而單純倡導效忠國家和君威，崇尚強權政治，背離仁義之道，深為不滿，也有警示之意。詩人在南滿鐵路上看到的景象，更是令人感慨。其《從連山關到祁家堡》寫道：「路旁幾家紅磚的新屋，／高高地撐著些彩畫過的魚幌子。／溝裏拉著兩個襤褸的小孩子，／一個望著路上幾個日本兵底佩刀，／一個望著屋簷下一個晾衣底日本婦人底一雙雪白的肥手。……牆下底草花真

〔註30〕郭沫若《匪徒頌》，《郭沫若全集文學編》（第一卷），人民文學出版社，1982年，第113頁。

〔註31〕郭沫若《我是個偶像破壞者》《郭沫若全集文學編》（第一卷），人民文學出版社，1982年，第99頁。

〔註32〕郭沫若《立在地球邊上放號》《郭沫若全集文學編》（第一卷），人民文學出版社，1982年，第72頁。

〔註33〕康白情《送曾琦往巴黎》，《中國新詩經典‧草兒》，浙江文藝出版社，1997年，第20頁。

〔註34〕《暮登泰山西望》，康白情《中國新詩經典‧草兒》，浙江文藝出版社，1997年，第23頁。

〔註35〕康白情《中國新詩經典‧草兒》，浙江文藝出版社，1997年，第74頁。

綠得自在，／卻不知道佩刀的要強做他們底主人了！」〔註36〕時局的發展印
證了詩人的擔憂並非多慮，也可見其無愧於詩人目光的敏銳。

還有對飽受欺凌，爭取國家獨立的弱小民族的同情和敬意：「我看著飽帶
四千年遺傳文明窈窕的歌女。聽他們淒清幽怨的歌聲，……見著韓國清俊的
國歌，只令得滿座都唏噓地掩泣。……上帝呵！這是你底人生麼？是你底藝
術邪？令我想起安南；想起印度，想起阿菲利加；想起已往六七百年底波蘭；
想起世界上所有供芻狗的民族以至於有色人種。」〔註37〕這類作品在今天讀
來依然讓人熱血膨脹，可以深刻地感受到作者當時是如何地激動和沸騰，會
產生如何感動的力量。

1920 年，康白情登上航船，與段錫朋、羅家倫、周炳琳、汪敬熙共五位
北大傑出青年一道越洋赴美留學，臨行之前，北大同學餞別於來今雨軒。康
白情為此作《別北京大學同學》詩，與「從去年五四運動以來我們總是曾共
過患難的」同學們作別，以「互勸道德，互砥學問，互助事業」〔註38〕相勖
勉，以「努力於來日」相約。在離祖國愈來愈遠的輪船上，詩人滿懷深情地呼
喚：

> 黃浦江呀！
>
> 你底水流得好急呀！
>
> 慢流一點兒不好麼？
>
> 我要回看我底少年中國呵！
>
> 我的少年中國呀！
>
> 願我五六年後回來，
>
> 你更成我理想的少年中國！
>
> 我底兄弟姊妹們呀！
>
> 願我五六年後回來，
>
> 你們更成我理想的中國少年！〔註39〕

這種壯志豪情貫穿在整個康白情的新詩集中。他當時的思想境界，一如

〔註36〕康白情《中國新詩經典‧草兒》，浙江文藝出版社，1997 年，第 59 頁。

〔註37〕《阿令配克戲院底悲劇》，康白情《中國新詩經典‧草兒》，浙江文藝出版社，
1997 年，第 43 頁。

〔註38〕《康白情《中國新詩經典‧草兒》，浙江文藝出版社，1997 年，第 92 頁。

〔註39〕康白情《別少年中國》，《中國新詩經典‧草兒》，浙江文藝出版社，1997 年
版，第 168 頁。

友人王德熙所鼓勵的那樣「蓄住滿腔熱血，／走到哪裏，／灑到哪裏；／／灑到哪裏，／紅到哪裏！」〔註40〕真正是一個激情澎湃的青春詩人。

除了傷時憂國的主旋律外，康白情的詩還表達多種積極的主題，對自然的熱愛，對美好生活的追求，對故鄉的深情，對友情的珍視。其內容涉及十分廣泛，宇宙萬物萬事皆可入文章，且大多充滿積極健康的情懷和勤奮務實精神，鼓舞人心，催人奮進，這是發揮影響的重要因素，也是到今天依然有其價值的原因。

第三節　康白情詩歌藝術創造之表現

作為最早一批產生影響的白話詩人，康白情在《草兒自序》裏稱自己是「自由吐出心裏的東西，我不是詩人。」這裡恰恰道出他最重要的詩歌藝術特徵，不受傳統束縛，縱情張揚自我，大膽解放詩體，自由抒寫生活。其具體表現為以下幾個方面。

第一、情感真摯，直抒胸臆。康白情曾於1920年初發表《新詩底我見》專論。認為「詩是主情的文學」，如果沒有真情，就沒有感人的詩。詩情從何處來？「第一是在自然中活動。作詩要靠感性；感性就是詩人底心靈和自然底神秘互相接觸時，感應而成的。」「第二是社會中活動。感情裏最重要的元素……是對於人的同情」。〔註41〕

因此，其詩富有濃鬱的抒情色彩。無論是對國家民族、還是普通百姓，送別，家常，郊遊、風光，其詩歌感情或熾熱，或恬淡，皆自然流露，毫不做作。如其送別一同並肩共患難的學友許德珩：

> 送你一回，／送你一回，／又送你一回。／前門外細膩的月色，
> ／水榭你明媚的波光，／怎敵得楊樹浦這麼悲壯的風雨。〔註42〕

抒情色彩是如此的濃鬱，又是如此的真切，可謂愁腸百結，令人慨歎。

不僅有抒情色彩，還要求有美感，要求風格的高雅。康白情《新詩的我

〔註40〕康白情《答別王德熙》，《中國新詩經典‧草兒》，浙江文藝出版社，1997年版，第165頁。

〔註41〕康白情《新詩的我見》，原載《少年中國》，1920年第2期，此據趙家璧主編《中國新文學大系‧建設理論集》，上海文藝出版社，2003年，第330頁。

〔註42〕康白情《送許德珩楊樹浦》，《中國新詩經典‧草兒》，浙江文藝出版社，1997年，第38頁。

見》對此也有過論述。「怎麼樣才是高雅？這是很難說的，而且也非純靠藝術所能達到的。我在這裡，只好要求新詩人自己努力於人格底完成罷了。」〔註43〕這裡有著古人所謂人格修養的傳統。

下面這首《送客黃埔》中的一段大概可以算得上情真意境亦美者：

> 四圍底人籟都寂了，只有她纏綿的孤月、盡照著那碧澄澄的風波、碰著船篷裏繃罾的響，我知道人底素心，水的素心，月底素心──一樣。我願水松客行，月伴我們歸去。〔註44〕

雖然有時流於粗疏，但蘊於其中的情感是真實的，感時花濺淚，恨別鳥驚心，憂國傷懷的重大題材是如此。旅途中隨意的攀談實際上流露其對小人物命運的由衷關注之情，同樣難能可貴，令人感懷。讀著「這麼一個血腥的世界呵！我相信只有美和愛洗得掉這個血腥。」〔註45〕你不得不表示認同。而下面《答五妹玉璋》中的詩句更是火辣滾燙：「春哥兒，我底麼妹兒！……我很恨我不能教你的書！／那幾年我愛抱著你親嘴。／六年後我回來還要抱著你親嘴呢。」〔註46〕這樣的句子只有在倡導反封建的「五四」氛圍下才能出現。它是那樣的大膽，又是那樣的自然，情感真摯而又純潔無邪。讀之感受到兄妹親情，靈魂淨化。

比起胡適提倡新詩而勉強造作，康白情更富於激情和真誠的作品，產生強烈的感染力也就十分自然了。

第二、形式自由，語言通俗。

康白情的詩被稱作解放得最徹底，因為它毫無羈絆，不僅語言是白話口語，而且幾乎不講韻律。在《別北京大學同學》序中，詩人這樣敘述該詩的創作過程：說這是在離開同學們之後，「車上追念往日的壯劇，中夜不能睡覺，出車憑鐵欄頻北望，慷慨悲歌。而殘月一彎，更使我添無限的別意。於是追譯來今雨軒底席上演說使成行子，以瀉憂思」〔註47〕

由此可見其創作過程之一斑，康白情的大多數詩作都是這樣寫出的。情之所至，不能自己，便把想要說或已經說過的話用分行的形式寫出，基本不

〔註43〕趙家璧主編《中國新文學大系・建設理論集》，上海文藝出版社，第330頁。

〔註44〕康白情《中國新詩經典・草兒》，浙江文藝出版社，1997年，第12頁。

〔註45〕康白情《送瞿蘊玉夫人和她的果得兒往北京》，《中國新詩經典・草兒》，浙江文藝出版社，1997年，第156頁。

〔註46〕康白情《中國新詩經典・草兒》，浙江文藝出版社，1997年，第159頁。

〔註47〕康白情《中國新詩經典・草兒》，浙江文藝出版社，1997年，第92頁。

管他押不押韻，只要它表達了此時的感情就行。這也代表白話詩最初探索時期的普遍現象。詩行長短不拘，可以是敘述、描摹，也可以是議論或抒情，還可以是對話，甚至大段的引用。《別北京大學同學》通篇再現離席上的演講，《作別王德熙》則反覆引用王德熙贈詩中的段落。其詩全為口語式的白話，朋友間的激勵，思想的碰撞和論爭，普通百姓的對答，小女孩天真無邪的稚語，不加雕鑿，活脫脫地端出，而人物個性和神態之剪影亦得以側面烘托。

　　郭沫若在《我的作詩的經過》一文中，說他第一次讀到的白話詩是康白情的詩，稱他為「真真正正是白話，是分行寫出的白話。」曾經為之委實吃了一驚，甚至懷疑「那樣就是白話詩嗎？」郭沫若同時還記得康白情這首詩的題目叫「《送許德珩赴歐洲》，是民八（1920）的九月在《時事新報》的《學燈》欄上看見的。」〔註48〕同時，郭沫若同時還舉出其中有「我們喊了出來，我們做得出去」那樣的辭句。雖然，郭沫若在此將題目與詞句混淆記錯了，在此所引的兩句並非出自送許德珩的詩，〔註49〕而是康白情的另一首送別友人的詩，題為《送曾琦赴巴黎》，〔註50〕但也正說明其白話詞句類似的風格。事實上，《送許德珩楊樹浦》也確實有和郭沫若所引詩句極為相近的句子：「打呀！／罷呀／呼聲還在耳裏。／但事還沒做完，／你又要去了。」可以說真正是大白話。

　　不僅如此，康白情詩中的大白話，還夾雜許多巴蜀地區特有的鄉音方言，這也是讓郭沫若感到親切受到鼓舞的一個原因吧！如下面的詩句：

　　　　我有孕娠，他們白把我幾塊錢讓我休息〔註51〕

　　　　肩的肩鋤頭；／背的背背篼；／提的提簍簍——／一夥兒上坡

　　去。〔註52〕

〔註48〕郭沫若《我的做詩的經過》，彭放編《郭沫若談創作》，黑龍江人民出版社，1982年，第36頁。

〔註49〕實際上送許德珩的題目也不是郭沫若所記《送許德珩赴歐洲》，而是《送許德珩楊樹浦》，當時郭沫若文中也有自注：「題名大意如此」。郭沫若《我的作詩的經過》，彭放編《郭沫若談創作》，黑龍江人民出版社，1982年，第36～37頁。

〔註50〕此為《草兒》集中所收之題名，該詩最初在《少年中國》1920年9期上發表時題為《送慕韓赴巴黎》，曾琦字慕韓。

〔註51〕康白情《女工之歌》，《中國新詩經典·草兒》，浙江文藝出版社，1997年，15頁。

〔註52〕康白情《朝氣》，《中國新詩經典·草兒》，浙江文藝出版社，1997年，第34頁。

難叫了，／老哇也離枝了，……鏡子裏隱著一個作難的我。

〔註 53〕

這裡是一條半場補償的款拱橋，／有紅的欄杆，／有綠霞霞的

水。〔註 54〕

這裡的「白」「背篼」「篡篡」「老哇」（烏鴉）「作難」「綠霞霞的」等詞語都是四川鄉下常用的語言，讓人倍感樸實而親切。

最典型的還有《車行郊外》中一段：

幾處做莊稼的男女／踞的踞著；／走的走著；／挖的挖著；／

鏟的鏟著——／正散著在那裡辦他們底草地。……嗚——嗚，一溜

我們就過去了。／他們伸了伸腰，都眼睜睜地把我們釘著。〔註 55〕

詩集中特別對此有注釋：「踞，音姑；不著地而作坐形。釘，音定。四川方言：凝視叫做釘；有看作出神底意思。」〔註 56〕

這種讀音在川東的安嶽和川西南的樂山都較接近。有人曾經研究過郭沫若《女神》與樂山方言的關係，並認為他「以為康白情夾雜四川方言的白話詩是所謂新詩潮流，便大膽進行這種『語體詩的嘗試』，並投寄出去開始了闖蕩文壇的生涯。」〔註 57〕，這是有一定道理的。上面這段詩中的四川方言讀音在川東的安嶽和川西南的樂山都較接近，郭沫若或許也應該是讀到過的吧！

第三、構思平實而不乏變化。

康白情才情橫溢，有較好的文學功底，因而不加雕飾而依然文采粲然，富有美感。

這其中不乏多種藝術手法的使用，比較常見的如比喻、擬人以及排比。

比喻、象徵的代表自然是其《草兒》，其中的牛、草、鞭兒等都有多重寓意，耐人尋味。

而排比也是一種常見的方法，如《廬山紀遊三十七首》中寫牯嶺的一段：

〔註 53〕康白情《天亮了》，《中國新詩經典·草兒》，浙江文藝出版社，1997 年，第 85 頁。

〔註 54〕康白情《日光記遊十一首》其三，《中國新詩經典·草兒》，浙江文藝出版社，1997 年，第 65 頁。

〔註 55〕康白情《中國新詩經典·草兒》，浙江文藝出版社，1997 年，第 7 頁。

〔註 56〕康白情《中國新詩經典·草兒》，浙江文藝出版社，1997 年，第 7 頁。

〔註 57〕顏同林《樂山方言與〈女神〉》，四川郭沫若研究中心、四川郭沫若研究學會、中國郭沫若研究會編《當代視野下的郭沫若研究》，巴蜀書社 2008 年，第 337 頁。

賣蘋果的，賣沙發的，／買領帶的，賣牛津大學底書的，／九
江和南昌還不容易找的，這裡倒有了。

拖下馱的，／對對往來的，／長裙短袖燙捲了頭髮的，／九江
和南昌還不容易見的，這裡倒多著了。

徽調底歌聲，／三味線底歌聲，／蘇格蘭底歌聲，／春之花底
歌聲，／讚美上帝底歌聲，／九江和南昌還不容易聽的，這裡倒處
處都是了。／

好一個歐化的牯嶺呵！〔註58〕

歐化的牯嶺之特點由此展現無疑，同時還起到了無韻之韻的效果。類似的
排比如《再見》中的句子：「越老越紅的紅葉……便豈里可羅的落下來了——
落了滿地。」〔註59〕一連用了四次，同樣起到了渲染的作用。有時還善於將
各種手法綜合運用，如《盧山紀遊三十七首中》寫鄱陽湖的多姿多彩；

昨天的雲鬢蓬鬆；／今天的滿頭珠翠。／昨天的眉目含愁；／
今天的毫髮可數。／昨天的離魂倩女，今天的新嫁娘。〔註60〕

比喻、擬人和排比對比於一身，展現出千姿百態，分外迷人。

另一個方面，有的詩常以非常新穎的構思或警句取勝。如《和平的春裏》
中「遍江北野色都綠了。……窮人底餓眼兒也綠了。」一句即極富創意，令人
回味。再如《送王光祈、魏嗣鑾往德意志，陳寶鍔往法蘭西》：「我們就別了，
好在還在一個天地裏。／我們握手過就別了，卻把愛度在手裏了。／我們的
手撒了，只要愛還存留著。」〔註61〕

此外，康白情雖然做的是純粹的白話詩，但本人又有著深厚的古典詩歌
的修養，並且還常常有舊體詩的創作。其《草兒集》之附錄一即為舊體詩，後
來所編《河上集》則全為舊體詩集。因而在新詩創作中亦有所體現，不時還
恰如其分地加以引用，使詩之內涵得以增加，這在《別少年中國》中可謂突出：

先寫此前從日本歸國，看到祖國的山川，作者禁不住萬分激動，古老中

〔註58〕康白情《盧山記遊三十七首》其四，《中國新詩經典‧草兒》，浙江文藝出版
社，1997年，第95頁。
〔註59〕康白情《中國新詩經典‧草兒》，浙江文藝出版社，1997年，第28頁。
〔註60〕康白情《盧山記遊三十七首》十一，《中國新詩經典‧草兒》，浙江文藝出版
社，1997年，第112頁。
〔註61〕康白情《中國新詩經典‧草兒》，浙江文藝出版社，1997年，第54頁。

國的經典名句紛至沓來：「從海上回望三島，／我只看見黑的，青的，翠的，我很捨不得她，／我連聲唄出幾句：『山川相繆，郁乎蒼蒼。』直等我西盡黃海，平覽到我的少年中國，我才看見碧綠和軟紅相間的，我底脈管裏充滿了狂跳，我又不禁唄出幾句／『江南草長，群鶯亂飛。』」〔註62〕

此次遠別，船離黃浦，山川依舊，紅綠相間，作者卻是另一番感受：

> 今天我回望我底少年中國，／她還是碧綠和軟紅相間的，／只眉宇間橫滿了一股秋氣，／──「嫋嫋兮秋風，／洞庭波兮木葉下。」
> ──你黃浦江裏含得有汨羅江底血滴麼？……我更怎麼能禁唄出幾句／「對此茫茫，／百感交集！」〔註63〕

分別用了蘇軾《赤壁賦》、丘遲《與陳伯之書》、楚辭《九歌‧湘夫人》、劉義慶《世說新語》等名句，形象而真切地表達其感受。色彩斑斕，情景交融，對少年中國的眷戀深情渲染得淋漓盡致。也難怪朱自清先生極口讚揚道：「康白情氏以寫景勝，梁實秋氏稱為『設色的妙手』，……《鴨綠江以東》《別少年中國》悲歌慷慨，令人興奮。」〔註64〕

有的詩則直接引用古代散文，如下面這一段：

> 我想曾點畢竟算狂得愛人，他獨志在「浴乎沂，風乎舞雩，詠而歸」〔註65〕

引用《論語》孔子弟子曾參的意願並予以評點，可謂直截了當，而更有甚者，如下面的詩整首整段全為引用之詩文組成：

> 有《孺子歌》曰：「滄浪之水清兮，可以濯我纓；／滄浪之水濁兮，可以濯我足！」纓和足都是我們要濯的。〔註66〕

> 石門晨門曰說：「是知其不可而為之與？」孔丘說：「其為人也發憤忘食，樂而忘憂，不知老之將至云爾。」〔註67〕

〔註62〕康白情《中國新詩經典‧草兒》，浙江文藝出版社，1997年，第168頁。
〔註63〕康白情《中國新詩經典‧草兒》，浙江文藝出版社，1997年，第168頁。
〔註64〕朱自清《現代詩歌導論》，趙家璧主編《中國新文學大系導論集》，上海文藝出版社，2003年，第351頁。
〔註65〕康白情《廬山記遊三十七首》二十九，《中國新詩經典‧草兒》，浙江文藝出版社，1997年，第132頁。
〔註66〕康白情《律己九銘》之七，《中國新詩經典‧草兒》，浙江文藝出版社，1997年，第145頁。
〔註67〕康白情《律己九銘》之九，《中國新詩經典‧草兒》，浙江文藝出版社，1997年，第145頁。

有時引用為自己的作品，如《鴨綠江以東》：

> 鴨綠江以東不是殷家的舊土了，……呀，我最愛你杜鵑花，愛
> 你底紅，愛你底紅好像是血染成的！呀哈！「濺我黃兒千斗血，染
> 紅世界自由花！」——朱家郭解底俠風哪裏去了？〔註68〕

引以作者的舊體詩《弔黃興蔡鍔二將軍》句表達其對故土的眷戀和抗爭
的決心，而「草兒在前，鞭兒在後」的名句更是被其數次雜用於多首詩裏。由
此可見其對這種手法的嫺熟，而給人留下深刻的印象。

在《草兒·自序》中，康白情稱「《草兒》是去前年間新文化運動裏隨著
群眾的呼聲，是時代的產物。」〔註69〕他對新詩有著自己獨特的理解，要求
不僅要打破傳統羈絆，更強調「新詩的精神端在創造。」「宇宙間底事事物物，
無一樣不是我們的詩料。」「以熱烈的感情浸潤宇宙間底事事物物而令其理想
化，再把這些心象具體化了而譜之於只有心能領受底音樂，正是新詩底本色。」
〔註70〕這可以說是他對當時新詩運動及自己創作過程的體驗和總結，而他的
新詩也是按照這種理念的探索和實踐。雖然，有時未能完全達到其理想化的
要求，諸如質樸有餘，而含蓄不足等。但無論如何，康白情的詩及其影響是
巨大的，對於新文化運動尤其是新詩的普及起到極為重要的推動作用。其代
表時代意義的作品具有其客觀的美的價值，標誌著新詩發展到了一個新的高
度。在現代文學發展史自應有其地位，而其勇於創造的精神亦將永遠不會過
時。

〔註68〕康白情《中國新詩經典·草兒》，浙江文藝出版社，1997年，第61頁。
〔註69〕康白情著《草兒·自序》，《中國新詩經典·草兒》，浙江文藝出版社，1997年，
　　　　第8頁。
〔註70〕康白情《新詩底我見》，趙家璧主編《中國新文學大系·建設理論集》，上海
　　　　文藝出版社，影印本，2003年，第324、325頁

第三章　吳芳吉與中國現代新詩的發生

　　1896 年，吳芳吉出生在重慶江津，1932 年逝世。吳芳吉字碧柳，自號白屋吳生，世稱白屋詩人。吳芳吉自學成才，學貫中西，對於新詩的發生有自己獨到的見解。其才華燦爛奪目，與蘇曼珠的俊逸才華前後輝映，為二十世紀二十年代中國著名詩人。吳芳吉能見人之所未見，發人之所未言。他鮮明的個性特徵使得他不隨波逐流，堅持客觀公正的詩論。中國新詩的發生，存在諸多的弊端，吳芳吉在當時便已明見並指出。如果中國現代新詩的發生，能沿著吳芳吉的詩論發展，或許會提前成熟幾十年。

　　遺憾的是，寒梅傲雪的吳芳吉，在新詩壇上只是一枝獨放。其詩論沒能如春風一樣帶來百花盛開。至今，吳芳吉這個名字在權威文學史上幾乎是一片空白。只有在區域文學史著作中，例如，周曉初主編的《重慶二十世紀文學史》與譚興國的巴蜀文學史稿《蜀中文章冠天下》，吳芳吉的名字才閃現。大學講堂上也沒有吳芳吉名字的出現。學術界對吳芳吉的漠視與吳芳吉在當時社會的影響力形成一種反差。

　　原中華詩詞學會副會長、四川省作協主席馬識途紀念吳芳吉時曾經寫過這樣一首詩：「芳吉老詩人，令名少小聞。白屋遺卷在，天下浥清芬」。〔註1〕當年柳永的創作，是凡有飲水處便有柳永詞被傳唱。吳芳吉詩歌在當時的影響與之類似。他每到一處地方教書，必定將自己的詩歌影響帶到那裡。以至於現在，一些八十多歲的老嫗還能背誦吳芳吉的出名作《婉容詞》。梁啟超給

〔註 1〕成都市文學藝術界聯合會、成都吳芳吉研究會編《吳芳吉研究》，成都中國文聯出版社，2010 年，第 30 頁。

吳宓信中認為吳芳吉詩歌是純正的詩歌，以後定能為詩壇開闢一片天地。他因為羨其才，遂想通過吳宓結交吳芳吉，「《壯歲詩》瑕不掩瑜。《哭柳潛》三首純乎其純。將來必為詩壇闢世界，請得介紹而友之也。」〔註2〕與之同為巴蜀詩歌領軍人物的郭沫若曾有《送吳碧柳赴長沙》詩云：「洞庭古勝地，屈子詩中王。遺響久已絕，滔滔天下狂，願君此遠舉，努力軼前驤。蒼生莫辜負，也莫負衡湘。」〔註3〕希望其超越前賢。毛澤東評價吳芳吉是「芳吉知春，芝蘭其香。」〔註4〕喻其為現代文學早春的芝蘭，香滿詩壇。臺灣吳相湘著的《民國人物列傳》專門為吳芳吉設立一章，並稱其為開國詩人，這裡的「國」是指中華民國。〔註5〕吳芳吉在當時的影響絕不是今天這樣默默無聞。當吳芳吉逝世的消息傳開，南京國立中央大學柳貽徵教授聞耗，立即做長詩一首《哀吳碧柳詩》以表哀悼。〔註6〕吳芳吉在四川的影響之大，以至於「現代詩人吳芳吉逝世後，一九三三年五月二十九日，成都文學、藝術、教育界五百餘人，曾在當時四川大學至公堂舉行追悼會。」〔註7〕

　　吳芳吉身前身後的際遇是歷史的必然，還是歷史偶而犯下的一個錯誤？

　　目前，學術界漸漸重視吳芳吉詩歌創作研究。20世紀80年代以來，有關研究逐漸增多。四川、重慶、以及四川大學等還聯合舉辦了紀念吳芳吉百年誕辰學術研討會，對吳芳吉詩歌的特點和價值等進行探討。成都成立了吳芳吉研究協會，並在2001年創刊出版會刊《白屋詩風》，一直延續至今。重慶江津於2009年也成立了吳芳吉研究學會，並在同年12月創刊會刊《芳吉春》。研究巴蜀文化的學者開始注意吳芳吉，如鄧經武、張建峰等。但作為一名優秀的詩人，吳芳吉價值被埋沒得太久。筆者在此基礎上，進一步探索吳芳吉與中國現代新詩發生之間的關係，進而定位其在文學史上的意義。筆者從三個部分進行探索，首先簡要概述吳芳吉其人其事，其次論述他詩歌思想內容，

〔註2〕摘自梁啟超與吳宓函，成都市文學藝術界聯合會、成都吳芳吉研究會編《吳芳吉研究》，第23頁。

〔註3〕賀遠明、吳漢驤、李坤棟選編《吳芳吉集》，巴蜀書社，1994年，第1398頁。

〔註4〕文強《青年追憶》，引自成都市文學藝術界聯合會、成都吳芳吉研究會編《吳芳吉研究》，成都中國文聯出版社，2010年，第23頁。

〔註5〕參見吳相湘《民國人物列傳》上，中國大百科全書出版社，2009年，第82～112頁。

〔註6〕參見吳相湘《民國人物列傳》上，中國大百科全書出版社，2009年，第110～111頁。

〔註7〕《李劼人選集》第五卷，四川文藝出版社，1986年，第39頁。

然後對其詩歌特點予以評述，並闡釋吳芳吉理論主張及在文學史上的地位和意義。

第一節　寒梅傲雪的人生

　　吳芳吉 8 歲時隨父由重慶市遷回江津老家，進入聚奎小學。他 13 歲時寫出著名論文《讀外交失敗史書》，被譽為神童。1910 年，他考入清華留美預科學校。1912 年，他因聲援、抗議被美籍教師無理辱罵的同學何魯，被迫離開清華。吳芳吉一生主要以教書為職業，先後任教嘉州中學、上海中國公學、湖南長沙明德中學、西北大學、東北大學、四川大學、重慶大學等。期間，他還曾在上海任右文社校對，上海《新群》雜誌任編輯。1927 年受聘為成都大學中文系教授兼系主任，四川大學教授等。他於 1929 年參與創辦重慶大學，1931 年受聘為江津中學校長。「九·一八事變」後，他創作抗日詩《巴人歌》，並在重慶等地朗誦演講。他每次演講時，無不慷慨激昂、聲淚俱下。1932 年 5 月，他在朗誦《巴人歌》時暈倒在講臺上，後醫治無效而與世長辭，年僅 36 歲。

　　吳芳吉性格堅毅，具有一股傲氣，不為世俗榮華折腰。他頗有李白「安能摧眉折腰事權貴，使我不得開心顏」的桀驁不馴。

　　吳芳吉，這位天才型的才子，具有無畏的勇氣。他 7 歲時，父親含冤被關進大牢，家道中落。在十歲的小小年紀，他以自己的才智和堅強的決心，使父親含冤昭雪，得以家人團聚。聰慧過人的他，十三歲時寫出出名震鄉里的《讀外交失敗史書後》。文章先從國際形勢談起，談到印度、埃及、高麗、越南、波蘭等國家國勢衰弱的原因，進而指出中國近代倍受凌辱的歷史根源。其文真知卓見，分析條理清楚。吳芳吉因為這篇文章被譽為神童。這些彗性的表現，使他得到社會的認同，進而被推舉為四川代表考取清華大學留美預備班。吳芳吉不負眾望考取功名。這使得他受到家鄉父老萬分的崇敬。這次考取清華留美預備學校，改變了吳芳吉一生的生活軌跡。但是，他並沒有因為美好的前途而放棄自己的做人原則。因為美籍教師侮辱四川學生何魯，吳芳吉為之鳴不平。在學生與校方抗衡的狀況之下，當吳宓等學生紛紛向校方低頭時，唯有吳芳吉一人堅持無錯絕不低頭的信念，主動離開清華。此次事件是吳芳吉人生的一個轉折點，他的人生由此發生質的改變。如果他為了個

人的利益，向校方低頭，或許，他以後將是一名學院派詩人，即使不名垂千秋，也會功成名就，不至於過著顛沛流離的困頓生活。但是，他選擇主動離開清華。這讓吳芳吉折斷了飛翔的翅膀，難以抵達太平洋彼岸，失去了直接接觸歐美風雨的留學機會。人生的道路上，這是吳芳吉傲雪寒梅性格的一次突出體現。

「安得廣廈千萬間，大庇天下寒士俱歡顏，風雨不動安如山！」杜甫在自己身無居所的情況之下，首先想到的是天下寒士而非個人的榮辱富貴。吳芳吉和杜甫一樣，具有高尚的人格、博愛的胸懷。離開清華的吳芳吉，回家的方式是沿途打工或乞食，衣不遮體，食不飽腹，正如其詩歌《海上行》中描繪的一樣，「棉衣破兮夾衣裂，寒氣入闈橫砭骨。／手如冰兮足如鐵，蒙頭伏枕夢不發。」〔註8〕他因為貧窮遭受世人的白眼和歧視，甚至狗都仗勢欺人侮辱吳芳吉。「主人見吾窶，藏其箕與帚。箕帚值百錢，防我暗伸手。鄰犬見吾吠，張牙嫌我穢。」〔註9〕在這樣艱辛的條件下，他看見沒錢沒食的人時，依然會毫不猶豫地傾囊相助。雖然他一貧如洗，囊裏是他全部的家當。吳芳吉回到重慶江津老家，不僅物質生活貧乏，而且受到眾人的唾棄。儘管如此，他依然堅持學習。在他鍥而不捨的堅持下，其知識面貫穿古今中外。吳芳吉先後在多所學校任教。他憑藉淵博的學識贏得學生尊重，以滿溢的才情獲得學生喜愛。吳芳吉在教學上的成功，以及在詩歌創作上取得的成就，被當時社會公認。好友吳宓盛情邀請他到清華大學任教，這在教育界是一種無比的榮幸。清華、北大是中國第一流的高校，在這樣的學校任教不僅具有較高的社會地位，而且收入頗豐。在清華大學做學生或者老師是多少人的嚮往，但吳芳吉卻舉重若輕，淡然拒絕。但是，物質條件窘迫的吳芳吉拒絕再次進入清華大學的這次機會。他認為一所高校如果不堅持正義，這樣的高校就不值得為之服務。好友吳宓又推薦吳芳吉到當時較有名氣的東南大學。如果吳芳吉離開當時所在的樹德中學，到東南大學任教，他的收入將提高十倍。但是為了踐行諾言，吳芳吉依然放棄了。從這些可以看出，世俗榮華在他眼裏如過眼煙雲。一諾千金、重情重義，這些傳統的優秀品德在吳芳吉身上熠熠閃耀。

〔註8〕吳芳吉《海上行》，吳芳吉著，賀遠明、吳漢驤、李坤棟選編《吳芳吉集》，巴蜀書社，1994年，第19頁。

〔註9〕吳芳吉《海上行》，吳芳吉著，賀遠明、吳漢驤、李坤棟選編《吳芳吉集》，巴蜀書社，1994年，第19頁。

吳芳吉不是一位關在書齋裏的白面書生。他與現實生活相交相融，將生活體驗排列為一行行的詩篇。吳芳吉的一生，充滿坎坷。但是他不屈的精神賦予他寒梅傲雪的風骨。即使在一天只能吃幾口粥的艱難情況之下，也不會失去操守。正因如此，所以他能綻放自己獨有的光芒。范仲淹說過：「居廟堂之高則憂其民，處江湖之遠則憂其君」。吳芳吉身為寒士，距廟堂之遠，仍心憂天下。他個人處境不順，但是愛國憂民，寫下許多關注社會現實的優秀詩歌。雖然他沒有征戰沙場，但是其愛國愛民的精神絕不輸於任何一位馳騁沙場的將士。吳芳吉這種愛國情懷，與屈原、杜甫、丘逢甲等傳統文人的精神一脈相承。

第二節　吳芳吉詩歌創作概況及主要內容

上帝是公平的，當他折斷吳芳吉飛翔的翅膀時，又贈予吳芳吉腳踏土地的堅實腳步，讓其俯首面向大地。苦難生活的直接感觸，讓吳芳吉擁抱現實，生活回贈吳芳吉無數優秀的詩歌。這是書齋生活所無法給予的珍貴回報。吳芳吉離開清華大學，這讓他在很長一段時間內遠離學術界、文化界中心，成為邊緣人。但這種不幸恰是詩家的幸運。真正的詩歌創作，是生活的給予，不是某種理論幫派的闡釋。吳芳吉學貫中西的淵博學識與深厚的現實生活體驗，是他詩歌創作得以飛翔的雙翅。「梅花香自苦寒來」，以這句詩來形容讚美吳芳吉的詩歌創作最恰當不過。吳芳吉不僅個人生活歷經坎坷，而且在詩歌這條道路上也是一位孤獨的行者，猶如一枝獨放的寒梅。

一、吳芳吉詩歌作品概況

吳芳吉生前曾自編《白屋吳生詩稿》，1929 年出版。1934 年其友人周光午編訂有《吳白屋先生遺書》《白屋書牘》等多種遺著。同年，任中敏編有《白屋嘉言》。1982 年四川人民出版社巴蜀書社分別出版《白屋詩選》《吳芳吉集》。臺灣也有吳芳吉詩文集《吳白屋先生遺書》出版。〔註10〕

在各類文集中，以巴蜀書社《吳芳吉集》收錄作品最為齊全。共收錄詩歌 222 題，其中許多標明為一題多首，如《幾水歌》（五首）、《賦丈人》（八首）、《渝州歌》（二十五首）、《赴成都》（二十四首）等，（另有《弱歲詩》十二首等，因其每首有小題，已計於總數中），更多則未標明而實際為一題多首，

〔註10〕參見吳相湘《民國人物列傳》上，第 111 頁。

此外還有譯詩十餘首有（彭士詩十首、赫里克詩五首）。因此實際上其詩歌數量達 600 首左右。

　　據吳芳吉孫女吳泰瑛的記敘，吳芳吉在 1906 年十歲從重慶回到江津黑石山聚奎小學讀書。期間，他曾給好友鄧少琴扇面題下「袁家溪畔一漁翁，得魚數尾化為鵬」，謂「這是吳芳吉最早的詩句」。〔註11〕其後，他便陸續寫詩作文。在清華讀書期間，他還曾將詩文拿出與吳宓等切磋。可惜現在已經不能明確判定其具體篇名及創作時間。《吳芳吉集》所收第一篇為《吳碧柳歌》組詩三首，然後有 1913 年任教嘉定中學時所作《登峨嵋九十九道拐嘲鶴琴》。從現存詩作中可看出自 1915 年起為他開始大量創作，此時尚不滿二十歲。寫實組詩名篇《弱歲詩》十二首也創作於此時。其絕筆之作《巴人歌》創作於 1932 年。創作生涯共二十年左右。其數量是較為可觀的。

　　吳芳吉詩歌價值和意義主要是通過其作品本身而決定的。

二、吳芳吉詩歌基本內容

　　吳芳吉詩歌創作立足於對國家民族的責任和對百姓的關心。詩歌關注現實，內容充實，言之有物。十三歲所作的《讀外交失敗史書後》實際上就是他志向胸襟的反映。他在《論詩答湘潭女兒》中，曾分別提出屈原、陶淵明、杜甫、丘逢甲四位詩人作為中國詩史之代表，不僅僅是因其作品，更因其人格力量。所謂「至某所資取於四子者，不僅其文，尤在其人。若陶之超塵拔俗而無厭世之心，杜之窮迫饑驅而無絕望之語，屈則忠愛之忱不諒於世，而至死不去其國，丘則處積弱之勢衰弊之秋，而能發揚民族精神、祖國文化，以與時代俱進，此皆某所馨香禱祝，以為創造民國新詩最不可少之資也。」〔註12〕身體力行，追步先賢。自謂「幼讀少陵詩，深識少陵志。一生愛此翁，發願為翁寄。」〔註13〕從洛陽到長安，從成都草堂到夔州，「老杜所遊諸地，今追步殆遍矣。」〔註14〕其詩歌內容廣泛，博大精深，而以屈

〔註11〕吳泰瑛《白屋詩人吳芳吉》，巴蜀書社，2006 年，第 11 頁。

〔註12〕吳芳吉《論詩答湘潭女兒》自注，吳芳吉著，賀遠明、吳漢驤、李坤棟選編《吳芳吉集》，巴蜀書社，1994 年，第 178 頁。

〔註13〕吳芳吉著，賀遠明、吳漢驤、李坤棟選編《吳芳吉集》，巴蜀書社，1994 年，第 291 頁。

〔註14〕吳芳吉著，賀遠明、吳漢驤、李坤棟選編《吳芳吉集》，巴蜀書社，1994 年，第 291 頁。

原、杜甫愛國主義精神為其基調。「三日不書民疾苦，文章辜負蒼生多」〔註15〕，這是吳芳吉 1918 年初 22 歲時的自勵，詩人以一生的心血和精力來予以實踐。

綜觀其數百篇詩作，從世界、國家時局大事，到普通百姓、底層貧民的悲慘境遇，個人生活的苦難與不幸，包容深廣。僅以早年古體組詩《弱歲詩》十二首即可見其一斑，其內容均可由發表時題下小序可見。《兒莫啼行》後面注明這是思婦之詞。《海上行》則注明是書寫遊子的詩。《江上行》是遊子思婦之詞。《步出黃浦行》為感舊詩。《巫山巫峽行》表明「北軍入蜀，人民苦拉夫也。」〔註16〕《曹錕燒酆都行》「記北軍之殘慘也，時民國五年丙辰二月四日也。」〔註17〕《思故國行》分別追憶山西巡撫吳祿貞，民國元老宋教仁、護國功臣蔡松坡，「歎老成之凋謝也。」〔註18〕《赫赫將軍行》「美松坡也。」〔註19〕《短歌行》「所言無定，要皆傷時者也。」〔註20〕《痛定思痛行》為「吾身世之小史也。」〔註21〕《紅顏黃土行》是「明志之所往也。」〔註22〕《北望行》則「無忘恩誼也。諸詩終於朋友，重人倫也。」〔註23〕由此可見反映社會時事之廣泛性。從題目中可以看出杜甫《悲陳陶》《哀江頭》《兵車行》《麗人行》等作品「自創新題，無復依傍」〔註24〕的影響，反映廣泛的現實

〔註15〕吳芳吉著，賀遠明、吳漢驤、李坤棟選編《吳芳吉集》，巴蜀書社，1994 年，第 52 頁。

〔註16〕吳芳吉著，賀遠明、吳漢驤、李坤棟選編《吳芳吉集》，巴蜀書社，1994 年，第 22 頁。

〔註17〕吳芳吉著，賀遠明、吳漢驤、李坤棟選編《吳芳吉集》，巴蜀書社，1994 年，第 23 頁。

〔註18〕吳芳吉著，賀遠明、吳漢驤、李坤棟選編《吳芳吉集》，巴蜀書社，1994 年，第 24 頁。

〔註19〕吳芳吉著，賀遠明、吳漢驤、李坤棟選編《吳芳吉集》，巴蜀書社，1994 年，第 27 頁。

〔註20〕吳芳吉著，賀遠明、吳漢驤、李坤棟選編《吳芳吉集》，巴蜀書社，1994 年，第 28 頁。

〔註21〕吳芳吉著，賀遠明、吳漢驤、李坤棟選編《吳芳吉集》，巴蜀書社，1994 年，第 29 頁。

〔註22〕吳芳吉著，賀遠明、吳漢驤、李坤棟選編《吳芳吉集》，巴蜀書社，1994 年，第 32 頁。

〔註23〕吳芳吉著，賀遠明、吳漢驤、李坤棟選編《吳芳吉集》，巴蜀書社，1994 年，第 34 頁。

〔註24〕（唐）元稹《樂府古題序》，郭紹虞《中國歷代文論選》（第二冊），上海古籍出版社，1979 年，第 110 頁。

生活，所謂「文章合為時而著，歌詩合為事而作」〔註25〕的傳統。其後新詩名篇《護國岩詞》《婉容詞》《兩父女》《籠山曲》《巴人歌》更是以全新的「白屋詩體」反映廣泛的社會現實生活。

再如《巫山巫峽行》反映軍閥部隊的殘忍。將軍對士兵生命毫不憐惜，「催促人命不相饒，挖骨為脂血為膏。……夜無停宿，日無餐飯。老男嘔血死，瘦男骨折斷。……虎不食忠孝人，將軍苦吾民」〔註26〕當時的部隊不是老百姓的保護神，而是索命鬼，是百姓安居樂業最大的強盜。

詩歌無論書寫國家大事、歷史烽煙，還是寫底層百姓生活，均能真切動人。這不僅因吳芳吉傾注真實感情，也因其多為親身經歷，切身感受。其13歲時所作《讀外交失敗史後》論文即已見其視野的廣闊，以印度、埃及、高麗、越南、波蘭等國被欺壓之例證，說明中國之弊更有過之，情勢更為危機。文章氣勢宏偉，論證嚴密。如果說此為讀書所感，而其後的保路運動、辛亥革命，護國戰爭，二次革命等，吳芳吉都是親歷者。1911年11月，其家鄉白沙在全川首先發難，吳芳吉將老師蕭湘起草的反清檄文《為白沙首義布告全川書》張貼在校內外，並隨之參加遊行且走在最前列。《護國岩詞》《婉容詞》等為在永寧任教時向當地父老採訪後作。其長篇記事詩《籠山曲》亦為真人真事，為四川史實。在作此詩之前不久，即已有《紹勤將赴成都，自渝夜馳來會，聞李笑滄死矣》〔註27〕一詩。李笑滄即《籠山曲》之主人公。吳芳吉孫女吳泰瑛曾對此作較詳細的介紹。其詩歌題材最初來源於其好友鄧少琴（紹勤）。「鄧少琴在軍營做秘書時，曾目睹一位綠林好漢大義凜然上刑場。這位好漢就是永寧人，名叫李善波，他建立了一支武裝隊伍，專門劫富濟貧，得到當地老百姓的愛戴和擁護。蔡鍔在永寧駐防打仗時，李善波深受其影響，對蔡將軍佩服得五體投地，拉著一幫兄弟夥參加了護國之戰，立下了赫赫戰功。」〔註28〕但是，蔡將軍走後，這位傳奇式的英雄卻被軍閥藉故誘囚並殺害。吳芳吉由鄧少琴來信中得知此事，與好友論及其死，不勝傷感唏噓。曾親往永寧街頭採訪，決心為英雄寫詩立傳。次年（1920）春作《籠山曲》。題

〔註25〕（唐）白居易《與元九書》，嶽麓書社《白居易集》，1992年，第423頁。

〔註26〕吳芳吉著，賀遠明、吳漢驤、李坤棟選編《吳芳吉集》，巴蜀書社，1994年，第22頁。

〔註27〕吳芳吉著，賀遠明、吳漢驤、李坤棟選編《吳芳吉集》，巴蜀書社，1994年，第62頁。

〔註28〕吳泰瑛《白屋詩人吳芳吉》，巴蜀書社，2006年，第114頁。

下小引謂「藉此一端,以寫吾胸中之山水,……」〔註29〕又恐讀者不甚明白其意,特作《笑滄年表》附後。可見其寫實,亦見巴蜀動盪之一斑。當時時事如川滇黔混戰,南北軍交火,皆曾秧及江津。吳芳吉多次與家人鄉親一起躲避兵荒,經歷恐懼,也因此寫下《壞歌》,《江津南城》《甘藷曲》《兵退,乃得觀稼驢溪岸上,歸日暮矣》等一批真實記錄戰亂災禍的作品。另如反映長沙軍閥混戰,連續打死平民小販婦女的《北門行》《南門行》有注云:「長沙圍城中赴雅禮大學講演會席上作。……兩篇事,皆是日所親見者。席上以十分鐘寫成之」。〔註30〕此外,還有《明月樓詞》記朝鮮獨立黨領袖孫秉熙被日本總督長谷川逮捕審訊之事,「有朝鮮歸客為吾言孫公廷訊事甚詳」,〔註31〕正因為作者與國家民族同歷苦難,其個人際遇與時代密切相關,故能夠感同身受,真實寫出底層百姓的呼聲和哀號。其從清華被開除回鄉,沿途乞討拉纖,歷經苦難,也對船夫生活有了深切感受。返鄉回家他將途中寫成的七十首紀行詩寄給吳宓。吳宓回信認為其近於陸放翁,「於古人則近陸放翁」,「足下之詩,頗多忠愛之言,而尤重滄桑之感……」,〔註32〕可謂其第一知音。吳芳吉日記中對債主上門討債的如實記載,西安圍城中《壯歲詩》《圍城》等作品,都反映出其詩歌創作、個人真實體驗與社會民瘼之密切關係,也是其感人至深的根本原因。

在重慶江津聚奎中學中存有他閱讀過的大量書籍。經過文化大革命的破壞,吳芳吉贈予聚奎中學的書已經遺失很多。「吳逝世後,遺贈讀過的中、英、日文書數千冊給聚奎母校,經文革之災,損失過半。後經清理,其中有線狀古籍115種,共2227卷。41種書內有吳親筆圈點和批語500餘處,約6000字,大多為頂批,語言極為精練,觀點敏銳。」〔註33〕吳芳吉關注現實而博覽群書,視野開闊而善於思考,這通過他的讀書筆記可窺其一斑。在翻閱吳

〔註29〕吳芳吉著,賀遠明、吳漢驤、李坤棟選編《吳芳吉集》,巴蜀書社,1994年,第110頁。

〔註30〕吳芳吉著,賀遠明、吳漢驤、李坤棟選編《吳芳吉集》,巴蜀書社,1994年,第161頁。

〔註31〕吳芳吉著,賀遠明、吳漢驤、李坤棟選編《吳芳吉集》,巴蜀書社,1994年,第69頁。

〔註32〕吳芳吉著,賀遠明、吳漢驤、李坤棟選編《吳芳吉集》,巴蜀書社,1994年,第1392頁。

〔註33〕羅昌一《談吳芳吉的治學》,成都市文學藝術界聯合會、成都吳芳吉研究會編《吳芳吉研究》,中國文聯出版社,2010年,第342頁。

芳吉閱讀過的書時，發現他時有用英文做筆記的習慣。例如他閱讀《朱子全書》中有「芳吉太愧此言，文學貴乎表現自己 selfe_revaling，當由引解說方是。」這間接反映出西洋文學對吳芳吉的侵染。同時，他對現實的關懷時刻也表現在他的閱讀過程中。他在閱讀李希聖《庚子國變記》時多處批註指出慈禧和光緒差異，「太后恨洋人因公使請以法醫侍帝病也」，「太后恨洋人因三公使團不贊成大阿哥之立也。」「光緒明白人」。在《朱子近思錄》「須是大其心使開闊，譬如為九層之臺須大做腳始得」句眉批注道：「今之教人者便坐不能開闊之病」。〔註34〕根據這些，可以看出吳芳吉視野開闊，胸襟宏大。故其詩能氣魄宏偉，見解不凡。

　　吳芳吉題材的廣泛還因其許多作品反映現實生活中的小事，如《秧歌樂》《賣花女》寫農民勞作甘苦和賣花女兒的辛酸；《浴普陀海岸千步沙作》《長安寄內》《樹成吾弟弟》《憶雨僧兄》《答湘潭女兒詩》等分別抒寫親人、友人、師長、學生情誼，不拘體例而情深意切。另有多篇紀行詩如《煙臺雜詩》《秦晉間紀行》《赴成都紀行》《渝州歌》等，這是吳芳吉受杜甫《秦州》、姚合《武功》等詩而作。〔註35〕紀行寫景而兼抒懷。許多小事往往與時代和社會重大問題相關聯，真正是以小見大，與時俱進。這類作品很多，如《非不為謠》《小車詞》等，最典型而有趣的如《摩托車謠》。詩歌扣住摩托車的特點展開議論和思考。借騎摩托車者之橫行招搖諷刺軍閥官僚衿奇立異，擾民害人，進而聯繫各類海外商品輸入中國轉福為禍的事例，以此說明對西方文化要善於借鑒、適應本土的重要意義，因而發人深省，寓意深長。

第三節　吳芳吉詩歌鮮明的藝術特點及意義

　　首先，吳芳吉詩歌藝術特色是現實主義和浪漫主義的結合。吳芳吉的詩歌既有李白浪漫瑰麗的色彩，又有杜甫憂國憂民的現實關懷。詩歌既有詩意之美，也含有嚴肅的人生思考。

　　他詩歌思想浪漫，想像誇張，頗有屈原、李白之浪漫。例如《登峨嵋九

〔註34〕這些關於吳芳吉讀書時的思考是筆者在吳芳吉故鄉江津聚奎中學藏書樓中發現的，根據吳芳吉閱讀時散落在各處的筆記整理而成。批註原書藏江津聚奎中學，乃吳芳吉遺贈。

〔註35〕參見吳芳吉著，賀遠明、吳漢驤、李坤棟選編《吳芳吉集》，巴蜀書社，1994年，第196頁。

十九倒拐嘲鶴琴》中寫道「棠國公子氣如山，獨上峨嵋覽青天。怪石危岩劈面起，雲梯覆壓三千里。……」。〔註36〕詩中「獨上峨嵋覽青天」則是來源李白《宣州謝朓樓餞別校書叔雲》中「俱懷逸興壯思飛，欲上青天攬明月」。

　　吳芳吉詩歌堅守「三日不書民疾苦，文章辜負蒼生多！」〔註37〕創作原則，兒女情長的內容只有少許，較大部分是現實苦難的反映。民國後，中國人民生活在戰亂之中，到處彌漫著愁雲慘霧。吳芳吉在《兒莫啼行》中描寫戰禍給老百姓帶來的災難，眾多家庭流離失所，反映出人不如狗的社會慘狀，類似的詩篇還有《曹錕燒酆都行》《護國岩詞》《兩父女》《籠山曲》等等。《曹錕燒酆都行》以一家人父母兄弟姐妹的生死離別，反映出戰亂中流離失所的人們所受之創傷。這首詩歌與杜甫的《三吏》《三別》頗具相似之處，是歷史悲劇的重演。這樣形成歷史與現實的對話，更深層次地體現戰爭帶給人民沉重的災難。

　　《護國岩詞》通過對比寫出良將的難得與稀缺，以及對良將的渴望，展現對和平的嚮往。《籠山曲》是一首敘事長詩，極具浪漫主義色彩同時，也含有深刻現實關懷。詩歌在描繪籠山時，善用誇張、比喻、排比等手法，描繪出一個遠離戰亂，江山如畫，男女皆俠士、嬋娟的世外桃源。詩人筆鋒一轉，由讓人心醉的世外桃源寫到戰亂中的世界。詩人寫出戰亂中顛倒離亂的世界。詩人運用諷刺的手法，寫出部隊軍士藉口保護財產而肆意掠奪財產，如「早早早，殺到瀘州未到曉。／剿剿剿，瀘州滿地是財寶。／巧巧巧，合該川軍運氣好。／倒倒倒，斬得滇軍如斬草。／搶槍搶，搶槍搶，旗正正，鼓堂堂。」〔註38〕詩人嘲諷妻妾成群的軍長們與下級的不倫。詩歌運用多處對比，寫出戰爭的荒謬與殘忍。首先是籠山優美的自然環境與古樸的民風民俗形成一個雲霧飄渺中的神仙世界，用這個神仙世界與哀號滿地的成都形成對此，寫出戰禍中夫妻被強行拆散，生命被視為草木隨便斬殺。第二處對比是退隱山林的笑滄與爭名奪利的軍閥，突出笑滄的高潔，顯示軍閥的貪婪無度。第三處對比是籠山本身，籠山遭遇戰禍前後的對比，前者是雲淡風輕、山高水長的

〔註36〕吳芳吉著，賀遠明、吳漢驤、李坤棟選編《吳芳吉集》，巴蜀書社，1994年，第3頁。

〔註37〕吳芳吉著，賀遠明、吳漢驤、李坤棟選編《吳芳吉集》，巴蜀書社，1994年，第53頁。

〔註38〕吳芳吉著，賀遠明、吳漢驤、李坤棟選編《吳芳吉集》，巴蜀書社，1994年，第98頁。

陶然世界，後者是血腥遍野、虎狼成群的猙獰世界。藝術手法多樣。詩歌具有樂府民歌清麗之藝術特點，例如「山上復有山，山脈相貫穿。／周圍幾百層，層層如蓮瓣。／水外復有水，水顏何漣漣。／環帶幾百條，條條如銀練。／山上與水間，云是古桃源。／男兒皆俠士，女子盡嬋娟。」〔註39〕但同時，詩歌又採用鋪敘、重疊的手法，這種手法在楚辭、漢賦中常被用到。詩人在此運用鋪敘、重疊手法，渲染和平、寧靜的世外桃源氛圍。再如「人甘肥，獨憔悴；／人彰揚，獨隱晦；／人酣歌，獨血淚。」〔註40〕再用排比手法達到一種酣暢淋漓的描寫。此處對杜甫詩歌有借鑒與發展。「人甘肥，獨憔悴；」便是化用杜甫《夢李白》「冠蓋滿京華，斯人獨憔悴。」另外，吳芳吉在詩中廣發採用對比手法，像寫笑滄戰後歸隱山林與一些竊取名利者的對比等等，也借鑒了杜甫詩歌。杜甫《醉時歌（贈廣文館博士鄭虔）》道「諸公袞袞登臺省，廣文先生官獨冷。／甲第紛紛厭粱肉，廣文先生飯不足。」採用對比手法寫出廣先生的不幸遭遇。《籠山曲》化用典故表達對現實的關懷，既顯出歷史底蘊又文采斐然，且富有浪漫氣氛，是一首長篇敘事詩的典範之作。中國新詩發生之際，詩意之美被很多人忽略掉，像《籠山曲》這樣充滿詩意美的作品處於缺失狀態，是吳芳吉填補了這一空白。

其次，吳芳吉詩歌創作走出語言形式束縛的牢籠。他創作「白屋詩體」融雅俗於一體，既有古雅的文言，也穿插通俗的白話。當時，很多詩人徘徊於文言、白話之間，在非此即彼之間選擇。吳芳吉則已經打破語言形式的牢籠，自由行走於兩種語言形式之間。新詩在發生之初，其語言形式容易犯兩種錯誤，第一，便是拾得白話，丟了詩意美。這種情形象胡適的《兩隻蝴蝶》等既是。第二便是丟了文言，撿起西方的語言，形成歐化的毛病。「歐化」在錢玄同、周氏兄弟等啟蒙者力倡下，橫行於新詩壇。〔註41〕無論哪種情形，上述兩種錯誤在一定程度上都成為新詩發展的障礙。吳芳吉認為詩歌的好壞貴在有詩美，詩的佳處在於內容的精彩與否，而不是文字與文體。他否定將語言作為判斷詩歌好壞的唯一標準，且認為詩歌的新與不新應體現在意思與

〔註39〕吳芳吉著，賀遠明、吳漢驤、李坤棟選編《吳芳吉集》，巴蜀書社，1994年，第98頁。

〔註40〕吳芳吉著，賀遠明、吳漢驤、李坤棟選編《吳芳吉集》，巴蜀書社，1994年，第104頁。

〔註41〕參見錢理群《周作人與錢玄同、劉半農──「復古」、「歐化」及其他》，《遼寧教育學院學報》，1988年12月。

境界兩個層面。詩歌語言能做到明淨、暢達、正確、適當、經濟、普通就很好。

　　吳芳吉創作於 1919 年的《婉容詞》是他的代表作。整首詩語言通俗易懂，但意蘊深刻。在大呼愛情至上、戀愛自由、婚姻自主的時代，人們習慣於歌頌追求愛情的勇敢者，但往往忽略了一批愛情婚姻中的悲劇舊式女子。這些舊式女子由於所受教育的關係，思維視野沒有打開。愛情婚姻將這些女子拒於大門之外，即是將她們推向絕望的深淵。新詩中反映此類女子悲劇命運的創作較少。但凡創作新詩者，總忌諱旁人認為其落後，唯有以更激進的方式表現自己的先進性。吳芳吉這首詩歌表達了對這類女子深切的關懷。他深刻洞悉到婚姻自由是以這些舊式女子的幸福為殉葬品。詩歌以淺顯的語言形式表達婉容的悲訴。這樣的形式讓婦孺老幼都能朗讀，實質上起到了白話新詩平民化的目的。同時，詩歌穿插文言詞語，提高了詩歌整體的藝術格調。例如「白楊何椏椏，驚起棲鴉。／正是當年離別地，一帆送去，誰知淚滿天涯！／……野闊秋風緊，江昏落月斜。／隻玉兔雙腳泥上抓，一聲聲，哀叫他。」〔註42〕這首詩歌，迄今為止，一些 80 多歲的老人還能全詩背誦，足見人們對其的喜愛程度。《婉容詞》之所以在幾十年之後還能被一些老人背誦，不僅在於語言的暢達，還在於其詩歌朗朗上口，具有一定的音樂美。倡導白話文學之目的是希望建設平民的文學，以達到啟蒙目的。吳芳吉雖然沒有標榜自己詩歌是如何的「平民」，但他實質上做到了。在做到文學「平民」的同時，他還保留了傳統文化的精髓——詩歌語言簡易暢達，詩意濃鬱，蘊含深刻的現實關懷。《婉容詞》代表了吳芳吉詩歌創作的語言風格，其他諸如《兩父女》等也是這方面的代表作。但是，吳芳吉詩歌中的白話並不是為了刻意響應「白話運動」。在吳芳吉看來，詩應該是感情的產物；詩人應遠離政治，也不應參加什麼運動，追名逐利只會損害詩人的天性。所以吳芳吉的詩歌創作源於生活的真實感受，不為作詩而作詩。吳芳吉雖然用白話創作詩歌，但並不自名為詩人，也不屑於幫派鬥爭。復古派、保守派、新派，都將其拒之門外，他也不在乎。在吳芳吉看來，「總之，所謂白話、文言、律詩、自由詩 Free Verses 等，不過是傳達情意之一種方法，並不是詩的程度。美的程度，只為一處。至於方法，則不必拘於一格。今新詩舊詩之故意相互排斥，都是所見不廣。」

〔註42〕吳芳吉著，賀遠明、吳漢驤、李坤棟選編《吳芳吉集》，巴蜀書社，1994 年，第 91 頁。

〔註43〕吳芳吉具有堅強的獨立性,其思想主張不為社會上表面的紛擾所迷惑。在白話運動席捲全國的情形之下,吳芳吉能自由行走於白話、文言之間,融傳統與現代於一身,再次顯示其傲雪寒梅的品格。一枝獨放的寒梅,其品質的高潔,不順波逐流的堅持,鑄就了「白屋詩體」。

吳芳吉的詩歌雖然不嚴格押韻,但也具有一定的旋律之美,且形式自由不拘一格,表達人間的真善美。

吳芳吉詩歌,不追隨潮流,也不拘泥於古人。在幫派相爭的時期,吳芳吉不趨名不趨利的精神,猶如一枝獨放的寒梅。吳芳吉反對詩人陷入門戶之爭中,認為只有化除門戶黨派之見,才能建設真正偉大的文學。新派詩人排斥他守舊,舊派詩人指責他趨新。吳芳吉處於尷尬的中間地帶,但是他不畏名不畏利,堅持自己的詩歌創作風格——「白屋詩體」。這種融匯古今中外文學藝術特點於一體,融匯白話、文言於一身的「白屋詩體」,不僅在當時,甚至在當代,依然是詩歌建設的一個良好標本。在門戶相爭的年代,吳芳吉詩歌創作自成一體,這給他在文學史上的定位造成一定的難度。但這並不能抹殺吳芳吉詩歌及其理論意義,以及妨礙後來者對於其意義的挖掘。吳芳吉在文學史上的地位沒能得到公正的評價,也有名家對此提出異議,認為應該給予吳芳吉在文學史上的恰當地位。例如,姚雪垠在與茅盾的通信中,曾經提到吳芳吉應該被認真研究看是否可以被寫入文學史。「例如學衡派有一位較有才華的詩人吳芳吉,號白屋詩人,……在當時很引人重視,他死後,吳宓將他的詩編輯出版,既然在社會上發生過較大影響,要研究一下原因何在。如果他的詩的確有成就,也應該在現代文學史中提一提」〔註44〕

民國時期,吳芳吉詩歌影響很大,《婉容詞》曾被選入學校使用的教材。〔註45〕吳芳吉雖遭到新舊兩派的非議,但毫不畏縮,因為吳芳吉詩歌創作有著明確的主張。作為詩歌創作的總結和理論還反映在其詩論著述中。其詩論著作散見於文集中,主要有:《提倡詩的自然文學》(《新群》第一卷第四號,1920 年 2 月出版)、《談詩人》(《新人》月刊第一卷第四號,1920 年 8 月出版)、《吾人眼中之新舊文學觀》(《湘君》季刊第一號,1923 年 7 月出版)、

〔註43〕吳芳吉著,賀遠明、吳漢驤、李坤棟選編《吳芳吉集》,巴蜀書社,1994 年,第 422 頁。

〔註44〕成都市文學藝術界聯合會、成都吳芳吉研究會編《吳芳吉研究》,中國文聯出版社,2010 年,第 28 頁。

〔註45〕參見成都市文學藝術界聯合會等編《吳芳吉研究》,第 214 頁。

《再論吾人眼中之新舊文學觀》（《湘君》季刊第二號，1923 年 9 月出版）、
《三論吾人眼中之新舊文學觀》（《學衡》雜誌第 31 期，1924 年 7 月出版）、
《四論吾人眼中之新舊文學觀》（《學衡》雜誌第 42 期，1925 年 6 月出版），
《白屋吳生詩稿敘》以及部分書信及論詩詩篇等。在中國現代文學發生初期
具有特別的價值和意義。有關詩學主張與巴蜀詩人文學思想在與當時不無偏
激的詩歌思潮比較中更能彰顯其價值，在後面將有專章論述。

　　吳芳吉詩論著作表明其鮮明的創作主張和觀點，主要針對胡適等所謂新
體白話詩的「八不」主義。他不滿全部否定傳統詩格的「突變論」、全盤歐化
的「另植論」，同時也不滿死守陳規的「保守論」。他闡釋自己的文學觀，提出
尊重傳統，貫通古今，結合中西，勇於創新。具體而言便是要有時代感和現
實感，內容上明確強調發揚愛國主義精神，反映現實生活與人民苦難，揭露
社會尖銳矛盾，表達人民的追求和意願。「三日不書民疾苦，文章辜負蒼生
多，」可謂其響亮的口號。他強調形式活潑自由，長短不拘，語言清新流暢，
朗朗上口，探索和創新古詩詞與民歌風的結合。

　　吳芳吉詩歌可謂其詩論的具體實踐，既有厚重的文化底蘊、傳統淵源，
又與時代國情緊密結合，不偏激做作，不穿鑿附會。繼承優秀傳統文化與文
學遺產，與屈原、陶淵明、杜甫、丘逢甲一脈相承，「幼讀少陵詩，深識少陵
志。一生愛此翁，發願為翁繼。」〔註 46〕另一方面他更受到巴蜀地域文化
的薰陶濡染。他身處川東，巴人所居。其絕筆之作《巴人歌》唱道：「巴人自
古擅歌詞，我亦巴人愛竹枝。巴渝雖俚有深意，巴水東流無盡時。」〔註 47〕
當代學者認為吳芳吉創造了現代文學史上四個第一：其代表作《婉容詞》，是
中國現代文學史上第一首長篇敘事詩，〔註 48〕該詩歌可與《孔雀東南飛》相
媲美。長達六千餘字的《籠山曲》堪稱現代文學第一長詩，吳芳吉是中國現

〔註 46〕吳芳吉著，賀遠明、吳漢驤、李坤棟選編《吳芳吉集》，巴蜀書社，1994 年，
　　　　第 291 頁。
〔註 47〕吳芳吉著，賀遠明、吳漢驤、李坤棟選編《吳芳吉集》，巴蜀書社，1994 年，
　　　　第 339 頁。
〔註 48〕朱自清先生《新文學大系·詩集·導言》說沈玄廬 1920 年發表的《十五娘》
　　　　「是新文學中的第一首敘事詩」，「第一個有意實驗種種體制，想創新格律的，
　　　　是陸志韋氏」，聞一多「幾乎可以說是唯一的愛國詩人。」對此，馮澤堯先生
　　　　明確表示不同意見，有《吳芳吉，中國現代文學史上的四個第一》一文（成
　　　　都市文學藝術界聯合會、成都吳芳吉研究會編《吳芳吉研究》，第 214 頁）予
　　　　以詳細論述，其說甚是，筆者較為認同其觀點。

代文學史上第一個愛國詩人，也是探索新格律體的第一人。其講究押韻而又換韻自然，講究節奏而又音部和諧，講究對稱而又外形美觀的新格律體詩，與後來聞一多所倡議的「音樂美、建築美、繪畫美」主張在某些方面異曲同工。吳芳吉經過不懈努力而形成情感真摯、自然天成，靈活順暢的白屋詩風，說明其古今貫通、中西合璧的詩歌理論與實踐正是中國詩歌發展的正確道路和方向。

第四章　中國新文學成就的傑出代表
──郭沫若

　　中國現代文學發生是一個漸變的過程，第一步是「白話運動」，歷經晚清民初。白話運動最終以宣告文言的衰竭而勝利。但是白話文學並非就是新文學。文學包括語言與內容兩個方面的內容。語言作為表達的形式，只能是一種外在的工具，內容才是內核，才能真正決定文學作品的生命力。倘若只是具備白話的語言形式，但是內容依然是傳統的思想，這樣的文學不能算是新文學。就白話文學的存在年限而言，胡適所著《中國白話文學史》已經明確表明白話文學是自先秦以來便已經存在。所以，由胡適等倡導的白話文學並不是開天闢地頭一遭。雖然白話文學在「五四」以後佔據主流位置，但是白話文學並不等於新文學。如果酒壺是新的，裏面的酒依然是老酒，那麼對這瓶酒的定位只能是老酒。當時以言情小說為主的「禮拜六」便不是新文學。再如，張恨水的章回體小說，雖然用白話創作，但小說形式陳舊，內容多侷限於郎才女貌的傳統故事，這樣的白話小說不能符合新文化陣營的要求。中國新文化運動主要受西方文化的影，它不僅語言形式要言文一致，即，白話，而且內容要求能夠體現「科學」「民主」，體現時代潮流。胡適、陳獨秀等雖然提出口號，但在創作方面存在明顯的缺乏，即，沒有創造出優秀的文學作品作為理論支撐。胡適的《嘗試集》出版被文學史公認為是中國新文學的一個標誌性事件。但《嘗試集》白話詩歌詩意缺失是其的嚴重不足，這也是一個事實。還有陳獨秀、錢玄同等也未能為中國新文壇貢獻出具有說服力的文學作品。在這樣的情況之下，胡適等深感提倡有心，創作無力。在國內新文壇

出現創作衰竭的狀況之下，留學日本的四川作家郭沫若如奔騰的黑馬出現。他的創作在各個方面都具有創新性的貢獻，涉及小說、散文、詩歌和戲劇。他不僅是簡單的涉及，而是一旦涉及到哪一個領域，在該領域都有創造性的建設。下面，我將在中國現代文學發生語境之下，從小說、詩歌、戲劇幾個方面分別分析郭沫若的創作。

第一節　郭沫若早期新詩創作

　　白話新詩的出現，引發國人對新詩的爭論、質疑。其原因主要在於新詩創作在注重語言形式的同時，忽略了詩情的表達。被譽為新詩開山之作的《嘗試集》，除去白話的形式，實在不能提供好的借鑒之處。國內諸多年輕人往往將胡適的理論當做金科玉律，模仿其創作風格。這樣的結果是，中國新詩壇整體存在膚淺、空疏的風氣。新詩抓住了白話，放走了詩意美。新詩真正成了大白話，甚至一些口水話以詩的形式排列也被稱為詩歌。在白話運動剛剛取得成功之際，白話詩的創作便已出現夕陽落幕之勢。一些保守派趁機攻擊剛剛誕生的新文學，企圖將其扼殺在襁褓裏。在這樣的背景之下，郭沫若的出現猶如一場及時雨，滋潤了即將乾枯的幼芽。

　　宗白華對郭沫若的發現既是郭沫若的幸運，也是中國新文壇的幸運。郭沫若詩人身份之誕生是在中國新文學發生背景之下應運而生的。中國新文學因為郭沫若的出現煥發勃勃生機。這兩者之間相互的牽引、催生，是互生共榮的關係。宗白華負責編輯《時事新報》副刊《學燈》。他意外地發現了郭沫若的新詩，如獲至寶，將其刊印在《學燈》非常醒目的位置。宗白華希望每天都可以在《學燈》欄中發表郭沫若的詩作。遠在日本的郭沫若因為宗白華的鼓勵，新詩創作熱情高漲，詩情蓬發，接連創作出轟動文壇的作品。《學燈》因為刊發郭沫若的作品而增色不少，憑添了自然的清芬。這引得無數青年爭先搶閱。《時事新報》因此銷量大增。中國新文壇掀起了一股郭沫若熱。許多青年競相模仿郭沫若的詩歌風，浪漫主義詩情席捲中國文壇。

　　巴蜀文化本身就像多聲部的交響樂，既有巴人的彪悍恣意，也有蜀人的細膩纏綿，還受到楚文化影響而產生的浪漫瑰麗，以及道文化的飄逸曠達，與遠離中原文化而產生的狂放不羈。所以巴蜀文化孕育的文人多不拘泥於理論教條的束縛，本著內心的感受出發，寫出的文章卓而不絕、獨領風騷，往

往引領一種新文風的產生。郭沫若便是這樣一位具有多血質的混合型天才詩
人。

中國新文化發生之際，由《嘗試集》開創的白話詩歌創作模式走入了一
種僵局——拾得白話放走詩意的僵局。郭沫若在中國新文壇的現身改變了這
僵局。眾多青年由胡適的偶像崇拜者轉而成為郭沫若的偶像崇拜者。郭沫若
早期詩歌意味濃厚，具有真實的情緒與動人的藝術意境。他詩歌中，少部分
呈現沖淡或宛轉的風格，大多風格雄麗。

郭沫若自由無拘游蕩在中西方文化兩條河流裏，任情地吸收著兩種文化
的精髓。在郭沫若身上，中西方文化融會貫通。歌德的明媚，波特萊爾的頹
廢，惠特曼的熱情，莊子的逍遙，屈原的上下求索，王維和陶淵明的淡遠寧
靜……在郭沫若身上都能找到痕跡。郭沫若既欣賞屈原、李白的浪漫，也喜
歡王維、陶淵明的沖淡。他一方面接受惠特曼狂飆突進的熱情表達，也接受
海涅的麗而不雄。所以郭沫若詩歌的美學風格不能一言概之。郭沫若詩歌創
作源泉來於自身心靈感悟、生活體驗，所以他的創作既有個人情感世界的隱
射，又是時代風潮的鏡子。最初激發郭沫若詩歌創作不是為響應某一理論，
而是愛情。1936 年 10 月，作者在《我的作詩經過》中談到自己詩歌的情感
源泉，「因為在民國五年的夏秋之交有和她（安娜——編者）的戀愛發生，
我的作詩欲望才認真地發生了出來。《女神》中所收的《新月與白雲》《死的
誘惑》《別離》《維奴司》，都是先後為她而作的。《辛夷集》的序也是民五（即
1916 年——編者）的聖誕節我用英文寫來獻給她的一篇散文詩，後來把它
改成了那樣的序的形式。」〔註1〕在一個動盪變幻的世界，在一個催生新事
物、消滅腐朽落後事物的世界，狂飆颶風般的美學較能引起人們的關注。因
而，郭沫若類似《女神》這樣與時代切合的作品一出現，即受到大眾的追捧。
與之相對，更多內心隱秘世界的歌吟，受到關注度相對較少。如果仔細閱讀
郭沫若詩作，會發現郭沫若在熱情甚至亢奮狀態之下，也有他悄悄的淺吟低
唱，和幾許宛轉情思。所以郭沫若早期詩歌應該是一曲交響樂，高潮時分讓
聽者升入山巔、太空遨遊；峰迴路轉時分，眼前是淡遠、寧靜或惆悵的別一
世界。

〔註1〕上海圖書館文獻資料室、四川大學郭沫若研究室合編《郭沫若集外序跋集》，
　　　四川人民出版社，1982 年，第 16 頁。

一、雄渾高昂的歌唱──郭沫若詩歌的主旋律

　　郭沫若詩歌在《時事新報‧學燈》欄中發表以後，其詩好似旋風掃落葉，使得同時期諸多詩歌創作黯然失色。文壇掀起郭沫若熱。國內文壇的需求，刺激著郭沫若的創作欲求。1919 年到 1921 年是郭沫若創作的高峰期，他接連不斷地推出新作品。宗白華──郭沫若的伯樂，認為郭沫若詩歌意境多為雄放直率，所以鼓勵他多做雄渾的詩歌。郭沫若積極的浪漫詩情切合了時代的需要。國內胡適的模仿者們創作許多蒼白空洞的白話詩歌。這些詩歌缺少藝術特質，有些甚至就是白話語言的排列而已。源於內心的激情是郭沫若詩歌創作最好的源泉，自然的白話形式使他如魚得水。他如山洪暴發的澎湃詩情激發出來的創作，全然沒有早期詩壇那種牙牙學語的幼稚，所以其創作一出現便如一顆炸彈在文壇引起震動。

　　郭沫若置身日本，弱國子民常遭遇的各種歧視他都無可避免。這些深刻烙印在心。鬱結於胸的屈辱感強烈衝擊郭沫若年輕敏感的心靈。長期的鬱結匯成火山式的爆發，以排山倒海之勢壓倒了同期新文壇所有的詩歌創作。煙花似的炫目，鏗鏘有力的節奏與深刻的社會思索相結合，匯成了郭沫若詩歌無以倫比的風格特徵。他那充滿「動」的精神，彰顯了五四狂飆突進的時代精神。郭沫若「動」的精神體現在他無處不在的破壞與創造，表現在他大寫的「我」，以及他對光明的無限嚮往。中國沈寂的新文壇需要這樣的力作。郭沫若詩歌的浪漫色彩也切合了「五四」新文學的主旋律。在除舊創新的時代，唯有積極的浪漫主義才能讓人們樂觀的面向不可預知的未來，給予戰鬥者無畏的勇氣。當新文壇陷入危機時分，郭沫若的出現與新詩的關係，無疑像在黑夜中發出光明、指引方向的燈塔與迷失方向的航船。郭沫若不僅以其充溢的詩意讓新文壇生動起來，而且以此開闢了新詩潮的浪漫主義河流。新文壇催生了郭沫若這位天才型的詩人，郭沫若也促使了新文壇的繁榮興盛。兩者雙向互動，共促發展，成就了新詩的欣欣向榮。

　　新文化的思想理念，很大部分來自於西方文化。西方社會倡導的「民主」、「自由」成為現代中國先覺者們的理想奮鬥目標。詩人在詩劇《棠棣之花》中借聶嫈之口，寫出志士的呼聲「我望你鮮紅的血液，／迸發成自由之花，／開遍中華」。〔註2〕「民主」、「自由」不可能被自覺地賦予，需要啟蒙者們

〔註 2〕郭沫若著作編輯出版委員會編《郭沫若全集》第一卷，人民文學出版社，1985　　　年，第 31 頁。

的奮鬥才可得以實現，所以破壞與創造是實現自由的必經之途。在郭沫若詩歌裏得到很好的詮釋。郭沫若詩歌充溢著「破壞」與「創造」精神。在中國文壇，新文學即將誕生，舊文學即將消亡。在新舊交替的時代，破壞與創造的精神是主旋律。這種精神以「動」的形式呈現在「靜」的古老的東方文明之中，成為時代的最強音。

郭沫若詩歌的首要特質是內蘊著破壞與創造之精神。新文學要打倒舊文學，才能創立新文學的地位。新派首先做的就是「破壞」，破壞舊文學的正宗地位。舊文學在一些老學究眼裏是宇宙天地間至善至美的存在，不允許對此有絲毫的破壞。但是，舊文學如果不打倒，新文學就不能建立。新舊兩派存在激烈的交鋒。舊派對新派的攻擊，有時甚至已經到了人身攻擊的層面。例如，當時林紓所著的《荊生》便含沙射影詛咒文學革命領導人物。但是新派毫不示弱，非但沒有被嚇住，反而將《荊生》在《新青年》上全文轉載，並逐句批判。以《新青年》在當時廣泛的影響力，林紓——這位保守派的代表，只能式微了。陳獨秀、胡適等在倡導新文學時，是不允許有任何反對之聲音的，更不容忍有任何反對之餘地。新舊兩派的鬥爭使得文壇充滿火藥味。文學上的論爭最終都需要文學作品做有力支撐。在理論上的爭論，新派雖然贏得了勝利，但始終沒有較好的作品出現。這讓很多青年感覺沒有航向。爭論之後，文壇成為寂寞的戰場。在此情景之下，郭沫若天狗似的狂叫吶喊，掀動了整個新文壇。一時之間，人們競相購買其作品閱讀，大有洛陽紙貴之勢。

以《女神之再生》為例分析郭沫若詩歌創作。詩歌揭示權威者的真實面目，諷刺權威者的利益薰心。詩歌通過共工與顓頊爭奪元首之位的鬥爭，寫出權威者自詡神權天授的荒謬。共工只是為了滿足他為帝為王的野心。那些權威的擁護者們也是一群見風使陀之輩，不為什麼理想，只是想得一點利祿而已。與之相對應的是聖潔女神，真正為宇宙造福的神女們，早已厭倦了被供養在牌位上。她們拋棄那舊了的皮囊，創造新的太陽。詩歌含有多重寓意。新文化發生之際，舊文學還處於權威統治地位。詩歌借諷刺權威建立的荒謬性，暗指舊派文學存在的不合理性。女神暗指新文化倡導者們放棄所謂的權威地位，為新文學的發生努力創造。另一層寓意，曾是從政治層面理解。中國國勢衰微，深層原因還在於中國政治體制落後，詩人期望中國的政治環境能有一個改善，國富民強。還有一層寓意可以從民族層面理解，中華民族在當時的國際上處於弱勢地位，留學海外的中華子民感受尤為強烈，詩人期望

國際格局能有所改變，中華民國在世界之林能有一席之地，現有的帝國主義
列強能被打倒。這多重的寓意賦予《女神之再生》深刻的思想內涵，給新文
壇蒼白無力局面以厚重的底蘊。再如《鳳凰涅槃》暗喻中國新文化和新中國
的發生。舊文學借統治地位對新文化陣營炮轟亂擊，新文化的新生兒自身力
量尚還微弱，感覺到無邊的壓力，猶如陷進無圍之陣。這種感覺魯迅後來有
深刻的闡釋。例如，他的《影》寫出新文化倡導者猶如一個影的存在——進
退無地，光明與黑暗都欲將其吞噬。《鳳歌》詛咒如屠場、囚牢、墳墓、地獄
的世界，面對這樣冷酷如鐵、黑暗如漆、腥污入血的世界只能哀哭。《凰歌》
寫出置身這醜惡世界的感受，只有眼淚、污濁、羞辱相伴，讓人們悲哀、煩
惱、寂寥、衰敗。《群鳥歌》是一群烏合之眾在那裡自鳴得意，為鳳凰的自焚
幸災樂禍。這群烏合之眾的自鳴得意反映出當時新文壇陷入沈寂狀態時，舊
派文人對新文化的群起而攻之，反映出新舊兩派鬥爭的此消彼長。但是，鳳
凰的自焚是為了嶄新生命從此開始。正如新文化運動重估一切價值，是為了
創造更美好的新紀元。鳳凰涅槃之後，一個新鮮、靜朗、華美、芬芳的世界誕
生。這別一世界的人們生動、自由、雄渾、悠久，這是一個歡笑的世界，一個
讓人們翱翔的世界。這正如新文化運動倡導的「民主」、「自由」。新文化是為
了讓人們擺脫封建禮教的束縛，享受到西方文化帶給人們身心的解放，帶給
腐朽、古老的中國文化勃勃生機。郭沫若在詩歌中甚至無所顧忌直抒胸臆，
直接喊出創造與破壞。例如他在《欲海》中

> 太陽的光威
> 要把這全宇宙來熔化了！
> 弟兄們！快快！
> 快也來戲弄波濤！
> 趁著我們的血浪還在潮，
> 趁著我們的心火還在燒，
> 快把那陳腐了的舊皮囊
> 全盤洗掉！
> 新社會的改造
> 全賴吾曹！〔註3〕

〔註3〕郭沫若著作編輯出版委員會編《郭沫若全集》第一卷，人民文學出版社，1985
年，第70頁。

　　郭沫若詩歌中不止一次提到拋棄那舊皮囊，即，拋棄那陳腐落後的世界。
《女神之再生》中，被供養的女神們走下牌位，只為創造一個全新的太陽。
女神們說的那句「新造的葡萄酒漿不能盛在那舊了的皮囊」〔註4〕幾乎成為
「五四」新文化運動創造者們的座右銘，被無數的學者、詩人引用。

　　郭沫若詩歌以史無前例的「動」之精神，彰顯自我。中國新文化的發生
呼喚一種能掙脫牢籠束縛的精神，呼喚一個能馳騁遨遊的鬥士。郭沫若正是
時代呼喚的弄潮兒。他張揚的叛逆與個性的突出和彰顯自我的氣勢與「五四」
時代是如此的契合。中國文化注重群體精神，宣揚將小我隱匿在群體之中。
這形成人們個性的喪失。郭沫若詩歌大寫幾千年來被縮小的「我」，以瘋狂近
乎膨脹的「動」之精神給人以振奮，具有石破天驚之感。在他詩歌精神的帶
動下，「五四」狂飆突進的時代之風達到高潮。

　　《我是個偶像崇拜者》以近於歇斯底里的叫喊，喊出一位偶像崇拜者對
萬物包括自我的崇拜。在激情達到高潮之時，他筆鋒一轉，道出他原來還是
一個偶像破壞者。太陽、山嶽、海洋、水、火、火山、江河、生、死、光明、
黑夜、巴拿馬、萬里長城、金字塔……一系列的意象如電影快鏡頭一般閃現
在讀者眼裏，讓讀者隨著詩人的崇拜仰視著這些來自宇宙天地的畫面。當讀
者還沉浸在應接不暇的意象群中時，詩人又喊出這些都不必供人們瞻仰，都
可以破壞。天地萬物可以按照新的秩序重新來過。詩歌讓讀者在情感兩級之
間轉瞬變化，在矛盾中產生一種力的衝突，形成「動」的精神。這種「動」的
精神充溢著郭沫若的詩情，在無數詩歌裏形成奔騰的畫面，讓讀者體會到心
靈的自由翱翔。《匪徒頌》更是一首叛逆的詩歌。詩人公開表明他讚美一切的
匪徒。匪徒，顧名思義，即是與現存權威相對的破壞者。他們反對先有的秩
序，創立一種新的秩序。這是一群張揚自我、突出個性的叛逆者。詩人對一
切的匪徒，無論是政治革命、社會革命、宗教革命還是文藝革命、教育革命，
只要是革命的匪徒，都是詩人謳歌的對象。華盛頓、馬克思、列寧、釋迦牟
尼、哥白尼、達爾文、惠特曼、盧梭、泰戈爾……這些來自不同領域的人物，
以蒙太奇的手法呈現在讀者面前。詩人開闊的視野使得詩歌意象如萬花筒精
彩紛呈。詩人對一切的叛逆都如此激動，如此欣喜，只因詩人也是一位徹底
的叛逆者。讀者面對這樣的詩歌，心情的振奮自然是不言而喻。這樣的詩歌

〔註4〕郭沫若著作編輯出版委員會編《郭沫若全集》第一卷，人民文學出版社，1985
　　　年，第8頁。

在中國新文化發生之際，屬於領軍文壇的作品。這寫於 1919 年年底的詩歌，是一首公開宣戰的詩篇。郭沫若在新詩壇剛出現便被賦予了歷史的使命——成為新文化陣營的領軍人物。他不負眾望，以飽滿的熱情連續創作無數首衝擊讀者心扉的詩篇。這些充滿力度與質感的詩歌，成為最具生命力的新詩，不僅影響一個時代，且載入史冊。

「五四」是一個打破權威，張揚自我，突出個性的時代。這是一個沒有中心權威，價值多元的時代。在這樣的時代，年輕人渴望建立自己的世界。建功立業中的人們總是激情滿懷，渴望在歷史的河流中留下自己光輝的颯爽英姿。新文化運動是一項嶄新的運動。中國的傳統文化是一條內河，文體變革是在一個既定的圈內循環發展。新文化是一條敞開的河流，各種支流都可以匯入到這條河流中來。中國新文化面向世界而敞開，世界的各種思潮如潮水一般湧進。在這樣一種背景之下，創建新文化的年輕人，總是力圖掙脫傳統的種種束縛，欲顯示一個不一樣的「我」來。就文化角度而言，「五四」時代，在中國近代史上，是一個最具有生命活力的時代。在這個時代，思想文化的爭鳴與中國先秦時期的「百花爭鳴」、西方的文藝復興有著相似之處。這些時代都是個人突出於群體的時代，是最具個性的時代。郭沫若詩歌中，最能體現自我個性的無疑是《天狗》。這首詩歌寫出那個特定時代人們的思想情緒。這首詩歌每一句的開頭便是一個大寫的「我」。全詩最突出的也是這個「我」。中國傳統詩歌中最忌諱的便是「我」的突出，而這首詩歌處處張顯自我的膨脹。詩中的「我」如精神病患者一樣地亢奮。「我」將日月星辰全部吞了，「我」便是光明，「我」飛奔、狂叫、燃燒。這些都還不夠，不能表現出「我」內心的狂熱。「我」將自己剝離，自我吞噬。縱然如此還不夠，感覺自己無限膨脹，「我」幾乎快要爆裂。《天狗》中個性的膨脹與「我」的張顯，寫出一個時代的精神脈象。因此，這首在今天看來缺乏詩意的詩歌，能在當時獲得高度評價，引得無數青年模仿。正如白話運動之於胡適，新詩對於郭沫若而言，也是時勢造英雄。時代成就了激情四溢的郭沫若，郭沫若讓時代為之傾倒，兩者的互生共榮是時代與個人完美結合的例證。中國新文化的發生，如果沒有郭沫若的出現，新詩的走向可能會是另外一條道路。郭沫若賦予沈寂的新文化運動勃勃生機，掀起又一輪新文化運動高潮。郭沫若的這種積極浪漫精神，影響中國文壇幾十年。在以後的左翼文學中，這種積極樂觀的浪漫主義潮流隨處可見。甚至在建國之後，這種革命的浪漫主義精神一度更是

佔據文壇主流。（限於論文主題的關係，對於這種浪漫精神與政治結合後的流變，這裡就不再詳實論證。）

不僅如此，郭沫若詩歌還充滿對光明的嚮往，對民主自由的渴求。這些都是當時廣大青年的追求，是一個時代的追求。在舊勢力還佔據統治地位的時候，新生力量在黑夜裏呼喚最多的便是光明、自由、民主。郭沫若有著時代的敏銳性，他的早期詩歌早已洞悉黑夜與光明的未來。

在郭沫若詩歌中，一個頻頻出現的意象便是太陽。太陽在詩歌中被寄予多重寓意。太陽既是光明的象徵，也是戰勝黑暗的勇敢鬥士。太陽是詩人嚮往的世界。被黑夜裏挾的心靈，太陽是其精神支柱。唯有太陽存在，才有明天的希望與鬥爭的勇氣。《日出》中，太陽將光明與黑暗切斷，這是一首光明的讚歌。「明與暗，刀切斷了一樣地分明！／這正是生命和死亡的鬥爭！／……／我守看著那一切的暗雲……／被亞波羅的雄光驅除乾淨！」〔註5〕《沙上的腳印》中，太陽光芒將我生命中的陰霾驅除，剩下一個光明的「我」。「我」因而希望將生命中的陰暗面全部去除，一個光明的「我」與太陽同在。「太陽照在我前方，／太陽喲！可也曾把我全身的影兒／投在了後面的海裏？」〔註6〕郭沫若在他很多詩歌裏表現出嚮往光明的所在，願意追隨太陽而去，例如《新陽關三疊》《金字塔》《新生》。《太陽禮讚》中，詩人請求太陽永遠不要離去，因為沒有太陽的日子，黑暗籠罩四圍。詩人在太陽的照耀下，願意將生命變為鮮紅的血流，願意將心海的聲音傾訴與太陽。太陽在這裡不僅僅給生命帶來光明，更是詩人的知音，「太陽喲！你請永遠傾聽著，傾聽著，我心海中的怒濤。」〔註7〕詩人與太陽不單是準隨關係，更多的是平等的朋友關係。詩人不會因為對太陽的嚮往，而將太陽置於高高的牌位上供奉著。這種書寫是對權威的消解，也符合「五四」時代權威解體的時代風潮。舊的信仰即將消滅，新的信仰等待建立，人們不相信權威的存在，更相信自己的創造力，相信自己是歷史的主人。所以，儘管太陽意象在郭沫若詩歌中佔據如此重要地位，仍然沒有成為舊式權威形象。帶來光明的太陽，是被創造出來，而不是什麼神秘的先天性存在。在

〔註5〕郭沫若著作編輯出版委員會編《郭沫若全集》第一卷，人民文學出版社，1985年，第62頁。

〔註6〕郭沫若著作編輯出版委員會編《郭沫若全集》第一卷，人民文學出版社，1985年，第103頁。

〔註7〕郭沫若著作編輯出版委員會編《郭沫若全集》第一卷，人民文學出版社，1985年，第101頁。

《女神之再生》中，太陽是由那些曾經補天的女神們為了天內外的世界而新造的。詩人充分肯定人類的創造力。這份創造力讓天上的太陽也不由得低頭。在《金字塔》中，便有這樣的精彩描述，例如，「人們創造力的權威可與神祇比伍！／不信請看我，看我這雄偉的巨製吧！／便是天上的太陽也在向我低頭呀！」〔註8〕詩歌在肯定太陽帶給人們光明的同時，更加強調人們的創造力。「五四」時期，新文化的締造者們在創建過程中受到種種非難，感受到重重壓力，對於美好明天的嚮往，使得他們渴求光明的世界。他們對於美好明天的嚮往，不是懷著祈禱之心，而是有著沉著堅毅的意志力，相信未來是由他們親手創造。創造力是開啟新時代唯一的鑰匙，唯有無窮無拘的創造力才能迎來光明美好的明天。新文化的產生同樣也是一個創造的產生過程。郭沫若詩對太陽的禮讚，是「五四」情緒的書寫，是時代精神的再現。

郭沫若詩歌所產生出的強大影響力，如摧枯拉朽之勢，在新文壇豎起一道高高的豐碑。這座豐碑的樹立，為新文化詩歌潮流指引前進的方向。自此，中國新詩擺脫了以往思想貧乏的局面，新詩成為人們傾訴理想抱負的最好文學形式。無論是激情澎湃的人生理想還是浪漫的革命激情，人們都受其影響，以詩歌表達內心火熱的情感。

二、淺吟低唱的灰色少年——郭沫若風格意象的多樣性

中國新文化發生之際，有兩種情感同時存在文壇。一種是為新文化誕生而豪情滿懷，另一種情感是迷茫、感傷、孤獨。在新文化取得勝利之後，新文化建設遭遇挫折時，後一種情感便凸顯出來。由於時代的因素，那樣一個特定的時代容不得清新愉悅的心情常駐心田，感傷成為激情之後的主色調，所以諸多的情感體驗都蒙上一些感傷色彩。「……它與一代人最深刻的焦慮與思索聯繫在一起，預示著一個新的歷史的巨大起步。因此也可以說是現代中國民族和文學進入歷史青春期時必有的感情標誌和心理氣氛。」〔註9〕

郭沫若等一大批青年志士有著青春的熱情奔放，為促使新文化發生充滿昂揚鬥志。但是，當「創造」與「自由」遭遇瓶頸時，「熱情」與「鬥志」成為戰場上沉睡的沙石。郭沫若與魯迅一樣，原本抱著救國理想選擇醫學專業，

〔註8〕郭沫若著作編輯出版委員會編《郭沫若全集》第一卷，人民文學出版社，1985年，第107頁。

〔註9〕錢理群、溫儒敏、吳福輝《中國現代文學三十年》，北京大學出版社，1998年，第27頁。

但是現實告訴他們如果只是救治生理上的疾病，根本不可能改變不平等的民族階級對立，也不可能改變中國人落後的精神面貌。郭沫若在他的小說裏這樣描述對醫學的厭惡。「醫學有甚麼！我把有錢的人醫好了，只使他們更多榨取幾天貧民。我把貧民的病醫好了，只使他們更多受幾天富兒們的榨取。醫學有甚麼！有甚麼！教我這樣欺天滅理地去弄錢，我寧肯餓死！」「醫學有甚麼！能夠殺得死寄生蟲，能夠殺得死微生物，但是能夠把培養這些東西的社會制度滅得掉嗎？」〔註10〕郭沫若對所學專業不感興趣，但是學醫卻用去他7年時間。這也反映出現實與理想在郭沫若心裏的博弈。國外環境使他感受到弱國子民的屈辱。國內新文化的發生一方面激起他洶湧的激情，一方面也使得他沉思，沉思新詩發展道路上遭遇的種種障礙。幾方面的因素，都使得他不可能永遠翱翔於雲端。與現實生活的擁抱，讓郭沫若飛揚的才思凝練為寧靜的畫卷，成為搖曳在心田的波光暗影。

正如古代聖賢非人們想像的不食人間煙火，完整的人生更有高峰低谷、峰迴路轉、柳暗花明。郭沫若早期詩歌既有高昂的歌聲，也有餘音嫋嫋的飄渺；既有掩卷思索的沉澱；也有放鬆心靈的輕盈；還有沉醉愛河的呢喃；同時不乏生活情趣的詩意採摘……這些匯成一曲完整的青春交響樂，構成多面人生的真實寫照。

郭沫若在《創造十年》中曾這樣自述對自己的創作經歷：「我的短短的做詩的經過，本有三四段的變化，第一段是泰戈爾式，第一段時期在『五四』以前，做的詩是崇尚清淡、簡短，所留下的成績極少。第二段是惠特曼式，這一段時期正是『五四』的高潮中，做的詩是崇尚豪放、粗暴，要算是我最可紀念的一段時期，第三段便是歌德式了，不知怎的把第二期的熱情失掉了，而成為韻文的遊戲者。」〔註11〕李怡先生認為，「導致郭沫若詩歌如此三番五次的轉折變化，其重要的原因是可以在中國古典詩歌的原型那裡找到的，是自由形態與自覺形態的相互消長推動著詩人內在的精神發動著波動性的變化，而變化也不是漫無邊際、難以捉摸的，或者是自由的增加，或者是自覺意識的上升，是自由與自覺的循環前進。」〔註12〕

〔註10〕郭沫若著《漂流三部曲》，人民文學出版社，1987年，第19頁。
〔註11〕郭沫若著《沫若文集》第7卷，人民文學出版社，1958年，第67頁。
〔註12〕李怡《中國現代新詩與古典詩歌傳統》增訂本，北京大學出版社，2008年，第168頁。

　　正是由於中國古典傳統與西方現代思潮以及理想與現實的複雜矛盾，使其創作不斷的變化轉折，進而呈現出多樣化的意象和風格。

　　郭沫若詩歌有個人心緒的獨白，內心隱秘情感的表述。

　　郭沫若早期白話詩歌中具有代表性的是《歎逝》。為什麼會說這首詩歌代表郭沫若的心聲，因為它來源於信件。信件屬於很隱私的內容。在郭沫若與宗白華、田漢的通信中，郭沫若將最能表達自己內心真實情感的詩歌載入其中。他與宗白華的通信中，翻譯了《浮士德》第一部中《天上序曲》前的《獻詩》。郭沫若認為《獻詩》最能代表自己的心情，由此引起情感的回憶而創作《歎逝》。

　　如其在《歎逝》中那位灰色少年，四季輪迴，物轉星移，都會引起他心底的惆悵情思，讓他哀歎歲月悄然流逝。郭沫若於 1920 年 2 月 16 日在上海《時事新報・學燈》發表《歎逝》一首。這首詩歌由於沒有《女神》等詩歌那樣的激情湧動，因而沒有引起較大的關注。《歎逝》是詩人自身的寫照，緣情而發，真實感人。它不僅有時代的背景，更是廣大青年內心的寫照。或者因為在後來的歷史書寫中，將郭沫若定位於新文化的急先鋒、引路人，因而對他的這些淺吟低唱避而不提，所以我們今天在郭沫若詩歌全集裏也找不到這首詩歌的影子。但是歷史的存在，唯有「真」的呈現，才能準確地把握歷史脈象，知道歷史演變的走向。因為不為大眾熟知，所以這裡將其全篇寫下。

　　　　（一）

　　　　淚眼朦朧的太陽，

　　　　愁眉不展的天宇，

　　　　可是恨冬日要別離？

　　　　可是恨青陽久不至？

　　　　（二）

　　　　岸舟中睡的那位灰色的少年，

　　　　可不是我的身體嗎？

　　　　一卷海涅 Heine 詩集的袖珍，

　　　　掩著他的面孔深深地。

　　　　（三）

　　　　海潮兒的聲音低低起，

　　　　好像是在替他欷歔，

好像是在替他訴語，

引起了他無限的情緒。

（四）

他不恨冬日要別離，

他不恨青陽久不至，

他只恨錯誤了的青春，

永遠歸了過去！〔註13〕

這首詩歌近似獨語。在「我」哀歎青春流逝之際，太陽也淚眼朦朧，天宇為此也愁眉不展。充滿詩情的少年在溫柔訴說悲傷的情緒。「冬日」、「青陽」代表季節的詞語寫出似水流年，充滿濃厚感傷，延綿著詩人的哀思。詩歌情景交融，在低聲訴語中，濃鬱的詩意美充溢其間。

郭沫若詩歌還有寧靜如畫的意境。

《電火光中》中第一部分，詩人孤獨穿行在街道的時候，想起漢朝武帝時期的蘇武。詩人想像蘇武獨立在蒼茫無際的西比利亞荒原，想像蘇武在冰天雪地中思念故鄉。「我想像他向著東行，／遙遙地正望南翹首；／眼眸中含蓄著無限的悲哀，／又好像燃著希望一縷。」〔註14〕這首詩歌以思念故鄉為主題，在想像中展開一幅幅的畫面。「遙遙」與「翹首」頗具古典詩歌意境，讓人想到他後來寫成的《天上的街市》。這寧靜中的傷感，與郭沫若詩歌中天馬行空的豪邁形成兩種完全不同的美學風格。郭沫若詩意的書寫，是其詩歌中柔軟的水流，緩緩流過，澆滅激情的燃燒，撫慰心田。具有類似美學風格的詩歌還有《米桑索羅普之夜》。「我獨披著件白孔雀的羽衣，／遙遙地，遙遙地，／在一隻象牙舟上翹首。／……／寧在這縹緲的銀輝之中，／就好像那個墜落了的星辰，／曳著帶幻滅的美光，／向著『無窮』長殞！」〔註15〕這首詩歌於 1921 年 3 月 15 日發表在北京《少年中國》（季刊）第二卷第九期、田漢所譯《莎樂美》的譯文之前。在發表時，郭沫若注明這首詩歌是獻給田漢的。「發表時和一九二一年《女神》初版本另有副題：『此詩呈 Salome 之

〔註13〕郭沫若著作編輯出版委員會編《郭沫若全集》第十五卷，人民文學出版社，
　　　　1985 年，第 53～54 頁。

〔註14〕郭沫若著作編輯出版委員會編《郭沫若全集》第一卷，人民文學出版社，1985
　　　　年，第 75 頁。

〔註15〕郭沫若著作編輯出版委員會編《郭沫若全集》第一卷，人民文學出版社，1985
　　　　年，第 144 頁。

作者與壽昌』。〔註16〕詩歌中的「米桑索羅普」是指厭世者。詩中的「我」美麗而高貴，身著白孔雀的羽衣，坐在象牙製成的舟上，遙遙地翹首。如此雍容優雅的「我」即使死亡，也要在縹緲的銀輝中美麗地殞落，不辜負明月的光輝。這首死亡之歌寫得如此的美麗憂傷，表現生命的詩意隕落。「五四」時期是個性張揚的時代，但當覺醒後的青年欲飛翔時，卻發現找不到飛翔的航道。他們轉而低頭俯視大地，土地的滿目瘡痍讓他們黯然神傷，消沉、迷茫籠罩四圍，傷感的情緒是如此之濃厚。《米桑索羅普之夜》描寫生命的消亡，寓意「五四」時代部分青年創建新文化過程中希望的隕落，象徵新文化遭遇阻礙時的沈寂。

在我國傳統詩歌中，月亮是被文人墨客歌詠最多的意象。像張九齡的「海上生明月，天涯共此時」、李白的「舉杯邀明月，對影成三人」、蘇軾的「缺月掛疏桐，漏斷人初靜。」中國新詩發生期，也有描寫月亮的詩歌，但是相對這些歌詠月亮的千古佳句，後人對於月亮的描寫黯然失色。但是，郭沫若有一首詩歌描寫月亮卻是如此的充滿詩意，是白話新詩中難得的佳作，這便是《霽月》。「淡淡地，幽光／浸洗著海上的森林。／森林中寂寥深深，／還滴著黃昏時分的新雨。／雲母面就了般的白楊行道／坦坦地在我面前導引，／引我向沉默的海邊徐行，／一陣陣的暗香和我親吻。／我身上覺著輕寒，／你偏那樣地雲衣重裹。／……／我眼中莫有睡眠，／你偏那樣地霧帷深鎖。」〔註17〕月亮在這裡變身為深閨仕女，美麗高雅，隱身在天的那一邊。詩人深情無限，也只能是含著相思遙遙地相望。詩歌沒有早期白話新詩的說教意味，而是呈現新詩詩美的另一境界。大海、森林、月光美女、銀海，還有一位深情的少年，構成一副有著甜蜜憂愁的青春畫面。夕陽同樣是被傳統文人應用到詩歌較多的意象之一。例如，馬致遠的「夕陽西下，斷腸人在天涯。」；秦觀的「鳥聲幽谷樹，山影夕陽村。」范仲淹的「萬壑有聲含晚籟，數峰無語立斜陽。在眾多描寫夕陽的詩句中，夕陽給讀者展現的如果不是悲情、離索的場景，便是寧靜的山水畫。較少有詩人將夕陽與甜蜜的愛情聯繫在一起。但是，郭沫若在《日暮的婚筵》中，一樣呈現出於傳統詩

〔註16〕郭沫若著作編輯出版委員會編《郭沫若全集》第一卷，人民文學出版社，1985年，第145頁。

〔註17〕郭沫若著作編輯出版委員會編《郭沫若全集》第一卷，人民文學出版社，1985年，第146頁。

歌不一樣的別樣風情，「夕陽，籠在薔薇花色的沙羅中，／如像滿月一輪，
寂然有所思索。／⋯⋯／新嫁娘最後漲紅了她豐滿的龐兒，／被她最心愛
的情郎擁抱著去了。」在此詩中，夕陽不再代表離索、殘年，而是罩上甜蜜
的色彩。夕陽如滿月一樣，在薔薇花色的籠罩中象徵著花好月圓。夕陽成了
美麗的新娘，有著豐滿的臉龐，在情郎的擁抱之下，含羞地消隱到地平線
下。如此描寫美好夕陽的詩歌可以說是前無古人，後無來者，顯示出郭沫若
獨特的想像力。「五四」時代，是一個充滿青春激情的時代。這是適合放聲
歌唱愛情的時代，是一個充滿夢想與憧憬的時代。《日暮的婚筵》不僅在主
題上屬於青春的「五四」，與同時期描寫愛情的詩歌比較，這首詩歌更是詩
意濃鬱，意境優美，是難得的情詩佳作。

　　郭沫若一部分白話詩歌還有具有歌樂府的通俗與詞的輕盈、纖巧。中國
新文學的發生與西方文化緊密相連。西方各種文化流派、思潮湧入中國。其
中，西方意象派對中國早期詩人影響頗深。胡適便是受其影響較深的一位，
他還在美國期間便受到西方意象派的影響。由於胡適在國內的強大影響力，
他歸國後也隨之將西方意象派的影響帶到中國，帶到中國早期白話詩壇。
西方意象派講究繁複的意象，但是在繁多的意象堆砌之下，丟失了美好的
意境。意象派詩歌傳入中國後，「形象性」特徵凸現的同時，詩意黯然許多。
〔註18〕然而，郭沫若詩歌繼承傳統詩詞的優美意境，例如，他的《雷峰塔
下》其二。

> 菜花黃，
> 湖草平，
> 楊柳毿毿，
> 湖中生倒影。
>
> 朝日曛，
> 鳥聲溫，
> 遠景昏昏，
> 夢中的幻境。
>
> 好風輕，
> 天宇瑩，

〔註18〕參見陳希望《胡適與意象派》，載《鄂州大學學報》，1998 年第 1 期。

雲波層層，

舟在天上行。〔註19〕

　　該詩以多重意象描繪一幅寧靜安詳的畫面，在如夢似幻的意境中，塵世的喧囂煩雜被沉入海底。這首詩歌如激情之後的微波蕩漾，激起漣漪幾許，卻波瀾不驚，具有恬淡悠遠的美學效果。類似的詩歌描寫在郭沫若作品中還有。《趙公祠畔》也是如此的一首詩歌，鐘聲、樹林、湖水構成一幅朝霧繚繞、夢中幽韻的畫面。《三潭印月》以楊柳、煙雨、行人勾勒一幅西子湖畔，行人雨中漫步的畫面。

　　郭沫若詩歌既有沉靜心情的寫照，也有哀婉憂傷心情的書寫，甚至還有對死亡的嚮往。在「五四」時代，人們在創建新文化轟轟烈烈的過程中，感受到「創造」、「新生」的喜悅。與此同時，還有對於「死亡」的嚮往。這份嚮往裏，包含有舊事物消亡的喜悅，也有青春期遭遇挫折後的沮喪。年輕的心時時會感到疲憊，這份疲憊有時會讓人厭倦生命。在同時期文壇，描寫苦難人生對死亡的嚮往，不止郭沫若一位，還有郁達夫。郁達夫擅長使用小說展現心靈的煎熬。郭沫若早在 1918 年《死的誘惑》將戀情比作死亡，既表現出愛情的蕩人心魄，在某種程度也揭示渴望對現實世界的逃避。詩歌將死亡比作是誘惑男子的女郎，用蕩人心懷的欲望誘使「我」投向她的懷抱。「沫若，你別用心焦！／你快來親我的嘴兒，／我好替你除卻許多煩惱。／……／沫若，你別用心焦！／你快來入我的懷兒，／我好替你除卻許多煩惱。」〔註20〕1919年，郭沫若在書寫激情滿懷的諸如《欲海》《立在地球邊上放號》的同時，還寫有《死》。詩人將死亡當做是人生徹底的解脫，這是在塵世中疲憊掙扎後心靈的休假。死亡成為詩人嚮往又害怕的情郎，渴望死的到來。但是郭沫若畢竟是樂觀向上的，其浪漫精神指引他著眼未來，看到的是美好未來，正如鳳凰涅槃一樣，死亡是為了獲得新生。所以，在描寫死亡的詩歌中，也會有「春風吹又生，野火燒不盡」的希望。在《火葬場》裏，「哦，你是哪兒來的涼風？／你在這火葬場中／也吹出了一株——春草。」〔註21〕

〔註19〕郭沫若著作編輯出版委員會編《郭沫若全集》第一卷，人民文學出版社，1985年，第 165～166 頁。

〔註20〕郭沫若著作編輯出版委員會編《郭沫若全集》第一卷，人民文學出版社，1985年，第 137 頁。

〔註21〕郭沫若著作編輯出版委員會編《郭沫若全集》第一卷，人民文學出版社，1985年，第 139 頁。

　　也許是漂泊日本的時間太長，郭沫若經受的人生困頓太多。歸國後，滿目瘡痍的中國也讓滿懷期待的他失望。他在《西湖紀遊》中寫下這份失望，「唉！我怪可憐的同胞們喲！／你們有的只拼命賭錢，／有的只拼命吸煙，／……／那幾個肅靜的西人／一心在勘校原稿喲！／那幾個驕慢的東人／在一旁嗤笑你們喲！／啊！我的眼睛痛呀！痛呀！／要被百度以上的淚泉漲破了。」〔註22〕郭沫若對於同胞的墮落，面對外國人對同胞的蔑視，他心痛，不忍目睹這樣的場景。魯迅對麻木不仁的同胞也有類似這樣的描寫。他描寫一群留日學生觀看電影時，面對自己同胞被描繪成反動人物時無動於衷，甚至嬉笑打哈，毫無羞辱之感。魯迅因而感受到與其治療中國人的生理疾病，不如治療中國人的心理疾病，由此開啟他以後改造國民性的主題。郭沫若對於同胞的不知羞恥，使得他在浪漫抒情時也反思國民性問題。這也是他以後走向政治之途的誘因之一。類似的描寫還《上海印象》：

> 我從夢中驚醒了！
>
> Disillusion 的悲哀喲！
>
> 遊閒的屍，
>
> 淫囂的肉，
>
> 長的男袍，
>
> 短的女袖，
>
> 滿目都是骷髏，
>
> 滿街都是靈柩，
>
> 亂闖，
>
> 亂走。
>
> 我的眼兒淚流，
>
> 我的心兒作嘔。
>
> 我從夢中驚醒了。
>
> Disillusion 的悲哀喲！〔註23〕

這首詩歌有點類似於波特萊爾的《惡之花》，似乎是世界末日的景象。郭

〔註22〕郭沫若著作編輯出版委員會編《郭沫若全集》第一卷，人民文學出版社，1985年，第 164 頁。

〔註23〕郭沫若著作編輯出版委員會編《郭沫若全集》第一卷，人民文學出版社，1985年，第 162 頁。

沫若這首《上海印象》的知名度、影響力並不大，但是詩歌真實反映了「五四」紛繁複雜的社會百態。聞一多的《死水》在情感內容上與《上海印象》非常相似。聞一多是否受郭沫若詩歌影響而創作《死水》，現在的我們無法考證。但是從一個角度說明了郭沫若詩歌創作的豐富性。

三、郭沫若詩歌的開拓性

郭沫若詩歌無論是狂風暴雨還是細魚纏綿，都展現了「五四」特有的青春記憶。因為「五四」一面是飆風四起的激情燃燒，另一面是面向不可預知未來時的迷茫感傷，還有青春期特有的愛情路程。這些都注定「五四」不可能是單一的曲調，它必定是有長江大河的洶湧澎湃和涓涓小溪的緩緩流動，還有匯入湖水時的水明如鏡，以及一路倒影的光彩斑斕。詩歌為我們呈現一個豐富立體的郭沫若，這樣豐富的人物性格也是光影交錯的「五四」風潮折射。這樣的「五四」所演奏的必定是多聲部交響樂。郭沫若詩歌呈現不同的美學風格，是時代風影的記載。時代被書寫在郭沫若詩歌之中，時代也因為郭沫若的詩歌而光影流動。兩者相生共榮，是時代成就了郭沫若詩人的身份，郭沫若也開啟一個時代嶄新的詩風，他開啟的浪漫主義詩歌潮流影響了整個中國現代文壇。

從詩歌藝術特徵角度分析，我們可以進一步認識郭沫若在新文壇開創的新局面和貢獻。胡適等倡導白話文學成功後，嘗試新詩創作。在理論先行的情況之下，白話文學依葫蘆畫瓢，笨拙地耕種著新文化的試驗田。因為沒有具備說服力的文學作品出現，新文化陣營一度變為「這裡戰場靜悄悄」。沒有文學作品響應的理論逐漸顯現為空洞無力。新文壇呼喚新人的出現，呼喚能引領文學潮流的新人出現。新文化的發生與郭沫若的關係，便是呼喚與被呼喚的關係。郭沫若的文學創作沒有牽強刻意地追隨先行的理論，而是來源於心靈的呼喚，所以他的詩歌一出現便具有別樣的風采。

中國至屈原開創浪漫主義潮流之後，巴蜀詩人李白開創第二次浪漫主義的高峰。但這兩次浪漫主義高峰都是在一個園內完成，這「園」便是一個相對封閉的中國文化體系。由郭沫若開創的浪漫主義潮流是一條敞開的河流。這條河流不再是封閉的，而是面向世界敞開。古今中外的文化之河匯聚於此。在浪漫主義潮流中，將中西方文化結合得如此之完美，郭沫若是中國第一個。當時新文壇詩作處於一種探索階段，廣大詩人還在小心翼翼地摸索前進。郭

沫若的詩歌完全沒有探索階段的顧忌，而是任其想像力的驅使，讓詩情得以一泄如注，到達酣暢淋漓的表達效果。讓廣大的詩人群體體悟到原來白話詩歌還可以這樣寫作──充滿無拘的想像力和浪漫的表達。

所謂「五四」將中國傳統文化阻斷，這是一個可以商榷的說法。倡導新文化運動的先驅們，無一不具備深厚的傳統文化根基。他們提倡西方社會的民主、自由、人權、科學，並不是以徹底推翻中國傳統文化為前提。相反，他們是力圖發揚傳統文化的精髓，使之與當下的社會文化結合。例如，胡適考察白話文學便是從先秦時期開始的。魯迅的小說創作既有西方文化的因子，也融入有傳統小說元素。中國新詩奠基人郭沫若更是將傳統文化與西方文化天衣無縫的相容。他很多詩歌開頭的序言便是一個例證。《女神之再生》是以歌德的詩句作序，《湘累》是以屈原的《離騷》作序，《匪徒頌》是以引用莊子的文章作為序言。

《女神之再生》詩人以詩劇的形式呈現，也給當時的讀者耳目一新之感。這也首開中國新詩壇的先河，創造了一個「第一」，並獲得高度的評價。聞一多最早對《女神》的本質特點及其卓著成就曾這樣評價：「若講新詩，郭沫若君的詩才配新詩呢，不獨藝術上他的作品與舊詩詞相去最遠，最要緊的是他的精神完全是時代的精神──二十世紀時代的精神。有人講文藝作品是時代底產兒。《女神》真不愧為時代底肖子。」〔註24〕當代學者更將其與胡適《嘗試集》作比較的基礎上突顯其意義，雖然《嘗試集》出版比《女神》要早一年，但是，「《嘗試集》除了在內容上未能確切地顯現『五四』前後急遽變革的時代精神外，在形式上也仍太拘守於舊詩，重說理而少想像，『缺少一種餘香與回味』，──這不獨是胡適的詩。在『五四』詩壇上，新詩幾乎『是以描寫現實生活為主題，而不重想像，中國詩的傳統原本如此』。從內容到形式對詩歌進行徹底改造並取得顯著成績的要數郭沫若。」「郭沫若的第一部新詩集《女神》，於一九二一年由上海泰東圖書局出版。它像是一顆璀璨的彗星出現在中國詩壇上，光耀奪目，照徹大地。它以嶄新的思想內容和獨特的藝術風格，開一代詩風，成為中國新詩史上一塊巍峨的豐碑。」〔註25〕「正是在這個意義上，郭沫若才是『五四』啟蒙時代詩歌方面的代表者，新中國的預言詩人，才是魯迅久久期待出現的『摩羅』詩人。《女神》真正有資格堪稱為中

〔註24〕聞一多《〈女神〉之時代精神》，載《創造週報》，1923年6月3日，第4號。
〔註25〕黃侯興著《郭沫若的文學道路》，天津人民出版社，1983年，第48頁。

國的第一部新詩集。」〔註26〕沐浴著巴蜀大地古老文化營養，郭沫若走向全國，走向世界，以實際成就展示了中國新文化的創造活力，成為在中國現代文學發生期間巴蜀作家的最傑出代表。

第二節　郭沫若早期小說

郭沫若開創了一代浪漫詩風，《女神》奠定了他在文壇上不可動搖的地位。因為《女神》的出版，人們發現白話詩歌原來也可以情感充沛，具有海闊天空的想像力。中國早期白話詩歌由此被插上想像的翅膀，開始走出低谷。郭沫若因而被譽為浪漫主義詩人。世人因為他才氣橫溢的詩歌，在一定程度上忽略了其早期小說創作。

他的早期小說，在傷感面紗後，是真實的人生寫照。郭沫若早期小說被研究者忽略其現實特色的另一個原因是所謂當時的「幫派「之爭——文研會與創造社分別被理解會人生派和藝術派。其實所謂「人生派」與「藝術派」不過是當時幫派相爭採用的一種方式策略而已。但因為此，學界在研究作家作品時，容易先入為主給作家一個定位。在創造社處於領導地位的郭沫若，好像當然就更應該是藝術派的代表。其實，文研會提倡的血淚文學，弱小者文學，不僅僅在文研會作家裏有深刻反映，在創造社作家裏也有獨到的反映。郭沫若帶自敘傳色彩的小說《漂流三部曲》就是反映弱小者（留學海外的學子）受盡屈辱的生活。讓當時的很多讀者為之落淚。他的小說甚至讓友誼出現裂痕的郁達夫感動，進而兩人冰釋前嫌。郭沫若的留學生涯並非是醇酒美人、花前月下，充滿無數的風流韻事，真實的他處於社會底層。那一段留學生涯，帶給他的不僅僅是愛情，更多的是對苦難生活的深刻體驗，這段生活反映在他早期小說中。郭沫若早期小說主要描寫一顆掙扎在生存邊緣的靈魂，小說從愛欲的不能實現，物慾的不可滿足，精神物質雙重的缺失，寫出一位在邊緣線掙扎的「流氓」。在日常生活體驗中，「流氓」是貶義詞，代表沒有道德、無操守的地痞。這裡的「流氓」涵義是指無根的流浪者，且處於社會底層，飽受欲望的煎熬。

郭沫若在日本顛沛流離的生活，讓他嘗盡生活的心酸。他在一次搬家後，很傷感。他做了幾首詩，表達內心的感傷。其中一首詩抒發他身處大千世界

〔註26〕黃侯興著《郭沫若的文學道路》，天津人民出版社，1983年，第49頁。

的漂泊感，「寄身天地太朦朧，回首中原歎路窮。入世無才出未可，暗中誰見
我眼眶紅？」〔註27〕郭沫若這樣描述自己當時的心境：「這些最足以表示我當
時的心境──矛盾的心境。自己好像很超脫，但在事實上卻很矜持。自己覺
得是很熱心的愛國志士，但又被人認為了『漢奸』。在無可如何之中便只好得
過且過，算好倒還沒有落到自暴自棄的地步。這沒有鬧到自暴自棄的程度，
或者也是怕沒有錢的關係。有一些人要表示出自己的風流潦倒，便要寫出滿
紙的醇酒美人，不假思索的青年也就為之灑雪無限同情的眼淚。其實那些所
謂醇酒美人是要以錢為前提的。」〔註28〕郭沫若在日本窮困潦倒的生活，在
他早期小說中有充分的表現。

　　按照小說《行路難》的界定，流氓是「中國人的父親，日本人的母親，生
來便沒有故鄉的流氓！……淡白如水的，公平如水的，流動如水的，不為特
權階級所齒的，無私無業的亡民！……啊，流罷，流罷，不斷地流罷，坦白地
流吧！沒有後顧的憂慮，沒有腐化的危機。」〔註29〕在日常生活體驗中，「流
氓」是貶義詞，代表沒有道德、無操守的地痞。但《行路難》中的主人公，在
思考自己的小孩時，不自覺地將小孩與流氓聯繫起來。這是為什麼？這是因
為愛车在找房子的過程中備受侮辱。人格被肆意地踐踏。不被日本主流社會
所接納，「支那人」成為他心中不能抹去的隱痛。愛车計算著三個兒子與自己
四處漂流的次數時，不期然地將流氓與兒子聯繫在一起。這種聯繫是愛车對
自己在日本悲慘遭遇的隱射，透射出被主流社會驅逐的憤然心情。流氓在這
裡便具有離經叛道的意味，類似於中國被逼上梁山的綠林好漢，處於社會底
層邊緣。在郭沫若早期小說中，愛车的這種心緒有著普遍的反映。在邊緣線
掙扎的流氓，愛的欲求不能得以滿足，物質的欲望也不能實現。苦難、傷感
成為郭沫若早期小說的情感基調。因為郭沫若與朋友一起成立創造社。創造
社與文研會是當時兩個較大的社團，分別成為浪漫主義與現實主義的代表。
所以學界在研究郭沫若與創造社其他作家時，更多關注的是其浪漫主義色彩。
對於郭沫若早期小說創作的現實色彩，學界關注的並不多。本文通過展示一
位在邊緣線掙扎的「流氓」在物慾、愛欲兩方面雙重缺失，揭示郭沫若早期
小說的現實色彩。

〔註27〕郭沫若著《學生時代》，人民文學出版社，1979 年，第 53 頁。
〔註28〕郭沫若著《學生時代》，人民文學出版社，1979 年，第 54 頁。
〔註29〕郭沫若著《漂流三部曲》，人民文學出版社，1987 年，第 127 頁。

　　他小說強烈的寫實風格，與他早期詩歌創作風格大相徑庭。郭沫若早期小說具有強烈的自傳意味，字裏行間顯示出一位飽經苦難的留學生靈魂的掙扎。如果說郭沫若詩歌是浪漫主義的一座豐碑，那麼他的小說則是現實主義的一個風景點。假如詩歌是郭沫若理想的飛躍，小說則是他腳踏大地的俯首；如果詩歌中天馬行空的奔馳是對苦難大地的逃離，那麼小說則是對顛沛流離、困頓交加現實的擁抱。有學者曾經對郭沫若小說進行過歸類分析。例如，劉納對郭沫若整體小說創作分析後，將其分為詩意蔥蘢的小說、訴說貧困的散文式的小說、呼喚革命的童話等幾種。〔註30〕再如，楊義曾將郭沫若前期小說分為兩類，一類是追求幻美的創作，另一類是以訴說貧困、憤世嫉俗，帶自敘傳的小說。〔註31〕鄭伯奇在分析郭沫若早期小說時，將其分為寄託小說和身邊小說兩類。〔註32〕筆者在這裡，並不意欲將郭沫若早期小說分類分析，而是透過小說人物的表象活動，透析小說人物的內在魂靈。

　　在郭沫若早期小說中，描寫的愛情往往屬於愛而不得的苦悶。小說比較愛用夢境表達現實環境不能實現的愛欲，但這份愛欲通常在主人公強烈的自懺中破滅。

　　小說主人公是一位有婦之夫，但是內心深處還是會湧動起對美好女子的無比愛戀。他愛戀的對象都是美麗、純潔、羞澀的未婚女子。在愛情觀上，他潛意識裏繼承了傳統的大男子主義，表現出對於處女的特殊愛好。例如，在《殘春》中，描寫看護婦時這樣寫道，「她的眼睛很靈活，暈著粉紅的兩頰，表示出一段處子的誇耀。」〔註33〕。《在喀爾美蘿》中，作者這樣描寫那位讓主人公神魂顛倒的少女，「她把眼簾垂下去，臉便暈紅了起來，一直紅到了耳際。可愛的處女紅！令人發狂的處女紅喲！啊啊……」〔註34〕當喜愛的女子有可能遭受到玷污時，他痛心疾首，「我替她悲哀，我幾乎流下淚來。……我看見這些落花，禁不住哀憐到她的運命。險惡的海潮把落花飄蕩，誰能知道又會把她漂流到何處的海岸呢？」〔註35〕在現實環境中，愛牟心靈深處的愛

〔註30〕參見劉納《談郭沫若的小說創作》載《中國現代文學叢刊》，1983 年 12 月 31 號。

〔註31〕參見楊義《中國現代小說史》上，人民出版社，1998 年，第 596～598 頁。

〔註32〕參見趙家璧主編《中國新文學大系·小說三集》，上海文藝出版社，影印本，2003 年，第 14 頁。

〔註33〕郭沫若著《漂流三部曲》，人民文學出版社，1987 年，第 9 頁。

〔註34〕郭沫若著《漂流三部曲》，人民文學出版社，1987 年，第 65 頁。

〔註35〕郭沫若著《漂流三部曲》，人民文學出版社，1987 年，第 74 頁。

欲不能實現。在《殘春》中，那位有著黑耀石般眼仁的姑娘，在夢境中來到愛牟的身畔。愛牟欲望的驅使使他剝離了姑娘的外衣，露出似大理石雕塑的身軀。夢境是潛意識的表現、欲望的透射。但是，接著發生的不是浪漫的愛之旅，而是愛的恐怖。愛牟在對姑娘欲念的下一層心理，是道德的恐怖。他夢見妻子以殺死孩兒作為對自己的復仇。這是西方美狄亞報復悲劇的重現。悲劇的起因，是愛牟對於自己愛欲不能實現的根源。因為愛牟的日本妻子為了嫁給他，拋棄了所有，是患難與共的結髮之妻。在西方的愛情悲劇中，美狄亞為成全丈夫的事業，拋棄了自己的父親、兄弟。當丈夫背叛愛情時，憤怒的美狄亞親手殺死與丈夫共同生育的小孩，以此來報復懲罰丈夫。愛牟在潛意識裏認為自己與妻子的結合與美狄亞的婚姻有著共同之處。他認為如果背叛妻子曉芙，有可能會得到類似美狄亞的報復行動。所以他一方面借夢境實現自己的愛欲，另一方面也將自己內心深處的恐懼在夢境中釋放。小說最後，愛牟看到 S 姑娘送來的幾朵薔薇花瓣漸漸枯萎，不覺心生傷感。以詩表達自己內心的惆悵。「謝了的薔薇花兒，／一片兩片三片，／我們別來才不過三兩天，／你怎麼便這般憔悴？／啊，我願那如花的人兒，／不也要這般的憔悴！」〔註36〕由於 S 姑娘將愛牟送的薔薇花摘了朵簪在髮髻上，且託朋友送了幾朵薔薇花瓣給愛牟，所以愛牟將 S 姑娘比作薔薇花。「殘春」表面意義是指快消逝了的春天，也暗指 S 姑娘將要消逝的青春，真實的涵義還有兩人未見天日即被埋葬的愛情之春。愛而不能的愛欲，在《喀爾美蘿》同樣也是以悲劇形式出現。主人公「我」內心深愛著賣點心的姑娘，為她美麗的睫毛、醉人的處女紅而發狂。「我的性格已為她隳頹，我的靈肉已為她糜爛，我的事業已為她拋擲，我的家庭已為她離散了。」〔註37〕但是主人公「我」家有賢妻，他每每面對妻兒時會心生愧疚，但魂靈早已飛向愛戀的姑娘。當看到心愛的姑娘由於生病找尋醫生看病時，他多麼期盼自己是那位替姑娘看病的醫生，藉此可以親近那近在咫尺遠在天涯的姑娘。當看到美麗的姑娘因為醫生的治療而痛苦不已時，他詛咒醫生，「你們都是社會的病菌！你們是美的破壞者！⋯⋯你們和病菌是兄弟，你們該死，該死！」〔註38〕當姑娘病癒時，男主人公卻真的生病了。他患上了嚴重的神經衰弱。他的製圖、畢業試驗、畢業論文通

〔註36〕郭沫若著《漂流三部曲》，人民文學出版社，1987 年，第 16 頁。
〔註37〕郭沫若著《漂流三部曲》，人民文學出版社，1987 年，第 69 頁。
〔註38〕郭沫若著《漂流三部曲》，人民文學出版社，1987 年，第 84 頁。

通不能完成。他腦海裏全是姑娘的身影。他嫉妒任何到她家裏做客的年青男子。因為擔心姑娘知道自己是被人看不起的中國人，他在姑娘面前不敢說話，也不敢給她寫信。在種種困頓焦慮中，他的愛情理想不能實現時。他在恍惚中選擇了自殺。他在走向死亡時，念念不忘的是「蒼海的白波在用手招我，我挽著那冰冷的手腕，去追求那醉人的處女紅，去追求那睫毛美。……」〔註39〕這種以死亡救贖自己的愛情模式，是愛的極致。

郭沫若早期小說中，愛欲的不能滿足，導致主人公悲傷甚至精神崩潰；物慾的不能實現，則使主人公人格遭受侮辱，甚至心態變異。

《行路難》中，主人公愛牟全家的固定收入只有他每月的幾十元官費，所以他只能賣文為生。這種朝不保夕的生活，讓愛牟失去創作激情。創作變為一種壓力，生存的壓力。文人嚮往的淡雅寧靜生活離愛牟是那麼遠。生存的掙扎讓愛牟憤世嫉俗，以流氓自居。愛牟因為經濟窘迫，家無定所，經常被迫搬家。夫妻的感情有時也會因為經濟的拮据心生間隙。主人公愛牟一度被迫去守倉庫，以解決全家的住宿問題。主人公愛牟穿著他唯一的一套夏服，到處找尋廉價出租房。在找尋過程中，他被人踐踏，被罵為討厭的蚊子。在遭受這樣的屈辱後，他將積怨發洩在無辜的孩子們身上。他罵自己的孩子是腳鐐手銬、吃人的小魔王、賣人肉的小屠戶：「你們赤裸裸地把我暴露在血慘慘的現實裏，你們割我的肉去賣錢，吸我的血去賣錢，都是為著你們要吃餃餡，餃餡，餃餡！……啊，我簡直是你們的肉饅頭呀！」〔註40〕但是罵過之後，他又異常的懊悔，粗暴之後給孩子無限的溫柔。他經常在這矛盾狀態中來回遊走，心靈遭受折磨。他將自己的住房喻為活的墳墓，將自己的兒子與流氓相聯繫。這些都體現出主人公愛牟被主流社會排斥，處在生存邊緣掙扎的困苦。他有一種破罐破摔的頹廢。他的衣食住行都讓他無以維持尊嚴。體面的衣服只有一套，居住在簡陋的破屋，交通出行只能坐三等車。偶而坐一次二等車，只能讓他更強烈感受世間貧富懸殊帶來的不平與屈辱。因為有錢人鄙夷的目光，讓他如坐針氈。他即使饑腸轆轆，也不好意思吃妻子隨身帶的煮雞蛋，只為保留他那點可憐的自尊。「他要詛咒資產階級的人，不願和他們合作，而他的物質欲望又不見得比常人清淡。」〔註41〕這就構成主人公心

〔註39〕郭沫若著《漂流三部曲》，人民文學出版社，1987年，第88頁。
〔註40〕郭沫若著《漂流三部曲》，人民文學出版社，1987年，第109頁。
〔註41〕郭沫若著《漂流三部曲》，人民文學出版社，1987年，第323頁。

靈深處難以排除的焦慮。

《漂流三部曲》中，主人公在留學之後回到上海。但是貧困依舊像惡魔一樣纏繞著他。他不願行醫。多年困頓的留學生涯讓他對富人充滿仇視。所以他認為「醫學有甚麼！我把有錢的人醫好了，只使他們更多榨取幾天貧民。我把貧民的病醫好了，只使他們更多受幾天富兒們的榨取。醫學有甚麼！有甚麼！教我這樣欺天滅理地去弄錢，我寧肯餓死！」「醫學有甚麼！能夠殺得死寄生蟲，能夠殺得死微生物，但是能夠把培養這些東西的社會制度滅得掉嗎？」〔註42〕主人公堅決抵制行醫，卻不能抵制生活的窘迫。他的夫人、孩子因為在上海無法生存，只能選擇回日本。物慾的不能滿足帶來愛欲的不能滿足。當夫人走後，他感覺自己的寓所猶如一座死城，裏面有比死還可怕的東西存在。這種比死還可怕的東西，就是寂寞。他不能忍受令人窒息的寂寥，常常抱著夫人的衣服親吻。在煉獄一樣的上海，他發出了這樣的宣言，「我不要丟失了我的人性做個什麼藝術家，我只要赤裸裸的做著一個人。我就當討口子也可以，我就死在海外也可以，我是要做我愛人的丈夫，做我愛子的慈父。我無論別人罵我是什麼都可以，我總要死在你們的懷裏。女人喲，女人喲，女人喲，你為我而受苦的我的女人喲！我是你的，我是你的，我永遠是你的！你所把持著的並未失去，你所被賦予的並未被人剝奪呢！我不久便要跑到你那裡去，實在不能活的時候，我們把三個兒子殺死，然後緊緊抱著跳進博多灣裏去吧。」〔註43〕主人公寧願被人罵為禽獸，拋棄家國與事業，也要做一個殉情的乞兒。愛牟對夫人的強烈依戀，在於他除愛情之外便一無所有。他在物質上是一個零擁有者。因為物質的貧乏，失去實現愛欲的可能。精神物質雙重的困乏，使得他不再畏懼道德規範，而是忘我的投入世間那唯一可能的慰藉——夫人的懷抱。

郭沫若早期小說多描寫貧困的主人公輾轉在社會的邊緣。在小說《萬引》中，主人公松野因為無錢，因為無錢購買喜歡的書籍時竟然淪為偷書賊。《陽春別》中的主人公王凱雲，留學日本十載回到上海居然無法生存，在無可典當之物時，居然將大學文憑送進當鋪。

上述小說中這些男主人公是郭沫若年青時期生活的一種折射。作為中國人的郭沫若娶了一位日本姑娘做妻子，使得他在那個特殊的年代處於一種尷

〔註42〕郭沫若著《漂流三部曲》，人民文學出版社，1987年，第19頁。
〔註43〕郭沫若著《漂流三部曲》，人民文學出版社，1987年，第48、49頁。

尬的地位。被中國同胞視為漢奸的他，在日本人眼中又是低賤的支那人。郭沫若內外交困，被排擠到社會的邊緣。「不幸我那時候和安娜同居了一年有半，我們的第一個兒子和夫產後五個月了。更不幸我生來本沒有做英雄的資格，沒有吳起那樣殺妻求將的本領，我不消說也被歸在『漢奸』之列了。但好在我是住在鄉間，『武力』的滋味我倒還沒有領略過。」〔註44〕郭沫若早期小說中的男主人公由於極度的貧困，甚至收破爛的在物質層面上都優於他。男主人公在社會上處處遭遇白眼、奚落，被排擠到社會邊緣。他在物質精神層面處於零擁有者。如果他是一位甘於淡泊的知識分子，可能會有陶淵明「採菊東籬下，悠然見南山」的悠遠。但是他的物慾不見得比誰低，這就形成不可能解決的矛盾。他對於愛情的渴望比一般人都強烈得多，但是愛欲在各方面都遭遇阻礙，他為之癲狂，為之輕生。這又是一組不能解決的矛盾。所以說，郭沫若早期小說中，主人公是一位掙扎在邊緣的流氓，一位沒有根、一無所有的流浪者。郭沫若早期小說以真實的筆觸，為我們描繪出一位留學日本的中國人，在社會底層苦苦的掙扎。小說具有強烈的寫實風格，運用夢境、書信、日記等手法，進入主人公的內心世界，剖析「流氓」在邊緣線的渴望與掙扎。在我們傳統的定義中，流氓是指不務正業、為非作歹的人。流氓是被社會大眾唾棄的一類人物。但郭沫若小說以被放逐的「流氓」對抗所謂的「精英」──權勢者：「有閒有產的坐食的人們，你們那腐爛了的良心，麻木了的美感，閉鎖了的智性，豈能瞭解得這『流氓』二字的美妙嗎？」。〔註45〕巴蜀文化不畏權貴的反抗精神在這裡可窺其一斑──即使被踩在社會最底層，也有一顆不屈的魂靈。

第三節　郭沫若早期劇作論述

　　郭沫若劇作中有充盈的詩情，這詩情來自於郭沫若一顆不屈服的魂靈。〔註46〕

〔註44〕郭沫若著《學生時代》，人民文學出版社，1979 年，第 32、33 頁。

〔註45〕郭沫若著《漂流三部曲》，人民文學出版社，1987 年，第 312 頁。

〔註46〕「從歷史上看，戲劇本是詩的一種。我國元人雜劇和明清傳奇，以及目前各種地方戲劇，其中以白為賓，以曲為主，所以統稱戲曲。……我國『五四』以來的話劇，在形式上接受歐洲近代散文劇的影響，人物對話採取日常語言，不用詩體。但郭沫若以革命浪漫主義詩人進行戲劇創作，成為傑出的戲劇詩人。」黃侯興著《郭沫若文學研究管窺》，天津教育出版社出版，1987 年，第 171 頁。

　　郭沫若的叛逆性最早產生於他在國內讀高小時期。他名列前茅的成績被人污蔑為作弊，只是因為他鄉下人的身份。風波最終導致撕毀成績公示，因而他的成績無效，那是他第一次認識到人性的惡濁面。接下來的人生經歷，更是讓他體會到人生的悲苦。但是悲苦的人生體驗非但沒有壓垮他，倒是促使他叛逆性越來越強。特別是留日生涯，更讓他意識到個人的不幸與國家民族的命運是緊密相連。郭沫若的學醫經歷，又給予他慎密的邏輯思維。郭沫若的從醫經歷，使得他養成一種透過表象看到問題根源所在的思維。他不會被生活的種種表現迷惑。在上世紀 20 年代，中國的貧窮落後使得身處海外的中華子民處處遭人歧視。由於無處不在的歧視，許多留學海外的學子內心產生極度的焦慮與挫折感。學醫經歷賦予郭沫若犀利的目光。他能透過社會的種種表象，發現導致古老中華貧瘠的原因。他沒有停留於焦慮與挫折感，因為他知道改變中國貧窮落後的方法是改變現有的社會制度。在創作於 1920 年的《棠棣之花》中，郭沫若通過聶嫈之口指出戰爭不斷的根源在於私有制。私有制不消滅，人民不可能享受太平盛世。「自從夏禹傳子，天下為家；井田制度，土地私有；已經種下了永恆爭戰底根本。根本壞了，只在枝葉上稍事剪除，怎麼能夠濟事呢？」〔註 47〕由於郭沫若具有這種嚴密的邏輯思維，這使得他不同於同時期的許多知識分子。很多知識分子面對個人、民族的未來，徘徊在十字路口。郭沫若不會陷入一種「我不知道風向哪一個方向吹」的苦悶，更不會在風花雪月中麻痹自己脆弱神經。他在體味自己的不幸時，沒有沉迷於自怨自艾中，更多的是對現實的反抗和對於未來的憧憬。郭沫若這種特質在他的劇作中體現尤為突出。

　　郭沫若在 1919 年至 1925 年期間，一共創作 10 個劇本。這還不包括未完成的《蘇武與李陵（史的悲劇）》。這十個劇本是《黎明》《棠棣之花》《湘累》《女神之再生》《廣寒宮》《月光》《孤竹君之二子》《卓文君》《王昭君》《聶嫈》。

　　關於郭沫若的歷史劇，歷來存在很多的爭議。其中爭議最多的一點莫過於歷史與劇本故事之間的對應性。有人指責郭沫若隨意篡改歷史，創作的歷史劇不符歷史真實面目。其實，提出這種指責意見的人可能忘了一點，藝術從來就不需要真實再現生活。藝術允許誇張、想像，甚至根據作者自己的目

〔註47〕中國戲劇出版社編輯部編《郭沫若劇作全集》第一卷，中國戲劇出版社出版，1982 年，第 10 頁。

的修改，因為藝術不等於歷史。如果將藝術等同於歷史，那麼藝術就失去獨立存在的必要性。其實，關於歷史與真實之間的關係，郭沫若早已經做了特意的說明。他在《棠棣之花》發表後，另外寫有《附白》。在《附白》中，他講到，「各幕各場都是我想像力的產物，我不過只借些歷史上的影子來馳騁我創造的手腕罷了。」〔註48〕郭沫若是一個偏於主觀的人。特別是他早期的創作，故事基本上是他情感的宣洩、理想的寄託。郭沫若往往借作品主人公之口說出自己對於現實環境的看法，抒發對未來的憧憬。

郭沫若早期劇本充滿一種反抗的精神，不滿於現實，要打破腐朽、黑暗的現存世界，創造一個嶄新的未來世界。這種反抗充滿浪漫的激情。

《黎明》中，舞臺背景是一個動態變化的過程。背景首先是黑暗中狂濤洶湧，曙光之中淒慘恐怖的景色。隨著曙光漸濃，景色漸次變得清新明媚。當太陽出來時，陽光燃通天宇世界，所有的陰霾一掃而光。舞臺呈現為祥和、平靜的背景，顯示出太古時代的景致。在這樣的舞臺背景中，跳出一對兒女出來。這對兒女預示著打破一切的新生力量。他們是「脫了殼的蟬蟲」、「出了籠的飛鳥」、「才出胎的羝羊」、「才發芽的春草」、「見了太陽的冰島」。〔註49〕他們是自由了的亞當夏娃。他們高聲歌唱。他們呼喚還坐在囚籠、藏在幽宮裏的兄弟姊妹們出來一起舞蹈。劇本有多處合唱。運用「唱」的形式表達心聲，突出新生的主題。「你們這些囚籠！你們這些幽宮！幽囚了我們幾千年。束縛了我們幾萬重。我們唱著凱歌，來同你們送終。」〔註50〕這劇本是郭沫若第一次的嘗試。像這樣的詩劇，在中國現代文壇還屬首創。劇本運用純白話的語言工具，採用清新明媚的舞臺背景，歡快的情感基調，表現新生的快樂。郭沫若早期創作的劇本，貫穿著這種打破舊世界，創造新世界的反抗精神。

《棠棣之花》中，聶政、聶嫈兄妹身處一個烏鴉與亂草的世界。「這幾年來今日合縱，明日連橫，今日征燕，明日伐楚，爭城者殺人盈城，爭地者殺人盈野，我不知道他們究竟為的是什麼。」〔註51〕聶嫈雖然為女兒身，但她心

〔註48〕 中國戲劇出版社編輯部編《郭沫若劇作全集》第一卷，中國戲劇出版社出版，1982年，第15頁。
〔註49〕 中國戲劇出版社編輯部編《郭沫若劇作全集》第一卷，中國戲劇出版社出版，1982年，第4頁。
〔註50〕 中國戲劇出版社編輯部編《郭沫若劇作全集》第一卷，中國戲劇出版社出版，1982年，第8頁。
〔註51〕 中國戲劇出版社編輯部編《郭沫若劇作全集》第一卷，中國戲劇出版社出版，1982年，第10頁。

繫天下蒼生。她為了拯救處於水深火熱之中的姐妹兄弟們，願意犧牲個人的
生命。當聶政不願遠行時，聶嫈以歌唱鼓勵弟弟，「去吧，二弟呀！／我望你
鮮紅的血液，／迸發成自由之花，／開遍中華！」〔註52〕郭沫若在聶嫈身上
寄託了他對於祖國未來的希望。他自己的理想安置在聶嫈身上，表現自己面
對生靈塗炭的現實環境，絕不屈服的靈魂。在《湘累》中，屈原被放逐，四處
流浪。但是，他絕不屈服於鄭袖這樣的小人。「我能把我的生命，把我至可寶
貴的生命，拿來自行蹂躪，任人蹂躪嗎？」〔註53〕即使在他身處逆境時，他
對於未來仍然充滿期待。他夢想能創造未來。「我效法造化底精神，我自由創
造，自由地表現我自己。我創造尊嚴的山嶽、宏偉的海洋，我創造日月星辰，
我馳騁風雲雷雨，我萃之雖僅限於我一身，放之則可泛濫乎宇宙。」〔註54〕
屈原這種浪漫的革命精神，正是郭沫若浪漫激情的折射。郭沫若年輕時期的
生活非常貧困，處於生存邊緣。在日本，他因為沒有房子四處流浪，處處遭
受歧視。精神物質的雙重困乏，使得郭沫若的流浪意識特別濃厚，甚至以「流
氓」自喻。回到上海，失去每月固定的幾十元官費，經濟上更加捉襟見肘，甚
至，郭沫若經常是乘坐電車的錢也沒有。郭沫若與泰東書局老闆的關係，按
照郭沫若自己的話來說，是奴隸與奴隸主之間，或者資本家與無產工人之間
的關係。在這樣困頓的環境之中，郭沫若仍然沒有放棄理想，他沒有選擇能
帶來豐厚收入的從醫行業。他不放棄文學，因為他認為文學能改造社會。郭
沫若這種不放棄、不妥協的精神與戲劇中屈原的精神是完全一樣的。

　　在《女神之再生》中，創造的精神也有體現。女神們不願在壁龕受人供
養，而是為宇宙的新生走出壁龕進行創造活動。女神們創造新鮮的太陽，以
照徹天內外的世界。詩劇中具有諷刺意義的是，後來被放置在壁龕受人瞻仰
的竟是宇宙的破壞者，顓頊與共工以及手下們的男性殘骸。郭沫若藉此諷刺
了那些當權者的昏庸，讚揚了那些敢於改造世界的創造者。郭沫若後來選擇
的革命道路，並非是他受到誰的指引，而是為實現早已萌發的理想。他一直
以來都是一位處於社會底層的徹底無產者。他以無產者自居。他渴望能改變

〔註52〕中國戲劇出版社編輯部編《郭沫若劇作全集》第一卷，中國戲劇出版社出版，
　　　　1982年，第13頁。
〔註53〕中國戲劇出版社編輯部編《郭沫若劇作全集》第一卷，中國戲劇出版社出版，
　　　　1982年，第22頁。
〔註54〕中國戲劇出版社編輯部編《郭沫若劇作全集》第一卷，中國戲劇出版社出版，
　　　　1982年，第22、23頁。

貧富不均的社會現狀。馬克思主義能引起他內心的共鳴。所以郭沫若具有強烈的反抗精神。他反抗造成貧困的私有制度。在《孤竹君之二子》中，伯夷對私產制咒罵到，「啊，你私產制度的遺恩！你偶像製造的遺恩！比那洪水的毒威還要劇甚！」〔註55〕

其次，反抗的精神不僅僅體現在對現存制度的推翻破壞上，還體現在對傳統禮教的蔑視，對女性的尊重層面。傳統禮教對女子的要求是從一而終。從古至今，不知有多少女子為了所謂的貞節牌坊付出血和淚，多少鮮活的生命為之枯竭。

通過卓文君形象的塑造，郭沫若顛覆「女子須從一而終」的傳統束縛。通過王昭君形象的塑造，郭沫若傳遞對「女子出嫁從夫」禮教的反抗。郭沫若的愛情婚姻觀念是，「有愛情的結合才能算是道德的婚姻……沒有愛情的結合，就算是敬了祖宗，拜了神明，喝了交杯酒，種種儀式都是周到至十二萬分，然而依然只是肉體的買賣。」〔註56〕卓文君的愛情追求是郭沫若理想的實現。

司馬相如與卓文君有著共同的興趣愛好，皆精通音樂、詩詞。卓文君對未來夫君的標準不是要求門戶相當，而是有相同志趣。當她聽說自己未來夫君目不識丁，傷心得幾乎要自殺。程家姑爺去世之後，她恢復了自由身，回到娘家。卓文君為司馬相如的琴聲所吸引，也為他的文采斐然所傾倒。當司馬相如聽到文君彈奏的樂曲之後，也深深為之心動，且得知是一位小姐彈奏時，當即賦詩一首託人轉交文君，以表達愛慕之意。隨後，司馬相如更是以自己的彈唱讓文君感動落淚。伴隨悠揚的琴聲，司馬相如用歌聲向文君傳遞心意。司馬相如將文君比作月裏姮娥。司馬相如訴說自己落魄半生，心魂無處安放，好像是飄零的落葉。即使回到故鄉，飄零的落葉也是充滿憂愁。因為故鄉也是一座愁城。他用歌聲表達對文君的渴望，希望文君能夠來到他的身旁。司馬相如與卓文君彼此愛慕，經紅娘互通款曲。卓文君決定拋下榮華富貴與司馬相如私奔。就在要離家出走之際，被小人出賣，私奔計劃被父親發現。但是，正義凝然的文君沒有絲毫的膽怯。文君追求「人」的尊嚴，她不

〔註55〕中國戲劇出版社編輯部編，《郭沫若劇作全集》第一卷，中國戲劇出版社出版，1982年，第66頁。

〔註56〕中國戲劇出版社編輯部編，《郭沫若劇作全集》第一卷，中國戲劇出版社出版，1982年，第197頁。

願自己的一生再為傳統禮教所捆綁。她要做自己：「我以前是以女兒和媳婦的資格對待你們，我現在是以人的資格來對待你們了」〔註57〕當「人」的意識蘇醒後，她追求的是男女平等。她大聲宣布，「我不相信男子可以重婚，女子便不能再嫁！我的行為我自己問心無愧。」〔註58〕卓文君更是以極大的勇氣揭示程鄭道貌岸然的假面具，撕下他的偽裝。文君寧可自刎，也不願程鄭等髒穢的肉塊靠近、玷污了自己的清白之軀。文君以無比的勇氣與決心，與司馬相如走到一起。劇作《卓文君》是借古人之口，說出現代人的理想追求。「五四」時期「人」的彰顯、「男女平等」的追求是該劇作的核心。對傳統禮教的反叛，凸顯理想愛情的美好，構建了劇作的浪漫激情。

　　《王昭君》是一部極具解構性的劇作，顛覆歷史對王昭君形象塑造。歷史上的王昭君，是帶著眼淚與思念離開漢朝。她一生帶著對漢朝天子的思念，在大漠中凄涼地走完人生之旅。郭沫若筆下的王昭君則放棄漢朝天子的萬般寵愛，她不為天子苦苦挽留所動，不為皇后的榮耀迷惑。王昭君痛斥漢朝天子難以滿足的淫慾，她自願主動地選擇到大漠，只為離開荒淫貪婪的天子、比豹狼巢穴還腥臭的宮廷。王昭君沒有將漢朝天子當作是自己的愛人、丈夫，更沒有想到對他從一而終。王昭君不是將自己看作天子的臣子或嬪妃。她是以與天子平等身份的「人」的角度，評判天子的貪婪。她不僅反抗「至高無上」的皇權，而且反抗「神聖」的夫權。王昭君是郭沫若劇本中反抗色彩濃烈的一位女性形象。因為有對「人」的尊重，才會激發對不將人當人的王權、父權、夫權的反抗。王昭君代表郭沫若對「人權」的呼喚，對權威的反抗。〔註59〕

　　縱觀郭沫若的創作，他的這種反抗精神不僅存在他早期的劇本創作中，在他以後的創作中一直延續著。郭沫若以後走上革命道路，在他早年創作中已現端倪。郭沫若雖然是留學日本的大學生，但他實際處境是位不折不扣的無產者。郭沫若身處社會底層，貧富差距帶給他心靈難以抹去的傷痛。從醫的經歷，賦予郭沫若一雙犀利的眼睛。他透過生活的種種表象，找到貧富懸

〔註57〕中中國戲劇出版社編輯部編，《郭沫若劇作全集》第一卷，中國戲劇出版社出版，1982年，第117頁。

〔註58〕中國戲劇出版社編輯部編，《郭沫若劇作全集》第一卷，中國戲劇出版社出版，1982年，第118頁。

〔註59〕「值得注意的是，王淑明於一九五八年發表的《論郭沫若的歷史劇》一文，提出人道主義精神是貫穿郭沫若歷史劇的主線，把」維護人的尊嚴」作為郭沫若劇作的思想結晶。」黃侯興著《郭沫若文學研究管窺》，天津教育出版社出版，1987年，第171頁。

殊的社會根源。醫生的天職是治癒病痛，排除病根。郭沫若在學醫經歷中，養成一種治療的習慣。他將社會視為一個病患者。既然是病患者，他一定能找到治癒病患的方法。文學或許可以轉移社會現狀，但反抗、革命才是改變社會最為有效的方法。在郭沫若早期劇作中始終存在一顆不屈的靈魂。郭沫若曾說過，「我的信念：覺得詩總當由靈感迸出來，而戲劇小說則可以由努力做出來。」〔註60〕由此可以知道，郭沫若早期詩歌是他內心激情的產物，是情感的產兒。戲劇是他努力做出來的，在「努力」裏融入他的社會人生理想藍圖。在郭沫若戲劇中，主人公說出的話往往是時代的聲音。作者經常借劇中人物之口說出自己想說的話，表達自己的觀點。郭沫若對於生活的不屈服，對於現存社會的反抗，充溢在他的劇作中。

　　郭沫若早期戲劇創作既反映出巴蜀文化對權威的反抗精神，也體現出巴蜀文化鮮活的創造力。郭沫若在談歷史劇時，曾對自己的創作做過這樣的說明，「各幕各場都是我想像力的產物，我不過只借些歷史上的影子來馳騁我創造的手腕罷了。」〔註61〕文學作品不等同於歷史真實。在戲劇改革早期，人們迴避歷史教材以免陷入傳統戲劇「帝王將相」的泥淖，但是郭沫若「創造性的生成」成就了嶄新的歷史戲劇——「宇宙中一切的森羅萬象，斡旋不已，轉相替禪；一切無形的能和有形的質，從古以來，只有變形沒有增減。……天地間沒有絕對的新，也沒有絕對的舊，一切新舊今古等等文字，只是相對的，假定的，不能作為價值批判的標準。我要借古人的骸骨來，另行吹噓些生命進去，……」〔註62〕。郭沫若為歷史劇的發展指明了方向。郭沫若戲劇所體現出的「反抗精神」、「創造力」是中國現代文學發生必備要素，沒有對權威的反抗精神就不可能打到舊文學；沒有創造力就不可能建設新文學。巴蜀文化的「反抗精神」與「創造力」讓諸如郭沫若等巴蜀作家在中國現代文學發生期發揮著身先士卒的引領作用。

〔註60〕中國戲劇出版社編輯部編《郭沫若劇作全集》第一卷，中國戲劇出版社出版，1982年，第199頁。

〔註61〕中國戲劇出版社編輯部編《郭沫若劇作全集》第一卷，中國戲劇出版社出版，1982年，第15頁。

〔註62〕上海圖書館文獻資料室、四川大學郭沫若研究室合編《郭沫若集外序跋集》，四川人民出版社，1982年，第26頁。

第五章　中國白話小說的開啟者
——李劼人

第一節　早期現代白話小說與李劼人創作起點考略

　　現代學術界一般認為，1919 年以前的現代白話小說只有兩篇，即，陳衡哲於 1917 年在《留美學生季報紙》新 4 卷夏季 2 號發表的《一日》，魯迅於 1918 年在《新青年》第 4 卷第 5 號發表的《狂人日記》。似乎五四之前唯有這兩篇白話小說才是現代白話小說。現在主流教科書的文學史上，中國現代白話小說的發生被精減到一個人、幾部作品，「現代白話小說的開山之作，是 1918 年 5 月魯迅發表於《新青年》第 4 卷第 5 期的《狂人日記》。緊接著第二年，他的《孔乙己》《藥》等名著也相繼問世。「五四」小說就此拉開了序幕。」〔註 1〕事實真正如此簡單而精確嗎？當然不是。根據皮亞杰的發生學原理，「發生」從來就沒有絕對的開端。當我們談到「發生」時，應該注意到存在一個沒有清楚界定的建構。我們應該做的是盡可能去瞭解「發生」經歷的所有或至少是盡可能多的階段。〔註2〕中國現代白話小說的發生同樣如此。雖然本文在有限的時間內不可能窮盡發生時期所有的文學創作，但也盡可能挖掘被遮蔽的那部分歷史真實。李劼人就是被這樣發現的，他是被歷史疏漏的一位

〔註 1〕錢理群、溫儒敏、吳福輝《中國現代文學三十年》，北京大學出版社，1998 年，第 58 頁。
〔註 2〕參見〔瑞士〕皮亞杰《發生認識論原理》，王憲細等譯，商務印書館，2009 年，第 18 頁。

現代白話小說的先行者。四川由於地勢的偏僻，影響力相對北京、上海自然會遜色幾許，但是不能因為地勢的偏僻而埋沒其中傑出的人才，遮蔽歷史的真相。論文在前面已經論及「五四」之前巴蜀才女香祖的文學創作。她白話小說的創作與李劼人一樣始於1912年。在1912年，魯迅創作的《懷舊》是一篇文言小說。香祖（曾蘭）是新文學孕育期的佼佼者。但由於她在世的時間短暫，沒能為世人留下更多更好的作品，便因病逝世。

巴蜀文化與傳統中原文化各有特色，也有交融影響。巴蜀文化在其漫長的歷史時期，經歷了幾度繁榮與幾度蕭條，在跌跌盪盪的起伏中，傳承演變，成為華夏文明中一道亮麗獨特的風景。豐富綿長的巴蜀文化在不同領域孕育出各類優秀的人才。巴蜀文人不迷信權威，敢於質疑的精神，使得巴蜀文化有敢為天下先的精神，李劼人便是其中代表。

1891年6月20日，李劼人出生於四川成都。李劼人家庭貧困，其父親以教私塾和行中醫維持生計。在李劼人9歲時，父親用全部積蓄在江西捐了一個官職，但日子依然清貧。李劼人在家庭經濟稍微好轉以後開始讀書，但也只讀了兩年，便被送去做排字工。不久，其父去世，那年李劼人才十四歲。李劼人隨母親回到成都後，在十六歲那年，在一位親戚資助下到成都高等學堂附屬中學堂讀書。1912年中學畢業再無錢繼續學業，開始以寫作謀生，那年李劼人二十一歲。1913年末到1915年8月，李劼人跟隨舅父到瀘縣、雅安做事。這期間，他涉及官場，接觸瞭解許多官場黑幕，為他以後小說創作積累豐富的素材。也使他對辛亥革命的成果產生懷疑。李劼人回到成都之後，先後在《娛閒錄》《四川群報》發表文章。

李劼人具有巴蜀人不畏權威的特點，如同李白的「安能摧眉折腰之權貴，使我不得開心顏。」例如，他留學歸來拒絕成都都督楊森的邀請做炙手可熱的秘書；拒絕到當時的名校東南大學任教授，只因那裡復古風氣太濃。再如，他對《華陽國志》有關蜀史的再考訂。巴蜀文化在中國是一個特殊的文化現象。她歷史悠久，可以追溯到金沙時期乃至再往前追溯。李白詩「蠶叢及魚鳧，開國何茫然，邇來四萬八千歲，始與秦塞通人煙。」雖有一定的浪漫誇張，但也從另一個角度反映古蜀國的歷史。李劼人對古蜀國的歷史做過仔細的考究。東晉常璩《華陽國志》認為蜀侯蠶叢在東周之初。李劼人在《話說成都城牆》中，推翻常璩對古蜀國歷史的說法。「我們查看《華陽國志》與《史記·六國年表》，記載張儀等滅蜀，都是周慎王五年的事。按周慎王五年，為

公元前 316 年。由這一年，上溯至杜宇稱帝之年，假若依照我們極力朝後挪的公元前 322 年，僅僅為六十年頭，這短得實在不像話。但是，即令把杜宇稱帝，顛倒來儘量朝上挪，挪到七國稱王之初，即公元前 356 年，又如何呢？那也不過在 6 年之上，增加 34 年而已。即是說在非常之短的 40 年間，被秦國所滅的蜀國世系，不但包括了一個杜宇，包括了開明十二世，而且開明二世盧帝，還帶起人馬，向秦國進攻過一次，還攻到秦國的都城雍。這豈不是睜起眼睛說瞎話！」「這樣看來，開明二世之攻秦至雍，既然在公元前 677 年之後不久，那嗎，還早於盧帝兩代的杜宇，又何能在 320 多年之後才稱帝。才移治郫邑，才教民務農，才遭到水災，讓位於開明一世呢？這真是笑話說的先生兒子後生媽了！此之謂『盡信書，則不如無書』。」〔註3〕他贊同李白的說法，將古蜀國的歷史提前四萬八千年，比軒轅黃帝時代還早。

1912 年，李劼人年僅 21 歲，當時因家庭無錢再繼續讀書，只能在家求業。他當時便以寫稿為業。而且李劼人筆耕不輟，在「五四」之前便已經創造出 100 多部白話短篇小說。「這樣，一直到一九一八年六月，《四川群報》被封為止，我除先後當主筆、編輯外，還寫有短篇小說，大約百多篇，其中四十幾篇是在《盜志》這個總題目下寫的，內容都是暴露社會各個角落的黑暗面，絕大多數材料取自我在瀘縣、雅安縣的二十二個月中所見所聞。寫小說用的筆名是老懶，其他雜文、評論用的筆名很多，現已記不清了。由於我家屢次移居，所存報紙散失淨盡，作品也無從收集了。」〔註4〕與此相比較，魯迅的第一篇白話小說在 1918 年才問世。魯迅的《狂人日記》被認為是中國現代文學史現代小說的偉大開端。其緣由是因為這篇小說形式與內容具備有現代化特徵。「這是中國現代文學史上第一篇用現代體式創作的白話短篇小說，……內容與形式上的現代化特徵，成為中國現代小說的偉大開端，開闢了我國文學（小說）發展的一個新的時代。」〔註5〕魯迅因而被譽為中國現代小說開山之祖。如果以此作為評價一部小說是否屬於現代小說的標準，那麼上面提到的香祖與本章論述的李劼人才真正是中國現代小說的開山之祖。因為香祖創作白話小說數量有限，所以將論述的重點放在李劼人身上。或許，他為世人

〔註3〕成都市文學藝術界聯合會、李劼人研究學會編《李劼人研究》，巴蜀書社，2007年，第 21、22、23 頁。

〔註4〕《自傳》，載《李劼人選集》第一卷，四川人民出版社，1980 年，第 4 頁。

〔註5〕錢理群、溫儒敏、吳福輝《中國現代文學三十年》，北京大學出版社，1998 年，第 38 頁。

所注意的是他所創作的《死水微瀾》等長篇小說。在當代，李劼人長篇小說在現代文學史上的地位已經得到肯定。「司馬長風於 1975 年寫文章大聲疾呼文壇文壇應『注意』對李劼人作品的研究，並在《中國新文學史》一書中稱李劼人為三十年代中長篇小說的七大家之一。」「在日本，哲學家桑原武夫 1955 年到『菱窠』訪問了李劼人，回國後發表了《四川紀行》一文，第一次介紹了李劼人的生平和創作。『三部曲』修訂出版後，日本漢學家十分重視，列為『語言教科書』。1960 年 5 月，著名漢學家、京都大學教授竹內實發表了《被冷遇的作家》一文，為『中國優秀作家』被『埋沒』而表示非常惋惜。」〔註6〕但是筆者在這裡並非論證李劼人長篇小說在文學史上的地位。本書在這裡討論的是李劼人在中國新文學發生期所處的位置。白話文學的興盛是在 1919 年以後才開始。在 1920 年，白話才被稱為國語。由此我們可以說李劼人是中國現代白話小說的開山之主。李劼人創作無論在質還是量上，都當之無愧被稱為中國現代小說的開山之祖。

第二節　李劼人五四之前的白話短篇小說

　　李劼人現代白話小說的成熟並非在朝夕之間完成，而是有一個逐漸成熟的醞釀期。醞釀期可以從 1912 創作《遊園會》開始，到 1918 年 5 月創作《強盜真詮》結束。這期間的小說創作有著從傳統向現代的起承轉合。「起」是指李劼人率先開始現代白話小說的嘗試。「承」是指在走向現代的過程中對傳統小說敘事的繼承延續。「這些小說出現在中國新文學運動醞釀期，即由舊文學向新文學，舊形式向新形式蛻變時期，在形式、語言和結構上都不免存在許多舊的痕跡，例如有的是純白話，有的則是文白夾用。但從思想內容上看，毋庸置疑它們應當屬於我國早期新文學作品的範圍。」〔註7〕在這幾年間，李劼人白話小說有效地傳承故有的文化，並吸收外來文化，形成具有「現代」意味的白話小說雛形。「轉」是在繼承延續的同時，受域外小說影響將舊小說轉向現代白話小說的過程。「合」是指傳統敘事模式與域外小說形式的融合，形成現代白話小說的成熟。

〔註6〕李士文《李劼人的生平和創作》，四川省社會科學院出版社出版，1986 年，第4、5 頁。

〔註7〕伍加倫、王錦厚《軍閥統治下四川社會縮影圖──李劼人短篇小說初探》，載《社會科學研究》，1982 年第 6 期。

一、現代白話小說的開端醞釀

李劼人早期現代白話小說中的「起」與「承」。

在白話運動尚未出現在歷史舞臺之際，李劼人已經率先開始了現代白話小說的創作。雖然，提倡「言文合一」在晚清便已經開始。但那時的觀念與後來「五四」白話運動還是有所不同。最初提倡白話，其中包含有等級秩序觀念。白話的寫作對象是下層老百姓，是不識字的婦女、勞動者。有知識階層之間的對話，還是使用被認為「天地間至善至美」的文言。李劼人的小說創作一開始便不為這種理論束縛。對他而言，白話、文言只是一種語言形式，沒有被賦予階層色彩。他創作的對象上至達官貴人下至市井百姓。李劼人小說創作之所以這樣的原因是，他的小說創作一開始便與現代傳媒──報刊雜誌緊密相依。「現代文學與古典文學的根本區別，在於它擁有報刊。……『報刊意識』應該成為現代文學史寫作的基本意識。報刊的出現，改變了文學的存在形態和生命形態，因而對於現代文學而言，具有發生學和本體論的價值。」〔註8〕他的創作一開始便被賦予現代色彩。李劼人後來回憶自己第一篇小說問世時，這樣寫道：「我又跑到街上掛報紙的地方，看看讀報的人多不多，一看，有七八個人，有的樣子還很欣賞，這一下就給了我勇氣，認為群眾批准了。」〔註9〕現代文學與報刊雜誌的關係，猶如傳統知識分子與科場考試一樣，唇齒相依。寫作成為知識分子的生存方式。同時，寫作也是知識分子實現干預政治夙願的手段，甚至成為知識分子改變國家命運的途徑。中國政治體制的改變事實也是知識分子依靠現代傳媒醞釀聲勢，待時機成熟，便趁著東風揭竿而起。李劼人以寫作為職業，便賦予他成為現代文人創作的一種途徑方式。李劼人的現代白話小說創作是一種自覺的文學追求，而非是為配合某一理論的創作，所以他和後來魯迅的「遵命文學」有所不同。魯迅的創造含有為新文化敲鑼打鼓壯大聲勢的意圖。在錢玄同的力邀之下，周氏兄弟開始為《新青年》撰稿，進而魯迅的《狂人日記》問世。〔註10〕李劼人無論從時間還是地點都決定了他是新文化之前的一位自覺追求者。他的「起」是因為他創作的文學作品以報刊的形式流通，為便於所有人都能閱讀，擴大讀者

〔註8〕楊義、中井政喜、張忠良《中國現代文學圖志》，新知三聯書店，2009年，第143頁。

〔註9〕《李劼人選集》第五卷，四川文藝出版社，1986年，第537頁。

〔註10〕參見參見錢理群《周作人與錢玄同、劉半農──「復古」、「歐化」及其他》，載《遼寧教育學院學報》（社會科學版），1988年12月。

群，他主要採用白話形式創作。他在有意無意間實現了新文化運動「平民化」的意圖。這就是讓文學通俗化，讓各個階層的人都能讀懂文學。當然，這裡的「通俗化」並非指無嚴肅意義存在的通俗小說，而是指讀者群的「去」階層化。

同為職業撰稿人，李劼人與晚清民初那批黑幕小說、鴛鴦蝴蝶派的撰稿人不同。李劼人的小說創作沒有晚清民初駢文小說的浮華空泛，沒有辭藻堆砌，更沒有刻意的對仗對偶。李劼人的創作是源於生活的思考，是現實主義的創作。他1912年創作白話小說《遊園會》，便是以諷刺的筆法描寫一群擁戴袁世凱做皇帝的復辟分子。這部小說共一萬多字，分期刊載在成都《晨鐘報》上面。這部小說的時代背景就是成都的共和黨支部為袁世凱稱帝拉選票，在成都少城公園（現在名叫人民公園）辦遊園會。他們為了吸引大眾，採用不買門票和免費請吃飯的手段。當時《晨鐘報》徵文，李劼人將這部有感而發創作的《遊園會》寄去，被採用刊載。袁世凱稱帝，企圖讓歷史倒退回封建帝制時代。作為川人的李劼人，具有強烈的政治體制改革意識。對於腐朽墮落的封建帝制早已深惡痛絕，他對袁世凱等上演的那場皇帝夢以小說的形式予以嘲諷。

李劼人小說創作沒有因為文字形式的通俗易懂使得思想內容也膚淺，缺乏深刻。相反，他的小說被賦予嚴肅的社會思考，融入對國民性的反思。從這個角度理解李劼人小說的「起」。「起」是指他開啟中國現代白話小說的先河，也是開始了他個人小說創作的生涯。

李劼人小說的「承」從形式與內容兩個方面具體剖析。從小說形式角度切入李劼人小說，可以看到傳統「說書人」角色的延續，看到傳統章回小說藝術的痕跡，甚至語言的過渡；從內容切入，可以看到晚清民初官場譴責小說的繼續。

在詩界流行一種說法，「舊瓶裝新酒」，即指詩歌採用傳統詩詞形式，但內容富有時代性。李劼人在創作初期，也有類似的經歷。有時，小說創作在新舊之間猶疑徘徊，便有了小說的「舊瓶裝新酒」。李劼人小說《夾壩》發表於1915年9月《娛閒錄》第二卷第三期。這是一篇純文言的小說。語言形式的採用似乎正合乎作者對中外文化的心境。小說初寫英人的驕慢。英人因自己旅行西班牙、埃及、阿拉伯、印度等地，沒有遇到不可克服的困難，便以為自己是多麼的神勇。他揚言，當遇到弱者時便揮之於皮鞭，當遭遇強者時便

以槍擊之。對於中國人，他無所畏懼。但是，當真正遇到強盜時，他的表現是如此的懦弱。他被嚇得面如死灰，更是將自己的手槍拋擲在數尺之外。當戰鬥者將自己的武器都丟棄的時候，表明他的鬥志已經完全的被磨滅，英人的膽怯在此時原形畢露。強盜根本沒傷其毫毛，但英人已經被自己的膽怯嚇得半死。傲慢的英人最後還是被自己的中國隨從救起。成都沒有處於沿海地帶，雖然工業不是很發達，但對於中西在科技上的落差體會不深。因為這裡文化氛圍濃厚，所以對西方物質文明並不頂禮膜拜，更多的是自豪於本民族的文化。這一特徵在巴蜀文人身上尤為明顯。成都，這座以悠閒著稱的城市，它的繁華曾被西方人比作東方的巴黎。沉醉在文化的搖籃，逍遙在閒適的氛圍，這是成都人精神生活的寫照。留學日本的川籍留學生在日本創辦的雜誌取名為《四川》，其寓意顯而易見。川籍留學生對故鄉山水刻骨的思念，為故鄉雄偉美麗的山水而自豪，在《四川》中無處不體現，巴蜀文化造詣深厚的李劼人當然更是如此。作者對自己的國家充滿自豪，所以小說甚至在描寫中國的強盜時都以一種自豪之情描寫，乃至於地位卑微的隨從在小說結束時都充當了英人的人生導師。中國隨從教導英人不可盲目自大，目空一切。「嗟驕人之必敗兮，知天鑒之不遠也！嗟驕人之不令終兮，知天心之不相凶也！」〔註11〕《夾壩》從題材的選用到內容的確立，都表現出川人對故有文化的依戀熱愛。但是這份依戀熱愛並不形成川人睜眼看世界的障礙，只是為川人在睜眼看世界時提供一份厚重的基石──與西方對話的基石。

　　文言向白話的過渡，在《盜志》中痕跡較為明顯。這部小說在寫法上受林琴南《旅行述異》影響，內容則是李劼人官場生涯的折射。〔註12〕李劼人早期長篇小說《盜志》，反映民國初年混亂、污濁的社會現實。這部小說從1916年初夏起，分別刊載在成都《群報》上面。但很遺憾的是，由於《群報》現在已經找不到，《盜志》也隨之消失了蹤影。現在能找到的只有《成都顧之行程》《官魔》（上）兩個短篇。並且只有後篇尚能看得清楚，前篇殘缺部分太多。《官魔》第十三回，講黃及蔭如何出賣親戚朋友以求陞官發財。這篇小說語言的敘述總體已經傾向白話，只是在小說人物的對話中夾雜著文言詞彙。這一方面有作者尚未完全擺脫文言的原因，還有一個重要因素是小說故事發生的時代背景決定小說人物之間對話不可能是純白話。這符合小說人物的身份。

〔註11〕《李劼人選集》第四卷，四川人民出版社，1984年，第148頁。
〔註12〕參見《李劼人選集》第五卷，四川文藝出版社，1986年，第538頁。

如果讓一個上古時代的人物以純正的現代語言講述，這樣的小說創作如果不是出於反諷或其他的目的，便是違背了歷史真實。所以，李劼人小說《盜志》的語言呈現文言、白話夾雜的表現形態。例如，黃及蔭在決定出賣姚紫卿時，使用的語言便有「焉能」「復有」「安能」「再而」「若就」〔註13〕等文言味極強的語言詞彙。在這文白雜陳的語言表達中，也凸顯當時思想文化界的混亂。當時政局動盪，一會維新，一會復古。理想價值標準的混亂，造就一批官場中人喪失理想信念，陞官發財成為唯一的標準。例如，黃及蔭在給課長講自己的陞官夙願時，展露其無恥面目。只要能有官做，任何無恥之事都可以做得出。例如，「何況我又做了官的，只求我官越升的高，財越發的多。慢說害他一個區區親戚，算不了事，……就害死個把親老子，只要我能做文章，或者說番理由，自文其過也！敢保眾人仍會恭維我，不誇獎我大義滅親，便原諒我家庭革命。」〔註14〕有時，李劼人語言不僅白話，而且方言味十足，例如「自己下來，好生高興，暗想將軍若見了我這篇言事書，定然拍案叫絕，傳見之期，不是今天，定在明日，我倒要大大吹番牛皮了。」〔註15〕其中「我倒要大大吹番牛皮了」這樣的話，是典型的四川方言。「定然拍案叫絕，傳見之期，不是今天，定在明日，」是典型的文白相間。類似這樣的語言表達還很多。五四新文化運動倡議白話文學的動機和晚清民初有著相似之處，深層次皆是政治目的。新文化運動啟蒙者的改造國民性、開啟民智，期望喚醒愚昧中的大眾，所以推行大眾能接受的白話文學。但新文化運動在迴避文言的時候，借用西方詞彙造成一定程度的歐化成為另一種形式的貴族文學。讓新文學與普通老百姓之間存在隔膜。一個典型的例子便是魯迅的母親不喜歡讀自己兒子的書籍，反而喜歡張恨水創作的通俗小說。但新文化與老百姓的「隔閡」在李劼人這裡消失殆盡。李劼人小說語言雅俗共賞。他在一開始創作時便將自己的讀者群定位於大眾。他創作第一篇白話小說《遊園會》後，創作熱情被鼓舞，是因為看到自己的作品得到老百姓的肯定。五四新文化運動提倡的平民文學在李劼人這裡已經預演了無數次。

「承」在形式上表現為章回小說中一些入話、回後詩等元素的殘留，以及說書人口吻痕跡的依然存在。中國傳統小說往往具有完整的情節，前因後

〔註13〕《李劼人選集》第四卷，四川人民出版社，1984年，第151頁。
〔註14〕《李劼人選集》第四卷，四川人民出版社，1984年，第152頁。
〔註15〕《李劼人選集》第四卷，四川人民出版社，1984年，第161頁。

果一一道來。中國古代小說的主要形式是回前詩＋入話＋正話故事＋回後詩。因為傳統小說是要被說書人用來在茶館等公共場合演講，所以故事的波瀾起伏只為能吸引聽眾。章回小說是傳統小說的主要形式。而分章節的章回小說，通常在故事的開頭有入話，目的是引起所要講的正文。入話有點相當於《詩經》常用的藝術手法「興」，先言他物引起所詠之物。故事結束，通常還有回後詩，這主要用來總結故事的思想意義，因為茶館裏的聽眾有的文學素養較低，需要總結其主題思想才能使之明白。這種古代白話小說的某些藝術特徵在李劼人早期小說創作中還時有出現。例如，《續做人難》的開頭便有一段以純正白話的開場白，表明小說創作的來由，結束又是一段半文半白的總結。《強盜真詮》的結尾用一段文白雜陳的語言結束。這是傳統章回小說在李劼人創作中遺留的痕跡。說書人在中國傳統小說中扮演一個重要角色，他連貫著整部小說的始終。因為說書人面對的是聽眾，所以往往有「話說」、「看官」、「且聽下回分解」等語言，在每章節之間起著承上啟下的作用。例如，《做人難》中的開頭一句便是「話說內熱翁一夢初醒，便扯起喉嚨高叫一聲：……」〔註16〕其中的「話說」便是典型的說書人口吻。傳統說書人每次在講故事的開口，為了前後連貫，通常都會使用此類的詞語作為銜接。再如，《強盜真詮》裏說書人口吻在最後還是有所顯露，「以後，團長、司令兩方，究竟如何了結，人民究竟怎樣過日子，那都是下篇裏面的事，如今暫且按下，正是：……」〔註17〕但是否因為這樣便認為李劼人的小說屬於舊小說呢？當然不能以此作為判斷的依據。一種新型的文化形態出現，不是以斷裂為基礎，而是在繼承基礎上的創新。正如，李白詩歌中誇張的想像雖有莊子浪漫色彩的痕跡，但不能說李白詩歌創作即屬於先秦文學一樣。李劼人小說創作亦然。

　　「承」的另一方面表現在內容上，便是對晚清民初譴責小說的繼承。

　　晚清時期，小說界流行一種「官場現形記」的小說，以李伯元《官場現形記》、吳研人《二十年目睹之怪現狀》為代表。這種類型的小說之所以流行有如下原因。清政府的腐朽落後，讓當時廣大老百姓為之失望。揭露官場黑暗的小說在老百姓中頗受歡迎。加之租界的存在，一些文人抨擊官府遭遇迫害時有地方可逃，使得文人在揭露官場時少了許多的膽怯，在諷刺中甚至帶著幽默的色彩。還有，稿費制度的興起，文人依靠寫作的經濟效益顯著提高，

〔註16〕《李劼人選集》第四卷，四川人民出版社，1984年，第159頁。
〔註17〕《李劼人選集》第四卷，四川人民出版社，1984年，第228頁。

使得許多文人專注於寫作，不再留戀官場。這股潮流的影響延續到民初。李劼人早期白話小說創作中便有此遺風的存在，例如《盜志》《做人難》《續做人難》。李劼人小說善於以幽默的手法刻畫為官者兩面三刀的無恥面目，在一群寡廉鮮恥的跳樑小丑中展開一幅亂世畫卷。

《盜志》中黃及蔭的同學兼親戚——姚紫卿是一名反對袁世凱稱帝的革命人士。姚紫卿勸說黃及蔭反袁，黃及蔭表面答應，暗地裏上報官府將姚紫卿捉拿歸案。但黃及蔭又擔心日後時局變故，為給自己留一條後路，在姚紫卿面前沒有露出真實面目。在姚紫卿面前惺惺作態，贏得姚紫卿的信任。這一方面反映為官者趨利而向，另一方面也反映了革命者的幼稚，說明革命成功的果實極易被黃及蔭之類的小人掠奪。《做人難》中的主人公內熱翁是「官場現形記」小說的典型代表。他為拉幫結派可以隨時變換戶籍，時刻準備好轉變方向投靠得勢的一方。

李劼人在創作時，或許沒有考慮到新文學的建設理論，但新文化的建設在他的文學創作中慢慢體現，猶如黎明的到來在黑暗的天空漸漸抹上亮色幾許。「現代」白話小說在他一部部的小說創作中正悄然慢慢走來。巴蜀文化孕育出的文人大多是性情中人，創作源自心靈的感悟，較少提升到智性的理論層面。李劼人便是這樣，他沒有鮮明的理論主張，只是身體力行地默默耕耘。

二、現代白話小說的轉與合

李劼人小說的「轉」、「合」是他現代白話小說逐漸成熟的體現。傳統小說的敘事藝術與西方小說藝術，被李劼人轉變為一種新的文體形式。不同文化體系的敘事方法合二為一，李劼人創造出中國現代白話小說的雛形。判斷一部白話小說是否屬於「現代」白話小說，應從形式與內容兩方面入手。

西方文化對李劼人的影響主要通過晚清民初的域外小說。域外小說的盛行甚至在一段時間內遠遠大於本土作家的創作。「據粗略統計，1906～1908年這三年為晚清翻譯小說出版的高峰，分別為 105 種、135 種和 94 種，大致都等於創作小說的兩倍。」〔註18〕。域外小說的影響一直延續，直到五四作家誕生前夕依然暢行不衰。「從 1896 年《時務報》開始譯介域外小說，到 1916年五四作家崛起前夕，新小說家大約翻譯出版了 800 種外國小說（包括單行

〔註18〕陳平原《小說史：理論與實踐》，河北人民出版社，1997 年，第 615 頁。

本和雖未單獨刊行但在雜誌上刊完的長篇小說）。」〔註19〕這期間的域外小說大概分為這幾類，偵探小說、歷史傳奇、科學小說、軍事小說。因為中國讀者長期浸染於章回小說，審美傾向於有情節的故事，這幾種類型小說之所以盛行在於其具有較為明顯的故事情節，與中國讀者具有某種程度的契合。雖然翻譯時，譯作與原著不會完全一樣，中國傳統小說敘事手法會不自覺地被套用。儘管如此，這些域外小說對傳統小說的衝擊力不可避免。西方現代小說的某些典型特徵，例如，細節的凸顯，情節的削弱、場景描寫的增多、橫截面的描寫等為中國作家、讀者漸漸熟知。域外小說盛行帶來的影響，使中國傳統小說中說書人角色在不自覺中被弱化，全知敘事模式淡化。從頭至尾、環環相扣的敘事模式開始被倒敘、插敘、補敘等形式代替。李劼人在結構、敘事上都受到西方文化的影響，在很大程度已經將傳統章回小說的敘事特點與西方小說重細節、輕情節相統一融合。

　　李劼人小說敘事模式受域外小說影響，將傳統小說藝術與西方小說藝術在「轉」、「合」之間完成現代白話小說，其典型著作便是中篇小說《兒時影》。《兒時影》是一部中篇小說，由五個短篇構成。這部小說最初於1915年刊載在《娛閒錄》2卷第1至3期。

　　小說以學生的視角觀察私塾老師，繪聲繪色地活現出民國初年間私塾生活對小孩的折磨，鞭撻舊教育制度的腐朽落後。批判傳統教育理念——讀書只為做官。這部小說在思想與形式上都兼備現代小說的審美要求。

　　首先，小說在敘事描物時，使用生動的細節描寫。小說通過人物外貌、動作、內心活動展現人物性格；利用細膩的描寫手法描繪環境，展現人物的精神風貌。細節描寫的採用，使舊小說簡練的寫意手法變為西方油畫的濃墨重彩。

　　這部小說開頭便描寫「我」起床的整個過程，心理描寫與細節的凸顯同時並用。寫「我」起床，用了「睜眼」、「合上」、「舉眼……看」、「哼」、「勉強坐起」、「握著小拳」、「揉了幾揉」、「又打兩了個呵欠」、「抓起來披起」這些連貫的動作，〔註20〕準確寫出一個小孩在睡意朦朧中被逼著起早上學的系列動作。「我」在起床時的心情，也是一個動態的過程。先是「我」覺得時間尚早，企圖再睡一會。但上學在心裏的壓力又使我驚醒。我知道自己不可能再睡了，

〔註19〕陳平原《小說史：理論與實踐》，河北人民出版社，1997年，第628頁。
〔註20〕《李劼人選集》第四卷，四川人民出版社，1984年，第93頁。

無奈之下只得起床。但「我」希望黑暗永遠籠罩這個世界，讓「我」能美美地睡一次；或者學堂的老師全部一起死掉，讓小孩不用再天不見亮就得上學。作者對私塾教育制度沒有一句說教，但在這段描寫中，小孩睡眠的不足（身體健康受到傷害）、對上學的厭倦（舊式教育的不得人心）心態躍然紙上。小說創作的意圖在這些細節描寫中潤物細無聲地得以展露。李劼人的肖像描寫好似工筆繪畫，纖毛畢現，人物猶在眼前。小說刻畫了蠻子老師——這位讓人難以尊敬的私塾老師。蠻子老師的邋遢骯髒在小說中成為一抹獨到的風景。他的外貌既沒有書生的儒雅，也沒有長者的慈祥，更沒有為師者的尊嚴，有的只是萎縮。「只是老師人本瘦小，彎腰駝背，……至於臉上，更是一張粗黑油皮，包了幾塊凸凹不平的頑骨，再架上一副大眼鏡，早把一張不到三寸的瘦臉，遮了大半；頭上髮辮，亂蓬蓬堆起半尺多高，又黃又燥，恰如土王殿上泥塑小鬼的頭髮一般。」〔註21〕寥寥數語，便將蠻子老師刻畫的入木三分。蠻子老師不僅外貌萎縮，行為更讓人難以忍受。例如，當「我」在老師面前背書時，「……一面跟著老師聲音念去，一面偷眼去看老師，見老師正伸手在衣領上捉住了一個大肥蝨子，遞到鼻尖上去賞玩。我不覺一陣噁心，口裏便頓住了。」〔註22〕這樣的細節描寫，在小說中隨處可見，讓讀者如睹其面。老師成年累月坐的座椅，布滿塵埃，小說也以此寫出蠻子老師思想如塵埃一樣的陳跡。學生在老師的影響下，也是任灰塵布滿教室。布滿灰塵的桌子甚至成為可以隨意描摹的畫布。蠻子老師在收受學費時貪婪的舉動，盡失教師風範，讓下人都看不起。蠻子老師生怕學費不能得，以猛烈的動作搶似的拿走，然後公然在課堂上仔細清點數目。李劼人讓蠻子老師醜態百出，活畫出一幅潦倒文人失節後讓人作嘔的畫面。小說在細節處突出蠻子老師性格特徵，批判舊式教育對人才的淹沒，刻畫世紀末潦倒文人的貪婪醜態。私塾老師與學生之間沒有教學相長的互動，沒有和諧融洽的關係。兩者是水火不容的對立面。小說多處對此有詳細的心理描寫。老師在學生眼中成為比魔鬼還可怕的人物。當學生犯錯時，蠻子老師的狂笑對於「我」來說恐怖異常：「……兩耳根哄的一響，腦袋上好似頂了一爐火的光景，身上雞皮皺起得寒毛子根根倒豎，神志昏昏。」〔註23〕

〔註21〕《李劼人選集》第四卷，四川人民出版社，1984年，第97頁。

〔註22〕《李劼人選集》第四卷，四川人民出版社，1984年，第97頁。

〔註23〕《李劼人選集》第四卷，四川人民出版社，1984年，第118頁。

　　這部小說新穎的結構形式突破傳統章回體小說，採用倒敘、插敘、補敘，以及第一人稱等現代小說元素。

　　因為中國文化歷來重群體、輕個體，而西方文化重個體、輕群體。西方小說中的男主人公為愛人拋棄一切，或者為愛人而決鬥，都會被賦予英雄的色彩，如風靡一時的騎士文學。在中國，這樣的人物只能被指責為注重兒女私情。所謂大丈夫往往不屑於風花雪月的愛情故事。中西兩種文化的差異，導致中國傳統小說通常採用全知全能的第三人敘述，較少採用第一人稱。在西方文化傳入中國、域外小說盛行於中國之後，中國文人才開始嘗試使用第一人稱的敘事模式。但五四之後，這種小說模式才開始被廣泛採用。在1915年，李劼人採用第一人稱寫《兒時影》是大膽的嘗試，也是一個突破，開創了「現代」白話小說的先河。這篇小說雖然受《塊肉餘生述》啟發而成，但完全沒有歐化的弊端，而是將中西藝術創造性的生成的一部現代白話小說。這篇小說首先使用細節描寫突出私塾老師如何的蠻不講理。然後，小說採用倒敘的方法，寫我如何發蒙進入私塾讀書，之前那位心平氣和的私塾老師怎樣換為那位讓學生恐怖的蠻子老師。接著，小說補敘蠻子老師初來之時與學生的交鋒，學生是怎樣狼狽敗下陣來，老師如何藉此大發威風，將學生打得滿堂紅。《兒時影》採用這種一波三折的敘事模式，讓讀者隨著作者的敘述在時間河流中一會逆水行舟，一會隨流而下，一會遊進旁邊的支流去追根溯源，帶給讀者全新的閱讀感受。小說在純正的白話文駕馭之下，寫出發人深思的寫實小說，讓人思考中國教育明天的走向，這樣的小說難道不是一篇純正的「現代」白話小說嗎？「在一系列『對話』的過程中，外來小說形式的積極移植與傳統文學形式的創造性轉化，共同促成了中國小說敘事模式的轉變：現代中國小說採用連貫敘述、倒裝、敘述、交錯敘述等多種敘事時間；全知敘事、限制敘事（第一人稱、第三人稱）、純客觀敘事等多種敘事角度；以情節為中心、以性格為中心、以背景為中心等多種敘事結構。」〔註24〕

　　傳統小說通常是故事情節大於人物形象。李劼人小說突破傳統純粹講故事的方法，「性格」大於「情節」。小說沒有扣人心弦的情節，沒有章回小說慣用的懸念法：「欲知後事如何，且聽下回分解。」《兒時影》通過一個個別開生面的場面描寫，突出人物性格特徵。私塾不是聖潔的象牙塔，而是人仰馬翻的戰鬥場。戰爭的雙方是蠻子老師、學生。雙方斗智鬥勇，企圖將對方掀倒。

〔註24〕陳平原《中國小說敘事模式的轉變》，上海人民出版社，1988年，第4、5頁。

李劼人在場景描寫中融入幽默的筆調，讓讀者在感慨私塾教育之摧殘學生身心健康同時，又忍俊不住地微笑。蠻子老師教學方法不得當，使得學生死記硬背痛苦不堪。同學們在一位姓戚的同學帶領下，在老師面前背書時，集體商量偷看。小說描寫一位平日素有李逵之稱的同學，在蠻子老師面前作偽是也被嚇得色變心驚，好似諸葛孔明借東風。當事情敗露，集體受罰。蠻子老師讓全堂的學生都變成土地菩薩，跪倒在地。並且將跪的方式分為梅花落地、獨木橋、走馬川三種。所謂「梅花落地」便是讓學生跪在堅硬鋒利的炭渣上面。炭渣如利釘一樣透過人皮抵到膝蓋骨，疼痛難忍。「獨木橋」便是跪在一根酒杯粗的連皮青鋼木棍上。「走馬川」是跪在平地上。整間私塾變成刑訊逼供的牢獄。但就這一個場景描寫，蠻子老師的蠻狠兇殘與學生的可憐、無助便清晰明瞭地描繪出來。在如此教育體制之下，學生學習樂趣蕩然無存，更談不上學業進步。以至於「我」覺得讓蠻子老師教授知識還不如讓算命先生每天教「我」一個字學的多，錢也沒浪費。在蠻子老師粗暴的教育方法下，膽大的學生也會變成縮頭烏龜，更不用說膽小的學生——只能終日以淚洗面在私塾中度過淒慘的童年。《兒時影》中，另一典型人物便是哭生。蠻子老師沒有為人師表、傳道授業的精神。他對學生的態度，以收到學生家長禮物的多寡決定。「我」因為母親常送老師點心之類的禮物，老師對我總是棒下留情。哭生因為母親去世，父親無暇顧及他的學業，送老師的禮物自然化為泡影。蠻子老師對哭生的棒打便也不遺餘力。小說通過對哭生的描寫展示舊式教育對孩子身心的摧殘。哭生本是一個如年畫中俊美的小男孩，有母親的愛護，好似一個蜜糖中的人物。但自母親去世，又遇上蠻子老師，日子便由天堂墜入地獄。蠻子老師對學生沒有基本的尊重，對收不到家長禮物的學生隨意打罵。哭生在蠻子老師的淫威之下，整日以淚洗面，便得了「哭生」這個綽號。小說描寫哭生的「三笑」，襯出他在私塾中的痛苦生活。在哭生眼裏，私塾就是一個苦海。他寧可討口叫化，也不願進學堂。小說通過哭生的控訴寫出私塾對少年兒童身心的摧殘折磨。

李劼人在此篇小說中對白話的運用已經非常嫻熟，通篇完全找不到文言的深奧苦澀。《兒時影》與魯迅的《從百草園到三味書屋》具有相同的主題，反映私塾生活。但不同之處在於，《兒時影》描寫私塾生活更具備現代小說要素，《從百草園到三味書屋》準確定位應是一篇散文。李劼人對傳統小說藝術與西方小說藝術的「轉」、「合」在這篇小說中達到高度完美的統一。形式與

內容的現代，使得這部小說沒有被選入《中國新文學大系》是中國現代文學史上的一個缺失。因為它形式的新穎、內容的深刻，完完全全具備一部現代新小說的要素。《中國新文學大系》選入的是李劼人的《編輯室的風波》。「……茅盾把這篇小說收入《中國新文學大系‧小說一集》，大概因為它是發表在文學研究會刊物《文學週報》上的作品，其實它並不能代表作家前期創作的最好水平。他的最好水平存在於《好人家》《捧的故事》和《對門》等作品之中，這些作品的落選，從一定的角度說明了李劼人作為白話小說早行者的文學影響，是曾經受過相當程度的地域限制的。」〔註25〕現代白話小說在建設初期，主要反對以「禮拜六」為代表的那種遊戲、消遣的小說觀，也反對黑幕小說旨在揭露隱私的偏狹審美趣味，提倡寫實小說，旨在寫實的基礎上達到思想的深刻性。因而，現代小說一個重要特徵是思想的現實性、深刻性。《兒時影》在多個的場景描寫中展示私塾教育的失敗，揭露學生身心的煎熬，具有一定的思想高度。《兒時影》從思想、形式上已經完全屬於現代小說的。很可惜的是，被李劼人認為較《兒時影》還要好的《遊園會》已經難以覓到其蹤影。〔註26〕這兩篇小說分別問世於 1912 年、1915 年，這時段中國現代白話小說都還處於醞釀時期。那時中國「現代白話小說」的概念還沒有出現，因而正實驗著現代白話小說的李劼人因為時間的超越被人忽略。

第三節　李劼人五四時期的小說創作

李劼人 1919 年留學法國。在法國期間，他的翻譯成果大於創作，僅在 1923 年創作一部中篇《同情》。這部中篇小說在 1924 年才由中華書局出版與國內的讀者見面。而此時，中國現代白話小說恰如雨後春筍般迅速發展。李劼人的《同情》傳到國內，並沒有引起廣泛的關注。因為此時國內現代白話小說已經以一種成熟的姿態通行於文壇。魯迅的《狂人日記》已經得到大家的承認。至於到底誰是中國第一篇現代白話小說的創作人已成定論。李劼人早期現代白話小說創作被歷史的浪潮掩埋。此時段文壇探討的是社會、人生等問題。「反封建」、「張揚的個人」已經成為文壇的熱門話題。其他各種話題的探討也競相展開，中國現代文壇如一個百花爭豔的大花園。對於愛情的探

〔註25〕楊義《中國現代小說史》中，人民出版社，1998 年，第 440～441 頁。
〔註26〕參見《李劼人選集》第五卷，四川文藝出版社，1986 年，第 537、538 頁。

討，比如羅家倫《是愛情還是苦痛？》；愛與美的歌頌，如冰心《超人》；人性深層的揭示，如郁達夫《春風沉醉的晚上》；女性文學的興起，如廬隱《海濱故人》……充滿人性光輝的《同情》猶如一葉小舟淹沒在汪洋大海裏轉瞬即逝，沒有掀起驚天駭浪。

在一個以反封建為主題的時代，「個性」的張揚是主流。激活人類被壓抑的基因，是「五四」文學的任務。在這熱鬧紛繁的時代，「人」成為神聖的主體。許多文學創作圍繞如何賦予「人」主體意識而綻開。在此背景之下，「人」的欲望渴求都應當得到滿足，反思人性深處的劣根性似乎有點不合時宜。歸國後的李劼人，他的創作好似就這樣有點不合時宜。當人們都在為新文化運動歡飲鼓舞之際，他卻挖掘穿著新文化外衣裏守舊的靈魂。人們用「愛」、「美」寫人性光輝時，李劼人卻寫出「好人家」的自私、停滯。人們在歌頌革命英雄時，他卻寫出軍隊蠻橫、無恥的強盜行徑。人們在追求神聖的自由戀愛之際，他卻揭開自由戀愛的神聖面紗，寫出其中的血與淚。在這一系列看似不合時宜的主題之下，是李劼人對「人」深深的思考。因為追求「人」的獨立主體性，才更反思人性；發現人性的醜陋，才能見出人性的「真」、「善」、「美」。但是在李劼人 1923 到 1927 年間的小說創作中，我們難以看到光明的畫卷，不能嗅到淡雅的芬芳，看到的是渾濁的亂世圖，嗅到的是撲鼻而來的血腥味，甚至散發出一股生黴的惡臭。李劼人小說中沒有二元對立的反封建鬥爭，有的只是代代延續的死水一潭；沒有天長地久的愛情神話，只有情感的背叛、人性的掙扎。這是對「國民性」的批判，是更高層次的「人」的追求。對於魯迅小說，在早期的解讀中，「反封建」是一個鮮明的主題；只是到了後期，「國民性」的批判才成為魯迅研究的一個重點。李劼人文學作品中沒有鮮明的「反封建」包裝，因而被時代擱置。但小說對人性的反思——接深入人們靈魂的深處，挖掘出潛藏的「丑」來，卻在多年以後依然閃耀著光芒。

一

五四新文化運動的一個重要主題便是「女性解放」。女性解放思潮從晚清民初便開始宣揚。晚清有兩部彈詞。一部是挽瀾詞人的《法國女英雄彈詞》，於 1904 年由小說林出版。作者做這部彈詞的目的是「使『燒香吃素念觀音』的中國女性覺悟，來同赴『國難』的。」另外一部是錢心青的《二十世紀女界文明燈彈詞》，1910 年由明明學社出版。這部彈詞的目的是「專為改良女子社

會起見，憑著法鼓海螺，發人猛省，或者可挽回大局，扭轉乾坤。」這部小說涉及很多女性解放的方面，「如提倡天足、創辦女校、反對童養媳制度、反對迷信等等。」〔註27〕但是直到「五四」時期，在時代風潮的挾裹之下，女性解放才成為一道亮麗的風景線，引起廣泛的關注。女性解放的話題如此風起雲湧，似乎女性已經與男性成為兩顆獨立並行的樹，平等地立在廣袤的土地上。但事實是當時「女性解放」的終極目標是如此的現實或者說狹隘──與自己喜愛的男子結婚。在當時，人們將這樣的終極目標不知書寫演繹了多少回的愛情故事。在人們勇往直前奔向那個終極目標時，只有少量的人，如，魯迅，他深刻洞悉到背後可能發生的悲劇。他在《傷逝》裏將愛情喜劇後的悲劇以犀利的筆毫不留情地揭示出來。魯迅指出出走後的娜拉不是墮落便是回歸，因為沒有物質基礎，生存便是首要的危機。當生存成為危機之時，所有的理想便是紙上談兵。李劫人的小說創作中，既有受過新式教育的女學生，也有無知識文化的下層女性。在這些女性身上，晚清至五四提倡的女性解放在她們身上好似風過無痕，沒有留下痕跡。李劫人筆下的女性愛慕虛榮，愛情只是穿衣吃飯的發票。即使在「品學兼優」的女生眼裏，愛情也不是人生理想藍圖的組成部分，夫貴妻榮才是最佳的「理想」境界。李劫人的這些創作是對新文化運動的一個反思──在這片沈寂上千年的土地上，根深蒂固的傳統思想並非朝夕之間可以完成。新文化開展轟轟烈烈，啟蒙對象依然生活在上一個世紀，生活似一潭不流動的死水。

《大防》寫男女之間交往的戒律。故事發生時間是 1924 年，離新文化運動展開之際已經是 5 年了。但成都由於由於交通的不便，以及一幫遺老遺少還有軍閥的獨裁，使得新潮流在成都猶如波浪擊打在不毀的萬里長城上，縱然激起千堆雪，也是瞬間的燦爛歸於寧靜。當時四川的最高長官──軍長是一位大講新文化的人物。他倡議學習西洋文化，生活習慣也以西方人為標準，例如早操、午睡。他自己包括身邊的人全部著穿西服。如果不穿西服者，便是腐敗分子，受到眾人的唾棄。這樣大張旗鼓的宣傳真的使新文化在成都實現了嗎？答案當然是否定的。小說講了他如何迎娶第八位太太，如何為民（一位女子）辦事的經過，藉以諷刺這位「西化」的軍長。成都唯一的一所女子中學快畢業時，那位外表新潮、內核守舊的軍長到校做演講。這位提倡新文化，提倡男女平等的軍長，家裏已經有七位太太。在聽女生代表發言之際，心裏

───────────

〔註27〕阿英編《晚清小說史》，作家出版社，1958 年，第 104 頁。

盤算的是這位女生的學問與自己剛好相配，而且也強過家裏的那七位太太。
於是，所謂的演講，便成為一場相親會。川內幾位無拳無勇的新文化先鋒，
最初之際還以為這位受過二十世紀「人」教育的女生，會有驚天動地的反抗。
但事實恰恰相反，這位經受過新式教育洗禮的女生，沒有效法娜拉出走，而
是很「榮耀」地嫁與這位軍長做了第八位太太。她的榮耀是「一人得道，雞犬
昇天」。她父親多年的心願得以滿足，鬱鬱寡歡的境遇一下得以徹底的改變。
她父親不僅成為軍長的外老太爺，而且同時擔任了兩個縣的徵收局局長，兼
任三個護商事務所所長。新文化、新式教育全讓位於「享受」、「虛榮」。軍長
的八位太太還會一起歌頌她們那位講新文化的丈夫。新派人物以為的悲劇演
變成為熱鬧的「喜劇」。這喜劇背後是真正的悲劇——新文化的失敗。這位軍
長受第八位太太之託，為她的同學淑貞解決問題。軍長在聆聽之際，關注的
不是事件本身。他看到的是淑貞如何地更羞澀、嫵媚。促使他幫助淑貞解決
問題的不是伸張正義，而是擔心權利被陳司令奪走，以及期待淑貞的回報—
—以身報恩的回報。他期望淑貞能幫他多傳一些優秀的種子，能為他管理家
政、輔佐事業。所以當他解決問題之後聽說淑貞一家已經逃得杳無蹤影時勃
然大怒。小說在這裡將這位軍長的新文化外衣撕裂之後，展現其欲望的無限
膨脹、封建思想的盤踞。妻妾成群、香火繼承的陳腐觀念依然大行其道。那
位侃侃而談，很有思想見解的新女性——淑貞呢？她「鄙視」那位做了八姨
太的同學，到處宣傳那位同學的沒人格。但背地裏淑貞痛哭過好幾次。為什
麼？原來她的痛苦是沒能做成那位軍長的八姨太，反而讓那位各方面不如自
己的同學做了。淑貞慫恿父親冒充團長的目的，是為了以後能做督辦或會辦
的正名太太。這樣的動機是為了挽回沒能做成八姨太的面子。對女性而言，
接受新式教育成為待嫁的資本，沒能動搖傳統思想的根基。新文化運動最反
對的便是納妾的陋習。納妾是對愛情的不忠，是將女性物化的一種手段。但
是，女性自身呢，反為不能成為達官顯貴的妾而傷心、懊悔。《大防》講的是
文化女青年，那沒文化的女性呢？《對門》講述的是一個年輕、漂亮的寡婦
石太太，她羨慕對門的三姨太是如何的得寵、如何的風光。石太太認為能享
受這樣的榮耀即使死也值得，做小老婆那算得了什麼付出。石太太限於已故
丈夫家族的關係，既為自己不能做姨太太而懊惱，也為不能將女兒給他人做
姨太太而埋怨。即使在三姨太受冷落，被貶入冷宮。石太太依然認為值得，
因為三姨太不僅每月有八十元錢，還享受著老媽子的伺候。石太太依然認為

如能像三太太這樣也值得。直到三太太因為爭寵關係，最後落到悲慘死去的時候，石太太才漸漸放棄那「值得」的念頭。這篇小說揭示女性解放不是幾番狂風巨浪就能達到的，真正的女性解放任重而道遠。

　　成都也有自由戀愛的故事，但這樣的故事是以血淚寫成，例如《棒的故事》。這是一篇立意豐富的小說，可以從多個角度闡釋。中國素來便有尊老的習俗。儒家以孝治家的理念更是深入人心。中國的年輕人在長輩面前沒有發言權，唯老人的命令馬首是瞻。新文化改變了許多盤踞在人們心底的習俗。自由戀愛是「五四」最響亮的口號。小說中何家少爺何九如便是這樣一位新潮人物。他不畏懼母親的施壓，一意要娶城裏姑娘做老婆。在與母親幾番較量後，他終於抱得美人歸，娶迴心儀已久的梁家姑娘。梁家姑娘能夠變成何家媳婦，起決定因素的還是金錢的力量。梁家打聽到何家殷實的產業之後才同意定親。何九如能悄悄送三百元給梁家，並許諾承擔一部分的酒席錢。這裡婚姻的基礎是貌美的容顏與雄厚的物質財富，沒有海誓山盟的纏綿，沒有殷切的期待盼望。在整個定親、娶親的過程中，那個最重要的人物──姑娘退到幕後。何九如一見傾心的故事似乎是《詩經》中「窈窕淑女，君子好逑」的翻版。只不過原來的「鐘鼓樂之、琴瑟友之」演變為現代的真金白銀。當美麗的姑娘娶回家，何九如著實心疼不已，傾其所能地討好新娘。此時的何家媳婦是一朵嬌豔的花──紅豔的色彩、水潤的滋養。幸福的光陰總是短暫的。何九如很快就要到外地念書，拋下何少娘一人。何少娘央求他戴著自己一起走，但是何九如擔心母親生氣不給錢使，所以不同意新婚妻子的苦求。這一走就是四年。每年暑假他原本可以回家與妻子團聚，但貪玩的他總是有理由不回家。他在外面遊山玩水，還荒唐得差點染上梅毒。妻子在家的苦惱全被拋之於腦後。何少娘在苦苦等待之後，漸漸忘記了丈夫曾經說過的話。因為她所處環境惡劣，將全部的精力都用在對付婆婆故意設置的種種障礙。在何九如走後的第三年裏，何少娘因為梁家親人的去世，進城料理喪事，與藥材行的小老闆好上。她以前的愁容滿面一掃而光，整個人變得光彩照人。愛情對於一個男子而言，可能只是人生中的一部分，但對於女性而言，幾乎就是全部。愛情可以讓一個枯萎的女人重新煥發神采，可以讓一個女人變得無所畏懼。但是，當女人被愛情滋養得煥發生命的光彩時，她的危機已經來臨。何少娘突然的變化，引起她婆婆的懷疑。在她探聽得一些沒有確實證據的謠言之後，令人將媳婦活活打死。「她周身的鮮血塗滿了廚房、後院、前院的土

地；嶄新入時的衣褲全拉得粉碎，豈但頭面稀爛已不像個人形，就是從大腿一直到頸項也沒有巴掌大一塊未破裂的肌膚；或者，還有點呼吸，誰敢去探試？」〔註 28〕何少娘，一個鮮活的生命，就這樣人間蒸發。她的丈夫在離家之後第四年才首次回家。他回來之時，已是「昔人已乘黃鶴去，此地空餘黃鶴樓。」《傷逝》中的愛情因為沒有物質的附麗而消亡。這裡的愛情是因為什麼而消亡呢？

二

魯迅小說因為《狂人日記》被貼上反封建的標籤而成為時代潮流的一面旗幟。他開啟的鄉土文學在最開始被理解為是蟄居都市的鄉村作家所做的思鄉夢。在民族危難的年代，思鄉的個人色彩較為濃厚，所以在當時很快便被以階級鬥爭為主題的小說潮流淹沒。這就不難想像，李劼人在 1919 年之後的小說被時代埋沒。這不僅僅因為李劼人自身所處平臺（巴蜀）較低，主要是他「批判國民性」為主題的小說在當時不是時代的主潮流。在當下重新解讀他的作品，會發現他創作並非「區域文學」所能全部涵蓋，其對人性的解剖，使得他的創作具有普遍的價值意義。

在中國大地洶湧澎湃展開的新文化運動，在這片古老土地上激起的浪濤，是衝破千年的頑石？還是化作千堆雪消散而去？新文化運動的開展對中國具有不可置疑的改變，但是芸芸眾生並非都能立時轉而變為時代新人。這其中還有許多人抱著陳舊觀念不放，生活在不變的時鐘裏，李劼人早期小說中也展示了這一方停滯的世界，展示循循相因、欺、瞞、騙的國民劣根性。李劼人此階段小說對國民性的批判，不僅體現在新文化與女性解放，還體現在普通老百姓那種亙古不變的生存哲學，倫理道德的扭曲變異。李劼人小說創作描寫辛亥革命後四川各行業各階層人們的心理行為。在辛亥革命之後，政治局勢發生著千百年以來沒有過的巨大變化。但政治對普通老百姓而言，是天外的世界。一些投機主義者在動盪政局中專營謀取私利，不善專營者則秉承老祖宗「天不變、道亦不變」的祖訓。

李劼人借《好人家》批判那種循循相因，代代吃鴉片的一族人。正是這種人的存在讓啟蒙者血灑大地，讓反動統治得以維持。《好人家》敘述四川新都縣趙麼糧戶家「窩裏鬥」的故事。趙麼糧戶因為是後媽的親生兒子，在分

〔註 28〕《李劼人選集》第四卷，四川人民出版社，1984 年，第 316 頁。

財產時多分了一些財產，引得老二不滿，要求重新分配財產。兄弟之間為爭奪財產爭吵打鬧，最後鬧到衙門。趙麼糧戶為爭一口氣，寧可將錢花在縣太爺、訟師那裡，也一定要打贏這場官司。直到哥哥們有的死去，有的中風，才在親戚的勸說之下和解。但此時的趙麼糧戶已經不願再與傷了感情的兄弟們住在一起，於是遷徙到成都定居。趙麼糧戶雖然為爭奪財產可以堅持到底，但是在自己娶老婆的事情上還得受制於兒女。他在無奈何中娶了又粗又笨的丫鬟春梅。但已經體會過風流寡婦味道的他實在不能接受不解風情的春梅，於是逛窯子便成了他的一個新愛好。但這個新愛好不僅使他遭受牢獄之災，還遭受了性病的襲擊。信奉中醫的他，堅決抵制請西醫治療性病。他最後以犧牲了一條腿成為跛子收場。趙麼糧戶這樣的結局，使得他從此斷了對女人的想法，開始專心在家裏抽鴉片度日。趙麼糧戶成為城市大隱者的第一步便是將讀書的兒子叫回家，中止學業。因為他認為既然讀書不能像以前那樣求取功名，就失去了意義。他兩個兒子精兒、靈兒，都不是讀書的材料，但抽鴉片卻一學就會。精兒因為會拉關係，會算帳，所以掌管家裏一切事情。靈兒是說話就臉紅脖子粗的人，上不了檯面，唯一能做的事情也只有抽鴉片。趙麼糧戶家裏有幾多——鴉片多（可以吃好幾代人）、灰塵多，田多、銀子多。他家裏書少，所有的書堆積起來也沒有帳本高。從民國元年開始，報紙就沒再進過他家門。因而，趙麼糧戶家的生活情形就像永不變形的鬧鐘。他家裏唯一的話題就是趙麼糧戶重複的敘舊。內容不外乎是「他家蓄了一頭烏雲蓋雪的好貓兒，被門前一個窮人偷了，他那還未出閣的姑奶奶，一連幾夜夢見貓兒來告狀的事也不止談了百多回。然而這是他家二十四小時過於安靜，過於單調生活內的黃金時刻，也是全家人枯燥的感情得以交流的時刻，所以老頭子的話，只管重複了又重複，而在眾人耳裏，終比光聽耗子叫要好得多，到底是人在說話啊！」〔註29〕在這樣沈寂如水、千年不變的生活裏，趙麼糧戶家也有與以前不同的變動，就是多了一枝煙槍。

　　小說雖然描寫四川的趙麼糧戶，但其思想的沉積落後頗具典型性，代表了古老中國的現狀。就如魯迅在小說《風波》裏描寫的一樣，辛亥革命之後，政治時局的變化沒有從根本上促進廣大老百姓思想的革新，只是形式——辮子長短的變化而已。李劼人沒有正面描寫思想啟蒙運動開展的轟轟烈烈，只是從趙麼糧戶這樣的反面教材著手，寫出思想啟蒙運動的勢在必行。中國文

<hr>

〔註29〕《李劼人選集》第四卷，四川人民出版社，1984年，第243頁。

壇發出類似這樣的聲音在小說創作領域之外的也有，例如，郭沫若的《西湖紀遊》《上海印象》，聞一多的《死水》。李劼人小說對「國民性」的批判，通過各種形式途徑表現揭示。《好人家》以諷刺意味定義趙麼糧戶代表的「好人家」成為社會進步的絆腳石。然而，正是這充斥著「鴉片」、「性病」、「小姨娘」、「高利貸」的人家，卻是社會的「柱石」。正因為有這樣的人家，中國才會永遠停留在十八世紀，廣大的民眾才會生活在水深火熱之中呻吟，企圖改變落後中國的革命先驅才會橫屍原野。這樣的「國民性」是社會進步的絆腳石。

牽制中國向前發展的絆腳石不僅在於古老土地上人民的因循守舊，還有冷漠自私。小我的膨脹遮擋了眼睛的遠視，看不到社會前進的方向。沉迷於小小的自我天地裏，以為「我」的世界就是整個宇宙時空。

《市民的自衛》描述張家公館的故事。張家公館在所住的街道中是極有身份的一家。張家老爺曾做過涪陵縣知事、開縣徵收局長，長子在某師部當秘書，加之家裏有錢，所以與街坊鄰居比較起來自然是較有威望。每逢街道有什麼事情，都是張家指揮著輿論的導向。就是這樣德高望重的人家，在大事小事上體現出的卻是極度的自私自利，對他人表現出極端的冷漠。

街坊們商量共同籌錢將街溝挖深一點，這樣每戶人家的房子也不至於會進水。但是財大氣粗的張老爺偏偏不籌這一份子。原因便是他家的房子地基比別人家高三尺多，水怎麼也不會淹到他屋子裏面去。張老爺不怕別人議論，公然宣稱自己就是不顧公益。張老爺的管家，也是他的堂侄張小舟，知道張老爺的脾氣，在張老爺還沒指示之前便已經將張家應該籌的錢分攤給其他街坊鄰居了。因為濫兵滋事擾民，所以街坊決定辦街團。管家張小舟照例拒絕出錢。但這次張老爺卻決定出錢，原因是因為出了錢便可以閉門不管，對自家有益。張老爺兩次攤錢籌份子的不同態度，都是基於怎樣對自己才最有利，能以最少的錢獲取最大的利益。張老爺在得知濫兵會搶人行兇，怕自家財產遭受損失，讓堂侄張小舟整日整夜替自己看家，全然不顧張小舟的家庭安危。張小舟雖然知道自家地處危險地帶，正是濫兵經常出沒之地，家裏又只有老人小孩和一個毫無抵抗力的妻子，但因為要在張老爺處討飯錢，也只能扔下全家不管。如果說張老爺的自私冷漠代表的是個體行為，那市民的自衛代表的則是群體的自私自利、自欺欺人。當官府不能確保市民的安危時，市民自發組織的自衛卻是現實版的「掩耳盜鈴」。深夜時分，在財神廟前守夜的人中，老人小孩佔據大多數，這是一群幾乎沒有戰鬥能力的部隊。當嗶嗶剝剝的木

棒聲響起，木棒聲中還夾雜有喊捉賊聲音時，守夜的部隊一下子逃得煙消雲散。自衛公約卻沒有實效，家家戶戶大門緊閉。沒有一個人從公館裏走出來捉賊，大家關起大門在家裏胡亂敲打家具等給自己壯膽。張老爺家守門的顧老漢回到張公館，怎麼推也推不進去。張老爺將大門緊閉，全然不顧外面還有一個七十多歲的老人在外面是否會遭受濫兵的行兇。整條街的大門都如同張家大門一樣。人們寧可在家裏對著桌椅板凳耗盡力氣地敲打，掙破喉嚨地叫喊，也不願與劫匪正面一戰。市民的自衛就是這樣的自欺欺人。家家自保，以為大門緊閉就能保全自己身家性命與全部的家業。愚昧的自私一覽無遺。在國難當頭之日，濫兵全無保家衛國的意識，只知橫行於普通老百姓處搶得一衣半食。若干像張老爺這樣的老百姓又是那樣的自私冷漠，以為將自己顧好，便天下太平。殊不知，傾巢之下，豈有完卵？

三

　　李劼人小說還存有對人性惡的揭示。人性惡在封建禮教的保護下淫威愈章，肆意地姦殺著年輕的生命。

　　《棒的故事》在反思自由戀愛之時，展示人性惡的肆無忌憚。《棒的故事》表層是描寫封建家長制對青年的戕害，較深一層次則是對人性惡的揭示。「棒」在小說中被賦予多重含義，既是家長權威的代表，又是倫理道德的代表，更是人性惡的代表。這篇小說寓意深廣、對人性惡的反思，可以媲美曹禺的《原野》。

　　何老太對未來的媳婦，很早便有了中意的人選，即自己的親內侄女有珍。但是在城裏讀書的兒子何九如偏要搞獨身主義。為了讓唯一的兒子而趕緊娶媳婦添幾個小男女。何老太不得已妥協，讓兒子自己選媳婦。媳婦娶進門，何老太按照老規矩衡量新媳婦，那便是一百個不順眼。雖然新媳婦在婆婆面前小心翼翼，討好獻殷勤，但總不能討得婆婆歡心。原因有三。首先是媳婦不能天亮之前就起床料理家務。然後兒子覺得一個老媽照顧媳婦還不夠，還需要找一個丫鬟。婆婆覺得兒子太嬌慣新人，醋意大發。最關鍵的一點是，因為這媳婦不是自己挑選的，所以無論媳婦怎樣討好獻殷勤都是看不順眼。「於是，由厭惡而至於嫉妒，由嫉妒而至於仇視，到了仇視，……連那一點略可滿意的根株也剷除得乾乾淨淨的了。」〔註30〕媳婦剛進家門就在婆婆眼

〔註30〕《李劼人選集》第四卷，四川人民出版社，1984年，第305頁。

裏變成為十惡不赦的罪人，可以想見以後生活的難熬。婆婆雖然極端厭惡兒媳，但因為兒子威風太大，所以也莫可奈何。原本不同意兒子進京城讀書的她，只盼望暑假趕快過去，以便兒子離家到京城讀書。這位婆婆只盼著兒子早日離開，實質是希望兒子早日離開媳婦。祝願子女生活幸福美滿應是老人對後人最好的祝福，但是《棒》裏沒有這樣的祝福。兒子的幸福在母親眼裏就是眼中釘、肉中刺，欲去之而後快。人類母性的光輝在這裡蕩然無存，只是一個女人對一個男人的佔有欲──母親對兒子的佔有欲。婆婆對媳婦的仇視，固然因為她不是自己所選，沒能滿足家長權威的欲求。同時，更主要的原因是因為媳婦奪走了自己的兒子。婆婆的窺視欲暴露了長期守寡的她，對兒子媳婦的房中事充滿好奇。在窺視之後，婆婆又不顧廉恥地到處宣揚自己窺視的全部內容。這裡便存在矛盾的兩重性，一方面婆婆將兒子媳婦的房中事視為不知羞恥，另一方面又充滿好奇地窺視。中國長期以來將「性」與骯髒連接在一起，但是「性」一旦在婚姻之內，便屬於合理合法的地位。何老太心靈的扭曲變態，反映她自身人性的被扭曲。在窺視中、在四處宣講中滿足被壓抑許久的欲望，在鄙視中顯示著得不到滿足的「高尚」。何家新媳婦遭遇這樣的婆婆，最後成為「棒」下鬼便也是故事發展的必然結果。何老太敢打死媳婦，一則仰仗自己身為家長的身份，趁兒子不在家時大發家長制的淫威；另一則是因為她憑藉傳統倫理道德觀（雖然她為媳婦犯下喪風敗俗之事竊喜不已）。何家媳婦被活活打死，現場不乏圍觀之人──她家的長工。但他們因為受傳統倫理道德的影響，認為何家媳婦作了該挨打的事情，所以他們只是做一群麻木的看客，看著何少娘被活活打死。婆婆打死媳婦後，只是因為她請了二十四個和尚給媳婦念經七天，反而受到眾裏鄉親的讚揚，誇她賢德。但實質是婆婆怕冤魂糾纏，借念經壯膽而已。一條鮮活的生命就這樣被結束。在眾人眼裏，生命的價值與七天的念經做法等同。何家媳婦在封建家長的淫威之下，被封建倫理道德殺害。婆婆扭曲的人性借助封建家庭倫理道德肆放淫威。在古老的中國，類似何家媳婦這樣的女子豈止一位。有多少年輕的生命就這樣消失在花樣年華，送進黑沉沉的墳墓。這篇小說讀起來猶如在地獄裏走了一遭。李劼人借何少娘生命的結束寫出封建倫理的「殺人」。小說在不動神色的冷靜敘述中將野蠻世界呈現讀者眼前。

作者雖然沒有直接喊出「殺人」，但筆鋒所到之處，「殺人」隨處可見。何少娘正值如花的年齡，丈夫出走，身心陷入困境。在長期的壓抑困守中，

生命的美好一點點被抹殺。與異性的接觸引來閒言碎語，讓正愁抓不住把柄的婆婆當做殺人的理由。婆婆不需與任何人商量，讓侄子蠻橫地將媳婦活活打死。一個花一樣的美人，被棒打之後還被人提著腳脛倒拖著跑了一大轉，最後被仍死狗似地仍在草地上。生命被如此戕害，殺人者被冠以賢德的美名，這就是封建道德倫理的「殺人」。眾人的圍觀，看著生命被一點點耗盡，這是「看客」的鬧劇，人間的悲劇，這是國民性的冷酷、麻木、不仁。何家婆婆的行為在官方、民間都得到認同，也就寫出這是屬於群體而非個體的野蠻愚昧。

四

國民性的批判，不僅有對生命價值的拷問，還有對生存意義的追問。

李劼人小說《「只有這一條路」》通過寫張桂蓀夢想考軍校的故事，展示一群投考軍校的年輕人的理想。他們的理想不是保家衛國、為民除害，他們的夢想是陞官發財，夢想著權利、財富、女人。《請願》中的師長就是張桂蓀夢想的實現。小說寫一個三十來歲的軍長，沉迷於酒色鴉片之中。他的權利只是用來滿足自我的私欲。師長的權利可以用來換取金錢，再用金錢與勢力爭奪女人。請願中的師長，就是《「只有這一條路」》中張桂蓀投考軍校的夢想。中國辛亥革命之後，軍閥混戰。中國政局的權利被軍隊掌握。而掌握權利的這幫部隊，是如此的斂聚錢財，傷害百姓，在這種部隊控制下的中國何日才能富強？李劼人在批判長官時，並沒因而將同情的筆用來粉飾處於下層的軍士。《失運以後的兵》《兵大伯陳振武的月譜》寫出處於底層的軍士如何行兇作惡，橫行鄉里，干擾百姓。李劼人對軍閥部隊自上而下地全面否定批判，沒有賦予一點亮麗的色彩，寫出昏天黑地的一個世界。這個世界惡魔橫行。

大眾面對這樣的部隊，是什麼態度呢？或許中國人根深蒂固的「奴性」思維導致大眾對權力、權威的崇拜。擁有權勢便擁有話語權，擁有人們的敬仰。《請願》中那位師長，由於長期沉迷於酒色，臉色又瘦又青，就如西方人對中國人的蔑視──東亞病夫。這位師長與幾位用金錢權勢娶來的太太們玩著麻將的賭博遊戲，而請願的市民們在門口高呼師長萬歲，還送來歌功頌德的旌旗。請願的市民不管是年輕的學生還是有身份有地位的紳士階級，他們有一個共同的特點──臉上都是笑嘻嘻的。他們旗幟上標語都是「深思熟慮」

之後才選擇的。學生們小旗上的警語、沿途喊的口號，都已是約定俗成的語言，毫無新意。另一派年老的紳士階級使用的標語是使用省城商會已經使用過的語言。之所以會對標語口號如此謹慎，只為不觸犯當權者的忌諱。這樣的市民擁戴這樣的師長，「愛國」的意味便在敘述中被消解殆盡。至於外交的失敗，國家的安危，這些似乎與市民、師長都無什麼關係。前來請願的市民在師長家門口高呼幾聲中華民國萬歲、師長萬歲、學生聯合會萬歲，便完成了救國大業。師長除了關心麻將桌上的遊戲之外，其實也是關心其他事情，那便是將所派的八萬元款子何時才能逼繳出來。

李劼人小說裏的世界，人人自私自利。人與人之間沒有團結友愛互助，只是共同的將這世界抹黑，共同拉住彼此將這世界墜入地獄深處。

李劼人小說敢於直面真實。在人們為新文化的勝利歡欣鼓舞之際，他能寫出勝利表象下面的殘渣濁流，顯示其敢於面對現實的「真」。李劼人與魯迅一樣反對「瞞」與「騙」。魯迅在《阿Q正傳》中寫出辛亥革命的含義不被人理解，革命只是成為人們謀取權利、財富、女人的工具。李劼人一樣揶揄新文化的「民主」、「自由」沒有被人們真正瞭解，人們只是穿著新文化的外衣，做著千百年來不變顏色的夢。李劼人這樣審視新文化與古老中國的大眾，需要勇氣與犀利的眼光，猶如魯迅之審視辛亥革命。民國年代，軍閥混戰，人民生活在水深火熱致中。李劼人在揭示軍禍的時候，不是將軍隊置於一個獨立的群體，而是一個交叉的群體。這個群體裏面有知識青年（以張桂蕘為代表），有以苦力求生存的勞動者（陳大伯為代表）。樸實的勞動者進入軍隊，首先學會的不是軍機法律、強身健體，而是如何才能表現得會打家劫舍，如何會耍流氓。因為只有這樣才能在部隊混下去。有文化的知識青年，例如張桂蕘，進入部隊是想更快地當官發財，威風八面，能更多地找女人。《市民的自衛》中的張老爺在談到部隊招那麼多兵士時怨聲載道，因為這樣作為市民的他會因此可能被派攤更多的費用。張老爺對部隊長官分攤的費用而埋怨，卻對部隊長官買地時動輒上百上千畝的豪氣而羨慕不已。可以想像，即使像張老爺這樣學了孔孟之道，懂得「修身齊家治國平天下」的儒生，如果進入部隊一定也是與《請願》中的那位師長一樣。李劼人這樣的書寫，就將軍禍的根源由單純的討伐變為對國民的反思。沒有成為軍長的，夢想成為軍長，永遠不能當軍長的下層兵士，就像強盜一樣四處搜刮。部隊之外的老百姓，豔羨部隊長官的巧取豪奪。所以，軍禍的根源在於國民性的墮落、腐朽。

　　李劼人的小說屬於社會寫實小說,與後來文學研究會倡導的小說觀念不
謀而合。李劼人自 1919 年留學法國,直接接受西方文化影響後,他小說創作
發生一個質的飛躍。如果說,李劼人 1919 年之前的現代白話小說創作還處於
摸索階段,那麼之後他的小說已經成熟,且深度、廣度都得到無限的提高。
在文壇同期現代白話小說中,李劼人小說已經不只是停留在「自由」、「民主」
的吶喊上面,而是進入一個更高層次境界——探索國民性劣根性。李劼人透
過新文化運動紛繁熱鬧的表象,挖掘經受新文化洗禮後大眾思想的殘渣碎片。
他的筆指向各個階層,有平凡老百姓、高官顯貴,有守舊的迂夫子、受過新
文化影響的讀書人……在這些形形色色的人群中,李劼人挖掘他們最深處的
靈魂,剖開後發現幾乎是清一色的愚昧、自私、虛榮、貪婪。李劼人小說筆下
較少亮色彩的人物,多是罩著幾許塵埃的灰色人物。李劼人以其犀利的筆,
無情解剖筆下人物那延續千年沉積下的塵埃,寫軍閥統治時期官場的黑暗,
描繪官場老手的處世法寶,揭示出近代中國落後的深層根源。李劼人後來被
譽為「中國的左拉」,〔註31〕創作出《死水微瀾》等系列名著,與這前後十餘
年創作生涯的積累不無關係。而這期間創作的作品本身,同樣是中國現代白
話小說傳承與創造摸索階段的成功嘗試,為現代白話小說轉型提供了寶貴的
借鑒。

〔註31〕參見郭沫若《中國左拉之待望》,載《李劼人選集》第一卷,四川人民出版社,
　　　　1980 年,第 1～15 頁。

第六章 五四前後巴蜀作家同氣相求之關係與關於新詩建設的探討——以郭沫若、吳芳吉、康白情等為例

現代文學發生初期，巴蜀作家不僅在創作方面走在前面，而且在新文學理論方面比較早地有所思考，且有所建樹並發生影響。

詩的專論影響較大的自然首先有胡適的相關論述，有郭沫若、宗白華、田漢等人的《三葉集》。其中《三葉集》討論的發起主要圍繞郭沫若詩而展開，也可見出巴蜀作家創作的影響。除此之外，前面所論的吳芳吉、康白情以及周太玄、葉伯和等都有著比較系統的詩歌理論或觀點，對於當時的理論探索起到積極地推動作用。而過去學界除對有關郭沫若詩論的研究相對較多之外，而對吳芳吉、康白情等人的理論則相對關注較少。另外，過去有人在分析吳芳吉詩歌特點時，曾以為吳芳吉創立的白屋詩與當時風行的新詩格格不入，不利於新詩的發展，也不為其他新詩倡導者所接受；還因其和康白情等也有爭執，好似主張完全不同。實際上，這都只是一種表面現象。吳芳吉和當時的主流新詩壇存在差異的同時，也有著不少共同的相似之處。將其作為早期巴蜀詩論整體來探討，總體分析其得失及對中國現代文學的影響者更是未見，所以有必要闡釋論證。

巴蜀作家於理論和實踐方面均有創造，對現代文學發揮了積極的影響。若結合巴蜀作家團體同氣相求的關係來考察，其作用更為明顯。

第一節　五四前後巴蜀作家同氣相求之關係

　　新文學是伴隨著激烈的爭論和反對質疑而發展的。作為一種真正意義上的文學革命，既需要努力克服障礙，同時也需要積極地探索和完善。在這方面，胡適等人對於新文化運動的貢獻有目共睹。胡適對於白話文學不遺餘力的提倡，對於文學發展起到了積極的推動作用。但是，另一方面，新文學自身也存在多方面的問題，如其新文學創作實績的確有限。這當然也與作為探索階段的整個新文學實際創作狀況有關。另如其為了推動白話文運動的發展，常不免誇大其詞，或對古典傳統一筆抹殺，將其全部視為死的文字，不能創造活文學，主張全盤西化，比較片面地一再強調「白話可以做中國文學的一切門類的唯一工具」。〔註1〕這種過分極端的理論主張雖有其時代之需求，也有明顯矯枉過正之缺陷，甚至前後矛盾，產生負面之效果。此外，還有文學陣營常見的宗派觀念等，排斥其陣營外的其他新詩探索。如皮埃爾·布迪厄所指出：「文學競爭的中心焦點是文學合法性的壟斷，也就是說，尤其是權威話語權利的壟斷。」〔註2〕，這種情況下。一些未被其納入正統的新詩探索者，「卻被認作是『非法』，被排斥在『新詩空間』之外」。〔註3〕這種種情形，都影響著新文學進步。

　　五四前後的巴蜀新文學作家，從表面上看，似乎就屬於幾個不一樣的文學派別。其中，康白情、周太玄以及王光祈、李璜、曾琦等為「少年中國學會」的成員，與胡適、李大釗、陳獨秀關係密切，可屬於所謂文壇主流派。彼此常相唱合，同氣相求也就自不待言。葉伯和在成都也參加了「少年中國學會」四川分會，常在《星期日週報》上發表文章，也可屬於主流派，但畢竟地域和身份有別，未能如其他詩人引起主流領袖人物如胡適等的關注。郭沫若為第二種類型，開始並不屬於主流。在日本留學期間，他得到宗白華的欣賞和鼓勵，再加上與康白情同屬於主流的田漢交往，尤其是後來自身創作成績以及席捲一切的氣勢，成為海派代表，進而成為令主流不可忽視的文壇領袖。與各派相對良好的關係，無論是對於郭沫若自己還是對於新文學的發展，都

〔註1〕《逼上梁山》，載趙家璧主編《中國新文學大系·建設理論集》，影印本，上海文藝出版社，1936年，第3頁。

〔註2〕皮埃爾·布迪厄《藝術的法則——文學場的生成結構》，劉暉譯，中央編譯出版社，2001年，第271頁。

〔註3〕姜濤《「新詩集」與中國新詩的發生》，北京大學出版社，2005年，第79頁。

起到積極的互動。第三類是吳芳吉。他離開清華後，得舊派友人吳宓的鼓勵與海外同學的接濟，進入文壇，努力探索新詩之路，雖成績斐然，卻遭到新舊兩派的非議。而性格耿介——早年寧願被開除而不願向惡勢力低頭悔過的吳芳吉，其所受到生活的多種折磨是遠遠超過其他人。他既非常自信也固執、敏感，對於諸種非議尤其是來自所謂主流的打壓或傲慢產生十分強烈的反彈也屬情理之中。

　　那麼，這批巴蜀作家彼此間的關係如何呢，對於自身創作及文學發展有何影響呢？

　　第一類人物較為簡單，既為所謂圈內人物，一起參加許多重大事件，甚至有患難與共的經歷，友情深厚。此時尚未發生政治上的分化，初期的文學觀點也比較相近。許多觀點或創作就是在他們彼此的交流討論碰撞或者送別聚會等場合而產生的。彼此做到同氣相求、相互呼應就比較容易。

　　作為新文化運動胡適的支持響應者，康白情等作為《少年中國》《新潮》等重要刊物文學欄目的主要撰稿人，其文學觀點和創作成績對於新文學所起積極的支撐作用是無庸置疑。但並不是說這批蜀中作家與胡適等觀點毫無差別，只是因為包容性極強的巴蜀學文化所發揮的影響，使他們對於不同的觀點有更多的包容性。他們改革的主張旗幟鮮明，充滿激情。但與另一些領袖人物相比，其主張相對更為融通，卻少了一些極端絕對化的主觀色彩。（有關主張要點下文還要論述，如對於傳統文化古典文學的態度等）而正因為如此，他們起著重要的修訂和完善作用，此外需要指出的是，還有一個特殊價值，就是對新文學文壇發展和擴大隊伍所起的作用。文壇領袖胡適以推薦評價文學新人著稱，但「點到的基本上都是他的朋友和北大的學生，『自家的戲臺』裏沒有一個『外人』」，「並有意無意地將這一自家的戲臺放大成正統的『新詩壇』」。〔註4〕受其影響，以北大師生為主的主流詩人群對其他詩歌探索及其主張往往加以漠視或詆嘲，也曾引起其他人士的不滿。有關情況，姜濤《「新詩集」與中國新詩的發生》曾有《「新詩集」出版與新詩壇的分化》專章論述詳細。而這群體之中的巴蜀詩人，除對所謂圈內人士相互鼓吹外，對其他人士也多能夠包容，尤其善於利用老鄉關係擴大影響。當留日歸來的葉伯和在四川辦草堂雜誌，出《詩歌集》後，康白情致信予以高度評價，稱「大著都無可

〔註4〕姜濤《「新詩集」與中國新詩的發生》，北京大學出版社，2005年版，第84頁。

疵，而心樂篇特佳」〔註5〕。「少年中國學會」醞釀成立人手不夠，由吳玉章安排，邀川東道尹公署秘書長、後來的《新蜀報》創始人陳育（愚生）、《星期日週報》編輯穆濟波、以及尚為中學生的四川進步女性秦德君等前往北京奔走。他們主辦的《少年中國》雜誌，偶而也發表郭沫若等人的作品。當周太玄、李璜巴黎通訊社人手不夠時，一封電報，四川的李劼人又義無反顧地應邀前往相助。對於同樣探索新詩的吳芳吉，觀點有較大差異，難免會發生論爭。吳芳吉曾在日記中記載白屋詩在取得很大影響的同時，「然不轉瞬而反對之聲四起，北京新潮社之某君，及上海民國日報之某君，詆罵尤烈。」〔註6〕，吳芳吉對康白情等人也不以為然，甚至成見較深。雖然如此，但康白情卻與其他同派人士不完全相同，這在吳芳吉日記中可見一斑。1920 年，康白情在上海期間多次拜會吳芳吉，以示好感。「2 月 21 號，北京大學學生康白情來會，請吾為《新四川雜誌》作文，吾以無暇卻之。」〔註7〕三月二號，康白情赴上海亞東書局宴請後，通過吳芳吉所任職之《新群》雜誌同人李抱清轉述其意見：說吳芳吉「所做詩，都不合於真正白話文學」，希望其「必要改良」，並稱之為其忠告。〔註8〕三月三號，吳芳吉「以康白情之招，赴先施公司之東亞旅館，為《新四川雜誌》作茶會。」〔註9〕雖然由於多種原因，吳芳吉對康白情無甚好感，對其批評更是嗤之以鼻，但客觀地講，康白情對吳芳吉總體態度是無可厚非的。從這幾條材料可以看出，其批評本身代表不同的觀點，但其方法是委婉的，態度也可以說是比較真誠的。轉述「忠告」之後仍不放棄約請，吳芳吉應邀之後也因此得以與更多的四川同鄉相識，其中如王光祈、魏嗣鑾（時珍）等「少年中國學會」會員皆為此次席間初識。吳芳吉簡短記述中對其亦不無好評，似可從側面說明這群團體努力的成效。另一個有力的證明是，吳芳吉最後還是接受了康白情的邀請，成為成立於北京的《新四川雜誌》中一員，該雜誌在《川報》1920 年 2 月 3 日發表章程，稱其宗旨為「集合同志，砥礪學行」，宣傳新文化運動。發起人中既有四川在京的「少年中國學會」會員，如康白情、王光祈、王德熙（渠縣人）、葉麟（興文人）、孟壽椿（涪陵人）等，有吳虞的兩個女兒吳楷、吳恒以及上海的王瑞華、胡蜀英等

〔註5〕參見張義奇《成都的泰戈爾》，載《成都日報》，2004 年 3 月 10 日。
〔註6〕賀遠明、吳漢驤、李坤棟選編《吳芳吉集》，巴蜀書社，1994 年版，第 543 頁。
〔註7〕賀遠明、吳漢驤、李坤棟選編《吳芳吉集》，巴蜀書社，1994 年版，第 1327 頁。
〔註8〕賀遠明、吳漢驤、李坤棟選編《吳芳吉集》，巴蜀書社，1994 年版，第 1332 頁。
〔註9〕賀遠明、吳漢驤、李坤棟選編《吳芳吉集》，巴蜀書社，1994 年版，第 1333 頁。

女社員，等。〔註10〕這也在一定程度上展現了當時四川文化界的力量整合，對新文化起到積極推動的群體效應。

另外還有「少年中國學會」成都分會成員，就更沒有所謂門戶之見。他們身處夔門內，卻廣泛聆聽不同的聲音，容納不同主張。葉伯和的新詩創作很早並沒有打算發表，後來分別在《成都高等師範校報》和《星期日週報》上發表引起反響，才決定印刷出詩集。第一、二期分別由穆濟波、曾孝谷作序。曾孝谷為中國現代戲劇開創者，在為葉伯和《新詩集》所作序中強調文藝同道，「同是一家人，需要互助，才得發達。」〔註11〕穆濟波此時為少年中國學會會員、《星期日週報》編輯，做了不少新詩，其《我和你》被葉伯和特別稱道，並唱和一首《我和她》，一同印在詩集中。穆濟波序中對葉伯和提倡新詩，印出來給人批評的行為表示十分佩服，強調其音樂家身份對於作詩人資格的優勢。葉伯和自身卻淡泊名利，雖然探索很早，但如實敘述其後來曾受胡適新詩體的啟發，表示此前將西洋音樂貢獻給國人，現又將「數年研究的新文藝貢獻出來，對於社會進步，有無關係，幾年後再讓人評論。」〔註12〕詩集出版後，康白情、郭沫若等紛紛加以好評，以中國的泰戈爾相喻。葉伯和稍後主辦《草堂》雜誌，又扶持了不少年輕的文學愛好者。當時尚為無政府主義者的巴金也開始在此發表作品。這些均見其同氣相求的理念。

另一類人物的代表郭沫若，赴日期間受新思潮影響，雖不屬於京城主流，但卻以其哲理與才情得到宗白華、田漢的欣賞，與各派均有聯繫和交往。有關郭沫若的研究甚多，無須贅言。除了大家研究已久的各種淵源之外，這裡想要指出其所既具有廣泛交往的稟賦、善於融通能力，亦不乏虛懷若谷的氣度，於人於己都不無裨益，對詩壇更是貢獻巨大。郭沫若對主流派同鄉康白情就高度評價，在《我的作詩的經過》一文中特別提到康白情白話新詩對他創作的積極影響。在致朱仲英函又說「葉伯和先生的詩，我喜歡心樂篇中諸作」表示相信他「作詩的主義與泰戈爾差不多」。〔註13〕特別值得一提的是，郭沫若與幾乎處於孤軍奮戰境地的吳芳吉惺惺相惜，並施以援手。他將自己的《三葉集》寄給吳芳吉，並與之討論，吳芳吉則回寄新作。彼此信中各抒己

〔註10〕參王綠萍、程祺編著《四川報刊集覽》，成都科技大學出版社，1993年版，第91頁。
〔註11〕葉伯和《新詩集》，上海東華印刷所1922年，第2期1頁。
〔註12〕葉伯和《新詩集‧再序》，上海東華印刷所，1922年，第2期3頁。
〔註13〕葉伯和《葉伯和著述叢稿》，成都迪毅書店，1924年，第13頁。

見，而大同小異。吳芳吉 1920 年 6 月 14 日即農曆庚申四月二十八日日記寫道：「得郭沫若自日本福岡來書，評吾《籠山曲》《明月樓》諸詩為有力之作，而《吳淞訪古》一律最雄渾可愛，《婉容詞》一首，使之另受一番感傷。」〔註14〕。當年 7 月中旬，郭沫若由日本回國，特地前往上海公學與吳芳吉相聚。這也是兩位巴蜀詩傑首次見面。吳芳吉即將去湖南明德學堂任教，郭沫若為此賦《送吳碧柳賦長沙》詩：

「洞庭古勝地，屈子詩中王。遺響久已絕，滔滔天下狂。願君此遠舉，努力軼前驤。蒼生莫辜負，也莫負衡湘。」〔註15〕

詩中充滿真情和希望，間接表達其詩學觀點和對白屋詩的認同，對吳芳吉繼續勇往直前的探索所起到的支持和鼓舞也是可想而知。這種相互呼應也真正為當時的文壇和新文學發展所需要，也是其後來能夠異軍突起，成為引領新詩發展領軍代表的原因吧！

至於第三類代表吳芳吉，其獨闢溪徑、兼容中西古今的白屋詩雖受到廣大讀者歡迎，卻既不入所謂新詩正統，又不為舊詩人所容。而他依然不屈不撓，堅持探索。吳芳吉性格倔強，一身傲骨，不願趨時，高自期許。1918 年10 月 23 日的日記中記載曾與吳宓、鄧紹勤相約：「其自努力，他日中國新文學派砥柱，此吾三人任也。」〔註16〕可以看見出其眼界抱負之高。他疾惡如仇，尤其厭惡高調浮華，互為標榜者。他主持《新群》雜誌時，對社中有借讀者來信吹捧編輯而自我炒作者十分反感並加以抵制。在日記中他的筆鋒常常針對各類政客，從汪精衛、章行嚴到吳稚暉，多為貶詞。他對所謂新文化運動提倡白話而廢除文言的極端主張堅決反對，也因此對胡適陳獨秀等人頗有不滿，進而對北京大學一幫新文化的代言人亦有微詞。他細讀胡適《中國哲學史》諸書，不以為然，稱陳獨秀更為毫無知識者。中國公學請陳獨秀講演，他不屑一顧，若去也只是想去當面質問。吳芳吉 2 月 29 號日記還寫道：1920 年元旦，陳獨秀曾著《告上海言論家文》，同濟醫工學生魏嗣鑾（時珍）逐條加以駁斥，「而罵其無一點科學知識。」〔註17〕吳芳吉對此表示讚賞。1920 年初，他多次表示對同鄉作家康白情的不滿，原因較為複雜。從表面講，是彼

〔註14〕賀遠明、吳漢驤、李坤棟選編《吳芳吉集》，巴蜀書社，1994 年版，第 1355 頁。

〔註15〕賀遠明、吳漢驤、李坤棟選編《吳芳吉集》，巴蜀書社，1994 年版，第 1398 頁。

〔註16〕賀遠明、吳漢驤、李坤棟選編《吳芳吉集》，巴蜀書社，1994 年版，第 1273 頁。

〔註17〕賀遠明、吳漢驤、李坤棟選編《吳芳吉集》，巴蜀書社，1994 年版，第 1330 頁。

此所供職效力的陣地有關，如其 1920 年 1 月 14 號日記《昨年之〈新群〉紀事》所言：「《新潮》諸人與《新群》暗裏頗相排擠，因《新群》編輯多半是北大學生，與彼輩素不甚合」〔註 18〕，從另外一方面看，彼此觀點相異，尤其是吳芳吉孤立無助，時常受到打壓，耿介性格有時也難免偏於敏感，反彈激烈一些也屬正常。每每將康白情等北京大學學生同視為好出風頭者，並給於十分嚴厲的批評，如 1920 年 2 月 27 日的日記中寫道：「北大學生自所謂『五四運動』大出風頭之後，其矜恃虛驕之氣，直覺天下無敵。吾在此所會見三四十人，半為北大聖徒有名之士，」「許多學生專以攻讀雜誌為事，因雜誌上之論調，多時新的話頭，記取一二，便可自命為文化運動之健將，康白情輩之所謂學問，即自此產生者也。」〔註 19〕這當然有吳芳吉觀點認識的原因，彼此關注的重點不同和志趣不同，也與吳芳吉崇尚篤實，厭惡浮華有關。他還特別提到《新群》雜誌與之交往的周淑楷。「吾於淑楷，猶能與之相安者，彼雖為北大學生而不在吾面前吹牛皮也。」〔註 20〕則其所指也不是空穴來風。此外還有一個起因或許也直接導致對康白情產生不好的看法。據吳芳吉 1920 年 1 月 12 日（農曆 1919 年冬月 22 日）日記記載，康白情曾就《新四川》成立有關章程及選舉事宜致函吳芳吉徵求意見，可見其將吳芳吉視為有影響的川人，並尋求其支持。其中總編輯一職本應自由選舉，不得代為強定，康白情另附一小啟，稱「北京同人擬舉葉麐（麟）為總編輯，此人為北京大學學生，頗能充任。」〔註 21〕吳芳吉對此十分厭惡。稱其為「此種滑頭手段，乃不意出於以新文化運動者之口，抑何鄙俗若是。他雖然覆信同意選舉葉麐，但對康白情等人的不良看法也就由此產生。平心而論，康白情這種方式固有不妥，但作為組織者也不是完全無法理解，而另一方面，素來特立獨行的吳芳吉對此反感也同樣是情理之中。雖然如此，此事最後還是取得成功，《新四川》宣告成立，體現出川人的合作精神，而且雖然吳芳吉對康白情為代表的北大學生多有看法，但仍然僅限於在日記中真實反映，未見諸報端。吳芳吉與康白情共同顧全大局的態度，尤為難能可貴。事實上，在整個五四時期，巴蜀作家少有加入各種文壇筆墨攻訐者，既然有昌盛新文化的共同目標，相

〔註 18〕賀遠明、吳漢驤、李坤棟選編《吳芳吉集》，巴蜀書社，1994 年版，第 1321 頁。
〔註 19〕賀遠明、吳漢驤、李坤棟選編《吳芳吉集》，巴蜀書社，1994 年版，第 1328 頁。
〔註 20〕賀遠明、吳漢驤、李坤棟選編《吳芳吉集》，巴蜀書社，1994 年版，第 1329 頁。
〔註 21〕賀遠明、吳漢驤、李坤棟選編《吳芳吉集》，巴蜀書社，1994 年版，第 1317 頁。

互尊重，求同存異，這既是傳統的巴蜀文化的包容精神，何嘗不含有新時代的民主意識呢？

除此之外，吳芳吉還與魏嗣鑾（時珍）、曾琦（慕韓）等四川籍的少年中國學會會員有過交往與合作，印象也是良好的。

從上面的簡單梳理可知，當時的巴蜀作家雖然觀點主張各有差異，但就總體而言，具有為新文化繁榮的思想和理念，也就奠定同聲相應，同氣相求，合力打拼的堅實基礎。

第二節　巴蜀作家詩論概況及特點

一、詩論概況

首先四川作家都較為重視理論建設與宣傳工作。其中除郭沫若《三葉集》外，其他人雖然當時尚沒有出版文學理論專著，但大多有文章闡釋和表達其觀點，現將其有關著述簡介如下。

吳芳吉無專門的詩論著作，生前曾自編《白屋吳生詩稿》1929 年出版。1934 年其友人編訂有《吳白屋先生遺書》《白屋嘉言》《白屋家書》。1982 年四川人民出版社和巴蜀書社出版的《白屋詩選》《吳芳吉全集》都是他的作品集。臺灣也出版過其詩文集，其詩論就散見於這些文集中，在中國現代文學發生初期具有特別的價值和意義。

吳芳吉的詩論著作最早的一篇大概應為：《讀雨僧詩稿答書》，該文並未發表，其友人吳宓將其置於《吳宓詩集》卷首，題注「民國四年八月十五日（自碧柳日記中錄出）」，1916 年所作。其後著作主要有：《提倡詩的自然文學》〔註 22〕，《談詩人》〔註 23〕，《再論『詩的自然文學』並解釋『春宮的文化運動』》〔註 24〕，《吾人眼中之新舊文學觀》〔註 25〕（《再論吾人眼中之新舊

〔註 22〕原載《新群》第一卷第四號，1920 年 2 月，賀遠明、吳漢驤、李坤棟選編《吳芳吉集》，第 377 頁。

〔註 23〕原載《新人》月刊第一卷第四號，1920 年 8 月，賀遠明、吳漢驤、李坤棟選編《吳芳吉集》，第 406 頁。

〔註 24〕原載《新人》月刊第一卷第五號，出版時間不詳，當在 1920 年 8 月後，賀遠明、吳漢驤、李坤棟選編《吳芳吉集》，第 424 頁。

〔註 25〕原載《湘君》季刊第一號，1923 年 7 月，賀遠明、吳漢驤、李坤棟選編《吳芳吉集》，第 429 頁。

文學觀》〔註26〕《三論吾人眼中之新舊文學觀》〔註27〕《四論吾人眼中之新舊文學觀》〔註28〕,《白屋吳生詩稿敘》,《〈羅山詩選〉導言》〔註29〕,以及部分書信〔註30〕及論詩詩篇、日記等。

四川早期新文學及新詩論大多集中發表在《少年中國》上。該刊為少年中國學會所編月刊,為該社機關刊物,創刊於 1919 年,共出版兩卷二十四期。周無、康白情、王光祈、李思純、李劼人、何魯之、魏嗣鑾(時珍)、曾琦、李璜等都在上面發表大量的文章與詩歌。該刊為綜合性雜誌,就總體情況而言,川人所發表與文藝關係密切者佔了相當的比例。其中王光祈作為少年中國發起人之一併擔任書記,為貫徹「本科學的精神,為社會的活動,以創造少年中國」的學會宗旨,故多為《少年中國之創造》(第一卷第二期)、《少年中國學會之精神及其進行計劃》(第一卷第六期)、《團體生活》等。

康白情的理論代表作自然以《新詩底我見》為代表。其文寫於 1920 年 3 月,發表在《少年中國》1920 年第一卷第九期,此外便是其《草兒》、自序及其附錄二《新詩短論》,《草兒在前》《河上集》〔註31〕等詩集出版時的自序。

周太玄的詩論著述為《少年中國》1920 年第一卷第九期上發表的《詩的將來》,寫於民國八年一月一日白蒙達爾利,另外還有在《少年中國》1920 年第二卷第四期上的《法蘭西近世文學的趨勢》。

此外還有李思純在《少年中國》第一卷第六期上《國語問題的我見》、第一卷第十二期上《漢字與今後的中國文學》、第二卷第八期上《詩體革新之形式及我的意見》,第二卷第十二期的《抒情小詩的性德及作用》。

李璜則發揮在法國留學的優勢,以介紹法國文學為主,《少年中國》第二

〔註26〕原載《湘君》季刊第二號,1923 年 9 月,賀遠明、吳漢驤、李坤棟選編《吳芳吉集》,第 451 頁。

〔註27〕原載《學衡》雜誌第 31 期,1924 年 7 月,賀遠明、吳漢驤、李坤棟選編《吳芳吉集》,第 483 頁。

〔註28〕原載《學衡》雜誌第 42 期,1925 年 6 月,賀遠明、吳漢驤、李坤棟選編《吳芳吉集》,第 503 頁。

〔註29〕原載《湘君》季刊第二號,賀遠明、吳漢驤、李坤棟選編《吳芳吉集》,第 446 頁。

〔註30〕如 1924 年曉星出版社出版的胡懷琛《詩學討論集》中收有吳方吉與余裴山共同署名「給胡懷琛的信」,該信為《吳方吉集》失收。趙家璧主編《中國新文學大系·史料索引》,第 283 頁。

〔註31〕《河上集》為 1924 年亞東出版康百情之舊體詩,含四言、五古、七古、五律、七律、五絕、七絕各體。

卷第十二期有其《法蘭西詩之格律及其解放》，後來又有專著《法國文學史》作為少年中國叢書之一由中華書局出版。〔註32〕

葉伯和詩論觀點主要見於《詩歌集》一、二、三期序言。《草堂》雜誌的相關編輯方針也是其詩論間接的反映。

由此可見，以吳芳吉、康白情等為代表的五四前後蜀中詩人不僅有詩歌創作的成績，其有關詩歌建設的理論著述也基本上發表於 1920 年前後，其對於當時新文學尤其是新詩建設發揮了積極作用，做出了積極的貢獻。

但是，過去對除郭沫若文論研究較為深入，〔註33〕對於以上早期的巴蜀詩人創作成就尚且認識不足，有關這個群體詩學觀點就更較少注意了。近年開始有個體零星論說，但仍無人對其總體情況予以綜合性評價。而這是瞭解巴蜀作家對發生期的中國現代文學貢獻的一個重要方面，故有必要進行分析梳理。

根據以上概況可以見出，巴蜀作家中，李璜基本上是以介紹西方文學，對於詩歌建設更多地起一種借鑒作用。李思純詩論除涉及到整個漢字與中國文學的關係外，對詩歌的形式及抒情詩的功能作了具體論述，而真正對於詩歌建設進行全面論述的則吳芳吉、康白情和周太玄。故筆者也主要以之為重點予以論析。

二、深入思考、系統研究、涉及全面的共同特點

早期巴蜀詩人首先是對於詩歌理論有著深入細緻的思考，做出多角度全方位較為系統的論述，提出獨到觀點。

有關郭沫若與友人通信而編成的《三葉集》的討論已經非常深入，該書不僅成為解讀《女神》的一把鑰匙，作為新文學尤其是新詩探索初期成功嘗試階段的理論著述，反映了郭沫若有關文學與哲學、文學與藝術的基本觀點和深入思考。該書及郭沫若這時期的其他理論著述已成為新詩論經典，對中

〔註32〕趙家璧主編《中國新文學大系·史料索引》，影印本，上海文藝出版社，2003 年，第 273 頁。

〔註33〕此外，已經在當時以小說嶄露頭角的著名作家李劼人，真正的傑作與創作經驗談都還在後來一個時期，與著名作家巴金等人的創作以及文藝觀點都不在本文討論的時間範圍內。有關論述也有不少，其中如 2005 年巴蜀書社出版李怡先生主編的《中國現代文學的巴蜀視野》中有《現代四川文學思想的成熟》對郭沫若、巴金、李劼人文學思想有專章討論和比較研究，此不贅述。另有稍後的《淺草社》巴蜀作家創作多有影響，而此時理論不多，故亦不論。

國新詩學的建立所發生的巨大影響毋庸置疑。

　　這種對新詩產生過程系統的考察在康白情《新詩底我見》中表現得同樣十分突出。雖然該文並不是長篇專著，但作者一開口就指出，他是有著系統的「詩的研究」〔註34〕的野心，後來縮小為「新詩的研究」，並將能夠找到的參考書都找起來了，看了之後，還是感到題目太大，一縮再縮的結果才寫成這篇論文。論文雖不算長，但作者稱其為「例解」和「總目」，也即是一部專著的詳細提綱。作者所要論述的主要問題和觀點都已經表明，如果有更多的時間，可以做更細密的思辨和論述。如當代學人所論，康白情「這篇詩論，關於新詩理論諸問題，論述得既全面又系統。」〔註35〕另有學者則對其內容作了更具體的分析，指出在這篇文章中，「康白情展開了詩學研究的本質論、發生學、作品論、創作論、作家論等幾大版塊，內容幾乎涉及中國現代詩學研究的方方面面，可以說《新詩底我見》搭建起了中國現代詩學綜合研究的基本骨架。」並因此稱其為「中國現代詩學綜合研究的開端」〔註36〕。

　　吳芳吉詩論也表現出對新詩發展全面系統的縝密思考。且不論其有關論文大多自成體系，如對「詩的自然文學」的反覆論證，對「詩人內涵」的層層剖析，對新舊文學觀再一再二，再三再四的闡釋，都見出其廣泛和深入。這僅以《再論吾人眼中之新舊文學觀》〔註37〕一文即可見一斑。該文針對胡適提倡新文學的所謂主要觀點「八不主義」進行辨析，條分縷析，逐層深入。胡適的八不主義為：「一曰，須言之有物。二曰，不模仿古人。三曰，須講求文法。四曰，不作無病之呻吟。五曰，務去爛調套語。六曰，不用典。七曰，不用對仗。八曰，不避俗字俗語。」〔註38〕胡適的「八事」主張與陳獨秀《文學革命論》中的「三大主義」，即推倒貴族文學，建設國民文學；推倒古典文學，建設寫實文學；推倒山林文學，建設社會文學，可概括為形式與精神方面進行的革命，都涉及到文學革命的方方面面，因此產生了巨大的影響。而

〔註34〕康白情《新詩的我見》，趙家璧主編《中國新文學大系·建設理論集》，第323頁。

〔註35〕祝寬《五四新詩史》，陝西師範大學出版社，1987年，第245頁。

〔註36〕童龍超《中國現代詩學綜合研究的開端——估康白情詩論〈新詩底我見〉》，載《河西學院學報》，2005年第1期。

〔註37〕《湘君》季刊第二號，1923年9月出版，賀遠明、吳漢驤、李坤棟選編《吳芳吉集》，第451～478頁。

〔註38〕胡適《文學改良芻議》，趙家璧主編《中國新文學大系·建設理論集》，影印本，上海文藝出版社，2003年，第34頁。

吳芳吉與之理論，無論其觀點如何，本身不僅需要全面系統和深入思考，還需要巨大的勇氣，因為此時的胡適、陳獨秀已經是新文壇權威。吳芳吉憑藉一己之力，挑戰權威，說明其學識與膽識過人。

此外，周太玄（署名周無）《詩的將來》一文，針對新時期小說戲劇發展所具有的表現自然與人生的長處，似將替代詩歌的疑問，以及由此而來的人們或守舊，或索性不管詩的現象，從實體與藝術，主觀與客觀等方面討論時間進化推動詩歌進步發展的關係，從情感、韻節、與音樂的關係等特點與長處探討詩歌的將來。文章篇幅不長，但內涵豐富，屬詩歌總體發展趨勢的宏觀研究。

第三節　巴蜀作家關於新詩建設的探討

五四時期的巴蜀作家有關文藝詩歌方面的著述眾多，涉及領域廣泛，體系流派和主張不盡相同，爭論也可謂激烈。但是仔細考察，在他們各自具有獨創性的理論與實踐中，許多觀點表面存在較大差異之情況下，亦不無內涵實質相似之處。以郭沫若、吳芳吉和康白情幾位詩歌代表人物來看，彼此詩學主張的明顯差異是客觀存在的。諸如在創作方法是即興詩情噴發般的創作還是長期醞釀精心結撰，即所謂「做」還是「寫」；風格上對浪漫與寫實的偏愛和取向等，但這也只是相對而言。彼此的觀點在深入廣泛思考基礎上，其討論闡述的問題各有側重。但是對於新詩建設初期的幾個重要命題，如創新與繼承傳統、中西詩歌藝術如何結合、以及詩歌形式與社會時代等方面都較為關注，下面試作簡要的探討。

一、創新與繼承傳統之關係

中國新文化發生之初，特別是白話運動時期，新舊兩派鬥爭激烈。新舊兩派為了表明各自的主張，雙方口誅筆伐，呈水火不相容之勢。這樣背景下產生的新文化難免帶有一些偏激的色彩。新派在宣傳「民主」、「科學」主張時，對傳統文化大加討伐，更引起主張守舊者強烈反對。

新派批判矛頭主要集中在儒家思想，首當其中的自然是孔子。五四之前的早期巴蜀思想界對於儒家思想、儒家文化存在截然不同兩種的看法。一派是以廖平、宋育仁等位代表的擁護派，另一派則是以吳虞為代表的反對派。吳虞是批判孔子的戰將，但同樣作為巴蜀作家的郭沫若對孔子的評價卻與之

大相徑庭。吳虞認為孔子思想已經過時，儒家思想的延續導致中國近代的貧弱。但到了 1920 年前後，巴蜀作家對傳統文化的認識更為深刻和成熟，態度總體趨於穩健。如郭沫若就將孔子與歌德相提並論，認為兩者分別是中西方最優秀傑出人物。「我常想天才底發展有兩種 Typus：一種是直線形的發展，一種是球形的發展。……這類的人我只找到兩個：一個便是我國底孔子，一個便是德國底歌德。」〔註 39〕在郭沫若眼中，孔子幾乎是全能性的人才，不僅僅是政治家，還是哲學家、教育家、科學家、藝術家、文學家。郭沫若認為當代人對孔子的批判有失偏頗。「……可是定要說孔子是個『宗教家』，『大教祖』，定要說孔子是個『中國的罪魁』，『盜丘』，那就未免太厚誣古人而欺示來者。」〔註 40〕由此可以看出郭沫若思想的卓然獨立的個性——不隨波逐流。這一性格特點其實不僅郭沫若具有，幾乎可以涵蓋整個巴蜀作家群體。康白情在作品與討論中都大量引用孔子的觀點作為立論依據，可以見出其認識。吳芳吉則在亂軍圍攻之中作《丁巳祀孔子記》，稱讚孔子：「夫子之道者，仁之道也。仁者，天地鬼神人倫萬化之道也。天地鬼神人倫萬化之道不熄，仁之道不盡，夫子之道不滅。彼邪說誣行，暴政殘賊，假仁義之言以盜天下者，特天地鬼神人倫萬化之一變，變無常焉，終返其本，父子之道，何損於今日哉？」〔註 41〕

　　吳芳吉詩歌當時影響很大，被選入大中學教材，卻也遭到新舊兩派的非議。吳芳吉的觀點十分明確，主要針對胡適等所謂新體白話詩的「八不」主義，全部否定傳統詩格的「突變論」、全盤歐化的「另植論」，同時也不滿死守陳規的「保守論」，闡釋自己的文學觀，提出尊重傳統，貫通古今，結合中西，勇於創新的主張。

　　由基本態度而言，吳芳吉積極主張詩歌革新。在民國八年，他曾請人代購黃公度詩集。他一直關注著有關詩界革命與文學改革的討論，並努力地予以創作實踐。他認為時事變遷，舊文學自身缺乏創造活力，新文學因西洋文學的啟迪，自然而生，勢在必行，不可阻擋。詩界革命由來已久，並非一朝一夕，一蹴而就。詩歌改革有不計其數的眾人參與探索，也不能僅歸功於某一

〔註 39〕郭沫若著作編輯出版委員會編《郭沫若全集》第十五卷，人民文學出版社，1985 年，第 19 頁。

〔註 40〕郭沫若著作編輯出版委員會編《郭沫若全集》第十五卷，人民文學出版社，1985 年，第 21 頁。

〔註 41〕賀遠明、吳漢驤、李坤棟選編《吳芳吉集》，巴蜀書社，1994 年，第 375 頁。

位或某幾個人。吳芳吉在《提倡詩的自然文學》一文中指出:「新派文學之能戰勝,不是他的神通廣大,乃由舊派文學之自身墮落。以言乎詩,自臺灣丘倉海著《嶺雲海日樓詩》後,中國舊文學界已無詩可言。……當此舊派文學勢如摧枯拉朽不倒自倒之際,適逢西洋文學傳入,感其文言合一之變,於是白話文學投機而起。一霎時全國響應,南北席捲。那奄奄一息的舊文學靠著幾隻殘兵病馬,自然不當其鋒,除了望風而逃,沒有他法。」〔註42〕

針對有人說他落後於時代,反對新文化運動,吳芳吉旗幟鮮明地說:「以根本論,我對於今之新文化運動,是極端贊成的。不過,出於今日一般人的叫囂,至以此為投機事業,則絕不相干。殊足傷痛。」〔註43〕基於這種認識,吳芳吉不滿一些人互相標榜,自以為先知先覺,以新文學主將自居,譏之為「白話文學的鼻祖」等稱號,與那「中華民國的媽媽」稱號一樣「蠢態可掬」。他尤其反對打著新文學的招牌結黨自重,在《提倡詩的自然文學》中特別指出:「自然的文學,是任人自家去做的,是承認人類有絕對的自由的。是不裝腔作勢,定要立個門面的。是以個人為文學上單位的,是打破那些蔑視別人的人格,只顧其私黨之聲勢的。」在日記中說得更為清楚,「若就文化運動之時期言之,則其發軔固不僅在近日,康有為之維新主張,梁啟超之通俗文字,章太炎之革命鼓吹,嚴幾道之西書翻譯,皆為文化運動之先導,其功俱不可滅,今乃以文化運動之事業,止於白話,以白話運動之功勳,止於胡適、陳獨秀,真可發笑了。」〔註44〕

事實上,吳芳吉雖然認為新文學未必完美,但十分真誠地希望能夠促進新文化進步。他特別反感不能對探索中的白話文學有半點非議,認為這實際上是一種新的專制。他提出舊文學許多弊病必須去除,但卻有許多特點可以借鑒保留,而有的人故意走向極端,將舊文學視為妖孽,全盤否定,這不利於文學的發展。《我的新舊文學觀》系列論文中,他即針對胡適的八不主義,作了詳細的論證,闡述其新文學觀點。就今天來看,所謂「八事」的提出,固然有其原因及合理性。初看上去,改革不可謂不徹底,宣告與舊文學的徹底決裂,從此毫無瓜葛。而事實上在創作實踐中並不可能,其中不乏偽命題,比如說須言之有物、不無病呻吟、不避俗字、務去濫調套語等等,並不只有

〔註42〕賀遠明、吳漢驤、李坤棟選編《吳芳吉集》,巴蜀書社,1994年,第377頁。
〔註43〕吳泰瑛《白屋詩人吳芳吉》,巴蜀書社,2006年,第126頁。
〔註44〕賀遠明、吳漢驤、李坤棟選編《吳芳吉集》,巴蜀書社,1994年,第1334頁。

新文學專有，而是好的文學作品的基本要求。這本身就是中國文學之優秀傳統，從先秦詩騷漢魏樂府建安風骨、唐宋陳子昂李杜元白、韓柳歐蘇，元曲乃至明清小說皆一以貫之。胡適一方面認為中國這兩千年沒有真價值、真生命的文言文學，「這兩千年的文人所作的文學都是死的，死文字決不能產生出活文學，所以中國這兩千年，只有些死文學，只有些沒有價值的死文學，」〔註45〕另一方面又把無法否認的《詩三百篇》以來有價值有生命的好作品歸之於白話文學。如此絕對，極端主觀，與文學史客觀事實既不相符，（從詩經到聊齋，文言精品不計其數）又導致自相矛盾，使其白話標準含混不清。其用意本在矯枉過正，顧此失彼也在所難免，自然也易受人以柄，給人以口實。而吳芳吉是贊同創造，但並不是全無繼承，盲目否定傳統中優秀可取之處。

至於不用典，不模仿古人，不講求對仗、須講究文法等等，本屬於形式革新之類，也不能絕對化。過度提倡，刻意追求，又形成新的八股腔調、失去個性的濫語俗詞，吳芳吉以大量例證說明其非。其中如講究文法修辭的新派指責杜甫名句「香稻啄餘鸚鵡粒，碧梧棲老鳳凰枝」為修辭不通。吳芳吉以杜甫類似之詩說明其句法靈活，文從字順，詆毀者淺薄無知，拘泥文法，以文害意，證明所謂「趨時之輩，相與著為文法語法之書，文法語法之論語多，文學亦愈機械而無生氣。」〔註46〕堪為典型例證。正是在此基礎上，吳芳吉堅決主張提倡自然文學，以表現作品精神內容需求為重要。針對新派意欲以所謂「歷史的文學觀念」來否定傳統文學，吳芳吉在《三論吾人眼中之新舊文學觀》加以批駁，認為「新派之陷溺由此始者，蓋只知有歷史的文學觀念，而不知有藝術之道理也。」〔註47〕吳芳吉繼承優秀傳統文化與文學遺產，從屈原、陶淵明、杜甫、丘逢甲一脈相承。他1927年做《赴成都紀行》詩說其「幼讀少陵詩，深識少陵志。一生愛此翁，發願為翁繼。」1932年《巴人歌》說「巴人自古擅歌詞，我亦巴人愛竹枝。巴俞雖俚有深意，巴水東流無盡時。」可見其又受到巴蜀地域文化的薰陶濡染，繼承優秀傳統，同時又有時代感和現實感，勇於創新改造，如其《再論吾人眼中之新舊文學觀》文末自我總結：「不嫉惡而泥古，唯擇善以日新。」〔註48〕保持對文學擁有改進向上之態度。

〔註45〕趙家璧主編《中國新文學大系·建設理論集》，第129頁。
〔註46〕《再論吾人眼中之新舊文學觀》，賀遠明、吳漢驤、李坤棟選編《吳芳吉集》，第456頁。
〔註47〕賀遠明、吳漢驤、李坤棟選編《吳芳吉集》，第484頁。
〔註48〕賀遠明、吳漢驤、李坤棟選編《吳芳吉集》，第479頁。

這在今天依然有其現實價值和意義。

作為北大的學生，康白情文藝主張與胡適也不盡相同。《新詩的我見》中反倒許多與吳芳吉相近。無獨有偶，他也討論到修辭與文法的問題。與胡適「八不主義」觀點相悖：他認為修辭必要但應適度。「修辭的工夫雖不可少，但絕不可流於過飾，葩藻之詞盛，自然言志之功隱了。」至於文法，康白情認為完全是一個偶像，「只要在詞能達意的範圍裏，也不宜過拘。在散文裏要顧忌文法，我已覺得怪膩煩的，做詩又要帶一個偶像，更嫌沒有自由了。……『紅稻啄餘鸚鵡粒，碧梧棲老鳳凰枝。』這種倒裝句法，本為修辭家所許可的，不能以通不通去責他。所以我在詩壇，要高唱『打破文法的偶像！』」〔註49〕康白情在此顯然對老師胡適的觀點進行了修正，而有意無意間與倡導自然文學觀的吳芳吉的論述略通。

二、中西文學關係之融合

與對待傳統文學密切相關的一個重要問題便是如何看待西方文學的影響與如何接受。如同整個新文化運動受到西方文化的影響，新文學各種文體都是隨西方文學的傳入而產生的，新詩自然也不例外。形式靈活，不講格律的西方現代詩歌，讓中國文壇為之耳目一新。要建設新文學，必須學習西方文學的先進創作方法和表現手段，這是當時新文學作家的共識。但是，在具體如何學習方面，則又有尖銳的分歧。以胡適為代表者主張全盤西化，因為「西洋的文學方法，比我們的文學，實在完備得多，高明得多，不可不取例。」〔註50〕。1929 年，胡適為英文版《中國基督教年鑒》所寫短文《今日中國的文化衝突》中明確提出「全盤西化」的觀點。更有甚者，認為不僅文言要廢，中國的文字也必須廢掉。錢玄同《中國今後之文字問題》一文就與胡適、陳獨秀等討論這個問題，認為「欲廢孔學，不可不先廢漢文。欲驅除一般人之幼稚的野蠻的頑固的思想，猶不可不先廢漢文。」陳獨秀則主張「先廢漢文，且存漢語，而改用羅馬字母書之。」胡適對此表示贊成，只是建議將文言改為白話後再變拼音文字，」吳稚暉更斷言：「中國文字，遲早必廢」，〔註51〕

〔註49〕康白情《新詩的我見》，趙家璧主編《中國新文學大系·建設理論集》，第 331 頁。
〔註50〕胡適《建設的文學革命論》，趙家璧主編《中國新文學大系·建設理論集》，第 139 頁。
〔註51〕《中國今後之文字問題》，趙家璧主編《中國新文學大系·建設理論集》，第 141 頁。

傅斯年也有《漢語改用拼音文字的初步談》文對漢語改用拼音文字的必要性與可能性表示絕對支持。在這種情況下，傅斯年對文章寫作的方法之一就是「直用西洋詞法」。其《怎樣做白話文》就指出：「直用西洋文的款式，文法，詞法，句法，章法，詞枝，一切修詞學上的方法，造成一種超於現在的國語，歐化的國語，因而成就一種歐化國語的文學。」

　　與之相反的主張便是融合中西之長，今天人們最熟悉的是聞一多先生代表性的觀點：「我總以為新詩徑直是『新』的，不但新於中國固有的詩，而且新於西方固有的詩；換言之，他不要做純粹的本地詩，但還要保存本地的色彩，他不要做純粹的外洋詩，但又要盡量地吸收外洋詩底長處；他要做中西藝術結婚後產生的寧馨兒。」〔註52〕聞一多先生這篇著名的評論文章最初發表於 1923 年 2 月 10 日《創造週報》第 5 號，為後來受到普遍稱道的融合中西觀點的經典表述。在這兩種觀點的對陣中，各有為數不少的支持者。而比較巧合的是，主張全盤西化論調陣營中很少有巴蜀作家的聲音，他們大多數自覺或不自覺地強調學習借鑒西洋文學而不忘結合中華國情與特點。

　　無論是郭沫若、吳芳吉、還是康白情，對西方文學都非常熟悉和喜愛，而且也主動地學習與模仿。郭沫若深受西方文化影響，曾自述其學詩所受泰戈爾、惠特曼、歌德等詩人之影響的三個階段，尤其強調德國的歌德是他崇拜對象之一。當宗白華讚揚郭沫若是天才型的人物時，郭沫若將自己與充滿感傷情調的英國作家高爾斯密、內心苦悶憂傷的德國詩人海涅、具有頹廢情緒的法國詩人波特萊爾相比較，覺得自己是如此的壞、墮落、懊惱、頹廢。由此可以見出，郭沫若思維不是單一的一元或者絕對的二元，而是多元。他思想世界裏，古今中外的名人都粉墨登場，發揮各自不同的影響力。郭沫若詩歌中不僅有西方世界的意象，更有西方文化之精神。例如，他的《晨安》詩歌中，有帕米爾、金字塔、比利時、愛爾蘭、大西洋、華盛頓、林肯等意象。《天狗》中充溢著飛動的想像力。這種「動」的精神在「靜」的東方文明中少有存在，主要受西方文化的影響而成。另一方面，這並不意味著全盤西化，並不是人們批評的缺少東方文化。他對傳統文化中的精髓不乏頂禮膜拜，「我想我們的詩只要是我們心中的詩意詩境底純真的表現，命泉中流出來的 Strain，心琴上彈出來的 Melody，生底顫動，靈底喊叫；那便是真詩，好詩，便是我們

〔註52〕《〈女神〉的地方色彩》，孫黨伯、袁謇正主編《聞一多全集》第 2 冊，湖北人民出版社，1994 年，第 118 頁。

人類底歡樂底源泉，陶醉底美釀，慰安底天國。我每逢著這樣的詩，無論是新體的或是舊體的，今人的或古人的，我國的或外國的，我總恨不得連書帶紙地把他吞了下去，我總恨不得連筋帶骨地把他融了下去。」〔註53〕郭沫若傳統文化根基很好，很多詩歌創作中融入傳統文化基因。例如，他的代表作品——《女神》的來源便是中國傳統神話傳說——女媧補天。無論是屈原、杜甫的愛國主義精神，還是棠棣之花、聶政等中國文化意象，皆已深深融入其血液與靈魂，在他的作品中比比皆是，難分難解。更重要的是，在他創作的浪漫主義手法似乎來自西方的同時，決不能忽視莊子和楚辭對他浪漫氣質形成的影響。

巴蜀詩人吳芳吉的思想與郭沫若具有相似之處。他堅持學習英語，閱讀英文原著，體會其藝術之美，並借鑒其手法而創作。他充分肯定新詩隨時代而發展變化。其《白屋吳生詩稿·自序》中說：「國家當曠古未有之大變，思想生活既與時代精神咸與維新，則自時代所產之詩，要亦不能自外。譬之乘火車者，既已在車，無問其人之欲行不行，要當載之前趨，欲罷不止。故處今日之勢，欲變亦變，不變亦變，雖欲故步自封而勢有不許。」〔註54〕「《繫辭》有言，『窮則變，變則通，通則久。』……非變不通，非通無以救詩亡也。」〔註55〕以此說明新詩受西洋文化影響產生之必然性。學習西方之勢在必行。不僅如此，吳芳吉更以一種樂觀的態度待之，「新會梁君有言，自古吾民族之與他民族相接，其影響於文學，輒生異彩。……今吾民族與他民族之相關密切，又倍於前，要其生機所在，無過同化之方。」〔註56〕對學習借鑒而變化前景充滿信心。

但是，他堅決反對全盤模仿，惟西方是從。這主要是立足於對東方文學的自信。他認為其優良傳統必須繼承，東方文化美的特點必須保持。如聞一多在《〈女神〉之地方色彩》所批評：「將世界各民族底文學都歸成一樣的，恐怕文學要失去好多的美。」聞一多還反覆強調「當恢復我們對於舊文學底信

〔註53〕郭沫若著作編輯出版委員會編《文學編》第十五卷，人民文學出版社，1985年，第14頁。

〔註54〕《白屋吳生詩稿·自序》，賀遠明、吳漢驤、李坤棟選編《吳芳吉集》，第555頁。

〔註55〕《白屋吳生詩稿·自序》，賀遠明、吳漢驤、李坤棟選編《吳芳吉集》，第557頁。

〔註56〕《白屋吳生詩稿·自序》，賀遠明、吳漢驤、李坤棟選編《吳芳吉集》，第557頁。

仰，」「我們更應瞭解我們東方底文化。東方底文化是絕對地美的，是韻雅的。」「哦，我們不要被叫囂獷野的西人嚇倒了！」〔註57〕吳芳吉同樣明確闡述道：「蓋吾詩雖老，固非全枯。不須遷地，更難拔除。今使（東西）兩枝結合，一體蕃滋，在我不失其初，所謂松柏自有常性；在人交受其益，有如河海不擇細流。」「故余之取於外人，亦猶取於古人。讀古人之詩，非欲返作古人，乃借鑒古人之詩以啟發吾詩，讀外人之詩，斷非諂事外人，乃利用外人之詩以改良吾詩也。」抱著這種自信的態度，必須與西方平等交流。為此，他確立新詩創作原則不隨俗俱遷，而是「自立法度，以舊文明的種子，入新時代的園地，不背國情，儘量歐化，以為吾詩之準則」〔註58〕其具體方法是選擇性地學其所長，與東方文化民族文學特點相結合、相適應。「文字，中西全異者也，文藝，中西半同者也；文理，中西全同者也。捨其全異，取其全同，酌其或同或異，吾知其生氣勃勃，光輝煥射，必有異於前矣。」其白屋詩體的大量名篇如《護國岩詞》《婉容詞》《籠山曲》《兩父女》等，都是在這種中西結合的原則下努力探索創造的新詩豐碩成果。

儘管遭到各種詆罵，但吳芳吉毫不退縮，堅持中西結合創作方法。他猛烈抨擊所謂按照西方文學法則亦步亦趨進行創作者，「總其大要，不外歐化二字，即直用西洋文法以為詩文是也。果爾，幾年來文學出版界中可謂使用西洋文法之極盛時矣。言其結果，亦可以二語括之曰：『雕刻意思，堆砌字句』而已。」〔註59〕這種「新派之詩」全同化於「西洋文學」，「使其聲音笑貌，宛然西洋人之所為。」學其形式之皮毛，而失其精神。更失掉自我。因此吳芳吉認為學習西洋詩歌，除藝術形式之外，「略其聲音笑貌，但取其精神情感。」「余所理想之新詩，依然中國之人，中國之語，中國之習慣，而處處合乎新時代者。」吸取西方先進的文學思想與時代精神，創造理想的具有中國氣派，鳳凰涅槃的新詩。

在胡適的學生——康白情的論著中，我們看不到宣揚全盤西化的觀點，反倒是多處談到其如何從古代作家創作中得到啟發，諸如新詩人的修養，引用朱熹「問渠哪的清如許，為有源頭活水來」，說明需要有高尚的人格力量，

〔註57〕孫黨伯、袁謇正主編《聞一多全集》第2冊，湖北人民出版社，1994年，第123頁。

〔註58〕《自訂年表》，賀遠明、吳漢驤、李坤棟選編《吳芳吉集》，第543頁。

〔註59〕《再論吾人眼中之新舊文學觀》，賀遠明、吳漢驤、李坤棟選編《吳芳吉集》，第458頁。

如蘇軾文章一理勝，韓愈文章以氣勝，最終決定其高下的是其人格修養。再談人格還須有個性，便舉李白底飄逸，杜甫底沉鬱，高岑底悲壯，孟郊底刻苦都各有所偏，偏到盡頭，便是人格底真價與個性。再論天才與只是修養底關係，舉杜甫底「讀書破萬卷，下筆若有神」，如此等等，不一而足。前面曾談到其新詩創作本身大量的舊體詩元素，均可見傳統文化修養對其新詩之影響。

三、創造自然之文學

　　古今貫通、融合中西，這是五四前後巴蜀作家的共識，也是他們的共同努力。在此基礎上，強調創造自然的文學，無論是優秀傳統文化還是西方文學，都應注重藝術形式與思想內容、時代精神的統一，而為廣大讀者所接受，這應是新詩創造的關鍵所在。

　　吳芳吉最早的論文便是《提倡詩的自然文學》，於 1920 年 2 月發表在《新群》雜誌第一卷第四號上。文章開宗明義便說明之所以作此文的原因。此前不久，吳芳吉在《新群》上「專於作詩，」首創「中國雜誌界之以一人主持詩欄，而每月以十頁之詩貢獻於社會」〔註60〕的記錄，這其中包括《婉容詞》《兩父女》名篇。其詩在引起學生涕泣，讀者歡迎，雜誌暢銷等強烈反響同時，也遭來新派詩人的所謂「忠告」，說他的詩，「不是白話文學的新詩，」「有違背新文化的條例」等等。針對這種批評，吳芳吉鮮明地提出了詩的自然文學的主張，不受任何框框、派別的約束，博取眾長，發自真情，隨心所欲。「我對於詩的本身，無論如何說來說去，只要他是：1 達意、2 順口，3 悅目、4 賞心的作品，便是一首正大光明的詩。」〔註61〕在胡適一派佔據主流的20 年代初之現代詩壇，這可以說是有振聾發聵之音。

　　自然文學的基礎是真實感情，因此就不能太在意文話白話、東洋西洋。吳芳吉說：「我們既知道詩是由感情來的，那麼，感情是怎樣的發動，詩就是怎樣的產出。我們的感情既沒有文話感情與白話感情，我們的詩要是按著感情來的，又焉有那些鬼話？」〔註62〕「感情當絕對的自由，則表示感情的詩，當然絕對自由。」〔註63〕單學西洋詩體者，同樣不能排除無病呻吟和缺乏境

〔註60〕　《昨年〈新群〉紀事》，賀遠明、吳漢驤、李坤棟選編《吳芳吉集》，第 1320 頁。
〔註61〕　《提倡詩的自然文學》，賀遠明、吳漢驤、李坤棟選編《吳芳吉集》，第 381 頁。
〔註62〕　《提倡詩的自然文學》，賀遠明、吳漢驤、李坤棟選編《吳芳吉集》，第 381 頁。
〔註63〕　《提倡詩的自然文學》，賀遠明、吳漢驤、李坤棟選編《吳芳吉集》，382 頁。

界。自然的文學應該是富於獨創性的個人的文學，而不是千篇一律的偶像文學。其後不久，又於 1920 年 8 月在《新人》月刊第一卷第四、第五號連續發表《談詩人》和《再論『詩的自然文學』並解釋『春宮的文化運動』》，兩篇論文，進一步申論其說。前文強調「詩人之得來，不比博士學士之得來，是有一定形式的。……大自然是詩人的學校，詩人便是大自然界的學生。自然是無窮的，詩人自修也是無窮的。」〔註 64〕這裡明顯對胡適等所謂正規的學院派暗含譏刺。後文批評文壇那些動輒打起文化運動招牌，實則與新文化精神背道而馳，言行不一者，「公然藉著文化運動來做投機事業」〔註 65〕，故可稱其為「春宮的文化運動」。實際上也是強調文學必須出自自然，詩歌必須要求作者的真情，強調作者的人格力量。

　　吳芳吉的奮戰其實並不孤單，前面曾論及他從遠在日本的郭沫若那裡得到了支持和呼應。郭沫若與吳芳吉有許多的差異，但卻有一種相知的感覺。這並不是出於簡單狹隘的鄉土觀念，而是在一些重要問題兩者有較為接近的認識和感受。郭沫若對所謂文言白話間的尖銳對峙也不以為然，認為文白之間的相互排斥，「都是見理不全各執一偏的現象。文白只是工具，工具求甚利便而已。」〔註 66〕在給友人陳建雷的信中，他甚至直接指斥當時詩壇說：「我對於詩，近來很起了一種反抗的意趣。我想中國現在最多的人物，怕就是蠻都軍的手兵和假新詩名士了！」〔註 67〕陳建雷是吳芳吉由《新群》引入的朋友，也同樣被排斥並不滿於所謂主流文壇者。郭沫若給陳建雷的這封信發表於 1920 年 10 月 1 日《新的小說》2 卷 2 期，聯想在此前後，致吳芳吉信高度評價其新詩以及回國時拜訪再度寄予厚望，其理論主張的相似也就不難想見了。只允許某一種方法和語言寫詩，借新詩樹立宗派而打壓不同意見者，實有悖於自然文學與自由精神也。

　　再從郭沫若的詩論透析詩歌創作原則。郭沫若與宗白華、田漢三位具有共同志趣愛好的文學青年，經常鴻雁傳書，探討問題，交流觀點。他們後來

〔註 64〕《談詩人》，賀遠明、吳漢驤、李坤棟選編《吳芳吉集》，第 422 頁。

〔註 65〕《再論』詩的自然文學』並解釋』春宮的文化運動』》，賀遠明、吳漢驤、李坤棟選編《吳芳吉集》，第 425 頁。

〔註 66〕郭沫若《偉大的精神生活者王陽明》（附論二）《文藝論集》（匯校本），第 68 頁，湖南人民出版社，1984 年版。轉引自姜濤《「新詩集」與中國新詩的發生》，北京大學出版社，2005 年，第 171 頁。

〔註 67〕郭沫若致陳建雷信，《新的小說》2 卷第 2 期，1920 年 10 月 1 日，轉引自姜濤《「新詩集」與中國新詩的發生》，北京大學出版社，2005 年，第 171 頁。

將三人的通信匯成《三葉集》出版。這本書解答了郭沫若早期詩歌的創作原則。郭沫若認為誘使詩歌產生的是直覺、靈感，無論雄渾或沖淡的詩歌都是如此。郭沫若明確談到：「詩不是『做』出來的，只是『寫』出來的。我想詩人底心境譬如一灣清澈的海水，沒有風的時候，便靜止著如像一張明鏡，宇宙萬匯底印象都涵映著在裏面；一有風的時候，便要翻波湧浪起來，宇宙萬匯底印象都活動在裏面。這風便是所謂直覺，靈感（Inspiration），這起了的波浪便是高漲著的情調。這活動著的印象便是徂徠著的想像，這些東西，我想來便是詩底本體，只要把他寫了出來的時候，他就體相兼備。大波大浪的洪濤便成為『雄渾』的詩，⋯⋯小波小浪的漣漪便成為『沖淡』的詩，⋯⋯這種詩底波瀾，有他自然的週期，振幅（Rhythm），不容你寫詩的人有一毫的造作，一剎那的猶豫，⋯⋯」〔註68〕正因有如此的詩學觀念，所以郭沫若詩情的吶喊是心靈世界的迸發，而非為某理論在那裡搖旗吶喊。

吳芳吉對郭沫若其詩其論也十分欣賞。郭沫若曾將《三葉集》從日本寄給吳芳吉，其中也談到有關詩與自然、詩與社會關係等問題，彼此觀點大同小異。吳芳吉在《談詩人》一文中特別加以呼應。指出：

「在詩人的主觀看來，世界雖是混亂，他的心中卻是光明澄澈，了無一物。所以凡是詩人，都有他的透底的人生觀與宇宙觀。甚麼是『透底的人生觀與宇宙觀』？1、凡是詩人都是『四海為家』的人；2、凡是詩人都是以萬物皆神的人。最近同鄉詩友郭沫若君以其《三葉集》相示，其集中已先我說及。」〔註69〕

吳芳吉同時也說到與郭沫若的差異。

「我與他意思稍有不同的：他以詩人的『我』，列於神以外；吾則以詩人的『我』，本是神之一體。所以詩人也是個神。他主張讚美自然，我則以『自己』也是『自然』的一部分，除了讚美『自然』，還許讚美『自己』。詩人既都以四海為家，所以他也是家庭的一個；既都以萬物皆神，所以他也是神類的一個；於是詩人之視世界，覺得都似家庭之可愛，可似神類之可敬；世界雖是昏亂，實在不足介意。且暫時之昏亂，也不能有損於永久之世界。」〔註70〕

〔註68〕郭沫若著作編輯出版委員會編《郭沫若全集》第十五卷，人民文學出版社，1985年，第14～15頁。

〔註69〕賀遠明、吳漢驤、李坤棟選編《吳芳吉集》，第412頁。

〔註70〕賀遠明、吳漢驤、李坤棟選編《吳芳吉集》，第412頁。

這裡表現出的自然文學觀是如此徹底，與深受泛神論影響的郭沫若也略微相似。崇拜自然，崇拜人類自身，要求詩人對世界萬物充滿關愛，這是飽受東方以及巴蜀文化和諧精神薰陶而又同時浸潤西方乃至人類精神文明營養方能具有的寬廣胸襟與氣度，也為創造現代中國氣派的文學事業所必須。

　　曾批評吳芳吉詩非新詩的康白情，也主張提倡自然的文學，強調感情聲音自然結合而達到自然的美。《新詩底我見》中說：「詩要寫，不要做，因為做足以傷自然的美。不要打扮，而要整理，因為整理足以住自然的美。」為此，詩歌的音、韻、平仄清濁等可以適當整理，以增加和表現自然的美。康白情又說：「舊詩的好的，或者音調鏗鏘，或者對仗工整，或者詞華穠麗，或者字眼兒精巧，在全美底一面，也自有其不可否認底價值。」〔註71〕康白情不僅舉出曹植《美人篇》的名句「羅衣何飄飄，輕裾隨風旋！」沒有平仄，但有清濁，因而調子十分高爽。又讚揚南朝樂府《採蓮曲》「江南好採蓮，蓮葉何田田！」沒有格律，而實有韻，因而調子十分清俊，隨口呵出，自然諧和。他要求新詩「自由成章而沒有一定的格律，切自然的音節而不必拘音韻，貴質樸而不講雕琢，以白話入行而不尚典雅。新詩破除一切桎梏人性底陳套，只求其無悖詩底精神罷了。」〔註72〕

　　以此與康白情所批評的白屋體創作者吳芳吉的主張相比較，手法可能略有不同，但無論是精心構思的「做」還是一氣呵成的「寫」，強調的是創作過程的不同側面，以及敘事詩抒情詩等類別差異，都有一個積累的問題，包括感情、生活、素材、觸發點等等，最為關鍵的則為是否自然。康白情也不反對打磨整理，前提是有助於自然的美。吳芳吉日記曾記《婉容詞》及《兩父女》《籠山曲》等創作過程，蓄積甚久而創作甚短，如1919年10月15日，「枕上詩興怒發，即開首為某君之妻作詩，名曰《婉容之夜》，至午成四百多言，仍以白話為之。」〔註73〕康白情詩率性而為，才情洋溢，但也難免有失於粗疏之處。吳芳吉強調嚴肅認真，卻並不在形式上雕章琢句，他負責《新群》詩歌專欄時，數量不減而佳作迭出，才華不在他人之下，其感情充沛，真摯動人，何等自然？正可見其理論與實踐的結合應用。康白情強調「詩是主情的

〔註71〕趙家璧主編《中國新文學大系・建設理論集》，第328頁。
〔註72〕康白情《新詩的我見》，趙家璧主編《中國新文學大系・建設理論集》，第324頁。
〔註73〕賀遠明、吳漢驤、李坤棟選編《吳芳吉集》，巴蜀書社，1994年，第1297頁。

文學，詩人就是宇宙底情人，那麼要做新詩，就不可不善養情。……在詩上要痛抒感情，而不必顧忌知識。」〔註74〕，「感情上我卻怎麼樣呢？我覺得『我』就是宇宙底真宰。」〔註75〕，從個人—詩人四海為家—自然—神—真宰這些關鍵詞，我們似乎已經看到巴蜀作家文學思想的共同關注點。

論到新詩與舊詩差異時，康白情承認其只是一種形式，「一個形式的東西，可以拿來作鼓吹無政府主義的傳單，也就可以拿去作黃袍加身的勸進表。新詩也是這樣，可以嘲詠風月，也就可以宣揚風教；可以誇耀煙雲，也就可以諷切政體。」〔註76〕因此，「我們做詩，儘管照我們自己所最好的做去，不必拘於一格。至於我們底作品究竟該屬那一格，留給後來的文學家作分類的材料好了。」〔註77〕這也可以解釋吳芳吉、郭沫若與康白情詩歌風格自由無拘的原因。

此外，在周無《詩的將來》一文中，同樣強調「詩是主情的，是想像的，是偏於主觀的。因主情，故不重形式，因是想像，故不病凌虛，因偏於主觀，故不期於及他的效果。」〔註78〕同時指出小說也主情，但與詩歌有別，必須納情感於意識主見中間。而詩歌還與音樂密切相關，其節韻有自然界的及比較造作的，而最高的則是最近於自然的所謂「無節韻的節韻，人領略到後，所生的美情格外的深遠。」〔註79〕

可能正是由於這同樣的原因，音樂家出身的葉伯和先生在《詩歌集·自序》中介紹自己的創作經歷。他從小熟讀古詩，如陶、李、杜、白的集子，長大後又到日本讀了西洋詩，尤愛其言情的。他最後將自己那些白描的詩歌集命名為《心樂篇》，難道不是表現其對自然的崇尚，表現其中西結合、古今貫通的自由探索麼？

說到底，自然的文學就是一種個人的文學，獨創的文學，真情實感的文

〔註74〕康白情《新詩的我見》，趙家璧主編《中國新文學大系·建設理論集》，第333頁。

〔註75〕康白情《新詩的我見》，趙家璧主編《中國新文學大系·建設理論集》，第332頁。

〔註76〕康白情《新詩的我見》，趙家璧主編《中國新文學大系·建設理論集》，第331頁。

〔註77〕康白情《新詩的我見》，趙家璧主編《中國新文學大系·建設理論集》，第332頁。

〔註78〕周無《詩的將來》，趙家璧主編《中國新文學大系·建設理論篇》，第343頁。

〔註79〕周無《詩的將來》，趙家璧主編《中國新文學大系·建設理論篇》，第345頁。

學，不受任何拘束而自由創造的文學。新詩的根本精神就是創造，這種觀念
對於促進新詩和整個中國現代文學健康發展的積極意義是自不待言的。

　　總體而言，在中國新文壇，因為胡適等倡導白話文學，導致用白話創作
文學成為滾滾熱流，席捲了中國文壇。但是，為白話而白話的文學創作，只
是如幼兒蹣跚學步，鮮有藝術魅力感人的文學作品出現。在大家茫茫然於白
話新詩未來走向之際，郭沫若的出現好似濃霧繚繞的世界被一束強烈的光照
明。這束強烈的光就是郭沫若在《時事新報·學燈》發表的若干詩歌。廣大青
年意識到，原來白話詩歌還可以這樣具有天馬行空的想像力，具有如此波濤
洶湧情感世界。蒼白的中國新詩壇終於有了屬於自己的力作。但巴蜀文學的
貢獻和影響遠非於此。20 世紀 20 年代初期的巴蜀作家，無論是在主流詩壇
的多產詩人康白情，還是郭沫若異軍突起的《女神》狂飆，以及吳芳吉別具
一格、老嫗能解的白屋體，以及《草堂》《淺草》等作家作品，都顯示了不可
忽視的巴蜀文壇引領時代風氣之先的創造精神，而與其創作相得益彰的詩論
也同樣顯得相對成熟穩健，對於模糊不清的詩壇起到的正本清源的理論指導
作用同樣不可忽視，巴蜀作家以自己創造的突出實績對中國新詩以強有力的
支撐。而多側面的詩歌理論主張不僅自成體系，而且對於早期新文學理論中
的過激與片面性還有一種糾偏的功能，促進思考與建設。有的巴蜀作家作品
可能要滯後一段時間其意義才會顯現。但無庸置疑，五四前後巴蜀作家這種
綜合成績與影響，獨闢蹊徑而又同氣相求、個性分明而又異曲同工的關係所
發揮的群體效應，對於推動中國新詩和整個現代文學的發生與建設發展起到
了十分巨大和非常重要的作用，應該得到充分的肯定與評價。

結　語

　　著作通過系統梳理中國現代文學發生期間的巴蜀作家創作及文學活動，考察兩者之關係，認為在中國現代文學文化與中國傳統文學文化激烈抗爭的歷史進程中，蔑視權威、反叛專制、富有創造性的巴蜀文化性格使巴蜀文人以先驅者身份意識參與到中國近現代歷史變革而群星璀璨，流光溢彩，巴蜀作家一直參與中國現代文學的發生，且發揮了開風氣之先的引領作用。

　　楊銳、劉光第的熱血慷慨，鄒容、雷鐵崖對暴力革命的宣傳鼓動，廖平、吳虞對傳統觀念異曲同工的衝撞，皆顯示巴蜀文化在世紀之交思想解放中的巨大影響。文學革命發難前後，巴蜀作家群更是主動出擊，從康白情到郭沫若，從李劼人到吳芳吉，從《草堂》到《淺草》，從個體到社團，無論是有倖進入中心場域，還是被排斥於所謂主流之外，都自覺擔當歷史使命，不畏縮，不後退，不固步自封，為中國現代文學的發生做出自己的貢獻。巴蜀作家以富於創造性的精神努力工作，在戲劇、小說、新詩及新文學理論建設等方面做出了突出的成就，在早期文學社團組織和文學教育鼓動展現了強大的實力。巴蜀作家求同存異，同聲相應的關係，展示了巴蜀文化包容和諧的精神與凝聚力量。這一切都為新文學的存在與發展起到強有力的支撐和積極的推動作用，作出十分巨大的貢獻，在中國現代文學發生史冊上留下濃墨重彩，這應該得到客觀的評價，這也是本文的目的和意義所在。

　　同時，巴蜀作家在中國現代文學發生期的成績和貢獻，又是一筆十分珍貴的區域文化資源和財富，值得認真借鑒和總結發掘。筆者在考察過程中，情不自禁的受到感染，同時也常陷入思考並從中得到啟發，比如，對巴蜀文化中反叛性格的認識。這一性格本來並非為巴蜀所獨有，但正如李怡先生所

論：「在現代中國的反叛與先鋒追求的整體背景上，有那麼一個地域的作家群常常將這一追求發揮得淋漓盡致，反叛與先鋒似乎與這個地域文化的某種特質有更緊密的聯繫，這一地域就是四川。」〔註1〕我覺得這裡用「淋漓盡致」來形容可以說是非常準確，有如四川的燙火鍋，酣暢淋漓而恰到好處。又如經典川菜「回鍋肉」，肥而不膩，終生難忘。這裡其實有一個最重要的火候拿捏問題。四川人的反叛性格也是這樣，並不是盲目從眾，毫無節制，而是獨立思考，出於大義和正道。正所謂眾人皆醉我獨醒，不願摧眉折腰事權貴，以李白的反叛精神為代表，但同時又憂患國家民族，願意為此自我犧牲。當體制與文化專制禁錮思想，阻礙進步，巴蜀人敢於蔑視並予以反叛，不惜犧牲，因此合於大勢所趨的社會歷史潮流，走在時代的前列。而這種反叛性格更為可貴者，是表現在反叛舊傳統的大環境下，特立獨行而不人云亦云，吸取西方文化之精華，不願全盤西化，和而不同，對待傳統文化與文學，繼承創新，不願全盤割裂或拋棄。這是一種明智的選擇，顯出巴蜀文化的包容性，大多數巴蜀作家所持的這種態度，在當時實際上也需要極大的勇氣，從另一個側面表現出巴蜀文化的反叛性和創造性。這也是我們為什麼還能從中得到啟示的原因。巴蜀作家以其先鋒性、創造性的創作為中國現代文學發生起到重要的歷史性價值，其穩健且卓爾不絕的文藝理論主張，對於建構當下文學依然具有啟示性意義。

〔註 1〕李怡《來自巴蜀的反叛與先鋒——20 世紀中國文學與巴蜀文化片論》，載西南師範大學學報 1998 年 2 期。

參考文獻

A

1. 阿英編《晚清文學叢鈔》小說一卷，上冊，第二版中華書局出版，1980年。

B

1. 北京大學哲學系中國哲學研究室《中國哲學史》，北京大學出版社，2001年。

2. 北京語言學院《中國文學家辭典》編委會編《中國文學家辭典》，現代第一分冊，四川人民出版社，1979年。

3. 白屋詩人吳芳吉研究課題組選編《吳芳吉研究論文選》，三秦出版社，2010年。

C

1. 陳平原《中國小說敘事模式的轉變》，上海人民出版社，1988年版。

2. 陳平原《中國現代小說的起點：清末民初小說研究》第2版，北京大學出版社，2010年。

3. 陳平原《文學的周邊》，新世界出版社，2004年。

4. 陣平原《陳平原小說史論集》，河北人民出版社，1997年。

5. 陳應鶯、周孟璞、周仲璧編著《周太玄詩詞選集》，四川文藝出版社，2004年。

6. 陳大康《中國近代小說編年》，華東師範大學出版社，2002 年。

7. 程毅中《中國詩體流變》，中華書局，1998 年。

8. 陳其泰《史學與中國文化傳統》，北京書目文獻出版社，1992 年。

9. 陳思和《秋裏拾葉錄》，山東友誼出版社，2005 年。

10. 曹雪芹、高鶚著《紅樓夢》第一部，人民文學出版社，1974 年。

11. 成都市文學藝術界聯合會、成都吳芳吉研究會編《吳芳吉研究》，中國文聯出版社，2010 年。

12. 成都市文學藝術界聯合會、李劼人研究學會編《李劼人研究》，巴蜀書社，2007 年。

13. 成都市政協文史學習委員會編《辛亥前後卷》，四川人民出版社，2007 年版。

D

1. 戴燕《文學史的權利》，陳平原主編，學術史叢書北京大學出版社，2003 年版。

2. 〔德〕彼得‧斯叢狄《現代戲劇理論 1880～1950》王建譯，北京大學出版社，2006 年。

3. 鄧經武著《大盆地生命的記憶——巴蜀文化與文學》，電子科技大學出版社，2005 年。

4. 董建、榮廣潤主編《中國戲劇：從傳統到現代》，中華書局，2006 年。

5. 鄧星盈、黃開國、唐永進、李知恕著《吳虞思想研究》，四川教育出版社，1996 年。

F

1. 馮自由《革命逸事》，新星出版社，2009 年。

2. 馮光廉主編《中國近百年文學體式流變史》，人民文學出版社，1999 年。

3. 〔德〕弗里德里希‧尼采《權力意志：重估一切價值的嘗試》，張念東、凌素心譯，中央編譯出版社，2000 年版。

G

1. 郭志剛、孫中田主編；王富仁等編《中國現代文學史》修訂版，高等教

育出版社，1999 年初版，2000 重印。

2. 郭紹虞主編《中國歷代文論選》第四冊，上海古籍出版社，1980 年。

3. 郭沫若著作編輯出版委員會編《郭沫若全集》，人民文學出版社，1985 年。

4. 郭沫若《漂流三部曲》，人民文學出版社，1987 年。

5. 郭沫若《沫若文集》第 7 卷，人民文學出版社，1958 年。

6. 郭沫若《學生時代》，人民文學出版社，1979 年。

7. 龔鵬程《中國小說史論》，北京大學出版社，2008 年。

8. 龔濟民、方仁念《郭沫若傳》，北京十月文藝出版社，1991 年。

H

1. 韓南《中國近代小說的興起》，上海教育出版社，2004 年。

2. 胡經之主編《西方文藝理論名著教程》第二版下卷，北京，北京大學出版社，2003 年。

3. 胡適撰《胡適說文學變遷》，上海古籍出版社，1999 年。

4. 胡適《國語文學史》，安徽教育出版社，1999 年。

5. 黃子平、陳平原、錢理群《「20 世紀中國文學」三人談》，人民文學出版社 1988 年。

6. 黃開國著《廖平評傳》，第 2 版，百花洲文藝出版社，2010 年。

7. 賀敬之《賀敬之談詩》，人民文學出版社，2004 年。

8. 黃侯興《郭沫若的文學道路》，天津人民出版社 1983 年。

9. 黃侯興《郭沫若文學研究管窺》，天津教育出版社出版，1987 年。

10. 黃侯興《郭沫若正傳》，江蘇文藝出版社，2010 年。

11. 胡建《現代性價值的近代追索：中國近代的現代化思想史》，上海人民出版社，2008 年。

J

1. 姜濤，《「新詩集」與中國新詩的發生》，北京大學出版社，2005 年。

2. 靳明全《中國現代文學興起發展中的日本影響因素》，中國社會科學出版社，2004 年。

K

1. 康白情著《中國新詩經典‧草兒》，浙江文藝出版社，1997 年。

L

1. 李怡、肖偉勝主編《中國現代文學的巴蜀視野》，巴蜀書社，2006 年。

2. 李怡主編《現代中國文化與文學》第 3 輯，巴蜀書社，2006 年。

3. 李怡、毛迅主編《現代中國文化與文學》第 4 輯，巴蜀書社，2007 年。

4. 李怡《中國現代新詩與古典詩歌傳統》（增訂本），北京大學出版社，2008 年。

5. 李怡《現代四川文學的巴蜀文化闡釋》，湖南教育出版社，1997 年。

6. 李怡《日本體驗與中國現代文學的發生》，北京大學出版社，2009 年。

7. 李怡《跨越時空的自由——郭沫若研究論集》，東方出版社，2008 年。

8. 李士文《李劼人的生平和創作》，四川省社會科學院出版社出版，1986 年。

9. 李耀先主編《廖平選集》，巴蜀書社，1998 年。

10. 羅貫中著《三國演義》下，人民文學出版社，1979 年。

11. 劉納《嬗變——辛亥革命時期至五四時期的中國文學》（修訂本），中國人民大學出版社，2010 年。

12. 劉納選編《反正前後》，華夏出版社，2008 年。

13. 劉納選編《鳳凰涅槃》，北京華夏出版社，2008 年。

14. 劉元樹《郭沫若創作得失論》，四川文藝出版社，1993 年。

15. 劉小楓《詩化哲學——德國浪漫美學傳統》，山東文藝出版社，1986 年。

16. 陸侃如、馮沅君《中國詩史》，百花文藝出版社，1999 年版。

17. 《李劼人選集》第一卷，四川人民出版社，1980 年。

18. 《李劼人選集》第四卷，四川人民出版社，1984 年。

19. 《李劼人選集》第五卷，四川文藝出版社，1986 年。

20. 李劼人研究學會編《李劼人的人品和文品》，四川大學出版社，2001 年。

21. 龍泉明《中國新詩流變論》，人民文學出版社，1999 年。

22. 欒梅建《二十世紀中國文學發生論》，廣西師範大學出版社，2006 年。

M

1. 孟昭連、寧宗《中國小說藝術史》，浙江古籍研究所，2003 年版。

2. 蒙木《五四風雲》，上海三聯書店，2009 年。

Q

1. 錢理群、溫儒敏、吳福輝《中國現代文學三十年》，北京大學出版社，1998年。

2. 錢基博《現代中國文學史》，上海書店出版社，2004 年版。

3. 錢仲聯、章培恒、陳伯海等主編《中國文學大辭典》，上海辭書出版社，2007 年。

4. 秦林芳《淺草——沉鐘社研究》，中國社會科學出版社，2002 年。

P

1. 〔瑞士〕皮亞杰《發生認識論原理》，王憲細等譯，商務印書館，2009 年，本書原著係法文，中文譯本據倫敦 1972 年英譯本譯出。

2. 皮埃爾·布迪厄《藝術的法則——文學場的生成結構》，劉暉譯，中央編譯出版社，2001 年。

3. 彭放編《郭沫若談創作》，黑龍江人民出版社，1982 年。

4. 卜慶華《郭沫若研究新論》，首都師範大學出版社，1995 年版。

R

1. 任芳秋《中國新文學淵源》，河南人民出版社，1986 年。

2. 任一民主編《四川近現代人物傳》，四川大學出版社，1987 年。

3. 任淑坤《五四時期外國文學翻譯研究》，人民出版社，2009 年。

S

1. 司馬長風《中國新文學史》，香港昭明出版社，1980 年。

2. 〔美〕史書美著《現代的誘惑：書寫半殖民地中國的現代主義（1917～1937）》，何恬譯，江蘇人民出版社，2007 年。

3. 〔加〕施吉瑞《人境廬內——黃遵憲其人其詩考》，孫洛丹譯，上海古籍出版社，2010 年。

4. 四川郭沫若研究中心、四川郭沫若研究學會、中國郭沫若研究會編《當代視野下的郭沫若研究》，巴蜀書社，2008 年。

5. 上海圖書館文獻資料室、四川大學郭沫若研究室合編《郭沫若集外序跋

集》，四川人民出版社，1982 年。

6. 孫黨伯、袁謇正主編《聞一多全集》第 2 冊，湖北人民出版社，1994 年。

T

1. 田漢、歐陽予倩等編《中國話劇運動五十年史料集》第一輯，中國戲劇出版社，1958 年。

2. 譚繼和《巴蜀文化辨思集》，四川人民出版社，2004 年。

3. 譚興國著《蜀中文章冠天下：巴蜀文學史稿》，四川人民出版社，2001 年。

4. 譚興國等著《李劼人作品的思想與藝術》，成都中國文聯出版，1989 年。

W

1. 王國維《宋元戲曲史》，鳳凰出版社，2010 年。

2. 王曉初《中國現代文學發展演變史 1898～1989》，西南師範大學出版社，2002 年。

3. 王富仁《王富仁序跋集》上，汕頭大學出版社，2006 年。

4. 王綠萍、程祺編著《四川報刊集覽》上冊，成都科技大學出版社，1993 年。

5. 王珂《新詩詩體生成史論》，九州出版社，2007 年版。

6. 王繼鼎著《九環線的文化長廊——松茂古道》，四川美術出版社，2005 年。

7. 王錦厚《五四新文學與外國文學》，四川大學出版社，1989 年。

8. 王錦厚《郭沫若學術論辯》，四川文藝出版社，1989 年。

9. 王元忠《艱難的現代：中國現代詩歌特徵性個案研究》，中國社會科學出版社，2007 年。

10. 王訓詔、盧正言等編《郭沫若研究資料》上，中國社會科學出版社，1981 年。

11. 溫儒敏、陳曉明主編《現代文學及其當代闡釋》，北京大學出版社，2010 年。

12. 吳相湘《民國人物列傳》上，中國大百科全書出版社，2009 年。

13. 吳泰瑛《白屋詩人吳芳吉》，巴蜀書社，2006 年。

14. 吳奔星、徐放鳴選編《沫若詩話》，四川人民出版社，1984 年。

15. 吳芳吉著，賀遠明、吳漢驤、李坤棟選編《吳芳吉集》，巴蜀書社，1994 年版。

16. 伍蠡甫等編《西方文論選》下卷，上海，上海譯文出版社，1979 年。

17. 文履平等編《重慶市志：報業志》，重慶出版社，1999 年版。

X

1. 徐世群主編《巴蜀文化大典》上冊，四川人民出版社，1998 年。

2. 徐慕雲《中國戲劇史》，上海古籍出版社，2001 年版（2008 重印）。

3. 謝冕《論二十世紀中國文學》，中國人民大學出版社，2009 年。

4. 徐鵬《中國近代文學史綱》，中國社會科學出版社，2004 年。

Y

1. 楊義、中井政喜、張忠良合著《中國現代文學圖志》，北京·生活·讀書·新知三聯書店，2009 年版。

2. 楊義《重繪中國文學地圖——楊義學術講演集》，中國社會科學出版社，2003 年版。

3. 楊義《中國現代小說史》，人民出版社，1998 年。

4. 葉伯和《詩歌集》，華東印刷所，1922 年。

5. 葉伯和著，顧鴻喬編《中國音樂史》，臺灣貫雅文化事業有限公司，1992 年。

6. 余鳳高《「心理分析」與中國現代小說》，中國社會科學出版社，1987 年。

Z

1. 張建鋒著《川味的凸顯——現代巴蜀的文學風景》，北京，中國戲劇出版社，2007 年。

2. 張宗品主編《松遊小唱繪圖本》，四川美術出版社，第 1 版，2004 年。

3. 周作人著《中國新文學的源流》，江蘇文藝出版社，2007 年。

4. 周永林編《鄒容文集》，重慶出版社，1983 年。

5. 鄒建軍選編《20 世紀中國文學史文論精華：新詩卷》，河北教育出版社，2000 年。

6. 趙家璧主編《中國新文學大系》，上海文藝出版社，影印本，2003 年。

7. 趙清、鄭城編《吳虞集》，四川人民出版社，1985 年。

8. 趙毅衡《對岸的誘惑——中西文化交流記》增編本，上海人民出版社，

2007 年版。

9. 中國戲劇出版社編輯部編《郭沫若劇作全集》第一卷，中國戲劇出版社出版，1982 年。

10. 祝寬《五四新詩史》，陝西師範大學出版社，1987 年。

11. 朱光潛《悲劇心理學》3 版，安徽教育出版社，2006 年。

12. 朱棟霖、朱曉進、龍泉明主編《中國現代文學史 1917～2000》上，北京大學出版社，2007 年。

13. 朱文化《風騷餘韻論》，復旦大學出版社，1998 年。

單篇論文

1. 陳永《對葉伯和的再認識》，載《音樂藝術》，2007 年第 4 期。

2. 鄧經武《20 世紀巴蜀文學與西方文化》，載《社會科學研究》，2000 年第 4 期。

3. 鄧經武《論現代巴蜀作家的文化品格》，載《社會科學研究》，1993 年 8 月。

4. 鄧經武《地理環境對現代四川作家的影響》，載《文史雜誌》，1993 年 8 月。

5. 鄧經武《論李劼人創作的巴蜀文化因子》，載《四川師範大學學報》，1994 年 10 月。

6. 鄧經武《論何寡母形象與巴蜀文化意蘊》，載《內江師範學院學報》，1994 年 2 月。

7. 鄧經武《巴金與巴蜀文化》，載《綿陽師專學報》，1998 年第 2 期。

8. 鄧偉《時空視野下的互動顯現——試論沙汀的巴蜀地域文化資源》載《樂山師範學院學報》2003 年 1 期。

9. 鄧偉《艾蕪與巴蜀地域文化略論》，載宜賓學院學報，2002 年 3 期。

10. 鄧偉《中國現代文學地域文化研究的轉向思考》，載《現代中國文化與文學》，第 4 輯 2007、7、15。

11. 鄧偉《地域文化建構與民族國家認同——中國現代文學地域文化研究的另一思路》，載《文藝理論研究》，2006 年 4 期。

12. 鄧偉《質疑：中國現代文學地域文化研究》，載《韶關學院學報》，2005 年 3 期。

13. 賴武《巴金與成都正通順街》，載《青年作家》，2006 年第 7 期。

14. 李怡《「何其芳特徵」與東方色彩》，載《東方叢刊》，1994 年第 1 輯。

15. 李怡《現代四川文學研究的地域文化視野——中國現代文學與巴蜀文化之一》，載《寧德師專學報》，1995 年第 2 期。

16. 李怡《火辣辣的川妹子：一個典型的巴蜀意象——四川現代文學與巴蜀文學之二》，載《寧德師專學報》，1995 年第 3 期。

17. 李怡《鴉片·茶館·川味——四川現代文學與巴蜀文化之三》，載《寧德師專學報》，1995 年第 4 期。

18. 李怡《從移民到漂泊——現代四川文學與巴蜀文化之四》，載《寧德師專學報》，1996 年第 1 期。

19. 李怡《巴蜀派、農民派與中國現代文學——現代四川文學與巴蜀文化之五》《寧德師專學報》，1996 年第 2 期。

20. 李怡《論現代巴蜀文學的生態背景》，載《西南師範大學學報》，1995 年第 3 期。

21. 李怡《巴蜀文化的二十世紀體驗者》，載《郭沫若學刊》，1996 年第 1、2 期。

22. 李怡《研討現代作家與鄉土文化的兩個問題從郭沫若與鄉上文化所想到的》，載《郭沫若學刊》1996 年第 4 期。

23. 李怡《論現代四川文學「迴水沱」景觀的地域文化內涵》，載《贛南師範學院學報》，1996 年第 2 期。

24. 李怡《多重文化的衝撞和交融——論現代外省作家的入蜀現象》，載《貴州社會科學》，1996 年第 2 期。

25. 李怡《巴蜀調笑傳統與現代四川文學的幽默趣尚》，載《西南民族學院學報》，1996 年第 2 期。

26. 李怡《盆地文明·天府文明·內陸腹地文明——論現代四川文學的文化背景》載《社會科學研究》，1996 年第 2 期。

27. 李怡《地方志——龍門陣文化與四川現代文學的寫實取向》，載《西南師範大學學報》，1997 年 2 期。

28. 李怡《來自巴蜀的反叛與先鋒》，載《西南師範大學學報》，1998 年 2 期。

29. 李怡《重慶文學、地域文學與文史學》，載《涪陵師專學報》，1999 年 4 期。

30. 李怡《大西南文化與新時期詩歌的消長》，載《詩探索》，2000.1～2 輯。

31. 《論中國現代文學的重慶視野》，載《紅岩》，2004 年 2 期。

32. 李怡等《巴蜀學派與當代批評》，載《當代文壇》，2006 年 2 期。

33. 《文學的區域特色如何成為可能——以巴金與巴蜀文化關係為例》，載《社會科學研究》2010 年 5 期。

34. 李清茂《談〈松遊小唱〉旅遊詩的文獻價值》，載《樂山師院學報》2010 年 9 期。

35. 劉福春《第一本新詩年選》，載《詩刊》，1999 年第 2 期。

36. 劉納《談郭沫若的小說創作》，載《中國現代文學叢刊》，1983 年 12 月 31 號。

37. 茅盾《論初期白話詩》，載《文學》，1937 年第 8 卷 1 期。

38. 梅雪林《葉伯和〈中國音樂史〉下卷述評》，載《音樂探索》，1995 年 1 期。

39. 錢理群《周作人與錢玄同、劉半農——「復古」、「歐化」及其他》，《遼寧教育學院學報》，1988 年 12 月。

40. 稅海模《郭沫若、廖平與今文經學》，載《郭沫若學刊》，1990 年 2 期。

41. 稅海模《少年郭沫若與樂山鄉土文化》，載《郭沫若學刊》，1991 年 04 期。

42. 稅海模《郭沫若：植根鄉土的參天大樹》，載《郭沫若學刊》，1996 年 4 期。

43. 稅海模《郭沫若家族文化性格分析》，載《樂山師專學報》，1997 年 3 期。

44. 稅海模《峨眉山、樂山大佛、郭沫若隨想》，載《郭沫若學刊》，1999 年 2 期。

45. 稅海模《評鄧經武著〈二十世紀巴蜀文學〉》，載《成都大學學報》，2001 年第 4 期。

46. 譚興國《悠悠故鄉情——巴金與成都》，載《四川省情》，2004 年第 1 期。

47. 童龍超《論巴金文學創作的反地域文化特徵》，（《南京社會科學》，2007 年第 6 期）。

48. 童龍超《中國現代詩學綜合研究的開端——估康白情詩論〈新詩底我見〉》，載《河西學院學報》，2005 年第 1 期。

49. 王小巧《談康白情詩歌〈草兒〉歷史地位的確定》,《西南農業大學學報》（社會科學版）,2006 年 2 期。

50. 伍加倫、王錦厚《軍閥統治下四川社會縮影圖——李劼人短篇小說初探》,載《社會科學研究》,1982 年第 6 期。

51. 徐志福《康白情和他的白話詩》,載《文史雜誌》,2008 年第 5 期。

52. 高志華《曾孝谷與四川話劇的提起》,載《四川大學學報（哲學社會科學版）》,2004 年 S1 期。

53. 張宗福《〈松遊小唱〉:與岷江歷史文化的對話》,載《四川師範大學學報》,2009 第 3 期。

54. 周正《董湘琴〈松遊小唱〉的成因簡析》,載《阿壩師範高等專科學校學報》,2010 年 2 期。

55. 朱舟《葉伯和中國音樂史》述評》,載《音樂探索》,1988 年第 1 期。

56. 周曉風《區域文化視野中的現代四川文學——讀李怡〈現代四川文學的巴蜀文化闡釋〉》,載《社會科學研究》,1999 年第 1 期。

57. 周曉風《現代性、區域性與 20 世紀重慶文學》(《重慶師範大學學報》2006 年 2 期)。

查閱的舊報刊雜誌

1. 《商務時報》1914 年創刊於重慶。
2. 《成都日報》1905 創辦於成都。
3. 《四川》1908 年創辦於日本。
4. 《蜀風報》1913 年創刊於成都。
5. 《蜀報》1910 年創刊於成都。
6. 《娛閒錄》1914 年創刊於成都。
7. 《渝報》1897 年創刊於重慶。
8. 《成大大學校報》1926 年創刊於成都。
9. 《廣益叢報》1903 年創刊於重慶。
10. 《草堂》1922 年創刊於成都。
11. 《淺草》1923 年創刊於上海。
12. 《孤吟》1923 年創刊於成都。

13. 《戲劇》1922 年創刊於上海。

14. 《四川學報》1905 年創刊於成都。

15. 《鵑聲》1906 年創刊於日本。

現代期刊

1. 《現代文學叢刊》。

2. 《白屋詩風》。

3. 《蜀學》。

4. 《地方文化研究》。

博士論文

1. 首都師範大學黃雪敏 2007 年，博士論文《創造社詩歌研究》。

2. 山東師範大學張勇 2006 年，博士論文《前期創造社期刊研究》。

3. 暨南大學伍世昭 2002 年，博士論文《比較詩學視野中的郭沫若早期心靈詩學》。

4. 四川大學魏紅珊 2003 年，博士論文《郭沫若美學思想研究》。

5. 山東大學宮下正興 2007 年，博士論文《以日本大正時代為背景的郭沫若論考》。

6. 四川大學雷兵 2004 年，博士論文《「改行的作家」：市長李劼人角色認同的困窘，1950～1962》。

碩士論文

1. 西南大學許敬 2004 年，碩士論文《艱難的新生——〈草堂〉及葉伯和考論》。

2. 四川大學鄧偉 2003 年，碩士論文《現代四川作家與巴蜀地域文化論》。

後　記

　　本書是以博士論文「巴蜀作家與中國現代文學的發生」為基礎，此次能在臺灣出版緣於我的導師李怡老師推薦，很是感動，自覺應該加強文學空間意識研究才能回報老師的關懷與期待。

　　在再次校稿過程中，昔日川大學習生涯再次浮現，深刻體驗了王國維先生所謂「獨上高樓，望斷天涯路」的迷茫，以及「衣帶漸寬終不悔，為伊消得人憔悴」的努力堅持。這份堅持離不開李怡老師的鼓勵，每當挫折感讓我困頓不前時，是他的指點與鼓勵讓我感受到柳暗花明繼而再出發，在數易其稿過程中，是他幫我理清思路。

　　從漢賦到唐詩宋詞，歷史上中國文學的幾次大變革都有巴蜀文人的參與且具有引領潮流的歷史性地位，那麼中國現代文學的發生，巴蜀作家如何參與，是否起同樣起到引領作用？從這問題意識出發，引出巴蜀作家與中國現代文學發生的關係研究，選題既有中國文學史的整體線性視野，也有地方空間文化文學的局部橫向視角。本書通過史料鉤沉，闡明巴蜀作家在中國現代文學發生這千年未有之歷史變革中依然起到先鋒引領作用。本書是我真正意義上進入學術研究的首部著作，從語言敘述到研究的深度廣度都乏善可陳，如果硬要說有什麼價值意義，那麼應該說可能有一點史料價值。

　　為搜集散落在各地的民國巴蜀作家相關史料，我憑著一腔「孤勇」之氣從國家圖書館尋訪到鄉野山村，從大學拜訪到民間收藏，由南到北跨越大半個中國以竭澤而漁的方式踏尋史料，從發生學的角度重構中國現代文學發生與巴蜀作家文學活動的歷史圖景。在重塑現代巴蜀文學圖景之際，還原被歷史遮蔽的有重要價值意義的作家創作，填補了巴蜀地方文學與中國文學史上

的相關空白，再現「五四」人篳路藍縷的歷史開創性。作為一名川籍學者，這也是我對自己所屬文化空間傳統的再認識和傳承，啟發激勵自我的再成長。

中國社科院文學所楊義老師曾就我的論文思路及研究方法提出很好的建議，特別是他提出作為一名學者要保持客觀評價避免投入主觀情感的建議，讓我一直謹記。我還就選題請教於川內的譚繼和、徐其超等學術前輩，他們都提出富有啟迪性的看法和建議。在收集資料過程中，中國社科院劉福春老師、四川師大龔明德老師以及重慶成都兩地吳芳吉研究協會、四川郭沫若研究中心等機構的師長朋友們，都提供了無私的幫助。再次感謝這些師長們！

時間如白駒過隙，學習時老師同學們的音容笑貌還如昨日，轉眼已十載。這期間主要關注西南區域族群文學，今年準備將自己的研究思路整合，再次回到四川文學研究領域。恰好李怡老師讓我出版《巴蜀作家與中國現代文學的發生》，這或許就是冥冥中的安排吧。

在我的學術研究即將重新展開之際，我還要感謝我的家人，是他們的愛和庇護，讓我能夠專心讀書工作。雖然因為他們的愛，讓我總是「長不大」，但我甘願以之為代價換取他們永遠的相伴左右。學術生涯寂寞而清苦，我以「天行健，君子以自強不息」自勉，希望以好的學術研究成果回報愛我以及我愛的人。

2021 年 3 月於成都書房